KB076792

책벌레의 하극상

사서가 되기 위해서라면 뭐든지 할 수 있어

제 4 부 **귀족원의**
자칭 도서위원 Ⅰ

카즈키 미야
miya kazuki

길찾기

등장 인물

3부 줄거리

귀족이 된 로제마인은 영주의 양녀이자 신전장으로서 바쁜 나날을 보낸다. 인쇄기가 만들어지고, 성의 판매회에서 카루타나 트럼프가 큰 인기를 끈다. 그러나 게오르기네의 방문으로 불안한 분위기가 감돈다. 죄를 범한 빌프리트, 납치 당할 위기에 놓인 샤를로테를 구하기 위해 동분서주하는 로제마인은 정체를 알 수 없는 적이 먹인 약 때문에 죽음의 위기를 맞게 된다. 치료를 위해 들어간 유레베에서 로제마인이 깨어난 것은 2년이 지난 후였다.

로제마인

주인공. 2년간 잠들어서 겉으로 보기에는 7세 정도. 내용물도 변하지 않았다. 귀족원에서 책을 읽기 위해서 수단과 방법을 가리지 않는다. 귀족원 1학년생

에렌페스트 영주 후보생

빌프리트

질베스타의 장남. 로제마인의 오빠로 귀족원 1학년생

샤를로테

질베스타의 장녀. 로제마인의 동생으로 한 살 아래. 이번에는 집보기 담당

로제마인의 보호자들

페르디난드

질베스타의 이복동생. 로제마인의 보호자 역할을 하고 있다

질베스타

에렌페스트의 아우브(영주). 로제마인을 양녀로 맞아들인 양아버지

플로렌치아

질베스타의 아내. 후보생 세 명의 어머니. 로제마인에게는 양어머니가 된다

칼스테드

에렌페스트의 기사단장. '귀족' 로제마인의 호적상 아버지

엘비라

칼스테드의 제1 부인. '귀족' 로제마인의 호적상 어머니

보니파티우스

질베스타의 숙부이자 칼스테드의 아버지. 로제마인에게는 할아버지가 된다

로제마인의 측근

리카르다
필두 시종. 세 보호자의 어린 시절을 꿰고 있는 상급귀족

리젤레타
견습 시종으로 중급 귀족. 안게리카의 여동생

브륀힐데
견습 시종으로 상급 귀족. 귀족원 3학년생

하르트무트
견습 문관으로 상급 귀족. 오틸리에의 막내 아들

필린느
견습문관으로 하급 귀족. 귀족원 1학년생

안게리카
견습 호위 기사로 중급 귀족. 귀족원 6학년생으로 리젤레타의 언니

레오노레
견습 호위 기사로 상급 귀족. 귀족원 4학년생

트라우고트
견습 호위 기사로 상급 귀족. 귀족원 3학년생. 리카르다의 손자

유디트
견습 호위 기사로 중급 귀족. 귀족원 2학년생

코르넬리우스
견습 호위 기사로 상급 귀족. 귀족원 5학년생. 칼스테드의 삼남

다무엘
호위 기사로 하급 귀족

오틸리에
시종. 하르트무트의 어머니

로제마인의 전속

엘 라 ········· 전속 요리사
푸 고 ········· 전속 요리사
로지나 ········· 전속 악사

귀족원의 교사들

힐 쉬 르 ········· 에렌페스트의 사감
페르디난드의 스승
프림베르 ········· 클라센부르크의 사감
루 펜 ········· 단켈페르거의 사감
프라우렘 ········· 아렌스바흐의 사감
솔 랑 쥬 ········· 귀족원의 도서관 사서

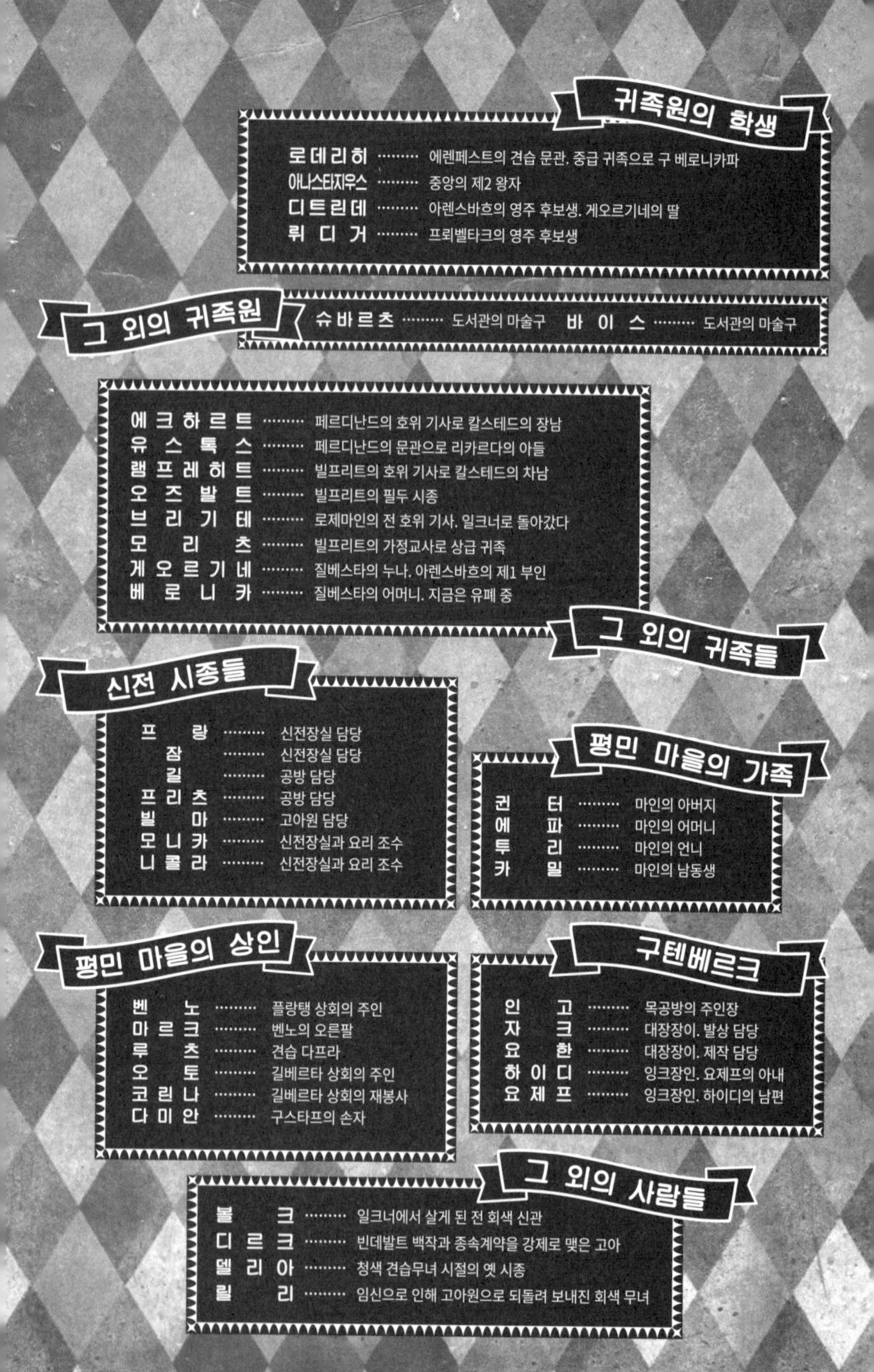
귀족원의 학생
로데리히 ……… 에렌페스트의 견습 문관. 중급 귀족으로 구 베로니카파
아나스타지우스 ……… 중앙의 제2 왕자
디트린데 ……… 아렌스바흐의 영주 후보생. 게오르기네의 딸
뤼디거 ……… 프뢰벨타크의 영주 후보생
그 외의 귀족원
슈바르츠 ……… 도서관의 마술구
바이스 ……… 도서관의 마술구
에크하르트 ……… 페르디난드의 호위 기사로 칼스테드의 장남
유스톡스 ……… 페르디난드의 문관으로 리카르다의 아들
램프레히트 ……… 빌프리트의 호위 기사로 칼스테드의 차남
오즈발트 ……… 빌프리트의 필두 시종
브리기테 ……… 로제마인의 전 호위 기사. 일크너로 돌아갔다
모리츠 ……… 빌프리트의 가정교사로 상급 귀족
게오르기네 ……… 질베스타의 누나. 아렌스바흐의 제1 부인
베로니카 ……… 질베스타의 어머니. 지금은 유폐 중
그 외의 귀족들
신전 시종들
프랑 ……… 신전장실 담당
잠 ……… 신전장실 담당
길 ……… 공방 담당
프리츠 ……… 공방 담당
빌마 ……… 고아원 담당
모니카 ……… 신전장실과 요리 조수
니콜라 ……… 신전장실과 요리 조수
평민 마을의 가족
귄터 ……… 마인의 아버지
에파 ……… 마인의 어머니
투리 ……… 마인의 언니
카밀 ……… 마인의 남동생
평민 마을의 상인
벤노 ……… 플랑탱 상회의 주인
마르크 ……… 벤노의 오른팔
루츠 ……… 견습 다프라
오토 ……… 길베르타 상회의 주인
코린나 ……… 길베르타 상회의 재봉사
다미안 ……… 구스타프의 손자
구텐베르크
인고 ……… 목공방의 주인장
자크 ……… 대장장이. 발상 담당
요한 ……… 대장장이. 제작 담당
하이디 ……… 잉크장인. 요제프의 아내
요제프 ……… 잉크장인. 하이디의 남편
그 외의 사람들
볼크 ……… 일크너에서 살게 된 전 회색 신관
디르크 ……… 빈데발트 백작과 종속계약을 강제로 맺은 고아
델리아 ……… 청색 견습무녀 시절의 옛 시종
릴리 ……… 임신으로 인해 고아원으로 되돌려 보내진 회색 무녀

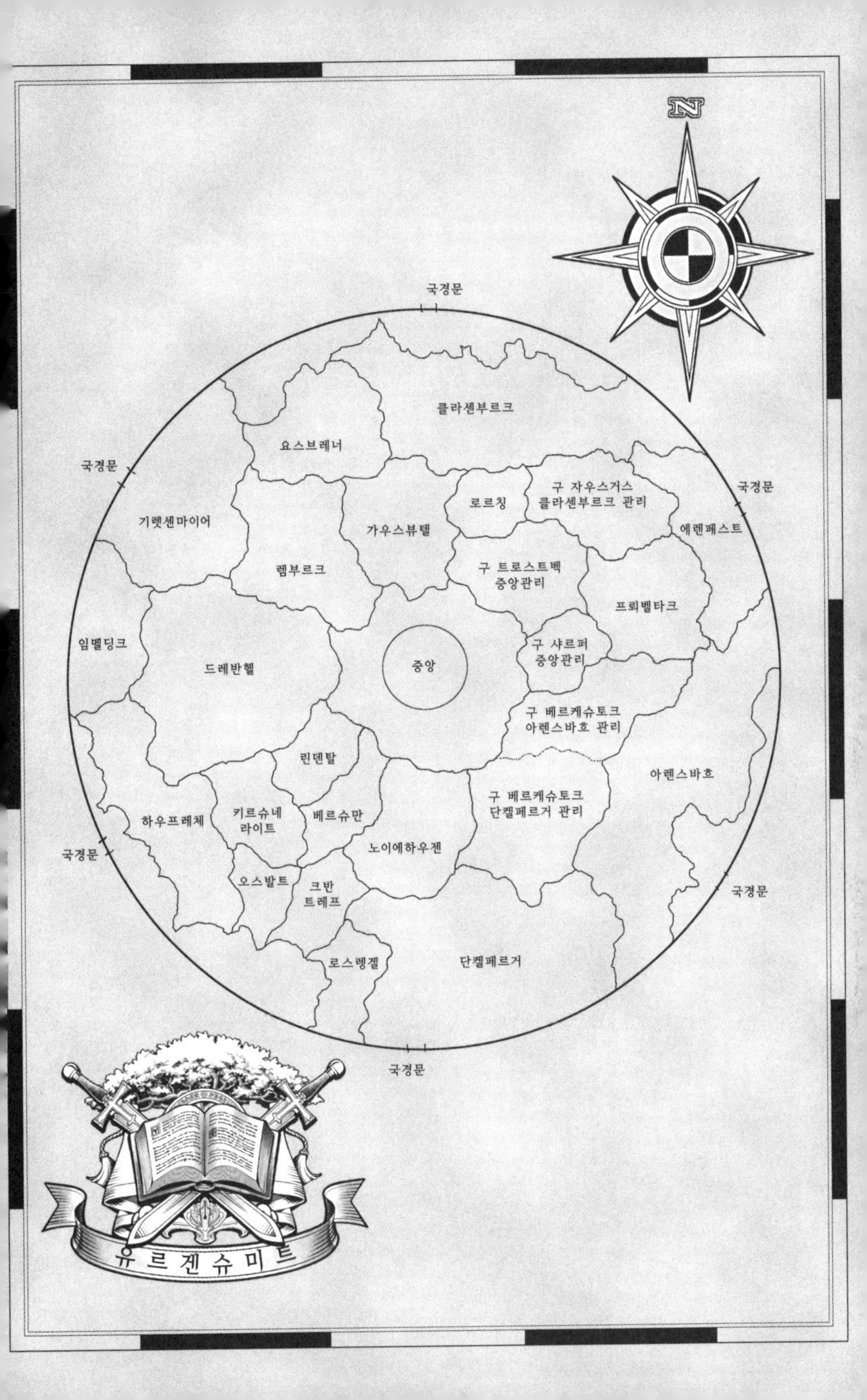
N
국경문
클라센부르크
요스브레너
국경문
구 자우스거스
클라센부르크 관리
국경문
로르칭
기렛센마이어
가우스뷰텔
에렌페스트
렘부르크
구 트로스트벡
중앙관리
프뢰벨타크
임멜딩크
구 샤르퍼
중앙관리
중앙
드레반헬
구 베르케슈토크
아렌스바흐 관리
린덴탈
아렌스바흐
구 베르케슈토크
단켈페르거 관리
하우프레체
키르슈네
라이트
베르슈만
노이에하우젠
국경문
오스발트
크반
트레프
국경문
로스렝겔
단켈페르거
국경문
유르겐슈미트

제4부 귀족원의 자칭 도서위원 I

일러스트 시이나 유우　**지도제작** 후지시로 요　**번역** 김 봄
디자인 백진화　**편집** 김일철　**마케팅** 정다움

제4부

귀족원의 자칭 도서위원 Ⅰ

프롤로그

"신관장님, 자, 이 2년간 있었던 이야기를 들려주시지요."

페르디난드가 신전장실에 도착하자, 몸에 묻은 유레베를 말끔히 씻어낸 로제마인이 날카로운 눈초리로 노려보았다. 금색 눈동자와 말투만큼은 힘이 넘쳤지만, 2년간 쭉 잠든 탓에 몸은 스스로 지탱하기 힘들 정도로 약해진 듯했다. 로제마인은 긴 의자에 힘없이 누운 채 움직이지 못했다.

'이렇게 오래 유레베에 잠든 사람은 기록에 없었으니 장기간 유레베를 사용하면 얼마나 몸이 약해지는지에 대한 귀중한 자료가 되겠군.'

축 늘어져 누운 몸을 내려다보며 페르디난드가 고민에 빠졌다. 그의 고민을 눈치챈 로제마인이 "이야기해 주실 거죠?"라며 둔한 움직임으로 긴 의자 바닥을 찰싹 때렸다. 지금 그녀에게는 이것이 최선을 다한 항의인 듯하다.

"……여기서 꺼내기 어려운 이야기도 있으니, 저쪽에서 해도 괜찮겠는가?"

성에서 일어난 수많은 일에는 신전에서 공공연하게 밝힐 수 없는 사항도 있다. 비밀의 방을 제안하자, 로제마인은 수긍하기는커녕 눈을 내리깔았다.

"비밀의 방에 가는 건 상관없는데, 아직 몸에 힘이 안 들어가요."

"흠. 눈을 뜬 후부터 감각의 변화가 전혀 없는가? 아니면 조금씩 움직일 수 있나? 얼마나 지나야 예전처럼 움직일지 알 수 있겠나?"

페르디난드가 머릿속에 떠오르는 대로 질문하자, 그녀는 더욱 수상쩍어하는 웃음을 지으며 "신관장님은 정말 '매드 사이언티스트'네요." 라고 말했다. 그는 매드 사이언티스트가 무슨 의미인지 모르지만, 욕이라는 것만큼은 알았다. 아무 말 없이 그녀의 이마를 손가락으로 튕겼다.

"아야!"

로제마인이 예전처럼 소리를 꽥 질렀지만, 평소라면 바로 이마를 문질렀을 손이 굼뜨고 무거운 움직임으로 이마로 올라왔다.

'지금이 이 상태라면 평소만큼 근육이 회복되려면 얼마나 더 걸릴까? 뭐가 필요하지?'

바로 회복해 주면 더할 나위 없었다. 그러나 근력을 키우는 데 시간이 소요되면 귀족원 입학에 맞추지 못할 가능성도 있다. 묵묵히 그녀의 상태를 관찰하며 약이나 마술구 등, 회복에 도움될 만한 물건을 떠올리면서 페르디난드는 비밀의 방 문을 열었다.

프랑과 잠에게 로제마인을 눕힌 채 긴 의자를 옮기게 했다. 두 사람이 방을 나가고 문이 닫히자, 점점 그녀의 표정에 불만이 가득해졌다.

"신관장님, 저 왠지 딱 '우라시마 타로'* 같은데요!"

"……그건 또 뭐지? 도통 의미를 모르겠군."

"비밀의 방에서 나오기 전에는 미간의 주름까지 똑같은 신관장님밖에 못 봐서 2년이나 흐른 실감이 없었어요. 그런데 니콜라와 모니

---

* 우라시마 타로: 일본의 설화. 거북이를 타고 용궁으로 간 어부가 지상으로 올라가니 700년이란 세월이 흘러 있었다는 이야기

카도 성인이 돼서 올림머리를 한 데다 치마도 길어졌고, 길은 키가 부쩍 커졌고……."

사실 샤를로테와 빌프리트도 그녀의 키를 훌쩍 뛰어넘었다. 하지만 페르디난드는 이 자리에서 굳이 언급하지 않았다. 샤를로테에게 존경받는 '언니'가 되기 위해 어리석을 정도로 노력했던 로제마인이 여동생이 자기보다 키가 자랐다는 사실을 알면 어떻게 될지 생각하기도 싫었기 때문이다.

'내가 어떻게 할 수도 없는 문제지만…….'

하아, 하고 페르디난드가 한숨을 쉰 순간, 로제마인의 마력이 불안정하게 흔들리는 느낌이 들었다. 흥분하며 불안을 호소하는 그녀의 눈빛이 익숙한 금색에서 점점 뿌연 무지개색으로 변했다.

"나만 남겨 두고 다 컸잖아요! 주변이 내가 모르는 세계로 변해 있어서 불안해요!"

"로제마인, 진정해라."

"진정하라고요? 주변이 완전히 바뀌었다고요! 나만 빼고, 전부……."

"이 2년간 그대의 마력도 흐름이 바뀌었다. 진정하지 않으면 폭주하겠어."

이미 마력이 동요하기 시작했다. 이렇게 될 줄 예측했던 페르디난드는 허리춤에 찬 가죽 주머니에서 마석을 꺼내어 로제마인의 이마에 갖다 댔다. 순식간에 마력이 차면서 몇몇 마석의 색깔이 바뀌었다.

그 모습을 본 로제마인은 숨을 삼키며 눈을 휘둥그레 떴다. 몇 차례 눈을 깜빡이고, 천천히 숨을 들이마시며 호흡을 가다듬었다. 그리고 스스로 감정을 억제하더니, 힘이 없어 떨리는 팔을 뻗어 유레베에

서 일어난 때처럼 페르디난드의 소매를 잡았다.

"……신관장님, 2년간 무슨 일이 있었는지, 빠짐없이 알려주세요. 모두 너무 많이 바뀌어서 밖에 나가기가 무서워요."

"이야기해 달라고 해도 글쎄, 뭐부터 얘기해야 하나……."

"습격범은 잡았나요? 샤를로테는 무사해요?"

페르디난드에게는 2년 전에 끝난 일이지만, 로제마인에게는 바로 조금 전에 일어난 사건이라는 사실을 깨달았다. 감각이 그만큼 다르다면 2년간의 공백을 메꾸는 건 생각보다 훨씬 힘든 과정이 될지도 모르겠다.

샤를로테를 유괴한 범인이 로제마리의 친족이며 이미 처형당한 것. 다만 그 범인은 로제마인을 유괴하고, 약을 투여한 범죄에는 관여하지 않았다는 것. 유괴범에게 신식 병사를 제공한 게를라흐 자작이 수상하지만, 증거도 없고, 습격이 알려졌을 때는 봉쇄된 대강당에 있었다는 것. 호위 기사가 전부 잘못한 건 아니지만, 주인을 지키지 못했으므로 감봉 처분을 받았다는 사실을 얘기했다.

"호위 기사들 처분이 감봉으로 끝나서 다행이에요. 겨울 어린이 방은 어떻게 됐나요?"

"샤를로테와 빌프리트가 그대가 남긴 편지대로 운영하기 위해 고군분투했다고 어린이 방을 담당한 시종과 그림책 운반과 대여를 담당한 다무엘에게 보고받았다. 하급 귀족인 필린느가 많이 도와줬다더군."

로제마인을 부쩍 따른다던 그 하급 귀족의 이름은 다무엘, 빌프리트, 샤를로테의 입에서도 나왔다. 로제마인도 금방 생각나는 이름이었던 모양이다. 불안해 보였던 표정에 옅은 미소가 돌아왔다.

"그랬군요, 필린느가……. 이야기를 많이 써 줬대요?"

"그래, 아마도. 그런데 어린이 방에서 모은 이야기가 아이들 구어체로 쓰여 있어서 책으로 만들기는 어렵겠다고 그대의 시종들이 한탄하더군. 영 쓸모가 없을 거다."

프랑과 길이 곤란해하던 모습을 전하자, 로제마인이 키득키득 웃었다.

"아! 핫세는 어떻게 됐어요? 기원식은 제대로 열렸나요?"

"샤를로테가 그대의 대리를 자청해 핫세에서 기원식을 치렀지."

정확하게 말하면 페르디난드가 그렇게 명령했지만, 샤를로테가 '언니를 대신해서 하겠다'고 했으므로 거짓은 아니다.

"……샤를로테의 마력으로 충분했나요?"

걱정스러운 얼굴로 묻는 로제마인을 보고, 그는 코웃음을 쳤다.

"충분했겠느냐? 유레베에 녹은 그대의 마력으로 제사를 지냈지. 샤를로테와 빌프리트가 수확제와 올해 기원식까지 도와줬으니 나중에 고맙다고 하도록. 두 사람 모두 마석은 조금 다루게 된 모양이더군."

"그랬군요. ……성장, 했겠네요."

그녀가 눈을 내리뜨고, 굉장히 쓸쓸하게 중얼거렸다. 페르디난드는 무슨 말로 위로를 해야 할지 몰랐다. 그래서 무뚝뚝하게 "2년이나 지났으니까." 라고 대답했다.

"……그렇겠죠. 평민촌은 어때요? 유레베에서 잠든 지 2년이나 지났으니까 가족들도 굉장히 걱정하고 있을 텐데……."

이번에는 페르디난드가 눈을 내리깔았다. 신분이 달라진 지금도 실낱같은 인연이라도 붙잡고 싶어 하던 가족이다. 아마 용태를 지켜본 자신보다 더 걱정하고 있으리라.

"그대의 가족이 어찌 지내는지는 이쪽에 들어온 보고는 없다. 평민촌과 관련된 보고로는 수동 펌프가 조금씩 보급되기 시작했다는 내용뿐이다. 그대의 가족이라면 공방을 맡은 시종들이 뭔가 알지 않겠는가?"

"……나중에 길이랑 프리츠에게 물어볼게요. 인쇄업은 중단됐나요? 일크너의 종이 제작은 어떻게 됐어요? 모처럼 좋은 방향으로 진행 중이었는데……."

혼자 상상하며 불만을 토로하는 그녀에게 일크너의 상황을 전해 주었다.

"네? 볼크에게 자식이 생겼다고요!? 행복하게 지내고 있네요."

수확제의 상황을 설명하자 아니나 다를까, 로제마인은 자기 일처럼 좋아했다. 남의 일에 이렇게까지 감정 이입을 하다니, 페르디난드에겐 의아하기 그지없었다.

"인쇄업은 사업이 중단되는 것을 걱정한 엘비라가 친정인 하르덴첼에서 인쇄업을 시작했다. 그래서 구텐베르크가 총동원되었고, 올해 봄부터 현지에 나가 있지. 수확제 후에 돌아온다더군. 바로 며칠 전에 벤노에게 보고받았다."

"네? 어, 어머님께서 인쇄업을요?"

믿을 수 없다는 듯이 눈이 휘둥그레진 로제마인에게 페르디난드는 고개를 깊이 끄덕였다. 엘비라는 업무에 쫓기는 페르디난드 대신, 어미로서 딸이 지휘하던 인쇄업을 확장하느라 애써 주었다. 그녀는 상급 귀족이라서 당연히 평민의 사업 방식을 잘 모른다. 터무니없는 지시를 받아야 하는 벤노는 고생하는 모양이지만, 덕분에 페르디난드는 짐을 덜 수 있었다.

“딸을 위해 발 벗고 나선 네 어머니에게 고마워하거라.”

“당연히 저는 어머님께 감사하고 있지만…….”

모호한 말투와 어딘지 모르게 표정이 미묘하게 바뀐 로제마인이 페르디난드를 올려다보았다. 몇 초 간, 뭔가 말하고 싶은 눈빛을 보내던 그녀가 살짝 눈을 감고, 생각에 잠긴 채 “……신관장님, 용케 허가하셨네요.” 라며 중얼거렸다.

“솔직히 말해서 인쇄업까지 내가 볼 순 없었으니까. 엘비라가 대신 맡아 주겠다는데, 그보다 더 좋은 방법이 어디 있겠는가?”

“하긴 제 업무가 전부 신관장님한테 넘어갔으니까요. 수고하셨습니다. 그럼 인쇄업 얘기는 나중에 길과 플랑탱 상회에 물어볼게요.”

그가 다른 이에게 인쇄업을 맡겼다는데도 그녀는 비난은커녕 당연한 얼굴로 수고했다는 말을 남기고, “구 베로니카 파는 해결됐나요?” 하고 화제를 돌렸다. 그래서일까? 다른 사람 앞에서는 절대 내지 않는 약한 소리가 드디어 그의 입에서 나왔다.

“지금으로서는 구 베로니카 파의 움직임은 없다. 게를라흐 자작도 꼬리 밟히지 않게 요리조리 피하고 있지. 덫을 놓아서라도 증거를 잡으라는 명령이 떨어졌지만, 산더미 같은 일거리를 처리하는 데 빠듯했다. 범인을 잡지 못해 미안하구나.”

로제마인이 떠맡은 업무량은 도무지 어린애가 처리할 양이 아니었다. 페르디난드도 혼자서 감당할 양이 아니어서 주위에 일거리를 나눠서 처리해야 했다. 신전 업무만 해도 머리가 지끈거리는 양인데, 각종 의식, 고아원과 공방 운영, 플랑탱 상회와의 연락까지 추가되었다. 그런 상황에서 로제마인이라는 계산 도우미와 방패막이도 없어져 버린 것이다.

그가 성에 불려가는 횟수가 늘면서 질베스타뿐만 아니라, 보니파티우스까지 턱없는 요구를 해 왔다. 그들은 "범인은 게를라흐 자작이 틀림없으니까 대충 덫이라도 놓아서 증거를 잡아." 라느니 "빨리 로제마인을 깨워라." 라는 요구를 했다.

'보니파티우스 님이 의욕만 부리지 않으셨더라면 잡을 수 있었을 터인데.'

페르디난드의 조수이기도 한 에크하르트와 '주인 대신'이란 명목으로 업무를 분담했던 다무엘과 브리기테까지 훈련으로 뺏기지만 않았더라면 요구에 응할 여유가 있었을지도 모른다. 하지만 페르디난드가 신용하는 측근이 몇 없는 상황에서는 신문을 받은 후 경계하는 게를라흐 자작에게 덫을 치고 증거까지 잡아낼 여유가 조금도 없었다.

"게오르기네의 재방문은 막아냈다. 지금은 영지 자체에서 아렌스바흐와 교류를 끊은 상태니까 그쪽도 움직이기 어렵겠지. ……다만, 그래. 지금 걱정해야 할 건 램프레히트다. 녀석이 소동의 발단이 될지도 모르겠군."

"램프레히트 오라버니요?"

페르디난드는 최근 2년간의 동향을 떠올리며 미간을 찌푸렸다.

로제마인이 잠든 2년 전 겨울이 끝날 무렵, 램프레히트는 연인의 졸업을 축하하기 위해 귀족원 졸업식에 참석했다. 재학 중에는 연인보다 램프레히트의 마력이 낮았던 탓에 그녀의 아버지는 램프레히트를 썩 마음에 들어 하지 않았다고 한다. 그러나 로제마인에게 마력을 압축하는 요령을 배우고, 램프레히트는 겨울 동안 조금씩이지만 마력을 키웠다.

"그래서 상대방 아버님이 결혼을 인정해 주셨어요?"

"그래. 더 늘어날 여지가 있다면 나쁘지 않다고 했다더군. 램프레히트는 귀족원에서 돌아와서 칼스테드와 질베스타에게 결혼 허락을 요청했다."

응응, 하며 로제마인이 눈을 반짝이며 다음 말을 재촉했다. 어째서 여자들은 이런 남의 사랑 얘기를 좋아하는지 페르디난드는 전혀 이해할 수 없었다. 한숨을 내쉬며 다음 말을 이었다. 어차피 로제마인이 기뻐할 만한 결말이 아니었다.

"그런데 램프레히트의 연인이 아렌스바흐의 상급 귀족이었던 탓에 그 자리에서 요청을 거절했다. 본인도 에렌페스트의 정세로 보아 그 결과를 예상했겠지. 알겠다는 말만 하고, 곧바로 연인에게 헤어지자고 편지를 보냈다더군."

연인이 서로 결혼하고 싶어도 부모와 영주의 허가가 없으면 혼인하지 못한다. 귀족원의 졸업식에 함께 참석하는 것까지는 개인 감정으로 허가해도, 다음 단계에는 수많은 제약이 걸린다. 귀족인 이상, 연애가 혼인으로 이어지지 않더라도 달게 받아들여야 한다.

"……램프레히트 오라버니는 빌프리트 오라버니의 호위 기사니까요. 아무래도 아렌스바흐의 귀족과는 혼인하기 어렵겠죠."

로제마인은 살짝 미간을 찌푸리면서도 이해했다.

"일반적으로는 혼인 신청이 기각되면 이별의 편지를 보내고 그걸로 끝이었을 거다. 그런데 램프레히트의 연인이 아렌스바흐 영주의 조카딸이어서 작년 봄에 열린 영주회의 때 아우브 아렌스바흐가 왜 결혼을 승낙하지 않느냐며 따졌다더군."

"으아……."

영주회의에서 추궁을 당한 질베스타는 램프레히트 외에도 아렌스바흐의 귀족 딸과 결혼을 바라는 귀족이 있다는 점, 귀족이 부족한 지금 시대에는 마력이 강한 아이를 낳는 상급 귀족의 딸을 타 영지에 보내고 싶어 하는 영주가 없다는 점, 아렌스바흐보다 약소한 에렌페스트에서는 아무리 결혼을 허락해 주고 싶어도 데릴사위로 남자 귀족을 보낼 여력이 없다는 점, 불평등하게 어느 한 사람만 결혼을 허가할 수도 없다는 점 등, 온갖 이유를 들어서 아우브 아렌스바흐를 물리쳤다고 한다.

"아마 올해 영주회의에서도 시비를 걸 테지. 그러니 귀족원에 들어가면 아렌스바흐의 정세를 잘 살피도록."

"……하아. 네. 최대한 노력할게요."

전혀 흥미가 없어 보이는 그녀의 대답에 페르디난드가 관자놀이를 눌렀다.

"제대로 듣고 있느냐?"

"듣고는 있는데요, 영지 간의 문제로 결혼이 파기된 램프레히트 오라버니보다 브리기테와 다무엘 쪽이 더 궁금해요."

"……네 오라버니의 결혼보다 호위 기사의 결혼이 더 신경 쓰인다고?"

"네. 함께 지낸 시간이 다르잖아요."

생각지도 못한 그녀의 말에 잠깐 숨을 삼켰다. 빌프리트와 샤를로테에게도 마음을 연 그녀였기에 가족이라는 범주에 들어가면 자동으로 그녀의 사람이 되는 줄 알았다. 그런데 그녀가 생각하는 자기 사람은 혈육이나 가족이라서가 아니라 교류의 깊이로 우열을 가리는 듯했다. 너나없이 자기편으로 마구 끌어들이던 그녀에게 자기 사람에

대한 명확한 구별이 있다는 사실을 처음 깨달았다. 예상외였다.

"신관장님, 다무엘의 구혼은 어떻게 됐어요?"

"기대하는데 미안하지만, 그 두 사람의 혼인은 깨졌다."

그녀가 경악하며 눈을 부릅떴다. 왜 잘 될 거라고 생각했을까? 페르디난드는 그쪽이 더 의문이었다.

"서로 희망 사항이 맞지 않아서다. 어쩔 수 없지."

"……서로 마음이 통해도 이뤄지지 않는 수도 있네요."

"주변 사정으로 포기하게 되는 경우라면 수두룩하지 않겠는가. 한 번 성인이 된 적이 있는 그대라면 알 텐데?"

"책으로 읽기야 많이 읽었는데, 제 주변에는 서로 사랑하는데 잘 안 된 사람은 없었어요."

아아, 그렇군, 하고 페르디난드는 납득했다. 그녀가 있던 세계는 이곳과 비슷하면서도 다른 세계다. 두 세계에는 차이점이 많았다. 연애 방면의 상식도 상당히 다르리라.

"그들이 결혼하려면 두 가지 길이 있었다. 땅을 소유한 중급 귀족 일원인 브리기테가 하급 귀족으로 신분을 낮춰서 귀족가로 오든가, 하급 귀족의 차남인 다무엘이 결혼해서 중급 귀족으로 신분이 상승하든가, 둘 중 하나였다."

"다무엘이 중급 귀족이 되면 전혀 문제없지 않아요? 신분도 올라가고……."

가볍게 말하는 걸 보면 로제마인은 아직 전혀 귀족의 상식을 파악하지 못한 듯하다.

"그러려면 다무엘이 호위 기사를 관두고 일크너에 데릴사위로 들어가야 해. 평범한 하급 귀족이라면 그걸로 괜찮았겠지. 그러나 그대의 사정을 훤히 알고, 그대 덕분에 목숨을 건져서 호위 기사가 된 다무엘은 특수한 입장이야."

제삼자는 물론이고, 구혼을 받은 브리기테조차 다무엘이 로제마인의 평민 시절을 아는 줄은 모른다.

"지금 당장 다무엘에게 그만둬도 좋다면 하면 두 사람은 결혼할 수 있나요?"

"이미 늦었어. 브리기테는 엘비라가 소개한 사람과 올해 여름에 결혼해서 일크너로 돌아갔다."

"……갑작스러운 전개네요. 말도 안 돼."

두 사람을 축복하기 위해서라면 로제마인은 자신의 중요한 정보를 쥐고 있는 다무엘을 해임하여 진심으로 일크너에 보내줄 생각이었던 모양이다. 그녀가 깨어나기 전에 위험한 싹을 잘라 준 엘비라의 수완에 페르디난드는 속으로 갈채를 보냈다.

남의 생사에 금방 상태가 불안정해지는 그녀에게 말할 생각은 없지만, 가령 다무엘이 일크너에 가게 되었다면 남들 모르게 죽임을 당했으리라. 정보 누출을 철저하게 막는 것이 하급 귀족의 목숨보다 에렌페스트에 중요하기 때문이다.

"그러고 보니 그대의 전속 요리사도 결혼 허가 신청을 냈더군. 이쪽도 주인인 그대 없이는 허가를 낼 수 없었다. 보류해 뒀으니 이미 끝난 두 사람 일보다 이쪽을 먼저 처리해."

"……드디어 푸고에게도 봄이 찾아왔나 보네요."

웃으려다가 실패한 표정으로 로제마인이 "축하할 일이네요."라고 중얼거렸다. 조금 전에 '주위가 너무 변해서 무섭다'고 말할 때와 같은 표정이다.

"고아원과 공방에 관해서는 그대의 시종이 더 자세히 알 거다. 그쪽은 시종에게 보고받도록 해라."

"……네."

누가 봐도 긴장감을 보이며 굳은 그녀의 표정에 그는 왜 그러는가 싶어 잠시 고민에 빠졌다. 유레베를 사용한 사람을 몇 명 알지만, 보통 열흘에서 한 계절 안에 깨어났다. 몇 년이나 잠든 사람은 없었다. 무엇보다 계속 경과를 지켜본 그의 눈에는 겉으로 아무 변화가 없는 로제마인이 주변 변화에 당황하는 마음을 이해할 수 없었다. 오히려 언제 깨어나는가, 정말 깨어나는가, 하고 줄곧 걱정하던 시종과 주변 사람들의 심정에 더 공감이 갔다.

"로제마인, 뭘 두려워하는지 모르겠으나, 그대의 시종은 모두 그대가 깨어나길 기다렸다. 그대가 남긴 지시에 따라 신전장실, 고아원, 공방을 운영했고, 그대가 깨어났을 때 기뻐할 수 있도록 새로운 책을 만들려고 계속 노력했다. 그들의 성장을 두려워하지 말고, 잘했다고 칭찬해 주거라."

로제마인은 시원시원하게 "네." 하고 대답하며 히죽 웃었다. 평소와 같은 그녀의 미소에 페르디난드는 살짝 안도의 한숨을 쉬었다.

시대에 뒤처진 나

유레베에서 깬 나는 꼭 혼자 미래에 떨어진 심정이었다. 눈을 떴을 때는 비밀의 방에 있던 페르디난드가 예전과 전혀 다르지 않아서 내 9살 시절이 사라진 사실을 한탄만 하고 말았다.

그런데 페르디난드에게 안겨서 비밀의 방을 나갔더니 니콜라와 모니카는 성인이 되어서 올림머리를 한 데다가 가슴은 볼록하고, 치마 기장도 길어져 있었다. 또 길은 성장기인지, 내 기억 속에는 얼마 전까지만 해도 프랑의 가슴팍에 있던 길의 머리가 프랑의 어깨보다 높은 데 있었다. 심지어 목소리도 다른 사람이라도 된 듯 걸걸했다.

'2년 가까이 잤다고 하지만, 내 감각은 고작 하룻밤 자고 일어난 건데. 주위 사람들이 순식간에 성장해 있어서 솔직히 무섭고 기분이 이상해.'

모두가 성장했는데, 나만 성장은커녕 퇴화했다. 2년 사이에 근력이 쇠해서 몸이 제대로 움직이지 않았다. 그런 자신의 몸을, 알면서도 낯선 사람들이 옷을 홀딱 벗겨서 씻겼다. 말로 표현할 수 없는 공포와 불안감에도 '내가 할게'라고도 '하지 마'라고도 할 수 없다. 나는 입을 꾹 다물고 손가락을 폈다 접었다 해 보고, 다리에 힘을 줘서 꼼지락거려 보았다. 굳은 몸을 조금씩 움직이면서 알면서도 낯선 주변 사람들을 향해 미소를 유지했지만, 속으로는 굉장히 무서웠다.

비밀의 방에서 잠자는 동안 일어난 일을 페르디난드에게 간략하게 들었다. 다들 걱정하며 내가 깨어나길 기다려 줬다는 말을 들으니 조금 마음이 진정되었다. 그래도 어찌할 수 없는 시간의 공백을 직접 목격하자, 넘지 못할 벽이 눈앞을 가로막은 듯한 느낌이 강하게 들었다. 현재의 시간에 익숙해지기 위해서라도 어서 빨리 일상을 되돌리고 싶었다.

"내일부터는 복귀하도록 할게요! 그 전에 이 몸을 어떻게든 해야겠지만."

내가 그렇게 말하자, 페르디난드가 뭔가 생각난 듯이 자리에서 일어났다.

"마술구를 가져오려는데, 여기서 기다리겠나? 아니면 한 번 밖을 나가 보겠나?"

"……여기서 기다릴 테니까 저기 있는 책을 하나 가져다주세요."

길이 쌓아 둔 책을 눈짓으로 가리켰다. 페르디난드가 제일 위에 있는 책을 집어와서 내 배 위에 올려놓고, 그대로 발걸음을 돌려 방을 나갔다.

"새 책이다. 우후훗."

나는 천천히 손을 움직여서 배 위에 놓인 책을 만졌다. 새 책의 감촉에 입꼬리가 점점 올라갔다. 자, 읽자, 하고 기합을 넣고 손을 움직였다. 힘이 없어서 떨리는 손으로 페이지를 필사적으로 넘기려고 했다. 그런데 그것조차 어려웠다. 종이를 한 장 집어서 넘기는 그 동작 하나가 굉장히 어려웠다.

"아……."

책을 누르는 손에도 힘이 들어가지 않았다. 결국 책이 스르륵 미끄러지더니 철퍼덕 소리를 내며 바닥에 떨어져 버렸다. 주우려고 팔을 뻗어도 지금은 긴 의자에서 떨어뜨린 자신의 팔마저 무거웠다. 말할 것도 없이 책을 주울 수가 없었다.

'책도 못 읽을 정도로 약해지다니.'

2년이나 희생했는데, 전혀 건강해진 것 같지가 않다. 키는 전혀 자라지 않고 근력도 줄었는데 마력만 늘다니 최악이다. 주변에 걱정을 끼치지 않으려고 억지로 웃는 것도 쓸데없는 짓 같았다. 몸에 힘을 빼자, 순간 눈물이 뚝 떨어졌다.

"기다렸……. 왜 울지?"

"책을, 못 읽겠어요. 팔이 움직이지 않아서 페이지를 넘길 수가 없어요. 나 어떡해."

하아, 하고 한숨을 쉰 페르디난드가 내 왼손을 덥석 잡았다. 그리고 내 손목에 화려하게 장식된 팔찌를 끼었다. 손목에 딱 맞는 사이즈로 바뀐 마법구 팔찌가 내 마력을 흡수해 갔다.

"신관장님, 갑자기 뭘……어? 팔이 움직이네?"

"신체강화 마술을 보완하는 마술구다. 옛날에 내가 신체강화의 요령을 터득하기 전까지 썼던 거지. 지금 그대에게는 마력이 남아도니까 이걸로 어느 정도 움직일 수는 있을 거다. 그쪽 팔도 내밀어라."

마술구를 양팔에 끼자, 상반신이 가볍게 움직여졌다. 나는 감탄하며 팔을 빙빙 돌려 보았다.

"이제 책을 읽을 수 있겠어요!"

"……좀 다른 쪽으로 감동할 순 없는가?"

"네? 최상급의 감동과 존경을 담았는데요?"

말을 말자는 듯이 가볍게 고개를 저은 페르디난드는 "이건 나중에 다리에 차거라." 라며 내 손바닥 위에 고리 두 개를 올렸다. 나는 그것을 받고, 고개를 갸웃거렸다.

"지금 끼면 되잖아요."

"마술구가 직접 피부에 닿아야 효과가 있다. 여기서 경망스럽게 다리를 드러내고 싶은가? 그대에게 노출증이 있든 없든 관심도 없다만, 적어도 내가 없는 곳에서 해 다오. 이상한 일에 말려들고 싶진 않다."

지금 나는 허리에 두른 천 벨트에 끈으로 연결된 양말을 신고 있다. 요염함이라고는 눈곱만큼도 없는 밋밋한 가터벨트 같은 형태다. 그 위에 드로어즈 같은 속옷을 입고 있었다.

즉, 고리를 피부에 닿게 차려면 속옷을 벗어서 허벅지에 끼워야 한다. 자력으로 다리를 움직이기도 힘든 내가 '지금 끼우겠다'고 말하는 건 '속옷을 벗겨라'라는 말이나 마찬가지인 셈이다.

"노출증이라니요!? 단연컨대 그런 취미 없거든요! 발목에 달면 되는 줄 알았다고요. 신관장님이 피부에 껴야 한다는 설명을 빠뜨린 거잖아요. 허벅지에 껴야 한다면 모니카와 니콜라를 불러 주세요."

페르디난드를 비밀의 방에서 나가게 하고, 대신 모니카와 니콜라를 들어오게 했다. 두 사람은 내 옷을 벗기고 허벅지에 고리를 끼워 주었다. 다리를 파닥거려 보았다. 생각대로 잘 움직였다. 조금 전까지 발가락만 꼬물꼬물 움직이던 다리가 자유롭게 움직이자, 두 시종의 눈이 휘둥그레졌다.

"움직이지 못하는 나를 위해 신관장님이 빌려주셨어요. 서 볼 테니까 두 사람이 부축해 줄래요?"

"물론이죠."

힘을 주자, 생각대로 몸이 바로 섰다. 두 사람의 손을 놓고, 나는 혼자 걸어서 몸을 빙글 돌아 척, 하고 포즈를 취했다.

"나 드디어 건강해진 것 같아요."

"……신관장님의 마술구는 정말 대단하네요."

"로제마인 님의 얼굴에 미소가 돌아와서 정말 기뻐요."

니콜라가 안심한 듯 웃으며 말했다. 목욕하면서 끝까지 지었던 내 웃음이 억지웃음인 줄 단번에 알아차렸던 모양이다.

"두 사람에게 걱정을 끼쳐서 미안해요."

나는 내 다리로 문까지 걸어갔다. 원하는 대로 몸이 움직여 주는 게 이토록 기분 좋고 상쾌할 줄 몰랐다. 건강이 얼마나 감사한지 실감하면서 나는 가벼운 발걸음으로 걸어가서 힘차게 문을 열었다.

"신관장님 덕분에 스스로 움직일 수 있게 됐어요. 감사하게 생각합니다."

프랑과 시종들이 눈을 동그랗게 뜨고 나를 보더니, 안심한 듯 환하게 웃었다. 그 뒤에서 페르디난드가 당연하다는 듯이 고개를 끄덕였다.

"로제마인, 사흘 뒤에는 성에 가야 한다. 성에 가면 귀족원에 출발하기 전까지 필요한 공부를 속공으로 마치고, 겨울 사교계에 그대로 참석해야 해."

"귀족원이라니……. 이런 상태로 꼭 가야 해요? 지금부터 속공으로 공부하지 않아도, 입학을 1년 늦추면 되잖아요."

가령 마술구 없이는 움직이지도 못하는 병자라도 페르디난드라면 영주의 양녀에 걸맞은 성적을 남기라느니, 이 정도는 당연히 해야 한다느니 하며 절대 봐주지 않을 터이다. 열혈 지도를 받게 될 상상을 하니, 얼굴이 찌푸려졌다.

"귀족원을 졸업하지 않으면 귀족으로 인정받지 못해. 1년 늦게 들어가면 귀족이 되는 시기가 1년 늦어지지. 귀족은 졸업식과 성인식이 동시에 열리기 때문에 15살이 넘어가도 귀족사회에서는 성인으로 인정해 주지 않는다. 결혼, 일, 모든 일에 차질이 생기고, 귀족이 되고도 약점만 더 만드는 셈이다."

"음……. 어차피 저는 실제 나이보다 1년 늦게 귀족 생활을 시작했고, 이미 신전 출신부터 허약한 몸까지 약점이 있으니까 1년 정도 늦다고 뭐가 다르겠어요. 1년 늦게 성인이 된다면 1년은 더 신전에 있을 수 있잖아요?"

서둘러 귀족원에 가야 하는 이유를 모르겠다, 성인이 되는 시기를 늦추면 평민촌과도 더 이어져 있을 수 있지 않느냐. 내가 그렇게 말하자, 페르디난드가 근심에 잠겼다.

"열 살은 귀족원에 가야 하는 나이다. 솔직히 겨울 내내 귀족들에게 영주의 자제가 1년 늦어도 되느냐는 질문 공세와 호기심 어린 시선을 받을 바에야 차라리 귀족원에 가 있는 편이 마음이 편할 텐데."

"귀찮은 귀족이 있다고 해도 봉납식이나 겨울의 주인도 토벌해야 하고, 신전에서 요양 중이라고 해두면 얼굴을 마주칠 귀족은 거의 없지 않을까요?"

내가 반론하자, 페르디난드는 "흠." 하고 고개를 끄덕였다. 그러나 얼굴엔 여전히 고민이 가득하다. 공격은 잘 피했지만, 회피는 실패. 여전히 귀족원에 보낼 생각이다. 나는 실까 보냐며 전투태세로 다음 공격을 기다렸다.

"그런데 1년 늦어지면 그대는 샤를로테와 같은 학년이다. 2년 잠든 사이에 덩치뿐만 아니라 학년까지 같아지면 언니다운 점이 하나도 없지 않겠는가?"

'허!? 1년 쉬면 샤를로테와 같은 학년이 된다고!?'

그건 중대한 사태다. 마음이 심하게 흔들렸다. 내 동요를 간파한 페르디난드가 씩 웃었다.

"샤를로테는 자기 때문에 그대가 깊은 잠에 빠졌다며 속앓이를 하더군. 언니였던 그대가 자신과 같은 학년이 되면 귀족원에 갈 때마다 자기 행동을 후회하겠지. 그런 샤를로테를 보면 그대야말로 가슴이 아프지 않겠는가?"

귀여운 여동생을 구하려고 뛰쳐나간 나인데, 샤를로테가 속앓이하게 할 순 없다. 싫었다. 이런 심정을 신관장에게 간파당해서 짜증이 났다.

"샤를로테의 세례식 전만큼 일정이 빽빽하진 않다. 마술구로 몸도 움직이게 됐고. 가령 2년의 공백이 있어도 그대라면 다시 존경받는 언니가 될 수 있겠지."

"……알겠어요. 갈게요. 샤를로테의 언니로서."

"좋아. 사흘 후에 성으로 출발한다. 플랑탱 상회와 면담하고 싶다면 빨리 끝내 두도록 해라."

이야기는 여기까지다, 라며 페르디난드가 비밀의 방을 나갔다. 완전히 나의 패배다. 귀족 사회의 이런저런 걱정은 아무렴 좋지만, 샤를로테의 언니로 있으려면 귀족원에 가야만 했다.

"로제마인 님, 쉬시는 동안 일어난 일에 관해서 순서대로 보고해도 괜찮겠습니까?"

"네. 부탁해요."

프랑의 말에 고개를 들었다. 내 시종들이 모두 눈앞에 집합해 있었다. 신전장실을 관리해 준 프랑과 잠과 모니카가 나란히 섰고, 2년간 주방 업무가 많았던 니콜라는 주방에 관한 보고를 하려고 혼자 따로 서 있었다. 고아원에 관한 보고는 빌마와 로지나. 빌마는 그사이에 귀족 구역에 드나들게 되었는지, 보고할 차례를 기다리며 서 있었다. 마지막으로 길과 프리츠가 공방 관련 보고를 하려고 와 있었다.

"신전장실에서는 딱히 별다른 일은 없었습니다. 저와 잠과 모니카가 매일 신관장실에서 신관장님을 보좌해 왔습니다. 기원식과 수확제에서는 로제마인 님 대신 샤를로테 님과 빌프리트 님께서 직할지를 돌아 주셨습니다. 두 분 모두 1년째는 마력 사용이 조금 불안했지만, 2년째에는 능숙하게 신구를 다루며 축복을 내리셨습니다."

"그렇군요, 두 사람에겐 고맙다고 전해야겠네요."

"두 분께서 출발과 도착을 신전에서 하신 후부터 청색 신관들도 조금씩 변하기 시작했습니다. 영주의 자제에게 자신을 알리려고 진지하게 일하려는 자가 나왔습니다."

의도적이긴 해도 조금이나마 업무에 의욕을 가져 준다면 이유는 아무렴 좋았다.

"저희가 가장 걱정한 건 약을 과다복용하시는 신관장님입니다. 예전만큼 복용량이 늘었습니다. 로제마인 님께서 한마디 해주십시오. 저희 얘기는 듣지도 않으십니다."

프랑의 걱정스러운 목소리에 나는 일단 알겠다고 해 뒀다. 페르디난드가 자기 입으로 산더미 같은 일들을 처리하는 데 빠듯했다고 할 정도로 업무량이 어마어마했으리라. 아무리 시종이 주의를 주어도 약을 입에서 떼지 못했을 게 틀림없다.

"신관장님이 약을 먹지 않아도 되도록 제가 일을 도와야겠네요."

프랑의 보고가 끝나자, 다음은 니콜라가 목패를 들고 보고를 시작했다.

"로제마인 님 덕분에 저는 2년간 요리 조수를 수행할 수 있었어요. 로제마인 님께서 남겨두신 레시피도 전부 만들게 됐습니다. 그리고 푸고와 일제가 요리 대결을 펼치면서 새로운 레시피도 생겼어요."

'요리 대결? 엄청 재밌겠다!'

"새로운 레시피도 기대되지만, 승부는 어떻게 났나요?"

"지금은 1승 1패로 무승부예요."

"다음은 어떨지 기대되네요."

"그리고 푸고와 엘라가 혼인 신청을 냈어요. 푸고가 로제마인 님께서 깨어나시면 제일 먼저 물어봐 달랍니다."

'뭐라고!? 푸고의 결혼 상대가 엘라였어!?'

"귀족 여성은 결혼하면 직장을 그만둬야 한다고 들었는데, 엘라는 계속 일하고 싶어해요. 가능하면 그 점도 배려해 주시면 감사하겠습니다."

"결혼해도 일해 준다면 이쪽이야 환영이죠. ……그런데 방은 어떻게 준비해야 할까요? 신관장님께도 여쭤봐야겠지만, 내년 여름에는 결혼할 수 있게 진행할게요."

"와, 푸고가 좋아하겠어요. 감사하게 생각합니다."

레시피 책도 완성됐다는 말과 함께 니콜라는 보고를 마쳤다. 니콜라가 물러나자, 다음에는 빌마와 로지나가 앞으로 나왔다.

"그럼 고아원 보고입니다. 로제마인 님께서 휴양하시는 2년 동안 고아가 세 사람 늘었습니다. 그중 둘은 고아원 문 앞에 버려진 아이였고, 나머지 한 명은 에그몬트 님을 따르던 회색 무녀 릴리가 낳은 아이입니다."

에그몬트라고 하면 도서실을 엉망진창으로 어지른 범인으로 가장 의심되는 인물이었다.

'이번엔 시종을 임신시켜 놓고 아이를 고아원에 버려? 앗. 잠깐만. 혹시 이거 여기선 일반적인가? 나 화내도 돼? 어느 쪽이야?'

바로 반응하지 못한 나는 에그몬트가 저지른 행위의 선악 판단은 나중에 고민하기로 했다.

"……어, 그럼 신전에서 출산했다는 말인가요?"

"아뇨. 신전에서는 아무도 출산 지식이 없어서 대응할 수가 없었습니다. 투리와 플랑탱 상회와 상담한 끝에 회색 무녀를 핫세의 신전으로 보내서 핫세 주민의 도움을 받아 출산했습니다."

페르디난드는 알아서 태어날 테니 놔두라는 말밖에 하지 않았다고 한다. 그래도 될까 불안해진 빌마가 투리와 루츠에게 상담했더니 두 사람이 방방 뛰면서 말도 안 된다며 무지함을 지적했다고 한다. 두 사람 다 굿잡이다.

고아원에는 여성이 스무 명이나 있지만, 아무도 출산을 도와 본 경험이 없다. 그래서 벤노의 지시로 핫세 신전에 릴리와 회색 무녀를 보냈고, 출산을 도운 적이 있는 노라를 선두로 핫세 여성을 불러서 출산을 진행했다고 한다. 그때 "고아원 책임자가 몰라서 되느냐!?" 라면서 벤노에게 혼난 빌마도 회색 무녀 몇 명과 함께 핫세에 가야 했다고 한다.

"빌마도…… 참 고생 많았네요. 괜찮았어요?"

남성 공포증이 있는 빌마라면 벤노가 내지르는 호통에 상당한 공포를 느꼈음이 틀림없다. 트라우마가 더 심해지지 않았을까?

"……물론 정말 괴로웠지만, 귀중한 경험이었습니다. 지금은 모자 모두 고아원에 마련한 방에서 지내고 있습니다. 디르크 때의 경험을 살려서 다 같이 교대하면서 돌보고 있어요."

"디르크는 어때요? 마력은 계속 뽑아내고 있어요?"

"네. 조짐이 보이면 바로 프랑을 통해 신관장님께 상담했습니다. 즉각 대응해 주셔서 디르크도 큰 문제 없이 지내고 있어요."

마력이 커지면 위험한 디르크도 건강하다니 다행이다.

"고아원의 음악 수업도 순조롭게 진행 중입니다. 일단 한 번씩 페슈필을 다뤄보게 하고, 흥미를 가지는 아이만 집중적으로 교육했습니다. 제 견해로 보아 악사의 소질을 가진 아이가 딱 한 명 있습니다. 그런데 연습을 썩 좋아하지 않아서 발전은 없어 보입니다."

데뷔 공연이 있는 귀족과 달리, 고아들에게 음악 교육은 의무가 아니다. 그래도 재능이나 의욕이 있는 아이를 한번 찾아 보자는 취지였다. 다만 재능이 있어도 노력하지 않는 사람이나 음악에 흥미가 없는 사람도 있다. 본인에게 의욕이 없다면 굳이 시킬 생각은 없었다.

"하지만 화가가 될 만한 아이는 있었습니다. 그림 그리기를 좋아하고, 빌마의 그림을 흉내 내서 틈만 나면 석판에 그리고 있어요."

"그렇군요. 석필을 더 사도 되니까 계속 그림을 그리게 하세요."

"알겠습니다."

로지나는 고아원 아이들을 성실하게 가르친 모양이다. 그런 업무는 전속 악사가 할 일이 아닙니다, 하고 거절하면 어쩌나 했는데 쓸데없는 걱정이었던 모양이다.

"공방 보고를 하겠습니다."

키가 자라고, 목소리가 걸걸해져서 깜짝 놀랄 정도로 어른스러워진 길이 2년간 쌓인 보고를 해 주었다. 인쇄할 원고가 떨어져서 투리에게 책을 빌렸고, 그 보답으로 투리와 루츠에게 고아원에서 예의범절을 가르쳐 주었다고 한다.

"두 사람 모두 중급 귀족을 상대할 만큼의 예절은 익혔다고 생각합니다."

루츠를 가르친 프리츠의 말에 투리를 가르친 빌마도 고개를 끄덕였다.

"향상심이 강하고, 노력이 대단했어요. 두 사람이 정기적으로 고아원에 와 주면서 디르크 육아 상담도 해 주고, 릴리의 출산에 관한 조언과 도움을 줘서 정말 큰 힘이 되었어요."

"그럼 두 사람에게는 제가 고맙다는 말을 전해 둬야겠네요."

내 말에 길이 "투리가 예의범절에 관한 책을 만들면 어떻겠냐고 제안해 줘서 작년 겨울에 인쇄해 봤습니다. 귀족의 인사법을 정리한 책이 대량으로 팔리고 있어요. 그 점도 언급해 주십시오." 라고 덧붙였다.

'투리는 정말 천사인지도 몰라.'

내가 쓴 기사단 이야기를 모은 단편 한 권, 투리에게 준 '엄마의 이야기집' 한 권, 니콜라가 정리하고 빌마의 그림을 넣은 레시피 책이 한 권, 투리의 아이디어로 시종이 정리한 매너집 두 권. 이렇게 총 다섯 권이 상품으로 나왔다고 한다.

"거기에 추가로 엘비라 님께서 보내신 원고도 인쇄했는데, 이 상품은 기한이 빠듯했고, 필요한 만큼만 정확하게 인쇄해서 남아 있는 책이 없습니다. 엘비라 님께서 실패한 것도 전부 인수하겠다고 신신당부하셔서 원고, 완성품, 실패작 전부 공방에는 없습니다."

살짝 흔들리는 길의 시선을 본 순간, 그 책이 어떤 내용일지 짐작이 갔다. 그건 증거를 남겨서는 안 된다. 하나라도 눈에 띄는 날엔 미친 듯이 격노한 페르디난드가 전력을 다해 인쇄공방을 뭉개 버릴 것이다.

'어머님, 그렇게 페르디난드 님의 책이 갖고 싶었나요?'

또 길은 하르덴첼에서 벌어지는 활동도 추가로 보고했다. 구텐베르크가 단체로 이동하여 식물지 협회와 인쇄 협회 지사를 세우고 이익이나 각자의 몫을 정한 후, 기베 하르덴첼이 준비한 공방에 투입되어 기술을 가르치는 중이라고 했다.

"인쇄기를 만드는 금속 부품은 에렌페스트에서 가져갔습니다. 요한이 설비가 다르면 완전히 똑같이 만들어질지 어떨지 모른다고 해서입니다. 하르덴첼에서 제작 방법을 가르치고는 있지만, 설비는 둘째치고, 기술력이 따라오지 못해서……."

"……그야 그렇겠죠."

내가 끊임없이 정밀한 주문만 한 탓에 요한의 기술력은 갈수록 높아졌다. 타의 추종을 불허할 정도다.

"겨울 안에 금속활자에 도전할 테니 완성도를 확인해 달라고 했습니다."

"그렇군요. 길도 멀리까지 출장 다니느라고 고생 많았네요."

"아뇨. 인쇄업을 확장하기 위해서니까요."

씩 웃는 얼굴에 어릴 적 모습이 짙게 묻어나와 나도 모르게 웃어 버리고 말았다.

"내가 자리를 비운 동안에도 다들 각자 열심히 한 것 같네요. 고마워요. 역시 내 시종들이에요."

보고를 마치고 모두의 노력을 치하하자, 프랑이 몇 가지 목패와 함께 나를 침대에 눕혀 주었다.

"로제마인 님, 오늘은 신관장님께서 이것을 보내주셨습니다. 이 목패를 읽으면서 쉬십시오. 제발 무리는 하지 말라고 전하셨습니다."

"하지만 난 편지를……."

"안심하십시오. 플랑탱 상회에도 길베르타 상회에도 연락해 뒀습니다. 면담 일정은 저희에게 맡기시고 지금은 쉬십시오. 사흘 후에는 성에 가셔서 귀족원에 가기 전까지 속공으로 공부하셔야 하니까요."

프랑의 말에 나는 고개를 끄덕였다. 침대에서 뒹굴뒹굴하며 목패를 쭉 읽었다. 페르디난드가 준비해 준 목패는 귀족원에 입학할 때까지 숙지할 사항을 우선 순으로 나열한 리스트였다.

나라의 지리와 역사, 마력과 경제력 등의 기준에 따른 영지의 영향력 순위, 재학 중인 왕족 이름과 영주 후보생 이름 등을 책과 자료를 읽으며 외우는 것이 최우선이었다. 이거면 당분간은 마음껏 책을 읽을 수 있겠다.

'룰루랄라. 읽을거리가 넘치네. ……응? 뭐야, 이 봉납 가무 연습이란 건? 그리고 할아버님과 체력 증강 훈련? 헉. 나 귀족원에 가기 전에 죽는 거 아냐?'

프랑은 바로 다음 날 오후로 면담 일정을 잡아 주었다. 그래서 오전 중에는 신전에서 평소의 스케줄을 처리하게 되었다.

두 점 종이 울리자, 잠에서 깬 나를 호위하러 다무엘이 신전에 왔다. 소년 같았던 분위기는 싹 사라지고, 어른티가 났다. 얼굴에 피로감이 짙어 보이는 이유는 실연 때문인가 했는데, 사실은 보니파티우스에게 시달렸기 때문이랬다.

"보니파티우스 님께서 두 번 다시 로제마인 님이 위험에 빠지지 않게 영주 일족의 호위 기사를 매일같이 단련시키셨습니다. 안게리카도, 코르넬리우스도 놀랄 만큼 강해졌습니다."

"그랬군요. 성에 가는 날이 조금 기대되네요."

아침을 먹고, 나는 로지나와 페슈필을 연습했다. 하지만 손가락이 녹슨 것처럼 움직이지 않아서 깜짝 놀랐다.

"사흘 연습하지 않아도 소리가 달라지는걸요. 2년이나 잠들어 계셨으니 어쩔 수 없지요. 하지만 로제마인 님 감각으로는 바로 며칠 전까지 연습해서 그럴까요? 감각이 빨리 돌아오네요."

"……귀족원에 가서 창피를 당하지 않을까?"

내 실력은 여덟 살에 멈춰 있었다. 열 살까지 착실히 연습한 귀족들이 모이는 장소에 가기엔 터무니없이 부족한 실력일 터였다.

"걱정하실 필요는 없어요. 이대로 계속 연습하시면 괜찮아요. 신관장님의 방침으로 난이도를 계속 올리면서 연습해 오셨으니 손가락만 풀리면 창피를 당하실 일은 없을 거예요."

그래봤자 겨우 턱걸이 수준이다. 이런 실기 과목은 공백을 메꾸려면 오로지 죽도록 연습하는 길밖에 없다.

세 점 종이 울리면 신관장실에서 서류 작업이다. 내가 시종들과 함께 업무를 도우러 가자, 페르디난드의 시종들이 눈물을 흘리며 기뻐했다. 그들이 얼마나 고된 업무에 시달렸었는지 절실히 느껴졌다.

"전 귀족원에 가야 해서 오늘과 내일밖에 못 돕는데요……."

"성에서 페르디난드 님을 조금이라도 덜 호출해 준다면 그걸로 충분합니다. 정말 마음이 든든합니다."

'뭣이라! 이 못된 양아버지 같으니라고!'

어쨌거나 페르디난드의 짐을 조금이라도 덜어 주기 위해 열심히 계산했더니, "잘했다." 라며 페르디난드가 상당히 만족스러운 얼굴로 내게 피로회복제를 주었다.

"감사하게 생각합니다."

정말 고마워해야 하는지 아리송했다. 페르디난드도 자기 나름의 배려와 상냥함으로 그나마 맛을 개선한 회복제를 줬으니 아마 기뻐해야 하는 상황이리라.

점심을 먹은 후, 고아원과 공방을 돌아보며 건강해졌다는 보고와 함께 열심히 해준 모두의 노고를 위로했다. 동행한 사람은 길과 다무엘로, 모니카와 니콜라는 먼저 고아원 원장실로 가서 나를 맞이할 준비를 해 주기로 했다.

고아원에서도 다양한 변화가 있었다. 견습생이던 아이들 몇 명은 성인이 되었고, 나와 덩치가 비슷비슷했던 아이들은 견습생이 되었다. 세례를 받지 않은 아이는 디르크와 아직 아장아장 걷는 아기 셋이었다. 원래 얼굴이 예뻤던 델리아는 완전히 미소녀가 되어 있었고, 갓난아기일 때 모습이 싹 사라진 디르크는 유아가 되어 있었다.

'카밀도 이만큼 컸겠지?'

앞으로 열심히 성장하지 않으면 카밀과 디르크가 내 키를 앞지를지도 모른다는 위험성을 강하게 느꼈다.

"로제마인 님, 플랑탱 상회가 도착했습니다."

고아원 원장실에서 길이 제출한 공방 수지를 기록한 서류를 훑어볼 때 프랑이 도착을 알렸다. 2층으로 올라온 사람은 벤노, 마르크,

루츠 세 사람이었다. 길만큼은 아니지만, 루츠도 키가 자라서 프랑의 어깨까지는 왔다. 직장에서 바쁘게 치여 살아서인지 얼굴이 다부지고, 일 잘하는 남자의 분위기에 가까워진 느낌이 들었다.

자못 진지한 기나긴 인사를 끝내고, 나는 비밀의 방으로 향했다. 평소처럼 플랑탱 상회의 멤버와 길, 다무엘이 따라 들어왔다. 문이 굳게 닫힌 것을 확인하고, 나는 일단 루츠에게 달려들었다.

"루츠, 많이 컸네!"

거세게 달려들어 와락 껴안자, 그의 어깨쯤에 닿던 내 머리가 루츠의 가슴에서 명치쯤에 닿았다. 옛날에는 15cm 정도였던 신장 차이가 30cm나 벌어진 것이다. 왠지 한없이 우울해졌다. 그때 벤노가 다가오더니 루츠에게 매달린 내 머리를 가볍게 토닥이며 고개를 갸웃거렸다.

"……로제마인, 키 줄었냐?"

"크지도 않았지만, 줄지도 않았어요. 너무해요, 벤노 씨. 나도 좋아서 이런 상태인 게 아니라고요……."

그렇게 말하는 사이에 봇물 터지듯이 눈물이 왈칵 쏟아져 나왔다. 느낀 대로 감정을 드러낼 수 있는 장소여서일까, 멈추려고 해도 멈추지 않았다.

"아~ 미안. 좀 전에 누가 뭐라고 했어? 아니면 울음을 참았던 거냐?"

뒷말이 가슴속에 콕 박혔다.

"신관장님이 마력이 폭주하니까 감정을 억누르라고 했지만, 전 감정이 흐르는 대로 울고 싶었나 봐요."

"마력이 폭주하면 위험하잖아!?"

"지금은 신체강화를 보완하는 마술구를 네 개나 차고 있어서 괜찮은걸요."

"그럼 마음껏 울어 둬. 어차피 울 곳도 없지?"

벤노가 내 머리를 마구 흐트러뜨린 후, 떨어졌다. 루츠도 조그맣게 웃으면서 내 등을 토닥였다.

"괜찮아, 괜찮아. 실컷 울어. 난 솔직히 네가 바뀌지 않아서 안심했어. 갑자기 다른 사람이 되어 있으면 어쩌나 하고, 전에 투리랑 얘기했었거든."

"우~, 루츠~"

만족할 때까지 울어도 된다는 말에 긴장의 끈이 풀렸다. 루츠에게 꼭 달라붙어서 자신도 놀랄 정도로 펑펑 울었다.

잠시 울었더니 직성이 풀렸는지, 눈물이 자연스럽게 멎었다. 줄곧 품고 있던 불안감이 눈물과 함께 흘러나간 것처럼 기분이 상쾌했다. 나는 고개를 들고, 기억보다 위에 있는 루츠의 얼굴을 올려다보았다. 나를 내려다보는 루츠의 비취색 눈동자가 예전과 똑같아서 마음이 놓였다.

"루츠, 껴안은 감촉이 예전과 전혀 달라. 어째선지 몸이 단단하고, 울퉁불퉁해. 길도 그렇고, 루츠도 너무 컸어. 그래도 둘 다 너무 멋있어졌어. 길은 목소리도 다르더라고. 그런데 벤노 씨는 삭았어."

"이놈! 너 지금 뭐라고 했어!?"

루츠를 방패 삼아 내가 혀를 쭉 내밀고 배시시 웃으니, 표정이 싹 굳어진 벤노가 내 머리를 잡고 주먹으로 뱅뱅 돌렸다.

"꺅! 아파, 아프다고요!"

"우리가 얼마나 고생했는지도 모르는 넌 이 정도 벌은 받아야 해."

"으앙! 오늘은 그 고생담을 듣기 위한 자리잖아요!"

"그럼 들어! 빠짐없이 들려주지."

벤노의 말에 나는 재빨리 앉았다. 루츠의 무릎 위에. 정면에 앉은 벤노가 "어이, 로제마인." 하고 어이없는 얼굴로 나를 노려보았다.

"전 루츠 성분을 덜 보충했으니까 여기면 돼요. 앞으로 성에 가서 2년 동안 못한 공부를 속공으로 하고, 귀족만 모이는 학교에 가야 하니까 잔뜩 보충해 둬야죠."

"아, 그렇군. 네 마음대로 해라. 이쪽은 보고할 테니."

벤노의 보고로 나는 하르덴첼에서 이뤄지는 인쇄업 진행 상황을 알게 되었다. 제지업만 알려준 일크너와 달리, 하르덴첼에 금속활자의 제작방법을 비롯한 인쇄업을 가르치기엔 한 번으로 부족하므로 내년 봄에도 가서 몇 가지를 확인해야 한다고 했다. 내 허가가 필요해서 멈춰 있는 사항도 몇 가지가 있었다.

"그럼 봄이 되면 기수로 후딱 갔다가 후딱 마무리 지읍시다."

"……이쪽도 후딱 해치우고 싶다. 어쨌거나 네가 깨어나서 안심했다. 주변 고삐 좀 꽉 잡아. 상급 귀족들 앞에서 신관장의 동정 섞인 시선을 받으며 협상하는 짓은 이제 사양하고 싶다."

개인 공방을 세우겠다며 단단히 벼르는 엘비라와 정말 이익이 나오는지 계속 의심하는 하르덴첼 귀족들에게 둘러싸였을 벤노를 떠올리며 나는 살짝 시선을 피했다.

"아~, 그건 정말, 뭐라고 말해야 할까…… 수고하셨습니다."

무슨 일이 있어도 겨울 사교계에 필요하다며 엘비라가 초특급으로 인쇄를 시켰다는 고생담을 들은 후, 나는 루츠에게 가족에게 쓴 편지를 내밀었다.

“어쩌지? 나 작년 여름부터 이미 플랑탱 상회에서 살고 있고, 투리도 길베르타 상회에서 살거든.”

“뭐? 아, 그랬지. 투리도 다프라니까…….”

투리가 열 살이 되었을 때, 플랑탱 상회와 길베르타 상회가 막 나뉘게 되어 이사로 가게 안이 복잡한 탓에 바로 길베르타 상회에서 살지 못했다. 벤노가 플랑탱 상회의 2층으로 집을 옮기고, 3층에 살던 코린나와 오토가 2층으로 옮긴 후에야 투리의 방이 마련되었다고 한다.

“루츠가 집에 직접 가져다주는 편이 좋을 거다. 편지는 네가 보관해 둬.”

“알겠습니다, 주인님.”

가족에게 편지를 전달할 계획을 짜고, 겨울 동안 귀족원에 가게 되어서 만나지 못한다는 사실을 전했다. 하르덴첼 인쇄업에 관해서 귀족들과 얘기해 두라는 벤노의 말을 끝으로 플랑탱 상회와의 대화가 끝났다.

“길, 머리 숙여 봐. 정말 열심히 해준 상으로 쓰다듬어 줄게.”

어서, 하고 손을 내밀자, 길이 깜짝 놀라 눈을 크게 떴다.

“로제마인 님, 전 이제 그럴 나이가 아닙니다만…….”

“어!? 아, 아아, 그렇지. 그랬었지.”

매우 곤란한 표정을 짓는 길에게 거절당한 나는 얼른 내민 손을 집어넣었다. 겉모습은 변해도 속은 그대로일 줄 알았던 나는 길이 성인이 되기 전인 14살이며 한창 사춘기 시기임을 깨달았다.

‘머리를 쓰다듬으면 좋아하던 길이 사라졌어. 왠지 좀 쓸쓸하네. 2년이나 지나면 겉모습뿐만 아니라 성격도 바뀌는구나.’

내가 풀이 죽어 있자, 길이 내 앞에 무릎을 꿇고 고개를 숙였다.

"저, 저기 지금 막 쓰다듬어 주셨으면 좋겠다고 생각했습니다. 여기요."

길이 나를 배려해주는 것이 느껴졌다. 그 마음을 무시하긴 미안해서 나는 다 자란 길의 머리에 손을 뻗었다. 이렇게 쓰다듬으며 칭찬해 주는 건 이번이 마지막이리라. 내 기억보다 머리가 조금 거칠어진 머리를 천천히 쓰다듬었다.

"2년간 열심히 해 줘어. 눈을 떴을 때 새로운 책이 5권이나 만들어져 있어서 정말 기뻤어. 고마워. 앞으로도 부탁해."

"……네."

성으로 이동

금방 성에 가는 날이 되었다. 내가 레서버스를 준비해서 전속인 로지나와 엘라, 푸고에게 탑승을 지시하자 페르디난드의 시종이 사무용품을 채워 넣은 나무상자를 실었다. 당분간 성에 체류하는 페르디난드는 나의 단기 집중강의 감독을 맡으면서 신전 업무까지 볼 셈인 듯했다. 정말 대단한 일벌레다.

"가을 성인식과 겨울 세례식 전에는 돌아올 테니 완벽히 준비해 놓도록."

페르디난드가 시종에게 신전을 맡기는 모습을 보고, 나도 내 시종을 향해 몸을 돌렸다.

"2년이나 잠들어 있었지만, 문제없었잖아요? 겨울 동안 여러분을 믿고 신전을 맡길게요. 뒤를 잘 부탁해요."

"부디 일찍 귀환하시기를 기다리겠습니다."

레서버스에 올라탄 나는 전방을 달리는 다무엘의 기수를 쫓아 하늘을 향해 기수를 몰았다. 후방을 페르디난드가 보호하는 태세로 우리는 성으로 향했다.

성에 도착하자, 마중 나온 노르베르트 옆에 안게리카와 코르넬리우스가 무릎을 꿇은 상태로 기다리고 있어 주었다.

"잘 오셨습니다, 로제마인 님. 건강해 보여서 안심했습니다."

"오랜만이에요, 노르베르트."

"노르베르트, 이 짐들을 내 집무실로 옮겨라."

페르디난드의 말에 노르베르트가 어딘가에서 종을 꺼내어 흔들었다. 그 순간, 하인들이 우르르 나타나서 레서버스에 실린 나무상자를 옮기기 시작했다. 그쪽에는 눈길도 주지 않고, 페르디난드가 나를 불렀다.

"로제마인, 읽어야 할 자료와 책을 줄 테니 옷을 갈아입으면 내 집무실로 오거라."

"알겠습니다. 서둘러 갈아입을게요."

"아니. 서두르지 말고, 열 살에 걸맞은 우아함을 몸에 익힌다는 마음으로 행동해."

'그건 또 무슨 뜻인가요. 열 살에 걸맞은 우아함이 대체 뭐죠?'

모르는 건 넘어가고, 나는 안게리카와 코르넬리우스와 대면했다.

코르넬리우스는 열네 살이 되어서 소년티를 벗고, 한눈에 봐도 성숙해져 있었다. 근육이 많이 붙지는 않아 보여도 내 기억 속의 램프레히트만큼 키가 자라 있었다. 엘비라를 닮았던 얼굴에 남성스러움이 더해져서 살짝 칼스테드를 닮아 가는 느낌도 들었다.

"건강한 모습을 뵈어서 기쁘게 생각합니다, 로제마인 님."

"제가 떨어뜨린 마석을 코르넬리우스가 주워 줬지요? 제대로 고맙다는 말을 하고 싶었어요."

"아닙니다. 주인을 지키지 못하고, 2년이나 잠들게 한 못난 호위 기사에게 고맙다는 말은 필요 없습니다."

"어머? 코르넬리우스는 제가 구하려던 샤를로테를 구해 주셨잖아요. 제게는 바로 며칠 전 사건인걸요. 고맙다는 말 정도는 하게 해 줘요. 고맙게 생각합니다, 코르넬리우스."

"과분한 말씀입니다."

고개를 든 코르넬리우스와 눈이 마주치자, 서로 살짝 미소를 지었다.

"로제마인 님께서 돌아오시기를 기다리고 있었습니다."

안게리카는 이번 겨울 막바지에 성인식을 치르는 열다섯 살이다. 포니테일로 묶은 하늘색 머리카락이 고개를 드는 움직임에 맞춰 살랑이며 흔들렸다. 깊은 바다 같은 파란 눈이 나를 쳐다보았다. 원래 미소녀지만 한층 더 세련되어졌다. 보니파티우스의 격한 훈련을 받았다고 다무엘에게 들었지만, 전혀 그렇게 보이지 않았다.

'그래도 외모로 사기 치는 건 전부터 그랬지.'

"벌써 2년이나 지났다고 들었을 때 정말 걱정되었는데, 안게리카는 제대로 진급했나요?"

"안심하세요. 슈팅루크와 함께 스승님과 다무엘과 코르넬리우스에게 가르침을 받아서 간신히 낙제는 하지 않았습니다."

"……간신히……. 안게리카가 열심히 했으면 됐죠."

나의 견습 호위 기사 두 사람은 모두 어른이 다 되어 있었다. 그런 두 사람과 다무엘을 데리고 내 방을 향해 발걸음을 옮기려던 때였다.

"로제마인, 기수를 써라."

"페르디난드 님. 여기서부터 제 방까지는 걸어서 갈 수 있는데요?"

"그대의 몸은 아직 정상이 아니다. 걸을 수 있게 된 것도 마술구 덕분이지, 원래라면 일어나기도 힘든 상태야. 몇 걸음 걷지 않아도 되는 신전이라면 몰라도, 성은 넓다. 기수를 써라."

페르디난드가 지적하자, 호위 기사들 사이에 긴장감이 돌았다. 걱정스럽게 흔들리는 코르넬리우스의 눈을 보고, 나는 얼른 일인용 기수를 꺼내어 올라탔다.

"로제마인 님, 왜 그러십니까?"

북쪽 별채에 가는 도중에 습격을 받았던 공포심이 되살아난 나는 습격이 있었던 회랑 앞에서 무심코 걸음을 멈추고 말았다. 하지만 공포를 느낀 건 나뿐이었던 모양이다. 나는 호위 기사들에게 굳은 표정을 보이지 않으려고 다시 기수를 몰았다.

"……미안해요. 습격을 받은 기억이 떠올라서요."

"이해합니다. 빌프리트 님과 샤를로테 님도 얼마간은 굳은 표정으로 걸으셨고, 호위 기사도 신경을 곤두세우고 있습니다."

코르넬리우스의 말에 나뿐만이 아니었구나, 라고 살짝 안심했다.

내 방에서 리카르다와 오틸리에가 우리를 맞아 주었다. 눈물을 글썽이며 "건강해 보이셔서 기쁩니다." 라는 말을 듣고, 그들이 얼마나 나를 걱정했는지 알게 되었다.

"빌프리트 님과 샤를로테 님은 수업 중이십니다. 오늘 로제마인 공주님께서 돌아오신다는 말을 듣고, 두 분 다 들떠 계셔요."

"다들 로제마인 님이 돌아오시기를 기다리고 있었습니다. 엘비라 님은 새로운 린샴 같은 생활 잡화를 보내주셨고, 보니파티우스 님은 너무 고대하신 나머지, 날짜를 어제로 착각해서 성에 오셨다가 침울하게 돌아가셨어요."

'지금까지 접촉이 많이 없었는데, 할아버님은 꽤 덜렁이신가?'

그런 이야기를 들으면서 옷을 갈아입은 나는 리카르다와 호위 기사와 함께 성에 있는 페르디난드의 집무실로 이동했다.

"실례합니다."

집무실에 들어가자, 페르디난드는 리카르다에게 목패 두 개를 내밀었다.

"리카르다. 이걸 로제마인의 방에 옮겨 둬라. 귀족원에 출발하기 전까지 로제마인이 읽어 둬야 할 자료를 모아 둔 거다."

"알겠습니다. 페르디난드 도련님."

"로제마인, 그대에겐 이미 목록을 전달했지만, 저 표도 추가로 우선순위가 높은 순으로 읽도록 해라. 내가 귀족원 시절에 쓴 메모와 각서, 그리고 다무엘이 정리한 최신 자료까지 들어 있다. 그리고 이것은 귀족원에 가기 전까지 해야 할 예정표다. 최대한 빨리 읽어 두도록."

"알겠습니다."

나는 리카르다가 하인에게 지시를 내리는 소리를 등 뒤에서 들으면서 예정표를 훑어보았다. 공부 일정이 빽빽했지만, 독서라고 생각하면 그렇게 고통스러운 시간은 아니다. 고통스러운 건 체력 기르기 훈련과 봉납 가무 수업이다.

"오늘은 저녁 전까지 여기서 이걸 읽고 외워라."

"……이게 뭔데요?"

목패에 어떤 이름이 쭉 쓰여 있었다. 나는 페르디난드가 가리킨 의자에 앉아 고개를 갸웃거렸다.

"국내의 영지 이름과 대략적인 현재 순위다."

"전 에렌페스트 안이면 몰라도 국내 지리도 모르는데요……."

"아, 그러고 보니 2년 전에는 에렌페스트 지리밖에 가르치지 않았구나."

페르디난드가 자리에서 일어나 잠긴 서고를 열더니 지도 두 장을 꺼내어 집무 책상 위에 펼쳤다. 손으로 그린 지도다. 지도에 쓰인 필체를 보건대 페르디난드의 자작 지도가 아닐까 싶었다.

"이것이 옛날 지도이고, 이것이 새 지도다."

양쪽을 나란히 펼치며 페르디난드가 가르쳐 주었다. 원래는 영지가 25개 있었는데 중앙에서 일어난 정변으로 통폐합이 있었다고 했다. 지금은 21개의 영지로 나뉘어서 왕족이 있는 중앙, 대영지 네 곳, 중영지가 아홉 곳, 소영지 일곱 곳이 있다. 지도를 보면 에렌페스트는 국내에서도 북쪽 변경에 가까운 중영지였다. 인구나 순위로 따지면 땅은 넓지만, 소영지에 훨씬 가까운 중영지라고 한다.

'서쪽이 플로렌치아 님의 고향인 프뢰벨타크지? 남쪽은 게오르기네 님의 아렌스바흐.'

조금이라도 익숙한 지명을 손가락으로 가리키면서 지도를 살피던 나는 굉장한 사실을 깨달았다. 아렌스바흐의 남쪽에 바다가 있다. 어쩌면 해산물이 맛있는 지역일지도 모른다.

'다시마나 미역이 있을지도 몰라! 회를 먹을 수 있을지도 모른다고!'

완전히 포기하고 있던 일식 재료를 손에 넣을 가능성을 발견한 내 눈이 반짝였다. 귀족원에서 아렌스바흐 출신인 친구를 만들면 해산물을 손에 넣게 될지도 모른다. 기대에 부푼 가슴은 바로 다음 순간, 현실을 깨닫고 단숨에 사그라들었다.

'지금 형세에 이 얘기를 꺼냈다간 혼나는 거로 끝나지 않겠지. 쳇.'

"에렌페스트의 영향력은 중간쯤이다."

페르디난드는 내가 들고 있는 목패를 척하니 가리켰다. 변방이라서 이렇다 할 특산물도 없다 보니 과거에는 에렌페스트의 영향력이 꼴찌에 가까웠었다고 한다. 그런데 중앙에서 일어난 정변에 휘말리지 않은 덕분에 중간권보다 살짝 아래까지 부상했지만, 이는 주변이 쇠퇴한 것일 뿐, 결코 영지의 실력이 아니라고 했다.

"그런데 최근 몇 년간은 귀족원의 성적이 오르고 있다. 내년에는 조금 더 오르겠지."

"저기 페르디난드 님. 귀족원은 아이들이 가는 곳이죠? 왜 아이들 성적으로 영지의 영향력이 달라지는 거죠?"

"귀족원을 졸업하면 중앙에서 일하거나, 본인의 영지에서 일하게 된다. 매년 귀족원의 성적이 오른다는 말은 그 영지에 우수한 아이가 자란다는 증거다. 몇 년 후에는 그 아이들이 단숨에 영향력을 가지기도 하지."

흐음, 하고 내가 고개를 끄덕이자, 페르디난드는 현재 귀족원의 상황을 더 자세히 설명해 주었다.

"안게리카와 코르넬리우스와 에르네스타는 그대의 마력 압축을 배운 후 기사 코스의 성적이 올랐고, 어린이 방에서 그대가 만든 교재로 배운 세대가 모이기 시작했다. 급속도로 이론 성적이 오르니까 주변 영지에서 그 원인을 찾으려고 난리라더군."

"그렇군요……."

"영 관심 없는 듯 들리는 대답이군. 앞으로 그대가 가게 될 곳의 중요한 정보다."

페르디난드가 괘씸하다는 듯이 노려봤지만, 나는 반 협박으로 귀족원에 가는 몸이다. 아무 탈 없이 1학년만 끝내면 되므로 공부 내용

외에는 흥미가 없었다.

"전 샤를로테와 같은 학년이 되고 싶지 않아서 귀족원에 가기로 한 거니까 그 외에는 관심이 없는걸요. 몸도 정상이 아니고, 공부도 온 힘을 다할 생각은 없어요. 영주 후보생의 합격점에만 들어가면 충분해요."

빡빡한 교육 일정을 조금이라도 줄여 보려고 자기 의견을 피력했다. 마술구 없이 움직일 수도 없는 몸으로 전력을 쏟고 싶지 않았다. 그러나 페르디난드는 귀족원의 성적에 집착하는지, "그건 안 된다." 라며 중얼거렸다.

"안 된다고 하셔도 못하는 건 못하는 거고, 하고 싶은 일과 하고 싶지 않은 일이 있다고요. 지금 전 의무 때문에 노력할 여력이 없어요."

페르디난드가 조금 놀란 듯이 나를 보며 "샤를로테 하나로는 동기가 부족한가." 하고 고민에 빠졌다. 더 거세게 몰아붙일 것 같은 예감이 강하게 든다.

"그, 그나저나 페르디난드 님은 귀족원 정보까지 빠삭하시네요."

아무리 유스톡스라도 귀족원까지는 잠입하지 못하리라. 대체 어디에 소식통이 있는 걸까? 내가 화제를 돌리려고 질문하자, 페르디난드가 관자놀이를 누르며 어이없다는 표정을 지었다.

"귀족원에서 정보를 모으라고 학생들에게 지시를 내린 건 그대 아닌가? 난 다무엘이 정리한 정보 문서를 읽었을 뿐이다. 다무엘이 제공자에게 일정 금액을 선지급했으니 그대가 깨어나면 가치 있는 정보를 제공한 자에겐 추가 비용을 지불해 달라고 하더군."

생각해 보니 귀족원의 정보를 수집해 달라고 한 것 같기도 하다.

그러나 첩보 활동을 부탁하지는 않았다. 도서실에 어떤 책이 있는지, 다른 영지에는 어떤 전래동화가 있는지, 알아봐 줬으면 했다. 설명이 부족한 탓에 내가 의도했던 결과와 조금 틀어진 듯했다. 내게 가치가 있는 정보와 페르디난드에게 가치가 있는 정보에 큰 격차를 느꼈다. 각자에게 가치 있는 정보가 무엇인지 한 번 얘기해 봐야 할 것 같다.

"그대 덕분에 에렌페스트에도 특산품이라는 것이 생겼다. 앞으로는 영지의 힘을 길러야 할 때다. 그리고 영주 후보생이 귀족원에 있으면 학생들의 사기도 올라가지. 당분간은 샤를로테, 멜키오르를 포함한 너희 영주 후보생이 연달아 귀족원을 다닐 테니 너는 모두의 의욕을 끌어내서 영지의 전체 성적을 올려 다오. 어린이 방에서 들은 얘기로 추측하건대, 그게 네 특기지 않느냐?"

페르디난드에게 그런 말을 듣고, 나는 고개를 갸웃거렸다. 딱히 그런 게 특기라고 공언한 기억도 없고, 스스로 특기라고 생각한 적이 없었다.

"아뇨. 딱히 특기는 아니에요. 전 그저 아이들이 글자를 읽게 되면 책을 읽는 사람도 많아질 테고, 독서를 즐기는 사람이 늘어서 책을 쓰는 사람도 나타나길 바랐을 뿐이에요."

책을 쓰는 사람이 늘어나면 좋겠다, 도서관을 공공 비용으로 세우려면 독서 인구가 많아야겠다는 생각은 했지만, 영지 전체의 성적을 올려서 영향력을 높이자는 생각은 한 적이 없다. 내가 당당하게 그렇게 말하자, "……책을 향한 네 정열을 내가 만만하게 봤나 보군." 하고 페르디난드가 이마를 누르며 천천히 고개를 가로저었다. 아무래도 내가 상당히 예상 밖의 대답을 꺼낸 모양이다.

"그대의 의욕을 어떻게 끌어올려야 할지, 잘 알겠다."

페르디난드가 그렇게 말하며 천천히 고개를 들었다.

"로제마인, 지금까지 자세히 말하지 않았지만, 귀족원에는 장서수가 국내에서 두 번째로 꼽히는 도서관이 있다. 에렌페스트의 도서실과는 비교할 수도 없는 규모지."

"네!? 국내에서 두 번째요!?"

지금 당장 귀족원에 있는 도서관에 가고 싶어졌다. 한껏 들뜬 나를 보며 페르디난드의 입꼬리가 올라갔다.

"수업을 통과하면 자유 시간에 얼마든지 도서관에서 지낼 수 있게 해 주겠다. 물론 영주의 자제에 걸맞은 성적을 거둬야겠지만……."

"당연히 성적이 나쁘면 독서를 못 하게 하시겠죠."

우라노 시절에 엄마한테도 지겹도록 들어 왔던 말이다. 그때의 그리운 학교 생활을 떠올렸다. 점심시간에는 학교 도서실, 방과 후에는 근처 도서관에 자주 다녔다. 그 무렵처럼 수업이 끝난 방과 후나 여름방학에는 귀족원의 도서관에서 독서 삼매경에 빠진 생활을 할 수 있다는 말이다. 그렇게 생각한 순간, 지금까지 내 가슴속에 우울하게 생각되었던 귀족원의 존재가 갑자기 반짝이기 시작했다.

"저 갈게요! 귀족원 도서관에! 그러기 위해 전력을 다할게요!"

"공주님, 너무 오래 하셨어요. 슬슬 옷을 갈아입으셔야 합니다."

다시 마음을 잡고 눈에 불을 켜고 공부하는데, 리카르다가 말을 걸었다. 당당하게 도서관에 가기 위해서는 아직 공부가 부족한데, 하고 페르디난드를 쳐다보니 그가 목패를 가리켰다.

"오늘은 진도가 많이 나갔구나. 오늘 중으로 여기까지 자료를 읽어 두도록."

"알겠습니다. 감사하게 생각합니다. 그럼 나중에 저녁 식사 때 봬요……."

목패를 안고 일어나자, 페르디난드가 가볍게 손을 들었다.

"오늘 저녁 식사는 그대의 쾌유를 축하하는 자리다. 칼스테드 일가와 보니파티우스 님께서 오실 거다. 다소 그대를 험하게 다루긴 하셨지만, 그분이 발견하지 않았다면 독을 완전히 해독할 수 없었겠지. 하마터면 그대의 숨통을 끊을 뻔한 일도 포함해서 걱정하셨다. 감사의 뜻을 표하거라."

솔직히 말해 보니파티우스라고 하면 나를 거꾸로 뒤집어 흔들고, 빙빙 휘둘러 고속회전으로 날아가게 해서 죽을 뻔했다는 인상이 강했다. 하지만 그가 구하러 와 주지 않았다면 분명 위험했으리라. 고맙다는 인사는 제대로 하는 편이 좋겠다고 솔직히 생각했다.

"알겠습니다. 저녁 식사 전까지 감사의 편지를 쓸게요."

"감사 편지를 쓸 거라면 호위 기사를 단련해 주셔서 감사하다는 말도 덧붙여라. 앞으로 그대를 위험에 빠뜨리지 않겠다는 일심으로 영주 일족의 호위 기사를 중심으로 기사단 전체의 전투력 수준을 끌어올리느라 노력하셨으니까."

웬걸. 2년간 에렌페스트의 전투 수준을 높이는 데 전력을 다했다고 한다.

"감사 편지를 건넬 때 신체강화 요령을 물어보아라. 보니파티우스 님은 신체강화를 호흡처럼 쓰고 계시지. 그대의 호위 기사에게도 가르쳤을 거다."

'할아버님과 안게리카라. 근육 바보끼리 호흡이 척척 맞을 것 같아.'

두려워해야 하는 건지, 흐뭇해야 하는 건지 잘 모를 미묘한 콤비다.

"로제마인 공주님, 귀족원에 동행할 시종은 저로 정해졌습니다."

방으로 돌아가는 길에 리카르다가 그렇게 말했다. 생활을 돌봐줄 성인 시종을 딱 한 명만 기숙사에 데리고 갈 수 있다고 들었는데, 내겐 리카르다가 붙게 된 모양이다.

"와, 리카르다가 함께해 주면 든든하죠."

지금까지 빌프리트의 공부도 관리했고, 나의 수석 시종이라서 에렌페스트의 기숙사 전체 관리가 가능하다는 이유로 선택됐음이 틀림없다. 내가 추측한 내용을 말하자, 리카르다가 "호호호." 하고 웃었다.

"도서실에 틀어박히면 나오시질 않는 공주님을 끌고 나올 수 있는 사람을 뽑다 보니 제가 선택된 거랍니다. 그게 페르디난드 도련님의 가장 큰 걱정거리래요."

"어, 어머, 어쩜. 폐관시간이 되면 어쩔 수 없이 방에 돌아가야 할 텐데요, 뭘. 호호호호……."

우라노 시절에 폐관 방송을 미처 듣지 못하고, 사각지대인 책장 구석에서 오로지 책만 읽다가 도서관에 갇힌 경험은 있지만, 보통 폐관시간에는 도서관을 나온다. 걱정하지 않아도 될 텐데, 주위는 그렇지 않은 모양이다.

방 앞에 도착하자, 코르넬리우스가 내 앞에 무릎을 꿇었다.

"로제마인 님, 저도 저녁 식사에 동석하게 되어 오늘 호위 임무는 여기서 끝내고 먼저 실례하겠습니다."

"네, 코르넬리우스. 나중에 같이 식사하는 시간을 기대하고 있을게요."

기사단 복장으로 영주 부부가 초대한 저녁 자리에 참여할 수는 없다. 간단히 말하면 소매가 펄럭거리는 귀족다운 복장으로 갈아입어야 하는 셈이다.

문 바깥에 다무엘을 세우고, 나는 안게리카와 함께 방에 들어갔다.

"……브리기테가 없으니까 쓸쓸하네요."

신전 호위도 담당하던 정든 브리기테의 모습을 볼 수 없다. 적령기니 어쩔 수 없고, 결혼은 기뻐해 줘야 마땅하지만, 주변에 친한 사람이 떠나니 쓸쓸했다. 신전에서는 브리기테와 이별한 다무엘밖에 없어서 그런 심정을 내뱉기도 망설여졌었다.

"브리기테는 기베 일크너의 친족이니까요……."

내 중얼거림을 들은 오틸리에가 옷을 갈아입히는 손을 멈추지 않으며 온화한 미소로 알려주었다. 일크너는 선대 기베가 사망하자마자 브리기테의 혼약 파기와 전 구혼자의 괴롭힘으로 궁지에 내몰렸다. 기베를 모시던 귀족들이 뿔뿔이 흩어져서 토지를 지탱하던 귀족이 격감했지만, 새로운 기베는 가족 전체가 하나가 되어 일크너를 지켜 왔다고 했다.

"괴로운 상황을 타파하고자 브리기테는 로제마인 님의 호위 기사가 되었고, 후원을 받았습니다. 당연히 혼약으로 일족 수를 늘리고 싶은 마음도 있었겠지요. 지금 브리기테는 제지업으로 변화하는 일크너를 어떻게든 발전시키려고 하고 있어요."

"앞으로도 일크너와 공주님 사이의 연이 이어지도록 엘비라 님께서 좋은 인연을 찾아 주셨어요. 브리기테에게는 나쁘지 않은 조건이었을 겁니다."

오틸리에와 리카르다의 말에 예전에 엘비라가 상대를 찾았다고 한 얘기가 떠올랐다. 엘비라는 연애 얘기라면 사족을 못 쓰고, 나와 달리 사교적이라서 일크니와 브리기테에게 좋은 인연을 찾아 주었음이 틀림없다.

"브리기테가 원하는 길을 걷고 있다면 저도 그걸로 충분해요. ……그러고 보니 후임 여기사는 아직 정해지지 않았나요?"

"지난번에는 본 적도 없는 영주의 양녀를 호위하는 임무였던 데다가 신전을 출입해야 하는 이유로 희망자가 적었어요. 그런데 지금은 신청자가 대폭 늘었답니다. 목숨 바쳐 호위해 줄 상대를 공주님께서 고르십시오."

어느 정도는 선별되어 있습니다, 하고 리카르다가 말하자, 오틸리에도 고개를 끄덕였다.

"안게리카가 올해 졸업이라 내년부터 귀족원에서 함께 행동할 여기사 견습생이 한 명은 필요하지요."

"상급과 중급 기사 중에 마력이 높은 사람을 넣으면 되지 않을까요? 성인 호위 기사였던 브리기테가 떠난 지금, 공주님 곁에는 하급 기사뿐이잖아요."

리카르다가 하는 말도 일리가 있지만, 나는 안정적인 지금 상태를 바꾸고 싶지 않았다. 다무엘은 비록 하급 기사지만, 본인이 문관 계열이라고 밝힐 만큼 두 견습생에게 공부를 가르치고 의견을 조정해주는 능력이 있다.

상급과 중급 견습기사인 코르넬리우스와 안게리카가 그런 다무엘의 장점을 인정하고 서로 협력해 주는 덕분에 내 호위 기사는 팀워크가 좋았다. 마력의 양이나 신분보다 모두와 친하게 지낼 수 있는 인물을 원했다.

"호위 기사들과 상의해서 정할게요. 서로 협력하고 팀워크가 뛰어난 이 상태를 깨뜨리는 사람은 아무리 강한 상급 귀족이래도 호위 기사로 두고 싶지 않아요."

'분위기가 껄끄러워지는 건 싫어. 주변 상황에 신경 쓰지 않고, 마음껏 책을 읽을 수 있는 환경이어야 해.'

저녁 식사

나는 옷을 갈아입고 페르디난드의 지시대로 보니파티우스에게 줄 감사 편지를 썼다. 빨간 클로버처럼 생긴 레그레이스 이파리를 뜬 종이는 엘비라가 벤노와 협상하여 내 전용 편지지가 되었다. 우라노 시절의 기억을 더듬어 편지지를 정사각형으로 잘라서 편지를 쓰고, 교실에서 친구들과 주고받았던 쪽지처럼 편지지를 접었다.

'똑똑히 기억나. 하트 형태가 레그레이스 이파리랑도 비슷해서 귀엽네.'

하트 형태로 접은 편지지에 마무리로 '할아버님께'라고 쓰고, 나는 기수를 타고 저녁 식사가 열리는 큰 식당으로 향했다. 오늘은 영주 일가만이 아니라 칼스테드와 엘비라도 함께 식사한다.

"공주님, 기분이 좋으신가 봐요."

"네. 성에서 저녁을 먹을 때도 그렇고, 의식이나 연회 때도 호위 기사로 참가하는 아버님과 오라버니들은 같은 식당 안에 있어도 함께 식사할 수 없었잖아요. 같이 식사할 수 있어서 너무 기대되네요."

특히 오늘은 푸고의 신작 요리와 엘라의 신작 디저트가 나온다. 기대감에 가슴이 떨렸다.

"로제마인 님께서 오셨습니다."

식당 문이 열렸다. 그곳에는 영주 부부, 기사단장 일가부터 보니파티우스와 페르디난드까지 모여 있었다.

"로제마인!"

"언니!"

성장한 빌프리트가 달려왔다. 내 기억 속의 장난기 넘치던 분위기는 어디론가 사라지고 굉장히 어른스러워 보였다. 당연히 2년 동안 키도 부쩍 자라 있었다. 전에는 내가 7살을 한 번 더 한 것도 있고, 평균보다 살짝 큰 애와 살짝 작은 애라고 보면 간당간당하게 같은 학년으로 보였다. 그런데 지금은 평균적인 초등학교 4, 5학년과 1학년이라고 해도 될 만큼 차이가 벌어졌다.

'우우, 아무리 봐도 같은 나이로 안 보이잖아.'

"응? 로제마인, 너 이렇게 작았어?"

"나, 나도 금방 클 거예요!"

마력 응어리가 70~80% 정도 녹았으니 앞으로는 운동해도 픽픽 쓰러지지 않는 몸이 되었을 터이다. 그러니 이제 다른 사람처럼 성장할 예정이다.

"이번에는 내가 널 지킬 수 있게 2년 동안 노력했어. 이젠 네 뒤를 바짝 따라잡았을걸?"

빌프리트가 득의양양하게 훗 하고 미소를 지었다. '아직 멀었어요'라고 말하고 싶지만, 빌프리트가 얼마나 성장했는지 확인하지 않고서 큰소리칠 수는 없었다. 나는 아직 귀족원에 갈 준비가 부족한 상태다.

"키가 작아도 언니는 충분히 귀여우셔요."

예상은 했지만, 샤를로테도 내 키를 뛰어넘어 버렸다. 예뻤던 꼬마 아이가 아름다운 미소녀가 되어 있었다. 둘이 나란히 서면 내가 여동생으로 보일 것이 틀림없다. 언니의 위엄이 사라진 사태에 나는 울고 싶어졌다.

"저도 언니를 지킬 수 있게 강해지고 싶어서 오빠 못지않게 노력했어요."

"안 돼요! 내가 언니인데 여동생한테 보호받다니요! 내가 샤를로테를 지킬 거예요!"

내가 선언하자, 샤를로테는 "어머나!" 하고 반색하며 반짝반짝 빛나는 남빛 눈동자로 나를 내려다보았다. 어쩜 이리도 귀여울 수가, 하는 눈빛으로. 아등바등하는 쪼그만 아이를 쳐다보는 눈이다.

'충격이야. 내가 언니인데.'

청승맞게 풀이 죽은 내 어깨에 페르디난드가 손을 얹었다.

"로제마인, 이 둘의 의욕만큼은 인정해 줘라. 아직 널 뛰어넘으려면 멀었으니 귀족원에 갈 때까지 단기간에 언니의 위엄을 보여주면 되지 않겠나? 그릇이 다르다는 걸 보여줘라."

페르디난드의 말에 나는 고개를 척 들었다.

'귀족원에 갈 때까지 미친 듯이 공부해서 언니의 위엄을 보여줄 테야. 어린애 수준의 2년치 지식 정도야 금방 외울 테니까, 또 샤를로테에게 존경받으면 돼.'

주먹을 꽉 쥐며 결심하는 내 시선 끝에서 크흠! 하고 몇 차례 헛기침하는 보니파티우스가 보였다. 하지만 신분을 고려하면 제일 먼저 영주 부부에게 인사해야 했다. 나는 영주 부부의 앞에 가서 무릎을 꿇었다.

"걱정 끼쳐 드려서 송구합니다."

"로제마인, 일어나라. 그 자세로는 얼굴도 안 보이지 않느냐."

씁쓸하게 웃는 질베스타의 목소리에 내가 몸을 일으키자, 반대로 질베스타가 한쪽 무릎을 꿇고 나와 시선을 마주쳤다. 내가 깜짝 놀라 눈을 부릅뜨는 동시에 주변이 술렁거렸다. 영주가 영지 내에서 누군가의 앞에 무릎을 꿇는 일은 절대 없다. 나는 어떻게 대응해야 좋을지 안절부절못했다. 그러나 주변 동요 따위 아랑곳없이 질베스타가 내 볼을 양손으로 감싸며 끌어당겼다. 그리고 지그시 응시하듯 쳐다본 뒤, 내 볼을 가볍게 꼬집었다.

"음. 건강해 보여서 다행이다. 습격당하자마자 페르디난드가 신전에 있는 비밀의 방에서 치료하겠다고, 누구에게든 널 일절 보게 해주지 않아서 다들 걱정했었다."

그러고 보니 페르디난드가 '네 잠을 방해하는 자는 막겠다'는 말을 했었다. 그 말이 농담이 아니었는지, 내 상태를 보려는 영주 일족의 방문까지 금지했던 모양이다.

"로제마인, 너에게 2년간 줄곧 해주고 싶은 말이 있었다."

질베스타가 내 볼에서 손을 떼고, 양팔을 잡았다. 무슨 상황인지 몰라서 손을 빼고 싶은 충동을 억제하면서 나는 "뭔가요?" 라며 고개를 갸웃거렸다.

"영주로서가 아니라, 자식을 가진 아비로서…… 내 아이들을 구해줘서 고맙다."

질베스타가 내 손등에 자신의 이마를 갖다 댔다. 아마도 감사를 표하는 최고의 행동이리라. 벽면에 붙어 대기하던 측근들이 하나같이 숨을 죽이며 우리를 보고 있었다.

'그 마음은 알겠으니까, 이제 좀 놔 줘! 시선이 따가워!'

질베스타의 한 발 뒤에 서 있던 플로렌치아에게 시선으로 도움을 구하자, 플로렌치아는 "나도 고마워요. 로제마인은 에렌페스트의, 아니, 나의 성녀입니다." 하며 한술 더 떠서 무릎을 꿇었다. 사랑하는 여동생을 위해 폭수했을 뿐인데, 영주 부부가 이런 식으로 고개를 숙이니 부담스러웠다.

"거기까지 해. 로제마인이 당황해서 경직됐어."

작은 목소리로 도움의 손길을 내밀어 준 칼스테드 덕분에 질베스타는 몸을 일으켜서 평소처럼 나를 내려다보는 자세로 돌아갔다.

"귀족원에 가기 전까지 2년간의 진도를 빼야 한다고 페르디난드가 그러더군. 고생하겠지만, 최선을 다해라."

"로제마인은 지나치게 무리하는 경향이 있어요. 조금 더 자기 몸을 아끼세요."

영주 부부의 인사가 끝나고, 나는 가슴 앞에 손을 교차했다.

"너를 걱정한 사람들에게도 얼굴을 보여주렴."

내가 "알겠습니다."라며 칼스테드와 엘비라 쪽을 돌아보자, 곧바로 질베스타가 작은 목소리로 지적했다.

"로제마인, 다음은 보니파티우스다. 신분으로 따지면 영주의 자제인 보니파티우스가 기사단장보다 위다. 틀리지 마라."

'아차차. 큰일 날 뻔했네.'

지적받기 전까지 눈치채지 못했던 나는 내심 식은땀을 흘리며 방향을 바꾸었다.

"저기, 할아버님. 요전에……아, 아니지, 2년 전에 절 구해 주셔서 감사하게 생각합니다. 할아버님이 발견해 주시지 않았다면 죽었을지도 모른다고 페르디난드 님께 들었어요."

조금 전에 쓴 편지를 들고 그렇게 말하자, 엄격한 표정으로 보니파티우스가 "네가 회복해서 다행이다."라며 묵직하게 고개를 끄덕였다. 나는 살짝 긴장하면서 편지를 내밀었다.

"이거, 감사의 마음으로 편지를 썼는데, 받아 주시겠어요?"

"아, 물론이지. ……응? 이상한 모양이구나."

"우후훗, '**하트**'라는 모양이에요. 귀엽죠?"

"……**하트**가 무엇이냐? 뭔가 의미가 있느냐?"

하트로 접힌 편지지를 의아한 표정으로 이리저리 돌려보는 보니파티우스에게 나는 고개를 크게 끄덕이며 양쪽 엄지와 검지로 하트 형태를 만들어 보여줬다.

"이 하트는 정말 좋아한다는 뜻이에요."

내 대답에 깜짝 놀란 보니파티우스가 몇 초 정도 눈을 크게 뜬 채 굳어 버렸다. 그 뒤 부자연스럽게 움직이며 매우 어색한 표정으로 내가 준 편지를 노려보았다.

"그, 그런가……."

보니파티우스가 편지지를 바라보는 동안, 주변에서는 무거운 적막이 흘렀다. 혹시 하트 모양이 마음에 들지 않은 걸까? 퇴직한 지금도 기사단에서 활동하고, 영주 대행을 맡는 사람이다. 귀여운 모양보다 강해 보이는 모양이 훨씬 좋았을지도 모르겠다.

'나 정말 바보야! 남자애라면 투구나 공룡 선물을 더 좋아하는 것쯤은 조금만 생각해 보면 알 수 있는데!'

Noooo, 하고 머리를 감싸다가 번뜩 정신이 들었다. 접은 종이는 펴면 다시 접을 수 있다. 자국이 눈에 거슬리겠지만, 그래도 본인 마음에 드는 형태가 좋으리라.

"저기, 할아버님. 다른 모양도 접을 수 있어요! 다른 모양으로 접게 허락해 주세요!"

"아니, 아니. 이거면 됐다. 난 이 모양이 마음에 드는구나. 다시 접을 필요 없다."

보니파티우스는 "괜찮다, 그럴 필요 없다."라며 편지를 든 손을 높이 치켜들었다. 황급히 나를 배려하려는 모습에 나는 어깨를 축 떨구었다.

'신전에서 길도 그렇고, 할아버님한테까지 배려하게 만들어 버렸어.'

또 실패했다. 나는 이번에도 주변의 호의를 받아들이기로 하고, 편지를 손가락으로 가리켰다. 이곳에는 편지를 접는 문화가 없다. 아마 설명해 줘야 편지를 읽을 수 있으리라.

"할아버님. 이 편지를 펼치면 내용을 읽을 수 있어요."

"응? 펼쳐?"

"이대로는 내용을 못 읽잖아요? 잠깐만 줘 보세요."

곤란한 듯 미간을 찌푸리는 보니파티우스의 손에서 편지를 빼앗은 나는 하트 모양 편지를 펼쳤다. 내용을 읽을 수 있게 보여주면서 "이러면 읽을 수 있죠? 어때요?" 하고 올려다보았다.

'엑!?'

보니파티우스가 세상이 무너진 듯한 표정으로 내가 내민 편지지를 내려다보았다. 크게 뜬 눈으로 믿기지 않는 듯이 얼굴에 핏기가 없었다. 아무리 보아도 편지를 받고 좋아하는 사람의 표정이 아니었다. 핫세의 전 동장처럼 나도 모르게 큰 실수라도 저질렀나? 나는 새파랗게 질려서 편지와 보니파티우스를 번갈아 보았다.

"……할아버님. 호, 혹시 제가 무슨 실례되는 표현이나 글이라도 적었나요?"

"아니, 정말 잘 써서 놀란 것뿐이다! 로제마인은 글씨가 참 예쁘

구나.”

‘말은 그렇게 해도 전혀 칭찬하는 사람 얼굴이 아니었어. 꼭 내가 해서는 안 되는 짓을 저지른 듯한 얼굴이었는데.’

감사의 마음을 전하려고 했는데, 오히려 결례를 저질렀다면 최악이다. 보니파티우스는 칭찬으로 얼버무리며 넘어가려고 했지만, 다른 사람은 그렇지 않았다. 스스로 무슨 실수를 저질렀는지 몰라서야 되겠는가. 실례를 범했다면 바로 사과해야 마땅하다. 경직된 몸을 바르르 떨면서 울상이 된 나는 주변을 둘러보며 도움을 구했다. 그러자 필사적으로 웃음을 참는 질베스타의 얼굴이 눈에 들어왔다.

‘양아버님은 안 돼. 내 실수를 놀리실 거야.’

놀림거리를 발견한 표정인 질베스타는 얼른 무시하고, 보니파티우스와 연이 깊은 부모님께 도움을 청했다. 시선을 눈치챈 엘비라가 내게 다가왔다.

“어, 어머님, 제가 뭔가 큰 실수를 저질렀나요?”

“아니, 실수한 건 없단다, 로제마인. 그렇게 울상 짓지 말아라. 괜찮다. 그렇지? 엘비라. 로제마인은 참 잘했지 않느냐? 응?”

보니파티우스까지 안절부절못하며 나와 엘비라를 번갈아 보았다.

“두 사람 다 진정하세요. ……로제마인, 그 편지에 잘못된 것이 없는지 내가 확인하죠.”

“부탁해요, 어머님.”

내가 편지를 보여주자 엘비라는 쭉 읽고 “괜찮아요. 잘못된 부분은 없어요.” 라며 보증해 주었다. 나는 안심하여 가슴을 쓸어내렸다.

“아마 보니파티우스 님은 당신이 편지 모양을 망가뜨려서 놀라셨던 거예요. 이건 아까처럼 다시 접을 수 있지요?”

"네. 다시 접으면 돼요."

내가 크게 고개를 끄덕이자, 보니파티우스는 안심한 듯한 표정으로 가슴을 쓸어내렸다. 보기와 다르게 귀여운 물건을 좋아하는 모양이다. 나는 테이블 위에서 편지를 다시 하트 모양으로 접었다. 빌프리트와 샤를로테가 흥미진진한 표정으로 빤히 쳐다보았다.

"종이 한 장으로 이런 모양이 나오다니."

"언니, 다음에 제게도 이 편지를 주세요. 너무 귀여워요."

"물론이죠."

조금이나마 샤를로테의 관심과 존경을 얻은 듯하다. 살짝 들뜬 나는 웃음꽃 핀 얼굴로 다 접은 하트 편지를 보니파티우스에게 건넸다.

"할아버님, 여기요."

하트 편지를 건네받은 보니파티우스는 또다시 복잡한 얼굴로 편지지를 빤히 쳐다보았다. 그리고 위엄 있게 "흠." 하고 고개를 끄덕였다. 아무래도 가만히 쳐다볼 땐 항상 저런 난감한 표정을 짓는 모양이다.

나는 한시름 놓고 주위를 둘러보았다. 그리고 페르디난드의 얼굴을 보자 문득 떠올렸다. 신체강화 요령을 가르쳐 달라고 부탁하라 했었다.

"저, 할아버님께 부탁이 있어요. 제게 신체강화 방법과 요령을 가르쳐 주실 수 있을까요?"

내가 부탁하자 보니파티우스가 갑자기 눈을 부릅뜨더니 입꼬리를 씩 올렸다. 그리고 자기 가슴을 툭 두드리며 코웃음을 쳤다.

"내게 맡겨라! 널 에렌페스트에서 가장 강하게 만들어 주마!"

가장 강해지고 싶은 마음은 눈곱만큼도 없고, 그러고 싶지도 않다.

의욕을 불태우는 보니파티우스에게 훈련 중에 죽을지도 모르는 위험을 느끼고, 나는 서둘러 말을 덧붙였다.

"잠깐만요, 할아버님. 전 강해지고 싶은 것이 아니라, 보완 마술구 없이 평범하게 움직일 수 있게 되고 싶어요."

"……펴, 평범하게 움직인다?"

보니파티우스는 무슨 말인지 모르겠다는 표정으로 눈을 끔뻑였다. 나는 고개를 크게 끄덕였다. 지금까지는 저질 체력 때문에 훈련을 면제받았지만, 건강해진 이상은 체력 훈련이 필수다.

"유레베에서 잠자는 동안 체력이 너무 떨어져서 체력강화 마술을 보완해 주는 마술구를 써도 남들의 평소 수준으로밖에 움직이지 못해요. 그러니까 우선은 마술구 없이도 움직이고 싶어요."

내 현재 상태를 설명하자, 보니파티우스가 눈을 부라리더니 정말 살아 있는 것이 맞는지 확인하는 눈빛으로 내 머리끝부터 발끝까지 훑어보았다.

"그, 그건 어렵구나. 움직이지 못하는 사람에게 신체강화 마술을 가르친 적은 없단다. 움직이지 못하는 사람이 뭘 해야 움직이게 된단 말이냐?"

"네? 모, 모르죠."

"정말 특훈해도 괜찮은 게냐?"

"죽지 않을 정도로만 부탁합니다."

보니파티우스와 둘이서 어쩌면 좋을지 고민하자, 어이없다는 듯이 관자놀이를 누르던 페르디난드가 깊은 한숨을 내쉬며 그렇게 제안했다. 결국 오른팔에 낀 마술구를 빼고, 오른팔로만 신체강화 마술을 쓰는 연습부터 시작하게 되었다.

저녁 식사가 시작되고, 이 2년간 성에서 일어난 얘기를 들었다. 대체로 페르디난드에게 들은 내용이었다. 영주 일족의 호위 기사인 세오라버니는 모두 보니파티우스에게 호된 훈련을 받은 듯했다.

"할아버님은 강하시네요. 그때는 제가 천을 뒤집어쓴 데다, 약 때문에 눈을 뜨지 못해서 할아버님의 용감한 모습을 못 봤어요."

"그럼. 강하고말고. 지금도 칼스테드에게 지지 않아."

옆에 앉은 보니파티우스에게 듣기로는 최근 2년간 기사들의 실력이 어마어마하게 늘었다고 했다. 내가 마력 압축 방법을 가르친 사람들은 특히나 성장한 듯했다. 정확히 말하면 지금도 성장 중이라 했다. 특히 마력 압축 방법을 배운 성장기 견습생은 장족의 발전을 이루었다고 한다. 동시에 마력 압축 방법을 배우고 싶어 하는 귀족도 늘었다고 한다.

"이제 슬슬 마력 압축 강의를 열어 보면 어떻겠냐? 물론 네 몸 상태가 최우선이지만, 배우고 싶어서 안달이 난 녀석도 많아."

보니파티우스가 내 반응을 힐끔 엿보면서 제안했다. 압축 방법을 가르친 건 수뇌부 외에 영주 일족의 호위 기사를 중심으로 대부분 상급 기사와 중급 기사다. 예외로 가르친 하급 기사는 단 한 명, 다무엘뿐이다. 아직도 그가 차근차근히 마력을 키우는 탓에 그와 수준이 비슷했던 자들이 조바심을 내는 모양이다.

'하긴, 할아버님께 시달리는 건 똑같은데, 성인이 된 후에도 마력의 양이 늘어나는 다무엘과 자신들을 비교하면 당연히 마력 압축 방법을 알고 싶겠지.'

"선별은 끝났나요?"

내가 영주 부부를 쳐다보자, 질베스타가 천천히 고개를 끄덕였다.

"네가 승인만 하면 되는 단계까지는 끝났다."

"그럼 겨울 사교계가 끝날 때 해요."

"끝날 때라고!? 한참 남았지 않느냐."

깜짝 놀라며 소리치는 보니파티우스를 바라보며 나는 고개를 끄덕였다.

"마력 압축 방법 자체는 귀족원 1학년이면 배우잖아요? 그럼 빌프리트 오라버니의 성장을 지켜보고, 가르칠지 어떨지 검토해 보고 싶어요. 빌프리트 오라버니를 수업에 넣으면 호위 기사도 대상에 넣을 수 있으니까요."

조그맣게 오오, 하고 기뻐하는 목소리가 벽면 쪽에 선 빌프리트의 호위 기사들 사이에서 터져 나왔다.

영주 일족의 호위 기사를 가르칠 때, 하얀 탑 사건으로 빌프리트의 호위 기사는 신용이 없다며 내가 대상에서 제외했다. 그래서 가족이란 이유로 배우게 된 램프레히트 외에는 성장이 저조했던 모양이다. 그때는 빌프리트의 소동이 일어난 직후였고, 2년이나 잠들 예정도 없었던 터라 어쩔 수 없었다. 하지만 이 2년 사이에 빌프리트와 샤를로테의 호위 기사 사이에 실력이 많이 벌어졌을 터이다. 그건 바람직한 현상은 아니었다. 그런 내 주장에 페르디난드가 수긍했다.

"최대한 빨리 빌프리트에게 기회를 주고 싶은 것이 네 의견이라면 그러도록 해라. 네가 태도와 성장세를 지켜본 후에 판단하거라. 빌프리트는 남들 위에 서는 자로서 잘 생각하고 행동하도록 해라."

"잘 알겠습니다, 숙부님."

'2년 사이에 빌프리트 오라버니와 신관장님의 관계가 조금 나아졌

나 봐.'

외모뿐만 아닌 변화를 느끼며 나는 오라버니들에게 보니파티우스의 특훈 과정을, 엘비라에게는 하르덴첼의 인쇄업 진행을, 빌프리트와 샤를로테에게는 어린이 방의 상황과 공부 진도를 확인했는지 등을 들으면서 저녁 식사를 마쳤다.

단기 집중 강좌와 준비

다음 날부터 페르디난드의 단기 집중 강좌가 시작되었다. 아침을 먹고, 독서를 하면서 전날 내용을 복습했다. 노르베르트에게 연락이 오면 페르디난드의 집무실로 이동. 그리고 점심시간까지 실컷 공부한다. 붙여 놓은 두 개의 집무책상 위에 잇따라 자료가 쌓였다. 자료가 없으면 이해하기 어려운 지리와 역사를 철저하게 배워야 했다.

'기다려라, 귀족원 도서관. 최대한 빨리 달려갈게!'

점심을 먹은 후에는 빌프리트와 샤를로테와 함께 페슈필을 연습한다. 페슈필은 내가 유레베에 잠들기 전까지 페르디난드가 상당히 혹독한 스케줄로 시켜서인지, 아니면 우라노 시절의 기억이 있어서인지, 진도가 상당히 앞서 있었다. 로지나가 말한 대로 빌프리트와 비교해 봐도 손가락만 움직여 주면 별 탈 없이 귀족원에 갈 수준은 되었다.

'고마워요, 신관장님! 나 처음으로 스파르타 교육에 진심으로 감사해요!'

페슈필 연습이 끝나면 하루씩 교대로 봉납 가무 연습과 기사단 훈련을 한다.

봉납 가무는 귀족원의 졸업식에 열리는 성인들의 제사라고 한다. 겨울의 끝과 돌아오는 봄을 축하하고, 새로운 성인의 탄생을 축복하며 신들에게 가무음곡을 바친다고 한다. 견습 기사 중에서 선별한 우수한 스무 명이 검무를 봉납하고, 영주 후보생 중에서 선별한 일곱 명이 춤을 바친다. 나머지들은 음악이나 노래를 바친다고 한다. 선별되면 개인적으로나 영지에서도 명예로운 일이라 다들 무슨 수를 써서든 선택되려고 악을 쓴다고 한다. 나는 성인식과 졸업식에서 선보이는 노래나 춤 무대의 큰 규모 버전으로 이해했다.

"선택이라면 굳이 연습할 필요 없지 않나요? 다른 사람에게 맡기면……."

"어리석긴. 영주 후보생은 강제 참가다. 귀족원에서는 실기 시험도 있지. 영주 후보생의 수가 부족해서 상급 귀족 중에서 뽑는 학년도 있지만, 그 녀석들보다 뒤떨어지면 영지의 수치다."

봉납 가무는 내 생각보다 훨씬 중요한 모양이다. 봉납 가무로 실기를 친다면 열심히 연습하는 수밖에 없다. 우라노 시절 배운 경험이 조금은 도움이 될까?

"페르디난드 님도 추실 수 있나요?"

별생각 없이 물어봤더니 아무렇지도 않다는 표정으로 "당연하지."라는 대답이 돌아왔다. 어차피 페슈필 때처럼 완벽한 춤을 선보여서 여학생들을 실신시켰으리라.

봉납 가무 연습은 빌프리트와 샤를로테도 함께했다. 두 사람은 1년 정도 연습했었는지, 이미 춤을 외우고 어느 정도 모양새가 잡혀 있었다.

"남자와 여자는 추는 춤이 다르지만, 기본적으로 회전을 잘해야 합니다. 춤의 기본은 회전이지요."

팔딱팔딱 뛰거나 구르는 춤이 아니라, 우아하고 아름답게 회전하며 움직이는 동작이 춤의 기본이라고 했다.

"춤에는 긴장감이 중요합니다. 크라이젤과 아주 비슷하지요."

크라이젤이란 팽이와 마찬가지로 돌려서 균형을 잡으며 노는 장난감이다.

"아름다운 긴장감으로 크라이젤을 돌리면 마치 정지한 것처럼 보이지요? 긴장이 약하면 중심이 흔들려서 무너져 버립니다. 마찬가지로 춤을 출 때는 멈춘 것처럼 보일 정도로 발끝까지 긴장해야 해요. 중심이 흔들려서는 안 됩니다. 긴장감이 한쪽으로 치우쳐도 춤이 아름답지 않습니다."

우라노 시절의 엄마는 "흥미가 생길지도 모르잖니. 적어도 3년은 해 봐."라며 내게 전통무용과 발레까지 배우게 했다. 선생님이 발전했다고 인정해 주면 책을 사 주겠다는 엄마의 말에 혹한 나는 몇 권이라도 책을 갖겠다는 일념으로 연습했다. 레슨 시간 동안 독서를 참는 고통을 느끼며 딱 3년간 학원에 다녔다.

'지금은 전혀 몸이 움직여 주지 않으니까 아무짝에도 쓸모없는 지식이지만.'

"봉납 가무에 무엇보다 필요한 것은 마음. 신들에게 기도와 감사를 바치는 마음이 가장 중요합니다."

'흠흠. 다시 말해서 진지하게 기도하면 데뷔 무대 때 페슈필을 연주할 때처럼 될 가능성이 있다는 말이구나. 이번에는 조심해야지.'

"잘 알겠습니다."

나는 춤의 기본을 배우고, 몸풀기 체조부터 배우게 되었다.

'아야야야야야! 내 몸 너무 딱딱해!'

특훈 날은 기사단에서 보니파티우스나 에크하르트와 함께 신체강화를 배운다. 보완 마술구를 빼고 내 마력만으로 팔을 강화하여 움직이는 연습이다. 신체강화 상태로 기수를 꺼내거나 무기를 휘두르지 못하면 신체강화를 한다고 말하기 어렵다고 한다.

며칠을 연습한 끝에 나는 마술구를 뺀 오른팔에 신체강화 마술을 걸면서 기수를 소환할 수 있게 되었다. 그 모습을 본 안게리카가 힘없이 침울해했다.

“어째서 로제마인 님은 신체강화 마술을 어쩜 그렇게 간단하게 익히시는 거죠? 전 기수를 소환하기까지 1년이 걸렸어요. ……호위 기사로서 자신감이 없어졌어요.”

“음하하. 로제마인은 영주 일족이라 신체강화를 해도 다른 마력을 쓸 만큼 마력이 많기 때문이지. 영주의 양녀가 가진 마력을 부러워해봤자 무슨 소용 있겠느냐. 넌 지금까지 마력을 올리고, 더 적은 마력으로 신체강화를 쓰는 훈련을 해 왔지 않느냐. 앞으로도 착실하게 마력을 키우고, 조금이라도 많은 기술을 연마하여 신체강화에 들어가는 마력의 양을 줄이면 된다.”

보니파티우스가 웃으면서 “마력 절약은 다무엘을 보고 배워라.”라고 말했다. ‘적은 마력으로 어떻게 싸울지’를 항상 염두에 뒀던 다무엘은 마력 절약 방법을 열렬히 연구했다고 한다. 비록 기술이 무난하며 특별하진 않지만, 다른 하급 귀족보다 마력 낭비가 훨씬 적은 듯했다.

“주인의 스승이 말한 대로다. 주인의 주인은 아직 신체강화 마술에 익숙지 않아서 마력 낭비가 심하다. 사용법은 주인 쪽이 훨씬 능숙하다. 침울해할 필요는 없다.”

마검 슈팅루크의 목소리에 안게리카가 고개를 들었다. 그녀는 보니파티우스에게 제자로 인정받았고, 상급 기사 중에도 많지 않은 신체강화 마술을 소화하는 기사로 성장했다. 마찬가지로 슈팅루크도 순조롭게 자랐는지, 예전보다 칼날이 길쭉했다.

"슈팅루크도 많이 길어졌네요. 지식도 다양하게 익혔나요?"

"그럼. 머리 나쁜 주인을 둔 내 고생이지."

가령 안게리카에게 하는 말이라도 페르디난드의 목소리와 말투로 그런 말을 들으면 '정말 그대는 기억력이 나쁘군. 고생하는 나도 좀 생각해라.' 하고 내가 혼나는 것 같다. 그런 내 앞에 보니파티우스가 헛기침하며 단검을 쓱 내밀었다. 손잡이에 커다란 마석이 박힌 것을 보면 이것도 마검일까?

"로제마인, 나도 마검을 키우고 있는데, 네 마력을 넣어 주면 안되겠느냐?"

"……저기, 할아버님. 제가 다른 사람의 마검에 마력을 넣는 건 금지됐어요."

"뭣이!?"

기대한 사람에겐 미안하지만, 마검에 멋대로 마력을 넣을 수는 없었다. 슈팅루크 일로 페르디난드가 금지했다고 설명하자, "으, 음. ……페르디난드의 허가가 필요한가." 하고 자못 심각한 얼굴로 보니파티우스가 신음했다. 허가를 받으러 곧장 돌진할 것 같은 분위기를 느끼고, 나는 서둘러 못을 박았다.

"페르디난드 님이 허가해도 제가 마력을 익숙하게 다루기 전까지는 어려워요. 유레베에서 깨어난 후로 아직 제 마력이 통제가 안 되거든요."

예를 들자면 지금까지 물병으로 따르던 물을 오늘부터 양동이로 따르라고 시키는 셈이다. 통제가 어려웠다. 마력을 대량으로 쓰는 신체강화 마술은 대야로 물을 따르는 느낌이라서 양동이로는 어렵기 그지없다. 지금 내 마력이 바로 그런 느낌이다.

"그리고 안게리카에게는 엄격하게 지도할 사람이 필요하다고 생각하면서 마력을 넣었더니 페르디난드 님처럼 말하는 마검이 되었어요. 그런데 할아버님께는 뭐가 부족하신지 전혀 떠오르지 않아요. 할아버님은 이미 충분히 강하시잖아요."

"……그런가. 나는 충분히 강한가."

단련과 춤 연습이 끝나면 목욕으로 땀을 씻어내고 저녁 식사. 식후에는 내일 예습 삼아 책을 읽고, 리카르다에게 책을 빼앗기면 취침에 들어간다. 매일같이 새로운 지식을 익혀도 읽어야 할 자료는 점점 쌓여만 갔다. 읽는 건 좋지만, 외우기가 힘들었다.

'그래도 힘낼 거야. 샤를로테의 존경을 차지해서 우수하고 훌륭한 언니가 되고, 귀족원 도서관에서 독서 삼매경에 빠져 지낼 테야!'

1학년이 배우는 마술 관련 이론은 그리 어렵지 않았다. 마력과 마석의 기초에 관해서다. 마력과 마석에는 속성이 있고, 신들의 귀색과 관련이 있다. 어느 속성이 무슨 색인지만 외우면 되었다. 성전을 달달 외워야 하는 신전장이었던 나는 대충 듣기만 해도 충분히 이해되었다.

다만 역사가 어려웠다. 장황하고 비슷비슷한 왕의 이름이 줄줄이 나와서 헷갈렸다. 그나마 신화로 내려오는 건국 관련 이야기가 성전에도 실려 있는 내용이라서 다행이랄까?

"오랜 역사에 관해서는 대략의 흐름을 외워 둬라. 세세한 역사를 알아야 하는 시기는 근래 수십 년 정도다. 특히 중앙에서 일어난 정변과 그로 인해 무엇이 변하였고, 어디가 대두하였는지 똑똑히 외워

둬라. 귀족원의 인간관계와도 밀접하게 관련이 있으니까."

나는 페르디난드가 펼친 왕가의 가계도를 보았다. 왕가도 역시 자식들을 경쟁시켜 조금이라도 강한 자식을 왕에 앉혔다. 과거의 정변은 1왕자와 2왕자의 세력 다툼이 원인이었는데, 나라가 반으로 나뉠 정도로 치열한 전쟁이었다고 한다.

1왕자가 패하고, 3왕자는 제1왕자가 죽기 직전에 보낸 암살자에게 당해 둘 다 사망. 다음에는 4왕자와 5왕자가 각자의 권력을 끼고 다시 싸우게 되었다. 결국, 5왕자가 승리했다. 그러나 격한 싸움으로 5왕자 자신도 몇 번이나 목숨이 위태로웠던 탓에 4왕자와 그 친족, 그를 지지한 귀족들을 중심으로 대규모 숙청을 벌였다고 한다.

"그 숙청 때문에 국력이 확 떨어졌잖아요. 바보 아녜요?"

"그대의 말도 일리는 있다만, 바보는 그대다. 말조심해라. 귀족원은 그 5왕자, 현재의 왕에게 가세한 귀족들이 떵떵거리며 다니는 곳이다."

"그런데 꼭 적만 숙청한 게 아니잖아요. 이쪽 왕녀님이나 그 자식들까지 숙청하다니, 너무 도가 지나치지 않나요?"

나는 손가락으로 가계도를 가리켰다. 왕가의 가계도에는 평범하게 사망한 사람은 이름에 가로선을 한 줄 그어 놓았는데, 정변으로 숙청당한 사람에게는 X가 그어져 있었다. 같은 혈통 남자는 물론이거니와, 왕좌 다툼에 전혀 관계가 없어 보이는 선대 왕녀나 손녀까지 숙청당했다.

"그대한테는 도가 지나쳐 보이겠지만, 분쟁의 씨앗을 놔둘 필요가 없지. 보통 그렇게 생각하지 않겠는가?"

"물론 분쟁을 일으키는 요인은 없어야겠지만, 나라를 지탱하는 귀족이 숙청으로 격감해서 나라가 어지러워졌다면 도가 지나친 거 아닌가요? 적어도 강한 자식을 낳는 왕녀님 정도는 살려 뒀어도 됐잖아요. 자기 쪽 파벌 귀족에게 시집을 보낸다든지, 약해진 반대파 영지를 탈취하는 데 쓴다든지…… 꼭 죽일 필요는 없었다고 봐요."

"그대의 말도 일리는 있지만, 이 왕녀는 죽어도 어쩔 수 없었다. 조금이라도 마력이 강한 아이를 가지려고 수많은 남자와 염문을 일으킨 왕녀였다. 그대로 두면 언제 누군가가 죽은 왕자의 자식이라며 나타날지도 모르기 때문이지."

나는 왕족의 난잡하고 문란한 태도에 구역질이 났다. 왕녀가 염문이 자자하고, 언제 누구의 자식이 나타날지 모른다니, 솔직히 청색 신관과 뭐가 다르단 말인가?

"왕족도 귀족도 격감한 현재, 왕족은 물론이고 유력 귀족도 자신의 일족을 늘려 힘을 키우고 싶어서 안달이다. 그대의 경우엔 신체강화를 보완하는 마술구를 항상 차고 있으니 언뜻 보면 마력이 강해 보이지는 않지만, 갑자기 납치당하지 않도록 조심해라."

"왜 겁을 주고 그래요!"

"그게 현실이다. 귀족원에서는 호위 기사와 리카르다 곁에서 절대 벗어나지 말도록."

나는 공포로 눈물을 글썽거리며 몇 번이고 세차게 고개를 끄덕였다.

매일매일 교재를 읽고, 봉납 가무를 연습하고, 보니파티우스와 효과 높은 신체강화를 연습하는 틈틈이 귀족원에 갈 채비도 해야 했다. 가장 필요한 것은 의상이다. 언제든 옷을 제작할 수 있게 천은 충분하리만치 징민해 놓았지만, 내가 언제 일어날지 몰라서 전혀 만들지 않은 상태였다.

귀족원에 출발하기까지 여유가 며칠 없었던 탓에 엘비라의 전속 재봉사와 플로렌치아의 전속 재봉사, 나의 전속으로 되어 있는 코린나까지 총동원해서 의상을 만들게 되었다. 그래서 오늘은 엘비라와 플로렌치아까지 내 방에 와 있었다.

"귀족원에서 어떤 의상이 유행하는지 정보를 모으고 있었다니, 역시 로제마인이네요."

다무엘이 정리해 준 귀족원의 정보 중에는 타 영지의 영주 후보생들이 입는 의상 정보도 있었다. 브륀힐데라는 상급 귀족이 앞으로 귀족원에 들어올 나와 샤를로테의 의상을 만들 때 참고하라며 세세하게 보고해 줬다고 한다.

딱히 이런 정보를 모을 의도는 없었던 내게 플로렌치아는 선견지명이 있다며 칭찬해 주었다. 어떤 정보든 누군가에게는 도움이 될 것 같았기에 이대로 각자 정보를 모으게 하기로 했다.

덧붙여 말하면 내가 원했던 각지의 동화는 전혀 모으지 못했다. 원래는 겨울에 유레베를 쓸 예정이 없어서 내 입으로 제대로 설명하려고 했었는데, '귀족원에서 정보를 수집해 달라'는 글만 남기고 잠든 내 잘못이다. 정리된 정보를 보며 고개를 푹 떨구었더니, "정보 수집이라는 단어만 보고 누가 전래동화를 떠올리겠냐." 라며 코르넬리우스가 씁쓸하게 웃었다.

"공주님. 제일 급한 건 올해 겨울에 입을 사교계 의상입니다."

"그건 전에 입은 의상이면 되잖아요. 잘된 건지 어쩐지 모르겠지만, 제 키도 그대로고요."

나는 조금 전부터 제작할 의상 순서를 리카르다와 의논하는 중이다. 리카르다는 입는 순서대로 만들자고 했지만, 나는 외부에 가지고 갈 옷을 먼저 만들고 싶었다. 슬프게도 나는 잠들어 있는 동안, 전혀 성장하지 않아서 2년 전에 입은 의상도 문제없이 입을 수 있다.

나와 리카르다의 의견을 듣던 엘비라가 가볍게 한숨을 쉬었다.

"페르디난드가 당신의 감각이 2년 전으로 멈춰 있다고 하던데, 이제야 그 말이 이해가 되네요. 로제마인. 귀족원에 가게 되었다는 것은 당신이 열 살이 되었다는 말이에요. 치마 기장이 예전과 다르니까 만약 성장하지 않았더라도 전에 입었던 옷을 입을 수는 없어요."

'아, 그랬지. 치마 기장이 바뀌는구나.'

열 살이 되면 여자아이가 입는 치마 길이가 무릎 기장에서 종아리 기장으로 바뀐다. 원래라면 자신의 성장을 기뻐해야 하는 타이밍이다. 하지만 겉도 속도 변한 것이 하나도 없고, 생일잔치도 하지 않은 탓에 기쁘기는커녕 위화감만 들었다.

"사교계의 개최 연회에 출석할 때 입을 의상도 새로 만들어야 하죠?"

"……개최 연회 때 입을 의상은 치마 기장만 고치도록 해요. 그러면 시간이 덜 걸리잖아요?"

나는 옆에서 쭉 서서 대기하는 재봉사 중에서 코린나를 불렀다.

"코린나, 이 치마 부분을 고쳐 주세요. 뒷면 여기부터 종아리 부분까지 천을 덧대고, 기존 치마 부분에는 이렇게 집어서 꽃 장식을 달아 줘요."

평민일 때 투리의 세례식 예복을 고쳤을 때처럼 지금 입는 치마 부분을 벌룬처럼 집어서 장식처럼 만들어 달라고 제안했다. 그 아래에 천을 덧대어 기장을 늘리는 간단한 방법으로 연회 의상을 처리하고 싶었다.

예전에 엄마에게 간단한 수선 방법을 들었던 코린나는 내가 요구하는 사항을 금방 이해해 주었다. 바늘과 실을 꺼내더니 시침용 실로 간단하게 집어서 벌룬 형태를 만들어 주었다. 그리고 다른 재봉사에게 천을 들고 오게 하고, 어떻게 수선하는지 엘비라와 플로렌치아에게 의상을 보여주면서 설명하기 시작했다.

"로제마인 님의 말씀대로 치마 뒷면에 새 천을 덧대어 종아리까지 기장을 늘리면 이런 형태가 됩니다. 어떠십니까?"

"어머, 귀엽네요. 형태는 그대로 해도 좋지만, 치마에 덧붙일 천은 올해 유행하는 색깔을 쓰세요."

"주름 잡은 부분에 꽃을 단다면 이 가슴 부분에도 같은 장식을 달면 예쁘지 않을까요?"

코린나는 엘비라와 플로렌치아의 주문을 목패에 기록하고, 가져온 짐 속에서 꽃 장식을 꺼내어 요구한 위치에 올려 보았다.

"영주 부인의 의견대로 한다면 가슴에는 작은 꽃을 이렇게 이어 달아도 귀엽겠네요. 거기에 맞는 장식이 있을까요?"

두 어머니는 신이 난 듯한 목소리로 꽃 장식의 크기와 색깔을 정하고, 코린나가 준비해 온 유행하는 색깔 천 중에서 재질이 맞는 천을 골랐다. 그사이에 나는 치수를 쟀다. 역시 변화는 없었다.

겨울 사교계에 입을 의상이 정해지면 다음은 귀족원에 가져갈 의상이다. 교복은 없지만, 규정상 검은색 바탕 의상이어야 했다. 무엇이든 흡수해 버리는 어둠의 신께 존경을 표하며, 귀족원의 가르침을 빠짐없이 받아들이겠다는 자세를 나타내기 위함이라고 한다.

그러나 정해진 규정은 '검정 베이스'라는 것뿐, 그 외에는 웬만하면 자유라고 한다. 귀족원에서 브륀힐데가 모아 준 정보에 의하면 검정 바탕에 자수를 알록달록하게 넣은 사람도 있고, 딱 붙는 옷에 볼레로처럼 소매가 하늘하늘한 겉옷을 입고, 강의 내용에 따라 소매 길이를 조절하는 사람도 있다고 한다.

"전 자수보다 이렇게 소매 길이를 조절하는 의상이면 좋겠어요."

소매가 길면 이래저래 거치적거린다. 그러나 궁중예절 수업처럼 옷소매가 길어야 하는 실기 강의도 있다. 볼레로를 탈착해서 소매를 조절할 수 있다면 간편하고 매우 효율이 뛰어나다. 내 주장에 플로렌치아, 엘비라, 리카르다가 동시에 고개를 저었다.

"영주 후보생은 그런 옷을 입어서는 안 됩니다."

"……왜요? 영주 후보생도 강의도, 실기도 듣잖아요. 소매가 거치적거리지 않을까요?"

"그것을 우아하게 입어야 영주 후보생이죠, 로제마인."

소매 길이를 바꾸자는 제안은 방긋 웃는 플로렌치아에게 거절당해 버렸다. 하는 수 없다. 내 손으로 소매를 조절할 수 있게 걷어 올릴 끈이라도 준비해 가자.

수선 외의 모든 내 의견을 묵살한 세 사람은 자기들끼리 어떤 의상을 만들지 결정해 버렸다. 상식에서 벗어난 의상을 입을 바에야 차라리 세 사람에게 맡기는 편이 좋으리라.

많은 재봉사를 동원한 덕분에 겨울 사교계가 시작되기 전에 무사히 의상이 완성되었다.

"로제마인, 네 전속 요리사와 전속 악사를 귀족원에 파견해도 괜찮겠느냐?"

어느 날 저녁 자리에서 질베스타가 그런 말을 꺼냈다. 귀족원에 입학하면 영지별로 나눈 각자의 기숙사에서 생활하게 된다. 그 기숙사에 파견하는 악사는 학생 중에서 신분이 높은 자부터 다섯 명의 전속을, 요리사는 성에서 일하는 요리사부터 하인을 포함해서 다섯 명을 선별하여 파견한다고 했다.

영주 후보생인 빌프리트와 나는 기숙사 내에서 최상위 위치라서 자동적으로 내 전속 악사가 파견 멤버에 포함된다. 그러나 엘라와 푸고는 신전과 성을 왕복하는 전속이라서 성의 전속 요리사가 아니다. 그래서 내 허가를 받고 그들을 파견하고 싶다고 한다.

"네가 귀족원에 가서 자리를 비우는 동안 두 사람은 신전에 돌려보낼 테지? 차라리 실력 좋은 요리사니까 최대한 잘 이용해야 하지 않겠나."

"제겐 익숙한 맛이 최고니까 두 사람을 데리고 가는 건 상관없어요. 그래도 같이 가는 성 요리사에게 새로운 레시피는 안 넘길 건데요?"

2년 동안 엘라와 푸고가 고안한 오리지널 레시피라면 상관없지만, 내 레시피는 돈 받고 판 레시피 외에는 공개하면 안 된다. 아주 조금이라도 새로운 레시피를 기대한 질베스타가 포기한 얼굴로 고개를 끄덕였다.

"……그건 어쩔 수 없지. 하지만 가능하면 너와 빌프리트가 영주 후보생 모임과 다과회에 참여할 때 내가 네게 산 레시피로 만든 과자를 선보였으면 하는구나."

"양아버님은 숨기고 싶어 하지 않으셨나요?"

질베스타가 교재나 그림책, 새로운 레시피를 외부에 누설하지 말라고 귀족들에게 엄명을 내렸을 텐데, 공개할 생각일까? 내가 묻자, 질베스타는 천천히 팔짱을 꼈다.

“그건 네가 만든 물건은 영향력이 어마어마하니까 고안한 장본인인 네가 귀족원에 들어가기 전까지는 숨기는 편이 무난하겠다고 판단해서지. 하지만 앞으로 몇 년간은 영주 후보생으로 귀족원에 재적할 테니, 이번 기회에 최대한 에렌페스트의 영향력을 키웠으면 한다.”

그렇게 말하는 표정은 영주의 얼굴 그 자체였다. 대체 어떤 미래를 내다보는지 모르겠지만, 아렌스바흐와의 관계도 고려하면 최대한 영향력을 높여 두는 편이 좋으리라.

“페르디난드 님께 들은 대로라면 귀족원에서 영지 성적을 올리면 되는 거죠?”

“그래.”

“예산은 얼마 정도 나오나요? 진지하게 영지 전체의 성적을 올리고 싶다면 몇 가지는 대책이 있어요. 하지만 저나 학생들에겐 부담이 큰 금액이에요. 교육비로 영지에서 예산을 얼마나 주느냐에 따라서 가능한 범위가 달라지거든요.”

무슨 일이든 돈은 필요하다. 그리고 시간. 1년만 더 일찍 일어났어도 귀족원에서 성적을 올릴 방법이 훨씬 많았으리라.

“그리고 귀족원에 출발하기 전까지 남은 기간이 너무 짧아서 할 수 있는 일이 거의 없어요. 본격적인 준비는 봄부터 시작할게요. 올해는 지금까지 만든 교재의 성과를 확인하고, 모은 정보와 현실 비교…… 현상 파악에 시간을 투자할 예정이에요. 그 후에 제가 영지 전체의 성적을 올릴 안을 몇 가지 낼 테니까 양아버님은 어떻게든 예산을 만들어 주세요."

"……알겠다. 귀족원은 너와 빌프리트에게 맡기마. 영주 후보생으로서 모두를 잘 이끌어라."

영주의 말에 빌프리트가 엄숙한 표정으로 "알겠습니다." 라고 고개를 끄덕였다.

리카르다의 지시로 짐 정리가 착착 진행되고, 페르디난드의 단기 집중 강의로 억지로 지식을 집어넣는 사이에 가을이 끝나고, 눈이 흩날리는 겨울이 되었다.

수여식

오늘은 연회가 열린다. 겨울 세례식과 새로운 어린이들의 데뷔 무대가 열리고, 귀족원에 들어온 신입생들의 수여식이 있다. 수여식에 출석해야 하는 나를 대신해서 올해 세례식과 데뷔 무대의 진행을 페르디난드가 맡게 되었다. 나는 여유로운 마음으로 시종들에게 머리를 맡기고, 옷을 갈아입으며 천천히 준비했다.

"언니, 같이 대강당에 가실래요?"

준비가 끝나기를 기다렸다는 듯이 채비를 끝낸 샤를로테가 내 방에 들어왔다. 나는 바로 수락하고 방을 나왔다.

"언니가 귀족원에 간다고 특별수업을 받으시느라고, 같이 성에 있으면서도 봉납 가무 수업과 저녁 자리밖에 못 만나서 조금 쓸쓸했어요."

'샤를로테는 여전히 귀엽구나.'

여동생의 키가 나보다 더 커져서 언니 마음에 금이 갈 정도로 충격을 받았다. 하지만 유괴범에게서 구해준 고마움과 내 호위 기사를 데려가 버린 탓에 위험에 빠뜨린 사과를 담은 책을 선물로 받은 순간, 샤를로테에게 가졌던 호감도가 하늘을 치솟았고, 키를 앞지른 충격 따위는 말끔히 사라져 버렸다.

'내 여동생이지만 정말 기특하고 귀여워 죽겠어.'

나는 기수를 꺼내어 올라타고, 샤를로테와 둘이서 이야기하며 계단을 내려갔다. 아래층에는 준비를 마친 빌프리트가 기다리고 있었다.

“아직도 기수를 타냐? 약을 써서 건강해졌잖아.”

기수를 타고 계단을 내려오는 나를 보고 빌프리트의 눈이 휘둥그레졌다.

“일단 건강해지긴 했는데, 마술구가 없으면 아직 걸을 수가 없어요.”

“뭐!? 너 기사단에서 보니파티우스 님과 훈련한다고 하지 않았어? 그거 자살 행위야!”

죽을 둥 살 둥 단련하는 호위 기사 옆에서 훈련했던 빌프리트에게 보니파티우스와의 훈련은 자살 행위로 보였던 모양이다. 실제로 나 역시 ‘죽음’을 각오했으니, 다른 사람 눈에도 그렇게 보였는지도 모른다.

“할아버님한테는 신체강화만 배워서 훈련이 혹독하지는 않았어요.”

“전 언니가 봉납 가무도 빨리 익히셔서 이미 회복하신 줄 알았어요.”

두 사람은 성에서 지내는 동안 내가 회복한 줄 알았다지만, 천만의 말씀이다.

“……귀족원에서 돌아오면 마술구를 빼고 조금씩 체력과 근력을 되찾기로 했어요. 금방 뺄 물건이라서 따로 밝히지 않았어요.”

기수를 타고 이동하는 내 옆을 빌프리트와 샤를로테가 걷고, 주변을 기사들이 둘러싸며 걸었다. 셋이서 이렇게 걷는 건 2년 전의 습격 이후 처음이라 주위에도 조금 긴장감이 흘렀다.

“전 조금 떨려요. 벌써 범인을 잡았는데도…….”

샤를로테가 주변 눈치를 보며 조그맣게 웃었다. 덩달아 웃으며 주변의 긴장도 조금 풀렸다.

대강당으로 가는 마지막 모퉁이에서 나는 기수에서 내렸다. 여기서부터는 기수를 쓸 수 없다. 지금부터 거의 하루가 끝날 때까지 서 있어야 하는 셈이다.

'나 괜찮을까?'

얼굴에 불안이 스쳐서일까, 조금 걷다가 빌프리트가 걱정스럽게 미간을 찌푸리며 내게 손을 내밀었다.

"……로제마인, 내 팔 잡을래?"

"아뇨, 전 걸음이 느려서 오라버니가 피곤해질 거예요. 샤를로테와 먼저 가셔도 괜찮아요. 전 제 속도로 걸을게요."

"안 돼. 오늘은 셋이서 뭉쳐 다니라고 했어."

빌프리트도 샤를로테도 지지 않았다. 결국, 모두 내 보폭에 맞춰 걷게 되었다. 호위 기사를 줄줄이 거느린 우리는 대강당의 제일 앞자리를 차지했다. 대강당에 들어갈 때 호위 기사와 빌프리트와 샤를로테에게 묻혀서 내가 전혀 보이지 않았었는지, 인사하러 온 귀족들이 내 모습을 보고 화들짝 놀라 눈을 크게 떴다.

"로제마인 님, 깨어나셨군요."

"어쩜 이리 경사스러울 수가. 그럼 전 로제마인 님과 귀족원에서 같이 지낼 수 있겠네요. 정말 기뻐요."

"네. 언니는 이제 완전히 회복하셨답니다. 그레첼 백작, 브륀힐데."

샤를로테가 내 앞으로 한 발짝 나와서 싱긋 웃으며 대응해 주었다.

브륀힐데는 나보다 두 살 위였나? 3년 전 겨울 어린이 방에서 본 기억이 있다. 진홍색 생머리에 옅은 갈색 눈동자를 가진 아이다. 수다 떨기 좋아하고 멋 부리기를 좋아했던 것 같다. 귀족원에서 영주 후보생의 의상 정보를 모아준 아이 이름이 브륀힐데였던 것 같다.

나는 샤를로테 옆에 서서 브륀힐데에게 싱긋 웃었다. 고맙다는 인사는 제대로 해 두는 편이 좋다.

“브륀힐데, 당신이 귀족원에서 모아 준 의상 정보가 정말 큰 도움이 되었어요.”

“어머, 로제마인 님께 도움이 되었다니, 영광입니다.”

브륀힐데가 감동의 소리를 지르자, 다른 귀족도 인사하러 모이기 시작했다. 2년이나 잠들었던 나는 호기심과 흥미의 대상인지 잇따라 귀족들이 모여들었다.

“저도 로제마인 님께 인사하게 허가해 주십시오.”

“아니, 달돌프 자작부인이 아닌가?”

내가 입을 열기도 전에 빌프리트가 내 앞으로 나섰다.

“그대도 건강해 보여서 다행이군. 달돌프 자작과 잠깐 얘기를 나누고 싶은데, 어디에 있는지 아는가?”

“어머, 빌프리트 님. ……찾아오겠습니다. 그럼 이만.”

다행히 나를 미워하는 시키코자의 모친을 빌프리트가 물리쳐 주었다. 태평스럽게 그렇게만 생각했던 나는 이어지는 귀족의 인사를 한창 받던 중에 문뜩 깨달았다.

‘내가 빌프리트와 샤를로테에게 보호받고 있잖아.’

귀족이 말을 걸면 둘 중 한 사람이 앞으로 나왔다. 내가 먼저 말을 걸려고 움직이지 않는 이상, 목소리 한 번 내지 못하고 인사가 끝나

버렸다. 내가 둘을 보호하며 귀족을 상대했던 2년 전과 정반대 입장이 되어 버린 사실에 눈이 휘둥그레졌다.

"두 사람 다 공부를 굉장히 많이 했나 보네요."

"너한테 보호만 받고 있을 수야 없지."

내가 페르디난드에게 철저하게 배운 귀족 대응 매뉴얼은 그 양이 상당했다. 그것을 어린 두 사람이 외웠다고 생각하니, 감탄의 한숨밖에 나오지 않았다.

"외울 게 정말 많았을 텐데, 많이 힘들었죠?"

"……네. 힘들었어요. 하지만 2년 전에 언니가 공부한 양과 별반 다르지 않아요. 언니는 귀족 대응도 모자라 제 세례식과 데뷔 무대까지 준비하셨죠? 의식을 치를 때 언니가 외웠던 목패 양을 보고 졸도하는 줄 알았어요."

내가 기원식 진행을 위해 외워야 했던 목패와 귀족 대응 매뉴얼을 페르디난드가 두 사람에게도 들이밀었다고 한다. 숨겨 왔던 내 노력이 드러나 버렸다.

"내가 해야 하는 신전장 임무까지 두 사람이 도와줬다는 보고를 받았어요. 일거리를 가득 떠넘겨서 미안해요."

"언니, 저도 영주의 딸이에요. 직할지에 마력을 공급하는 역할이 얼마나 힘들고 중요한지, 이 2년간 뼈저리게 알게 됐어요. 내년 봄에도 전 기원식에 갈 거예요. 언니만 부담을 지게 할 수는 없어요."

"그래. 다 같이 나눠서 돌면 금방 끝나."

'어떡해. 나 완전히 이 두 사람한테 뒤처지고 있어.'

체격뿐만 아닌 두 사람의 성장을 다시금 느끼고 있을 때, 영주 부부가 입장했다. 그들은 무대에 올라가서 자리에 앉고, 우리 쪽을 바라보며 가볍게 웃었다. 우리도 웃음으로 답했다.

"신관장, 입장."

성큼성큼 걸어서 무대로 올라간 페르디난드가 대강당을 쭉 둘러보았다. "새로운 에렌페스트의 자식을 맞이하라!" 라는 목소리가 크게 울림과 동시에 문이 활짝 열리고, 새로이 세례식을 맞이하는 귀족 아이들이 입장했다.

'우우, 나보다 큰 애도 있어.'

"로제마인 님."

세례를 받으러 무대 위로 올라가는 아이들을 바라보는데, 옆에 있던 코르넬리우스가 말을 걸었다.

"나중에 데뷔 무대를 펼칠 니콜라우스는…… 아버님의 두 번째 부인의 아들로 저희 의붓동생입니다."

정실인 엘비라를 어머니로 두고 세례를 받은 나와 달리, 둘째 부인인 트루델리데를 어머니로 두고 세례를 받은 니콜라우스는 공식적으로도 첩의 아들 대우를 받게 된다.

"아마 나중에 트루델리데와 니콜라우스가 인사하러 올 겁니다."

"……따로 주의해야 할 점이 있나요?"

코르넬리우스의 검은 눈동자에 서린 명백한 경계의 빛을 보고, 나도 모르게 목소리를 죽였다.

"아니요. 다만 겨울 어린이 방에서 너무 대놓고 편애하지 말라고 아버님께서 신신당부하셨습니다. 로제마인 님은 자신보다 어린 사람을 특별히 챙기는 경향이 있어서……."

양녀가 된 내가 가장 신경 써야 하는 형제는 영주 일족인 빌프리트와 샤를로테, 그다음이 같은 어머니를 둔 에크하르트, 램프레히트,

코르넬리우스. 배다른 형제인 니콜라우스는 우선 순위가 한참 아래이므로 너무 대놓고 귀여워하지 말라는 뜻이다.

'그래도 동생이면 다 귀엽고, 의지가 되어 주고 싶지 않나?'

데뷔 무대에서는 상급 귀족인 니콜라우스가 마지막 주자였다. 열심히 연습한 노력이 느껴지는 음색이었다. 밝은 갈색 머리에 하늘색 눈동자인 남자애다. 어머니를 닮았을까? 생김새는 칼스테드와 닮은 구석이 전혀 없다. 다만, 체격이 좋아서 나란히 서면 키는 나의 패배다.

데뷔 무대가 끝나면 수여식이다. 무대를 내려오는 페르디난드와 교대하듯 문관이 무대 위로 올랐다. 휘황찬란한 상자를 든 여덟 명의 문관이 일렬로 서자, 준비가 끝났음을 확인한 질베스타가 무대 중앙으로 걸어 나왔다.

"그럼 지금부터 수여식을 거행한다. 귀족원에 가는 신입생은 앞으로!"

문관의 목소리가 울리고, 나는 빌프리트의 에스코트를 받으며 무대 위로 올라갔다. 3년 전 데뷔 무대에 함께 섰던 여덟 명이 나란히 섰다. 쭉 둘러보니 전부 낯익은 얼굴이었다. 하지만 기억 속의 모습보다 다들 성장해 있었다. 성장하지 않은 내가 더욱 부각되어서 기분이 우울해졌다. 그때, 갑자기 눈이 마주친 필린느가 활짝 웃었다. 나도 웃어 보였다. 호기심과 흥미가 아닌 순수한 미소에 조금 기분이 좋아졌다.

"로제마인."

질베스타가 부르자, 나는 고개를 홱 들고 앞으로 나아갔다. 문관이 손에 든 상자를 질베스타 앞에 두고 천천히 뚜껑을 열었다. 질베스타가 상자에서 망토와 브로치를 꺼내어 내게 내밀었다.

"다양한 경험을 통해 열심히 배우고 성장하여 에렌페스트에 걸맞은 귀족이 되길 바란다."

"어둠의 신께 경의를 표하고, 모든 경험을 성장의 발판으로 삼도록 성심성의껏 노력하겠습니다."

나는 망토와 브로치를 들고, 몇 걸음 물러나서 다시 줄을 섰다. 모든 수여가 끝나자, 문관이 귀족원으로 이동하는 날을 알렸다. 예년대로 제일 높은 학년부터 이동하는 모양이다. 신입생인 나와 빌프리트는 마지막 날 제일 마지막에 이동하게 되었다.

이리하여 겨울 생활이 시작되었다.

겨울 어린이 방과 출발

수여식이 끝나면 점심시간이고, 점심이 끝나면 귀족들의 사교가 시작되는데 페르디난드는 내게 방으로 돌아가라고 지시했다. 오늘은 이미 활동량을 넘긴 모양이다.

"그래도 아버님의 두 번째 부인과 니콜라우스가 인사하러 온다던데요……."

"그런 인사보다 그대의 몸 상태가 더 중요해. 마술구로 움직이는 상태임을 잊지 말도록. 지금 쓰러지면 내일 일정부터 차질이 생긴다. 귀족원에 출발하는 날까지 시간이 없다. 그 정도는 생각하지 않아도 알겠지?"

컨디션이 나빠지면 어떻게 되는지 페르디난드가 장황하게 늘어놓기 시작했다. 말이 길어질수록 걱정해 준 감동이 단숨에 사라졌다.

'첫 마디에서 끝났으면 엄청 좋은 사람이었어요, 신관장님.'

고개를 푹 떨군 채 들었지만, 현재 내 상태를 누구보다 잘 아는 사람은 페르디난드다. 걱정해주는 것임은 틀림없고, 끝없는 잔소리를 멈추기 위해서라도 나는 얌전히 방에 돌아가기로 했다.

"알겠어요. 페르디난드 님 말씀대로 오늘은 이만 방에 돌아갈게요. 하지만 내일은 첫날이니까 오전 중에는 어린이 방에 갈 거예요. 세례를 받은 새 아이들과 인사도 해야 하고, 현재 상황도 파악해 둬야 하거든요. 오후에는 페르디난드 님의 집무실에 갈 테니까, 저번에 드린 자료에 있는 정보 제공자들을 모아 주세요."

그 말만으로 페르디난드는 내가 뭘 하려는지 눈치챈 모양이다. "흠." 하고 말하면서 손으로 턱을 받치더니 미간을 살짝 찌푸렸다.

"정보료는 귀족원에서 주는 것 아니었나?"

"그 자료에 적힌 사람들은 제가 잠든 2년 사이에 졸업한 사람 이름이에요. 재학 중인 사람한테는 귀족원에서 줄 거예요."

다무엘이 정리해 준 귀족원 정보 자료는 에렌페스트의 수뇌부에도 돌렸다. 페르디난드와 나 사이에 정보의 가치가 다르듯이, 내게는 그다지 필요 없는 정보라도 좋아하는 사람이 있지 않을까 해서였다. 예상대로 각각 중요하다고 느끼는 정보가 달랐고, 다음 정보를 원하는 의견도 나온 모양이었다. 나는 그런 중요 정보를 입수해 준 자들을 뽑았고, 정보를 얻고 좋아한 자의 소속 부서 예산에서 한 치의 오차도 없이 정보료를 거뒀다.

정보료를 요구하자, 내 방식에 익숙지 않은 문관은 어안이 벙벙해했다. 그러나 영주 부부와 기사단장이 쓴웃음을 지으며 선뜻 돈을 내는 모습을 보고서는 도망치지도 못하고 기꺼이 돈을 내주었다.

이리하여 나는 처음 예정대로 돈을 준비할 수 있었다.

"아. 하긴 여기저기에 정보를 팔았었지. 그럼 오후에 집합하도록 해두마."

"감사합니다."

"그럼 언니는 내일만 어린이 방에 오세요?"

나와 페르디난드가 내일 예정에 관한 얘기를 끝내자, 샤를로테가 울상을 지으며 슬프게 나를 바라보았다. 성에 있어도 봉납 가무와 저녁 자리밖에 같이 있는 시간이 없어서 쓸쓸하다던 그녀의 모습이 떠올라 나는 말문이 막혔다.

"……그럴지도 몰라요. 아이들과 인사하러 가긴 가겠지만, 2년간 늦어진 진도를 빼려면 정말 시간이 턱없이 부족해요."

수여식에서 성장한 동기들을 본 나는 스스로 얼마나 성장하지 않았는지 깊이 통감했고, 위기감을 느꼈다. 주변에서 전혀 성장하지 않은 외모를 두고 업신여길 게 뻔하다. 그러니까 적어도 공부만큼은 뒤처지지 않게 주위 진도에 따라붙고 싶었다. 그리고 에렌페스트의 성적을 올리려면 우선 내가 우수한 성적을 거둬야 한다. 성적이 나쁜 사람이 '이렇게 하면 성적이 오릅니다'라고 말하면 누가 믿어 주겠는가?

'좋은 성적이 도서관 출입의 조건이기도 하고…….'

어린이 방의 현재 상황만 확인하면 나머지는 공부에 시간을 할애하고 싶었다.

"언니 마음은 잘 알겠어요. 그럼 내일은 아이들에게 나눠줄 상을 준비해 주실 수 있으세요? 언니의 요리사가 만든 과자를 기대하는 아이들이 있거든요."

"네, 물론이죠. 내일부터는 내가 준비할게요."

나는 웃으면서 대답했지만 2년 동안 빌프리트와 샤를로테의 전속 요리사가 과자를 준비했을 거라고는 미처 생각하지 못한 탓에, 하마터면 준비가 중복될 뻔했다.

'큰일 날 뻔했네. 샤를로테가 지적해 줘서 다행이야.'

그나저나 과자를 준비하려면 제법 돈이 든다. 설탕이 터무니없이 비싸서다. 설탕보다는 저렴한 꿀을 대용해도 매일 디저트를 준비하는 건 여간 어려운 일이 아니다. 스스로 돈을 버는 나는 둘째 치고, 두 사람은 돈이 부족하지 않았을까?

'이제 와서 돈을 주겠다고 말하는 것도 이상하겠지만, 두 사람은 내가 멋대로 시작한 일에 말려든 거기도 하고.'

음, 하고 고민에 빠지자 빌프리트가 녹색 눈동자로 뚱하게 째려보았다.

"로제마인, 너 어린이 방을 또 혼자 운영할 속셈이지?"

"네. 제가 멋대로 시작한 일이고, 약에 잠든 동안이면 몰라도 건강해졌는데 계속 두 사람에게 부담을 줄 수는 없죠."

내가 그렇게 말하자, 샤를로테도 뚱한 표정을 짓더니 남빛 눈동자로 나를 노려보았다. 귀여운 여동생이 따지듯이 노려보자, 나는 솔직히 곤혹스러웠다.

"언니, 준비하느라 바쁘실 때 혼자서 모든 일을 떠안는 건 아니지 않아요? 그리고 아이들을 교육해서 에렌페스트의 성적을 올리는 건 영주 자제의 책임이라고 아버님도 말씀하셨지요?"

"그, 그랬죠."

무시무시한 미소를 띤 샤를로테가 자신보다 아래에 있는 내 얼굴 가까이로 얼굴을 불쑥 내밀었다. 여동생에게 쩔쩔매는 내 어깨를 빌프리트가 가볍게 두드렸다.

"다시 말해 어린이 방은 우리 임무이기도 하다, 이 말이야. 그걸 네가 독점하면 안 되지. 아무것도 하지 않으면 우리가 무능하다는 소리를 들어. 넌 영리하니까 무슨 말인지 이해하겠지?"

두 사람 모두 영주의 자제로서 일하고 싶어 한다. 그렇다면 두 사람이 할 수 있는 범위를 잡아서 업무를 분담하면 되리라.

"알겠어요. 그럼 내일 어린이 방을 보고, 업무를 분담하도록 해요."

업무를 분담하자고 제안하자, 빌프리트의 표정이 갑자기 밝아졌다. 그리고 자랑스럽게 가슴을 내밀며 내 머리를 쓰다듬었다.

"음. 그럼 넌 오늘은 이쯤에서 쉬어. 내일부터 힘들어지니까."

"언니가 또 쓰러지면 곤란한걸요."

샤를로테도 내게서 일거리를 받아서 기쁜지, 환하게 웃었다. 두 사람이 일하고 싶다면 괜찮겠지, 하고 생각하면서 나는 식당에서 나가려고 문으로 향했다.

"로제마인."

"뭔가요? 페르디난드 님?"

페르디난드의 부름에 나는 몸을 돌렸다.

"그대의 몸은 쉬어 줘야 하지만, 머리는 아직 써도 괜찮다. 건네준 자료를 계속 읽어 두도록."

"기꺼이 그러죠."

나는 방에 돌아와서 리카르다와 오틸리에의 도움을 받으며 목욕하고 옷을 갈아입었다. 그리고 페르디난드에게 받은 자료가 든 나무상자를 침대 옆까지 옮기게 했다.

"페르디난드 도련님도 참. 아픈 공주님께 휴식을 주실 거면 독서도 금하시지 않고."

리카르다는 투덜거리면서 그렇게 말했지만, 나는 나무상자에서 책을 꺼내어 침대 위에 펼쳐두고 안도의 한숨을 쉬었다. 쉬면서 책을 읽으라는 말을 듣는 순간, 페르디난드가 구세주로 보였다.

"귀족원에 갈 때까지 외워야 할 게 산더미인걸요. 여기에 있는 자료는 다 읽어 둬야죠. 우후훗."

쉬라고 명령하며 과제를 준 페르디난드에게 리카르다는 화를 냈지만, 아마 귀족에게서 나를 숨겨 준 것이리라. 2년 전과 그대로인 나를 바라보는 시선은 호기심과 비웃음으로 가득 차 있거나, 딱 봐도 호의적이지 않은 눈빛들이었다. 일단 각오는 했었지만, 예상보다 내게 집중되는 많은 시선과 주고받는 귓속말에 신물이 났다. 빌프리트와 샤를로테가 보호해 주었지만, 솔직히 말하면 그 자리에 있는 것만으로도 매우 피곤했다.

다음 날, 나는 엘라가 준비해 준 과자를 리카르다와 오틸리에에게 들게 하고 어린이 방으로 향했다. 오늘부터 귀족원 이동이 시작된다. 첫 출발 팀에 섞여 푸고가 기숙사 주방으로 이동하게 된다. 내가 푸고에게 "엘라는 푸고가 알아서 지키세요. 무슨 일이 있으면 바로 내게 보고하고요." 라고 말해 뒀으니 주거 환경도 제대로 갖춰 줄 터이다. 나는 젊은 여자 전속을 내 눈이 닿지 않는 곳에 보내고 싶지가 않았다. 그래서 엘라나 로지나는 내가 귀족원에 가는 날 함께 출발하기로 했다.

요리사나 하인뿐만 아니라, 물론 학생들도 이동한다. 오늘은 제일 고학년인 안게리카가 출발하는 날이라서 다무엘과 코르넬리우스가 내 호위를 맡았다.

"내일은 코르넬리우스도 귀족원에 가죠?"

"네. 익숙한 상급생부터 기숙사에 들어가서 하급생을 맞이할 준비를 하거든요."

나는 다무엘과 코르넬리우스에게 기숙사 입실과 진급식 이야기를 들으며 어린이 방에 들어갔다.

"안녕하세요, 언니."

"안녕하세요, 샤를로테."

내가 들어가자, 어린이 방이 술렁거렸다. 학생들은 물론이고, 내가 잠든 2년 사이에 세례를 받아서 나와 대면한 적도 없는 아이도 있었다. '얘기로만 들었는데, 진짜 존재했었다니' 라는 표정을 짓는 아이도 있고, 어제 사교 행사에 나가지 않아서 내 존재를 몰랐는지 누구냐며 의아하게 쳐다보는 아이도 있었다.

그런 가운데, 빌프리트가 내 손을 끌고 모두 앞에 서서, "주목." 하고 손을 들었다.

"2년에 걸친 긴 기간 동안 치료 때문에 잠들어 있어서 얼굴을 모르는 사람도 있을 거다. 소개하겠다. 나의 여동생이며 샤를로테의 언니인 로제마인이다. 이곳에서 사용하는 그림책과 카루타, 트럼프, 이곳에만 나오는 간식을 로제마인이 만들었다는 사실은 고학년이라면 다들 알고 있지?"

'대, 대, 대, 대체 뭐라고 그렇게 거창하게 소개하는 거예요!?'

히이이이이이익! 하고 숨을 삼키는 내 옆에서 샤를로테가 스윽 다가오더니, 귀엽게 방긋 웃으며 말을 덧붙였다.

"로제마인 언니는 잠들어 계시는 동안에도 대량의 마력으로 영지에 많은 축복을 내려 주신 에렌페스트의 성녀입니다. 여러분도 모습은 처음 봐도, 이야기는 많이 들었지요? 내가 매우 존경하는 언니입니다."

'그만해! 철석같이 믿은 아이들의 기대감에 반짝이는 시선이 따가워! 성녀가 아니라고!'

온 힘을 다해 부정하며 도망치고 싶었다. 그러나 빌프리트와 샤를로테 사이에 끼인 데다 호위 기사에게 둘러싸인 내게 도망칠 구멍이란 없었다. 리카르디가 준비한 의자에 강제로 앉혀진 나는 입꼬리를 억지로 끌어올리며 귀족답게 웃을 수밖에 없었다.

"로제마인에게 인사해도 좋다."

빌프리트의 말에 내 앞에 인사하려는 아이들이 줄을 섰다. 말은 그렇게 해도 처음 만나는 아이들뿐이라, 전부 다 합쳐도 서른 명하고 조금이다.

"기베 그레첼의 딸, 베르티르데라고 합니다. 생명의 신 에이비리베의 엄격한 선별을 통한 특별한 만남에 축복을 기도함을 허가해 주십시오."

"허가합니다."

작은 축복의 빛을 받고, 나는 미소로 대답했다. 줄 선 아이 중에 이복동생인 니콜라우스의 모습이 있었다. 니콜라우스는 내 앞에 무릎을 꿇고, 양팔을 교차했다. 밝은 갈색 머리가 살랑거렸다.

"기사단장 칼스테드와 트루델리데의 아들, 니콜라우스라고 합니다. 생명의 신 에이비리베의 엄격한 선별을 통한 특별한 만남에 축복을 기도함을 허가해 주십시오."

"허가합니다."

니콜라우스는 형식적인 인사를 끝내고 물러났다. 누나로서 조금만 더 친근하게……, 하고 생각한 순간, 코르넬리우스가 "로제마인 님." 하고 불렀다. 엘비라를 닮은 박력 넘치는 미소를 지으며 "어제 말씀드린 주의사항을 잊으셨습니까?" 라며 나를 내려다보았다.

"……기억하고 있어요."

"다행입니다."

인사가 끝나자 새로 들어온 아이들에게 석판을 나눠주었고, 모리츠 선생이 간단한 기본 글자와 계산 시험을 치렀다. 동시에 빌프리트와 샤를로테를 중심으로 작년 마지막에 나눈 팀끼리 카루타와 트럼프 게임을 펼쳤다. 봄부터 가을까지 얼마나 실력이 늘었는지 알아보기 위해서라고 한다. 나는 의자에 앉아 느긋하게 둘러보았다. 그들이 나름대로 열심히 고민하며 어린이 방을 운영해 온 노력이 눈에 보였다.

"오늘 경품은 2년 만에 로제마인이 준비한 과자다."

빌프리트의 말에 엘라의 과자를 먹어본 적이 없는 아이는 어리벙벙한 표정으로 고개를 갸웃거렸지만, 먹어본 적 있는 학생들은 눈빛이 바뀌었다.

"이번엔 진짜 제 실력을 보여줄게요. 절대 지지 않을 거예요."

"훗, 그 도전 받아주지. 나야말로 안 봐줄 테다."

진지해진 남자아이들은 늠름하게 소리치며 카루타를 시작했다.

"로제마인 님, 2년 동안 어린이 방에 관해서 제가 자료를 정리했습니다. 봐 주십시오."

지금까지의 성과를 모리츠에게 받아든 나는 자료를 훑어보았다.

"내가 보기엔 잘 운영해 온 것 같네요. 이 자료를 봐도 기초는 철저하게 익힌 것 같으니까 계산 문제 난이도를 올려도 좋아요."

"더 올리라고요?"

깜짝 놀라 눈을 크게 뜨는 모리츠에게 나는 고개를 끄덕였다.

"영주 후보생이 귀족원에 재학하는 기간에 영지 전체의 성적을 올리라고 아우브 에렌페스트께서 명령하셨어요. 모리츠 선생님의 협력이 꼭 필요합니다."

"알겠습니다."

"그나저나 선생님께 많은 누를 끼쳤네요. 겨울에 잠들 예정이 없었던시라, 어린이 방에 관해서는 간단한 메모밖에 못 남겼었어요. 자세한 지시가 없어서 고생하셨죠?"

겨울 어린이 방에서 해야 할 일, 새롭게 시도해 보고 싶은 몇 가지 사항을 조목별로 메모한 종이를 내 지시라며 건넸다고 들었다. 건네받은 사람은 매우 간결한 지시에 얼마나 당혹스러웠을까?

"……솔직히 첫해는 실수도 잦아서 힘들었습니다. 로제마인 님의 세심한 준비와 배려를 깨달으며 매번 시행착오를 반복해 왔습니다. 2년째에는 그 실수를 개선해 가며 어린이 방의 흐름을 잡을 수 있게 되었습니다."

모리츠의 얼굴에는 2년간 노력한 자신감이 드러났다. 이만하면 샤를로테와 모리츠에게 어린이 방의 운영을 맡겨도 문제없어 보였다.

"저는 2년 동안 잠든 시간만큼 진도를 빼야 해서 내일부터는 어린이 방에 못 나와요. 뒷일을 부탁할게요."

모리츠가 무릎을 꿇고, 양팔을 교차했다. 그때 카루타의 승패가 갈린 모양이다. "이겼다!" 라며 승자가 주먹을 번쩍 들었고, 빌프리트가 분한 듯이 주먹으로 바닥을 내리치는 모습이 보였다.

승리한 팀을 불러서 상품인 과자를 한 사람씩 건넸다. 모두 부럽게 쳐다보는 가운데, 과자를 입에 넣은 승자가 감개무량한 듯이 몸을 떨었다.

"크! 한 판 더 붙자!"

"빌프리트 오라버님. 승부 결과를 토대로 먼저 팀을 새로 짜야죠."

승부에 눈이 돌아간 빌프리트가 "크윽!" 하고 입을 삐죽이며 일어나 학생들의 팀을 나누었고, 샤를로테는 미취학 아동들로 팀을 다시 꾸렸다. 역할 분담을 잘했는지, 두 사람을 돕는 아이들의 모습에서 어린이 방이 대체로 빌프리트 파와 샤를로테 파로 나뉘어져 있다는 것을 깨달았다.

"로제마인 님."

그러는 중에 필린느가 눈치를 보면서 내게 우물쭈물 말을 걸었다. 그 손에 든 목패를 보고, 나는 그녀가 무엇을 들고 왔는지 금방 알아챘다.

"필린느. 보여 줄래요?"

"네, 로제마인 님."

필린느가 환한 표정으로 자기가 모은 이야기집을 하나하나 보여주었다. 초반에 쓴 것은 글자가 비뚤비뚤하고, 아이들의 구어체로 쓰여 있어서 읽기 어려웠다. 하지만 2년 동안 글쓰기가 익숙해짐에 따라 점점 글씨체가 반듯해졌다. 구어체가 문어체로 바뀌는 과정까지 한눈에 보이는 목패에는 필린느의 노력이 가득 담겨 있었다. 그걸 본 내 입꼬리가 저절로 승천했다.

"많이 썼네요."

"로제마인 님은 제 어머니가 들려준 기사 이야기를 책으로 만들어 주셨어요. 어머니의 이야기책을 사서 읽고, 좋아해 주는 다른 귀족들의 모습을 보니까 정말 너무 기뻤어요. 다른 아이들도 자기 이야기가 실려서 다들 기뻐했어요."

내가 제작한 기사 이야기집에는 어린이 방에서 모은 이야기도 수록했다. 내가 잠든 후에 어린이 방에서 대여한 책 속에 자기 이야기를 발견한 아이들이 정말 좋아했다고 한다.

'그 표정을 보고 싶었는데.'

"교재가 갖고 싶어서 필사적으로 생각해낸 이야기가 책으로 나올 줄 몰랐었는지, 그 후부터 로데리히가 필사적으로 이야기를 모으고 있어요."

"로데리히가 모은 이야기는 읽었어요. 정말 재밌더군요. 문어체로 수정해서 또 책으로 낼 예정이에요. 필린느는 어머님이 들려주신 이야기를 전부 썼나요?"

2년 전을 떠올리며 묻자, 필린느는 눈을 내리깔고 슬프게 고개를 가로저었다.

"전부 쓰지는 못했어요. 잊어버린 이야기도 있어서…… 그게 너무 슬퍼요."

"필린느, 이야기에는 몇 가지 정해진 틀이 있어서 먼 땅에서 전해 내려오는 이야기에도 신기하게 비슷한 부분이 있답니다. 귀족원에는 다양한 영지의 학생이 모이잖아요? 이런저런 이야기를 듣다 보면 떠오를지도 몰라요."

귀족원에서 많은 사람에게 이야기를 들어 보면 어떨까? 하고 내가 제안하자, 필린느는 새잎 같은 눈동자를 동그랗게 뜨더니, 키득거리며 웃기 시작했다.

"로제마인 님, 혹시 귀족원에서도 이야기를 모을 생각이세요?"

"네, 그럼요. 에렌페스트가 아닌 다른 곳의 이야기를 모을 수 있는 절호의 기회잖아요."

내가 당당하게 말하자, 필린느가 그 자리에 무릎을 꿇고 양손을 교차했다.

"저 필린느는 각지의 정보를 수집하는 견습 문관으로서 로제마인 님께 각지의 이야기를 바칠 것을 약속드립니다."

"기대할게요."

그 순간, 술렁이며 방 안에 동요가 일었다. 순간 묘한 긴장감이 방을 가득 채웠다. 일부 학생들이 눈을 크게 뜨고, 허겁지겁 이쪽으로 달려왔다.

"로제마인 님, 필린느를 측근으로 맞이하신 건가요?"

영문 모를 갑작스러운 질문에 나는 옆에 서 있는 코르넬리우스에게 시선을 던졌다. 나와 달리 달라진 분위기를 파악한 코르넬리우스가 앞으로 나와 주었다.

"아니. 내가 여기서 지켜봤는데, 그런 말은 없었다. 로제마인 님의 부탁을 필린느가 받아들였을 뿐이다. 이후에 측근으로 거두게 될지도 모르나, 현시점에선 없다."

그 말에 여기저기서 안도의 한숨이 들렸다. 그러나 필린느는 몸 둘 바 모르는 표정으로 목패를 안고 뒤로 물러났다. 뭔가 결심한 듯이 한 소녀가 입을 열었다.

"로제마인 님은 언제 측근을 정하시나요?"

겨우 상황파악이 되었다. 빌프리트나 샤를로테의 주위에는 이미 집단이 만들어져 있었다. 두 사람의 측근이 될 가능성이 없는 아이들 처지에서 보면 지금부터 서둘러 임명해야 하는 내 측근 자리를 노려야 했다. 하지만 아이들의 배후에는 부모가 있다. 내 멋대로 안이하게 측근을 정할 수 없었다.

"수석시종인 리카르다와 상담해 보고 귀족원에서 날 따라줄 사람을 중심으로 고를 거예요."

"이미 정하셨나요?"

'나는 누가 후보인지 모르지만, 귀족원 학생 중에 어머님의 파벌에 속한 자를 우선시한다면 대충 정해진 거나 마찬가지겠지?'

명확하게 내답을 못 히는 이상, 여기서는 웃음으로 얼버무려서 리카르다에게 물어야 한다.

"후보는 정해져 있어요. 다만 정식 발표는 기숙사에 입실한 후예요."

내가 싱긋 웃으며 그렇게 말하자, 묘한 긴장감이 풀리며 아이들이 뿔뿔이 흩어졌다.

'그나저나 측근도 고민해야 하는구나.'

고민하는 사이에 네 점 종이 울렸다. 나는 점심을 먹으러 어린이 방을 나와서 방으로 돌아갔다.

"리카르다. 내 측근 후보는 정해져 있죠? 그, 파벌로……."

"네, 물론이지요. 2년 사이에 파벌에도 많은 변화가 있었거든요."

방으로 가는 길목에서 여러 이야기를 들은 결과, 지금 내 측근은 호위 기사 세 사람과 리카르다와 오틸리에뿐이라고 했다. 주인인 내가 없는 탓에 견습 시종은 일단 배제했다고 한다.

"기본적으로 여성은 결혼이나 출산으로 퇴직하게 되기 때문에 언제 돌아올지 모르는 주인보다 새로운 주인을 구하는 사람이 많답니다. 주인에 따라 결혼 상대가 달라지거든요."

미혼인 견습 시종들은 플로렌치아나 샤를로테에게로 편성되었다고 한다.

"귀족원 기숙사에서 생활하며 측근을 정하시겠다는 생각은 나쁘지 않습니다. 기숙하는 생활공간이라서 계속 자신을 숨길 수 없거든요. 그 사람의 본모습을 보실 수 있을 겁니다."

'반대로 말하면 내 본모습도 딴 사람이 보게 된다는 말 아냐? 이거 곤란하네.'

점심을 먹고 페르디난드의 집무실에 가니, 이미 정보제공자가 모여 있었다. 영주의 이복동생이 호출했기 때문이리라. 안절부절못하는 젊은이와 그 상사로 보이는 윗사람까지 덩달아 새파랗게 질린 얼굴로 서 있었다.

"페르디난드 님. 대체 어떻게 모으셨기에 다들 안색이 나쁘죠?"

"점심을 먹고 당장 오라고 전했다만?"

'그런 식으로 호출하니까 밥도 제대로 못 넘기고, 윗사람이랑 헐레벌떡 뛰어오지!'

내 위까지 콕콕 쑤셨다. 미안해 죽을 것 같다.

"여러분을 혼내려고 호출한 건 아닙니다. 오히려 감사의 말씀과 칭찬을 드리려고 하니까 안심하세요."

내가 그렇게 말을 걸자, 젊은 자들은 안심한 듯 가슴을 쓸어내리고, 윗사람은 대체 무슨 일이 일어나는지 흥미진진하게 나를 보았다.

"내가 오래 잠드는 동안, 귀족원에서 적극적으로 정보를 모아줘서 감사합니다. 늦었지만, 보수를 드릴게요."

이미 그랬던 사실을 까맣게 잊은 듯한 표정으로 젊은 자들이 고개를 들었다.

"기사단의 부단장이 기뻐하셨어요."

"아우브 에렌페스트가 당신의 착안점에 감탄하셨습니다."

나는 한 명씩 이름을 불러서, 수고했다는 말과 인사가 늦어서 미안하다는 말, 앞으로도 부탁한다고 격려하며 돈을 건넸다.

"여러분은 에렌페스트의 수뇌부가 주목하는 정보를 가져온 인재들이에요. 앞으로도 여러분의 활동을 기대할게요."

“꾸준히 노력하도록.”

의욕에 찬 얼굴로 방을 나간 모두를 보내면 바로 공부가 시작된다. 귀족원에 출발하는 날까지 정말 시간이 없다.

“페르디난드 님, 저 이런 상태로 귀족원에 가도 괜찮을까요?”

“지금 그대가 하는 공부는 전부 자신을 위해서다. 지금 상태로도 합격은 하겠지만, 안주하면 안 돼. 내가 그대를 교육하는 이유는 단 하나다. 알지?”

연한 금색 눈동자가 나를 쏘아보았다. 자기 업무도 쌓여있는 페르디난드가 내게 딱 붙어서 공부를 가르치는 이유 따위 하나다.

“영주의 자제로서 부끄럽지 않기 위해서죠?”

“……뭐, 그런 셈이지.”

마지막 날까지 벼락치기 수업을 듣고, 드디어 내가 귀족원으로 떠나는 날이 왔다. 검정 베이스 의상에 황금색에 가까운 황토색 망토를 걸치고, 브로치를 단 나는 리카르다와 전이 마법진이 그려진 방으로 이동했다. 안게리카도 코르넬리우스도 없어서 호위 기사는 다무엘뿐이다.

창문도 없는 어두운 방 안에서 공중에 떠 있는 전이 마법진이 보였다. 생활용품을 담은 대량의 짐을 남자 하인들이 전이 마법진 위에 쌓아 올렸다.

나를 배웅하러 와준 사람은 영주 부부와 샤를로테, 보니파티우스, 기사단장 부부, 페르디난드와 그의 호위 기사인 에크하르트다. 나 다음으로 이동할 빌프리트와 램프레히트의 얼굴도 보였다. 가족 총출동이다.

“코르넬리우스가 있으니까 걱정은 거의 없지만, 몸조심해라.”

“남편 말대로 부디 몸조심해요. 당신이 돌아와서 함께 차를 마실 날을 기대하며 기다릴게요.”

“최대한 몸조심할게요. 저도 기대하며 다과회 날을 기다리겠습니다, 어머님.”

“호위 기사는 이 할아버지가 단련했으니 안게리카와 코르넬리우스가 있으면 괜찮을 게다. 네가 없는 동안 다무엘은 톡톡히 단련해 놓을 터이니 안심하고 귀족원에 다녀오거라.”

보니파티우스의 말에 다무엘이 몸을 떠는 모습이 보였지만, 내가 어떻게 해줄 수 있는 일이 아니라서 마음속으로 열렬히 응원했다.

‘힘내, 다무엘.’

“아렌스바흐 학생들을 조심하면서 생활해라. 정보를 얻고 싶을 때는 견습 문관을 보내고, 너는 생각 없이 엮이지 마.”

질베스타의 말에 고개를 끄덕이자, 플로렌치아가 “빌프리트를 잘 돌봐 줘요.”라고 말했다. 최근 성장을 보면 돌봄을 받아야 하는 사람은 내 쪽이 아닐까?

“언니의 귀족원 얘기를 기대하고 있을게요.”

“샤를로테, 어린이 방을 부탁해요.”

“맡겨 주세요.”

마지막으로 내게 말을 건 사람은 페르디난드였다.

“그럼 로제마인. 봉납식까지 모든 시험을 통과해서 돌아오도록.”

“……페르디난드 님. 봉납식은 한겨울이에요. 좀 무모하다고 생각하지 않으세요?”

비록 도서관에 출입하기 위해 벼락치기를 했지만, 2년이나 잠들어서 준비가 부족한 내게 요구할 내용이 아니다. 내 반론에 페르디난드가 뻔뻔스럽게 미소를 지었다.

"내가 대체 무엇 때문에 업무를 미뤄 가며 단기 집중 강의를 해 줬다고 생각하는가?"

"분명……며칠 전에, 이 공부는 자신을 위해서라고 하지 않으셨나요?"

"그래. 자신을 위해서다."

독살스러운 미소로 고개를 끄덕이는 모습에 움찔하고 내 얼굴이 굳었다.

"저기, 그 말의 자신은, 설마, 페르디난드 님이에요!?"

페르디난드는 수상쩍으리만치 씩 웃더니, 정확한 대답을 피했다.

"그대라면 해낼 거라고 믿는다. 최대한 일찍 시험을 해치우고, 쓸데없는 짓을 저지르기 전에 반드시 돌아오도록. 대답은?"

'짜증나!'

나도 명확한 대답을 피하고, 미소만 지으며 전이 마법진 위로 올랐다.

기숙사 입실과 측근

전이 마법진에 마력이 차오르면서 검정과 금색 빛을 내뿜기 시작했다. 동시에 브로치에 박힌 마석이 빛났다. 눈앞의 공간이 일렁이더니, 순간 빈혈 같은 감각이 덮쳤다. 빈혈을 일으킨 나를 알아채고, 리카르다가 손을 뻗어서 나를 품에 안았다. 기댈 곳이 생긴 내가 안도의 한숨을 내쉰 순간, 눈앞에 서 있던 모두의 모습이 출렁이며 일그러졌다.

시야가 일그러져서 깜짝 놀라 연신 눈을 끔뻑이고 손으로 비볐다. 그리고 몇 초 뒤, 시야가 뚜렷해지자 분명 눈앞에서 배웅해주던 사람들의 모습이 온데간데없었다.

"귀족원 에렌페스트 기숙사에 잘 오셨습니다. 로제마인 님."

정면에 활짝 열린 문이 보이고, 마법진의 움직임을 감시하는 두 기사가 있었다. 발밑에 그려진 마법진은 아까와 똑같고, 출발했던 방과도 분위기가 비슷했다. 그러나 두 기사가 앉는 의자와 자질구레한 마술구 같은 물건도 있고, 배웅하던 사람들이 보이지 않는 사실로 이미 다른 장소에 와 있음을 깨달았다.

"공주님, 속이 울렁거리시면 방을 나갑시다. 하인이 짐을 공주님 방으로 옮기지 않으면 빌프리트 님께서 전이를 못하세요."

내 등을 살짝 미는 리카르다와 함께 전이 마법진의 방에서 나가자, 성에도 있었듯이 대기실이 나왔다. 앞사람이 전이하는 동안 다음 사람의 짐을 쌓아 놓고 순서를 기다리는 방이다. 그곳에 나를 마중하러 온 안게리카와 코르넬리우스가 있었다.

"로제마인 님, 기다리고 있었습니다."

두 사람을 거느리고 대기실을 나가자, 그곳에는 성과 매우 비슷한 복도와 문이 있었다. 정말 귀족원에 온 게 맞나 싶을 정도로 성의 풍경과 비슷했다.

"귀족원 기숙사는 과거의 영주가 창조의 마술로 세운 곳이라 다른 영지의 기숙사도 기본적으로는 그 영지의 성과 정취가 비슷합니다."

리카르다의 말을 듣자 하니, 기숙사마다 영지의 특색이 있다고 한다. 화려한 건물, 소박한 건물, 둥그스름하면서 우아한 건물, 군더더기가 일절 없는 반듯한 사각형 건물 등, 다양하다고 한다.

"다른 영지 사람은 출입할 수 없어서 기수를 탔을 때 외관밖에 못 보지만요……."

수여식 때 받은 브로치는 영지별로 만든 선별 마술구다. 그래서 브로치만 뺏는다고 해서 타 영지 기숙사에 들어가지는 못한다고 한다.

"로제마인 님, 이쪽으로 오십시오. 차를 준비해 놓았습니다."

"안게리카, 코르넬리우스, 지금 어디로 가요?"

"다목적 홀에 신입생을 환영하는 자리가 마련되어 있습니다."

성에서 기숙사로 이동한 사람은 시종이 방을 정리하는 동안에는 방에 들어갈 수 없기 때문에, 정리가 끝날 때까지 모두들 다목적 홀에서 기다려야 한다. 그래서 이미 방 정리가 끝난 상급생이 하급생을 환대해 준다고 했다.

"그럼 두 분께 공주님을 맡기겠습니다."

계단 앞에서 코르넬리우스와 안게리카에게 뒤를 부탁한 리카르다는 하인들이 옮긴 짐을 정리하러 얼른 계단을 올라가 버렸다.

“로제마인 님께서 도착하셨습니다.”

상급생 견습 시종들이 차를 따르고 과자를 내어 주었다. 주변을 둘러보니 나와 동기인 신입생이 긴장한 기색으로 차를 마시는 모습이 보였다.

“로제마인 님, 이쪽으로 오세요. ……그 옷, 너무 멋지세요. 귀족원의 유행을 가미한 데다 직접 고안하신 꽃 장식도 다셨네요?”

내가 데뷔 무대를 펼쳤던 일곱 살 때, 아홉 살이라 함께 어린이 방에서 지냈던 브륀힐데는 올해로 열두 살, 3학년이다. 진홍색 생머리가 부드럽게 찰랑거린다. 그녀가 기쁜 듯이 밝은 갈색 눈을 가늘게 뜨며 나를 바라보았다.

“당신이 준 정보를 토대로 만들었어요. 귀족원의 유행을 잘 몰랐는데, 큰 도움이 됐어요.”

“저는 로제마인 님께서 고안하신 의상과 머리 장식을 중앙에 널리 알리고 싶어요. 재학 중에 한 번이라도 좋으니 에렌페스트가 유행의 중심이 되었으면 좋겠어요.”

멋과 유행에 민감한 상급 귀족 브륀힐데는 에렌페스트가 국내에서 촌 동네이며 별 볼 일 없는 영지로 평가받는 상황에 굴욕감을 느끼는 듯했다.

“몇 년 동안 로제마인 님께서 퍼트리신 상품은 분명 중앙에서도 유행할 거예요. 예전에 영주 부부께 유행을 퍼트리게 해 달라고 부탁드렸는데, 로제마인 님께서 귀족원에 입학하기 전까지 멋대로 퍼트리지 말라고 금지하셨습니다. 그래서 로제마인 님께서 오시기를 줄곧 기다렸어요. 올해가 너무 기대되어요.”

과자와 꽃 장식으로 에렌페스트 내에 새로운 유행을 만들고 싶어서 안달이 난 엘비라를 쏙 빼닮은 야망에 이글거리는 갈색 눈동자로 브륀힐데가 웃었다. 나는 즉흥적인 아이디어였거나, 전부 내가 필요해서 만든 물건뿐이라서 그렇게까지 유행시키고 싶은 열의가 없다. 의지를 불태우는 브륀힐데의 기세에 눌려 얘기를 들었다.

"브륀힐데 님, 그렇게 자기 말만 하시면 안 됩니다. 로제마인 님께서 편히 못 쉬시잖아요."

브륀힐데의 뒤에서 에메랄드그린 색 머리를 양쪽으로 꼼꼼하게 땋아서 하나로 묶은 소녀가 조용히 의견을 내놓았다. 브륀힐데보다 조금 몸집이 작아 보이지만, 제대로 얘기해 본 기억이 없는 사람이다. 아마 내가 데뷔할 무렵에 이미 귀족원에 입학한 사람이리라.

"그러네요, 리젤레타. ……죄송합니다, 로제마인 님. 제가 너무 흥분해서 정신이 어떻게 됐나 봅니다."

"아니에요, 에렌페스트의 영향력을 높이고 싶은 브륀힐데의 의욕은 잘 알았습니다. 상급 귀족이라면 그 정도 의욕은 있어야죠."

안심한 브륀힐데가 자리에서 물러나자, 대신 리젤레타라고 불린 소녀가 "소란스럽게 해서 죄송합니다, 로제마인 님. 느긋하게 쉬십시오." 라고 말하고는 옅은 웃음을 지으며 조용히 물러났다.

리젤레타의 머리는 움직임에 거치적거리지 않게 반듯하게 정리되어 있었고, 짙은 녹색 눈동자가 지적인 빛을 발했다. 머리카락 색과 눈빛은 다르지만, 그 용모가 안게리카와 닮았다. 자매, 혹은 사촌지간이 아닐까? 나는 등 뒤에 있는 안게리카를 돌아보았다.

"리젤레타는 안게리카와 많이 닮았네요."

"네. 제 여동생입니다. 저와 달리 우수해서 부모님의 자랑거리예요."

리젤레타는 눈치가 있는지, 과자를 집어서 더러워진 손을 닦을 천을 준비하거나, 근처에 앉은 신입생에게 차를 더 따라 주면서 바쁘게 움직였다. 필요한 말만 하며 미소를 잃지 않는 모습만 보아도 교육을 잘 받은 사람처럼 보였다. 안게리카와 리젤레타는 생김새가 비슷해도 언행이 전혀 달랐다.

'우수한 시종의 혈통은 저쪽에 다 쏠렸나 보네?'

"그래도 안게리카는 시종에 적성이 없었을 뿐이지, 기사로서는 우수하잖아요."

"옳은 말씀입니다, 로제마인 님."

갑자기 안게리카를 두둔하는 말이 끼어들었다. 내가 눈을 끔뻑이자, 안게리카가 살짝 곤란한 듯한 표정으로 "유디트 님." 하고 소녀의 이름을 불렀다. 유디트는 3년 전에 겨울 어린이 방에서 본 적이 있다. 나보다 한 살 위였던가? 볼륨감 있는 밝은 오렌지색 머리를 안게리카처럼 포니테일로 묶고, 보라색 눈동자가 반짝이며 빛났다.

"안게리카 님은 비록 중급 기사지만, 신체강화 마술을 구사하고, 보니파티우스 님께 인정받아 제자로 들어갈 만큼 정말 훌륭하세요. 그리고 주인이신 로제마인 님께도 신임을 받고, 또 마력을 받은 마검 슈팅루크는 주체적으로 생각도, 말도 하는걸요. 이 세상에 유일한 마검이죠? 저도 마검을 키우고 싶은데 마력이 부족해서 신체강화도 못 해요."

나는 안게리카가 얼마나 대단한지 열심히 설명하는 유디트의 말을 흐뭇해하며 들었다. 내 호위 기사를 칭찬하는 말은 언제 들어도 기분이 좋았다.

"신체강화를 쓸 수 있게 된 우리 안게리카, 정말 대단하죠? 내가 잠든 2년 동안 성장했다고 보니파티우스 님께 들었어요."

"맞아요! 저도 보니파티우스 님께 인정받을 수 있게 강해지고 싶어요. 안게리카 님은 제 목표예요."

'아무래도 유디트는 안게리카의 신봉자인가 봐.'

"유디트 님, 이제 그만해 주세요."

"알았어요. 시끄럽게 떠들면 로제마인 님께서 못 쉬시겠네요. 주인을 위해 세세한 배려까지 할 줄 아시다니, 저도 배워야겠어요. 실례했습니다."

유디트는 안게리카의 말을 자기 좋을 대로 해석하고 이해했다. 내가 힐끗 올려다보자, 안게리카는 곤란한 표정으로 유디트에게서 시선을 돌렸고, 코르넬리우스는 웃음을 참고 있었다. 평소에 칭찬을 들을 일이 없는데, 침이 마르도록 찬양하는 유디트 때문에 안게리카가 부끄러워서 안절부절못했다.

"유디트는 안게리카를 정말 존경하는 착한 아이군요?"

"……아뇨. 착한 게 아니라 이상한 겁니다. 로제마인 님."

몹시 난처해하며 정정하는 목소리에 나는 키득키득 웃으며 방 안을 찬찬히 둘러보았다. 방에는 따뜻한 카펫이 깔려 있고, 벽에는 태피스트리가 걸려 있지만, 전부 망토와 색깔이 같았다.

장식을 구경하던 나는 격리된 듯한 위치에 앉아 있는 사람들을 발견했다. 모두 머리를 숙이고 있는 탓에 어두침침한 분위기를 풍겼다. 이따금 이쪽을 쳐다보는 시선에는 섞이고 싶어도 섞일 수 없는 억울함이 묻어 있었다. 그 무리 속에 열심히 이야기를 모아 준 로데리히가 있는 모습을 보고, 나는 몸을 돌렸다.

"코르넬리우스, 저 아이들은 왜 저렇게 멀리 떨어져 있죠?"

"저쪽에 모여 있는 아이들은 구 베로니카 파의 부모를 둔 아이들입니다. 저 중에는 2년 전, 사냥 대회에서 빌프리트 님을 범죄에 끌어들인 사람도 있습니다. 빌프리트 님과 로제마인 님께 위험을 가하지 못하게 저렇게 멀리 떨어뜨려 놓은 겁니다."

원래 최대 파벌이었던 베로니카 파는 인원수가 많았다. 2년이나 지난 지금도 완전히 붕괴하지는 않았는지, 귀족원 학생의 4분의 1은 경계 대상이랬다. 같은 기숙사에서 생활하는 65명 중에서 15명이 저런 상태면 다 같이 협력해서 에렌페스트 전체 성적을 올리기 어렵지 않을까?

"저들을 우리 편에 붙게 할 방법이 없을까요?"

"파벌이란 건 원래 이렇습니다. 베로니카 님의 눈밖에 벗어났던 페르디난드 님도 영주의 자제시지만, 저런 입장이셨다고 에크하르트 형님에게 들었어요. 형님이 입학하기 전까지 선대 영주께서 직접 명령한 사람 외에는 측근이 없었다고 합니다."

페르디난드도 저런 시선으로 최대 파벌을 봤을까? 하지만 생각해 봐도 도무지 그 구도가 떠오르지 않았다. 오히려 무관심을 기회로 신나게 매드 사이언티스트의 길을 착착 걸어가는 모습만 떠올랐다. 온갖 구실과 변명을 구사하여 자유로운 환경을 사수하고, 귀족원에 눌러앉았을 사람이다.

'성에서는 고생했다던데, 에크하르트 오라버니 말로는 귀족원에서 물 만난 물고기 같았댔어. 분명 이번처럼 자신을 위해 주변을 갖고 놀았을 거야.'

"빌프리트 님께서 도착하셨습니다."

"미안. 많이 기다렸지?"

빌프리트가 자신의 측근과 함께 다목적 홀에 들어왔다. 차와 과자 준비도 측근이 하는지, 몇몇이 분주하게 움직였고, 빌프리트는 내 옆에 마련된 의자에 앉았다.

"여기가 귀족원 기숙사구나. 성과 분위기가 거의 비슷하네."

빌프리트의 혼잣말 같은 말에 갑자기 "그렇죠?" 라며 등 뒤에서 대답이 돌아왔다. 뒤돌아보니, 성실해 보이는 호리호리한 여성이 온화한 미소를 지으며 등 뒤에 서 있었다. 나이는 30대 후반에서 40대 초반 정도일까? 왼쪽 눈에 낀 외알 안경 때문에 연구자 같은 분위기가 풍겼다.

"에렌페스트 기숙사의 사감을 맡은 힐쉬르라고 합니다."

힐쉬르는 원래 에렌페스트 귀족인데 성적이 우수하여 중앙에서 일하게 되었고, 지금은 귀족원 선생으로 마술구 수업을 담당한다고 했다.

"며칠 전에 오래간만에 페르디난드 님께 편지를 받았어요. 로제마인 님은 페르디난드 님이 아끼시는 제자라면서요? 영주 후보생, 견습 기사, 견습 문관, 모든 분야에서 최우수 성적을 거둔 천재의 애제자가 과연 어떤 능력을 보여줄지, 정말 기대가 됩니다."

'천재의 애제자? 대체 언제 그렇게 됐어? 어째? 왠지 엄청 기대치가 높아진 것 같지 않아?'

내가 아무 대답을 못 하고 있자, 힐쉬르는 한 번 싱긋 웃으며 방 한가운데에 서서 신입생에게 기숙사를 설명하기 시작했다.

이 기숙사는 3층이 여자 방, 2층이 남자 방, 1층에는 홀과 식당 등 공용 공간이 있다고 했다. 3층은 남자의 출입이 엄중히 금지되어 있고, 견습 기사가 교대로 계단을 지킨다고 한다. 각층의 제일 끝 방은 영주와 영주 부인의 방이며 영주회의 때 사용한다고 한다.

“시험에 떨어져서 봄에도 귀족원에 남는 사람은 나쁜 의미로 영주 부부에게 얼굴과 이름을 알리게 됩니다. 모두 각별히 주의하세요.”

‘오우, 안게리카.’

영주 후보생의 방은 각층에 하나씩 있고, 그 주변 방은 측근이 사용한다. 측근을 제외하고, 안쪽이 상급 귀족의 방이며 계단에 가까울수록 신분이 낮아진다. 하급 귀족과 중급 귀족이 쓰는 방은 여러 명이 공동으로 사용하는데, 돈을 내면 1인실로 쓸 수도 있다. 또 다 같이 식사하는 식당을 개방하는 시간을 알려주었다. 목욕은 성과 마찬가지로 각자의 방에서 개개인이 준비해야 한다고 한다.

“이틀 뒤에 진급식과 친목회가 열리고, 그다음 날부터 수업이 시작됩니다. 그때까지 신입생은 기숙사 생활에 익숙해지고, 수업 준비를 해 두세요. 무슨 일이든 준비가 중요합니다. 질문 있습니까?”

나는 씩씩하게 손을 번쩍 들었다. 힐쉬르는 물론, 모든 시선이 내게 쏠렸다.

“네! 이 기숙사에 도서실은 어디에 있습니까?”

설레는 마음으로 질문하자, 힐쉬르가 곤란한 듯이 웃었다.

“기숙사 내에는 도서실이 없지만, 귀족원에는 도서관이 있습니다. 그리고 도서관은 수업을 개강하는 날부터 열립니다. 영지마다 순서대로 신입생에게 이용 방법을 설명해야 해서, 그 설명을 들은 뒤에 출입할 수 있습니다.”

힐쉬르는 콩닥콩닥 뛰는 가슴으로 도서관을 물은 나를 보며 뭐라 설명할 수 없는 복잡한 미소를 지었다.

"로제마인 님은 공부에 열정적이군요. 영주 후보생이 공부와 독서에 전력을 다하면 모두 덩달아 공부하게 되겠네요. 기대됩니다."

'그 말은 즉, 영주 후보생인 내가 책을 읽으면 모두 덩달아 책을 읽게 된다는 뜻이야? 그럼 신나게 읽어야지!'

힐쉬르의 설명이 끝날 때쯤에 리카르다가 다가왔다.

"로제마인 님, 방 정리가 끝났습니다."

리카르다를 따라 나는 일단 내 방으로 갔다. 복도가 기니까 기수를 쓰라는 말에 나는 기수를 꺼내어 승차했다.

"제가 동행할 수 있는 건 여기까지입니다."

남자인 코르넬리우스가 동행할 수 있는 곳은 2층까지다. 이후로는 안게리카만 호위를 하게 된다. 3층에 올라가자 기나긴 복도를 끼고 양옆으로 문이 쭉 이어져 있었다. 내 방은 복도 끝에 있었다. 거리가 제법 멀다. 3층까지 계단을 올라가서 복도 끝까지 기수 없이 걸으면 도중에 쓰러질지도 모른다.

"이곳이 공주님께서 지내실 방입니다."

기숙사 방은 성의 방과 배치가 별반 다르지 않았다. 내가 위화감 없이 지낼 수 있게, 그리고 리카르다가 익숙한 동선으로 일할 수 있게 고민한 결과이리라.

"그럼 공주님. 측근을 정하셔야죠. 오늘 대접받으시면서 공주님 눈에 들어온 사람이 있나요? 이걸로 골라 보세요."

집무용 책상, 아니, 여기서는 공부 책상이다. 공부 책상에는 이미 몇 장의 종이가 준비되어 있었다. 코르넬리우스에게 작성을 부탁한 학생 리스트다. 내가 측근으로 들여도 괜찮은 사람의 이름에는 ○,

신분이나 위치는 미묘하지만, 내 의견 여하로 측근으로 삼아도 되는 자의 이름에는 △, 경계 대상이라서 제외하는 편이 좋은 사람에게는 ×를 표시하게 해 놓았다. 이미 빌프리트와 샤를로테의 측근이 된 사람은 두 사람의 첫 이니셜이 적혀 있었다.

"음, 브륀힐데는 ○, 리젤레타도 ○, 유디트도 ○, 필린느는 △, 로데리히는 ×……."

나는 리스트를 보면서 내 기억에 남은 사람의 이름을 가리키며 중얼거렸다.

"로데리히는 빌프리트 님을 위험에 빠뜨린 아이라 공주님 측근에 걸맞지 않습니다."

"본인한테는 그럴 마음이 없었는데, 부모가 시켜서 그런 행동을 했을 가능성도 크지 않나요? 빌프리트 오라버니에게 갱생의 기회를 줬듯이, 전 그 사람을 보고 결정하고 싶어요……."

"지금처럼 본인을 거의 모르는 상태에서 측근으로 삼으시면 안 됩니다."

리카르다가 내 의견을 반대했지만, 확실히 맞는 말이었다.

"로데리히를 제외하고 공주님의 마음에 든 사람은 측근으로 대우하겠습니다. 견습 시종으로 브륀힐데와 리젤레타, 견습 호위 기사에 유디트. 로제마인 님께서 원하신다면 견습 문관에 필린느를 넣으셔도 괜찮습니다."

리카르다가 내 의견을 바탕으로 착착 측근을 정해 갔다.

"그런데 하급 귀족인 필린느를 돕고, 지도할 수 있는 상급 견습 문관이 필요하겠네요. 로제마인 님께서 이의가 없으시다면 하르트무트를 측근으로 넣으면 어떠십니까?"

"하르트무트가 누구예요?"

"오틸리에의 막내아들입니다. 아이가 붙임성이 있고, 사람을 좋아해요. 정보 수집 능력이 정말 뛰어나답니다. 아빠를 닮았겠지요."

코르넬리우스와 동갑이며 내 세례식보다 전에 귀족원에 들어가서 잘 모르지만, 오틸리에의 아들이고 리카르다가 추천한다면 문제는 없을 것 같았다.

"또……코르넬리우스의 후임을 맡을 수 있을 만한 견습 기사도 뽑는 편이 좋겠지요. 트라우고트는 어떤가요? 제 딸과 보니파티우스 님의 아드님 사이에서 태어난 아이입니다."

"할아버님과 리카르다의 손자……. 듣기만 해도 정말 강할 것 같아요."

"아직 한참 멀었어요. 로제마인 님의 마력 압축 방법을 배우고, 보니파티우스 님께 훈련을 받은 코르넬리우스에게 비하면 새 발의 피지요."

트라우고트를 빌프리트의 견습 호위 기사로 넣자는 얘기도 거론되었지만, 빌프리트의 호위 기사가 되면 언제 내 허가를 받고 마력 압축 방법을 배우게 될지 몰라서 보류했다고 한다. 그 말을 듣고 보면 영주 후계자 자리에서 내려오게 된 빌프리트도 측근을 모으는 데 여간 고생이었겠다 싶었다.

"그리고 안게리카의 후임으로 유디트를 넣어도 상관없지만, 안게리카가 후임을 잘 지도할 것 같지는 않습니다. 어쩌시겠어요?"

"리카르다 말이 맞습니다. 죄송합니다, 로제마인 님."

그다지 미안해하지 않는 듯한 안게리카의 목소리에 리카르다가 한숨을 쉬었다.

“코르넬리우스에게 교육을 부탁해도 역시 같은 여자가 아니면 꺼내기 힘든 말도 있겠지요. 여기사를 통솔하거나 코르넬리우스와 합동해서 지도해 줄 수 있는 견습 여기사가 필요할 거라 봅니다. 짐작 가는 사람 없나요? 안게리카?”

리카르다가 물어도 안게리카는 고개만 갸웃거릴 뿐, 대답이 없다. 처음부터 생각할 마음이 없다. 나는 씁쓸하게 웃으며 “안게리카 대신 머리를 써 줄 여기사 견습생은 누가 없을까요?” 하고 물어보았다. 그 순간, 안게리카가 진지한 눈빛으로 고민하기 시작했다.

“……레오노레라면 코르넬리우스와도 친하고, 머리 쓰는 일이 특기라고 생각됩니다.”

“안게리카 자신은 기본적으로 머리를 쓸 마음이 전혀 없군요.”

“네. 그렇습니다.”

‘어떡해. 안게리카는 2년 전보다 더 생각하는 것을 포기해 버린 것 같아.’

“이봐, 주인! 또박또박 대답한다고 좋은 건 아니다. 주인은 주인의 스승에게 가르침을 배운 후부터 더욱 감각에 의지하려는 경향이 있어. 조금 더 생각하는 힘을 기르도록.”

마검 슈팅루크가 설교를 시작해서 내가 나설 자리는 없는 듯하다. 잔소리는 페르디난드와 말투가 똑같은 슈팅루크에게 맡기자.

“레오노레에게 의사를 물어보고, 긍정적으로 대답해 주면 호위 기사로 넣어요.”

“알겠습니다. 공주님.”

여하튼 이로써 측근이 결정되었다.

성적향상 위원회

“공주님, 다들 측근 자리를 흔쾌히 수락했습니다. 방도 바로 옮기기 시작했어요. 남성분은 3층으로 올라올 수 없으니까 저녁 식사 후에 발표할 때 대면하게 되겠군요.”

측근이 내정되었음을 저녁 후에 발표하겠다고 전달하러 간 리카르다가 돌아왔다. 측근이 된 사람은 측근용 방으로 이동해야 한다고 한다. 방 밖이 쿵쾅거리며 시끄러워지기 시작했다. 아마 대대적으로 측근들이 이사를 시작한 모양이다.

“로제마인 님, 측근을 방에 들여도 괜찮겠습니까?”

“네. 들여보내세요.”

문 앞에 대기하던 안게리카가 내게 내방 허가를 구했다. 문이 열리자, 나의 측근이 된 아이들이 줄줄이 방에 들어왔다. 그녀들의 방을 시종과 하인이 정리하는 동안, 내 방에서 인사와 업무 분담을 의논하겠다고 한다.

브륀힐데가 제일 먼저 들어와서 내 앞에 무릎을 꿇었다.

“로제마인 님, 저를 측근으로 삼아 주셔서 대단히 감사합니다. 유행을 퍼트리는 일은 부디 제게 맡겨 주십시오.”

“네. 브륀힐데에게는 사교 쪽을 부탁하려고 해요. 알다시피 2년 동안 잠든 탓에 자세한 국내의 정세나 파벌, 영지 간의 관계도 잘 모릅니다. 다양한 정보를 모아서 사교 자리에서 나를 잘 보좌해 주리라고 기대합니다.”

브륀힐데의 인사가 끝나자, 리젤레타가 조용히 내 앞에 무릎을 꿇었다.

“귀족원 진급조차 어려웠던 언니를 구해 주신 로제마인 님께는 저희 가족 모두, 아니 일족 전체가 감사하고 있습니다. 로제마인 님께서 편히 지내시도록 성심성의껏 모시겠습니다.”

“리젤레타는 나를 모시려고 내가 눈을 뜨기를 기다렸다고 안게리카에게 들었어요. 그 마음이 고맙네요. 앞으로 잘 부탁해요.”

기본 글자만 습득하면 참고서 제작이나 과제 도우미부터 일을 시작할 수 있는 견습 문관과 달리, 시종은 주인에게 불쾌감을 주지 않게 1년간 연수를 마쳐야만 누군가를 전속으로 모실 수 있다. 내가 세례를 받는 해에 1학년이었던 리젤레타는 나를 모시겠노라고 1년간 연수를 끝냈는데, 그 직후에 내가 습격을 받고 잠들어 버렸다. 운 나쁜 상황을 비관했지만, 내가 잠든 동안 점점 강해지는 안게리카를 보고, 그녀도 힘을 얻었다고 한다.

“공주님, 이 두 견습 시종에게는 제가 이 방의 일을 가르칠 겁니다.”

내가 고개를 끄덕이자, 리카르다는 방의 설명과 하루 일정을 얘기하기 시작했다. 견습 시종은 리카르다가 가르칠 테니 문제없으리라. 나는 나란히 무릎을 꿇은 견습 기사들을 바라보았다. 유디트가 흥분이 채 가시지 않은 표정으로 나를 올려다보고 있었다.

“로제마인 님을 모시게 되어 기쁩니다. 저도 될 수 있는 한 강해져서 도움이 되겠습니다.”

“당신의 노력을 기대할게요.”

그 옆에 무릎을 꿇은 레오노레는 포도색 머리에 지적인 남빛 눈동자를 가진 소녀였다. 차분한 분위기 때문인지, 아니면 발육이 뛰어나서인지, 매우 성숙해 보였다. 견습 기사라고 밝히지 않으면 견습 문관으로 보이는 용모다.

"로제마인 님, 호위 기사로 임명해 주셔서 감사하게 생각합니다."

"레오노레. 당신에겐 굉장히 힘든 임무를 맡겨 버렸네요. 뭔가 문제가 있으면 나도 협력할 테니, 코르넬리우스와 상담하면서 안게리카와 유디트를 앞에서 이끌어 주세요."

레오노레는 안게리카와 유디트를 바라보더니, 긴장한 표정으로 고개를 끄덕였다.

"……성심성의껏 노력하겠습니다."

거절당할까 봐 마음을 졸였던 나는 가슴을 쓸어내렸다. 마찬가지로 '머리를 써 줄 사람이 들어와서 다행이다'라며 활짝 웃으며 좋아하는 안게리카에게 말을 걸었다.

"안게리카, 두 사람에게 이 방의 호위 임무와 업무 분담을 설명해 주세요."

"알겠습니다."

비록 안게리카의 설명이 부족하더라도 분명 슈팅루크가 어떻게든 해결해 주겠지만, 머리 쓰기를 포기한 안게리카는 조금 대책이 필요해 보였다. 흠, 하고 입술을 쭉 내민 내 앞에 필린느가 쭈뼛거리며 무릎을 꿇었다.

"저, 로제마인 님. 저를 측근으로 삼아 주신 것만으로도 기쁘기 그지없지만, 정말 저 같은 1학년 하급 문관을 측근으로 삼으셔도 괜찮으세요?"

불안해하며 필린느가 물었다. 영주 일족이 하급 귀족을 중용하는 경우는 거의 없어서 석정되는 마음은 이해가 되었다. 그러나 필린느는 유일하게 나를 위해 각지의 이야기를 모아와 주겠다고 맹세했다. 내게는 동지인 셈이다.

"내가 필린느에게 부탁하고 싶은 건 기본적으로 이야기 수집이에요. 그리고 필린느를 돕고, 지도해 줄 상급 견습 문관도 있어요. 무엇보다 하급 귀족이라고 하대하면 꼭 내게 상담하세요. 당신을 곁에 둔 내가 대처할게요."

"감사하게 생각합니다, 로제마인 님."

모든 측근이 분야별로 회의를 시작할 때, 나는 필린느와 함께 성적향상 위원회에 관해 얘기하기로 했다.

"성적향상 위원회가 무엇인가요?"

"아우브 에렌페스트가 영주 후보생에게 귀족원에 입학하면 에렌페스트의 전체 성적을 올리라고 명령하셨어요. 그래서 재학 중에 반드시 성적을 올려야 하는데, 그러기 위한 위원회예요. 회장은 저와 빌프리트 오라버니고, 에렌페스트 학생은 전부 참가해야 해요. 누구 한 사람도 빠지면 안 돼요."

그렇게 말하며 나는 다무엘이 정리한 귀족원의 정보 자료를 펼쳤다. 중앙을 비롯한 21개의 영지 중에서 에렌페스트의 성적은 중간쯤을 오르내렸다. 작년에는 13위였다. 다행히 아직 중간 위치지만, 과거에는 소영지들과 최하위를 다퉜다. 페르디난드가 재적할 때만 성적이 쭉 올랐다가 졸업과 동시에 점점 떨어진 듯했다. 즉, 천재 한 사람만으로는 안 되는 셈이다. 에렌페스트의 전체 성적을 올릴 시스템을 세워야 한다.

"앞으로 어떤 식으로 성적을 올리실 생각이세요? 상급생들 얘기를 들어 보면 카루타나 그림책으로 성적이 제법 올랐다고 들었어요."

"카루타나 그림책으로 성적이 오른 건 저학년이에요. 아무래도 그것만으로 고학년 성적은 오르지 않겠죠."

저학년도 눈에 띄게 오른 건 이론뿐이다. 나머지는 음악 실기를 조금 잘하게 된 정도이리라. 이전까지 낮아서 급격히 오른 것처럼 보일 뿐, 개선의 여지는 많다.

"내가 잠든 2년간 코르넬리우스 오라버니가 우등생이 됐대요. 그건 아마 다무엘과 함께 안게리카에게 이론을 가르치면서 한 학년 위의 공부를 했고, 효율적인 마력 압축을 익혀서 할아버님…… 보니파티우스 님께 훈련을 받아서예요."

'안게리카의 성적 올리기 부대'의 노력에 영향을 받아서인지, 다른 견습 기사들의 성적까지 올랐다. 그런데 코르넬리우스의 상승치는 그들과 차원이 달랐다. 반대로 기사들 전체가 도와줘도 이론을 겨우 합격한 안게리카의 성적에는 고개만 저었다.

"분명 마력 압축 방법도 로제마인 님이 생각해내신 거지요?"

"네. 귀족원에서 돌아가면 가르치려고요. 마력 압축 방법은 수뇌부의 허가와 돈이 필요해서 지금 이 자리에서 가르칠 수 없거든요. 당신도 배우고 싶다면 지금부터라도 이야기와 정보를 모아서 자신을 위해 돈을 모아 두면 좋아요."

각지의 이야기를 사겠다고 내가 말하자, 필린느의 옅은 녹색 눈동자가 반짝거렸다.

"힘낼게요. ……돈을 모을 기간이 있어서 저에겐 다행이지만, 에렌페스트에 돌아간 후라면 지금 당장 마력을 올리진 못한다는 말씀이지요?"

"네. 이곳에 있는 학생 모두에게 효과가 높고, 지금 당장 할 수 있는 건 이론 성적 향상이에요."

귀족원에서는 1학년과 2학년은 기초 과목을 공통으로 배우고, 3학년부터는 각자의 전문 코스로 나뉘어서 배우게 된다. 나는 1학년과 2학년 때 배우는 모든 이론을 이미 페르디난드에게 철저하게 배웠고, '첫날에 합격해라'라는 지시를 들었다. 무엇보다 그 정도의 상식이 없으면 상급 귀족이 모이는 다과회에서 대화에 끼지도 못한다고 한다. 빌프리트도 이미 진도를 뺐다고 들었다. 영주 후보생이나 상급 귀족, 형제가 있는 저학년은 수업 첫날 시험에 합격하는 것이 당연하다고 했다. 다만, 첫날에 이론을 통과해도 그 후에 있을 실기나 사교에는 시간을 할애해야 한다고 들었다.

나는 최대한 도서관에 시간을 할애하고 싶었다. 그러려면 내가 도서관에 가도 모두가 공부할 수 있게끔 사전 준비가 필수다. 지금 학생들은 카루타나 그림책으로 공부한 덕분에 3학년 수준까지의 마술과 신학은 어떻게든 되리라. 산술도 문제없다. 문제는 역사와 지리 과목에 개인차가 크다는 점이다. 나도 제일 부족한 과목이 역사와 지리다.

"형제가 있는 사람은 그들이 만들거나 가르칠 때 쓴 목패나 참고서가 있죠? 그걸 써서 다 같이 성적을 올리자는 분위기를 만들고 싶어요."

견습 기사는 에크하르트의 자료가 있어서 코르넬리우스가 제공해준다면 모두가 공부할 수 있다. 다른 코스도 마찬가지로 혼자 소지하는 자료를 모두가 제공하면 공부가 훨씬 편해질 터였다.

"구 베로니카 파의 아이들도 포함해서 에렌페스트의 전체 성적을 올리고 싶어요."

"알겠습니다. 겨울 어린이 방에 로제마인 님이 계셨을 때는 나이든 파벌이든 관계없이 각자의 진도에 맞는 과제를 주셨고, 과자 상품을 받으려고 모두가 노력했었어요. 전 그 분위기를 정말 좋아했어요."

필린느가 그리운 듯 눈을 가늘게 뜨며 웃었다. 내가 없는 2년 동안, 첫해에 있었던 사냥대회에서 친구의 계략에 걸려들고 습격을 받은 이후부터 빌프리트가 구 베로니카 파 아이들에게 대놓고 적의를 드러냈다고 한다. 샤를로테가 중재에 나섰고, 그런 감정을 숨기는 훈련을 시킨 덕분에 표면상으로는 해결된 것처럼 보였다. 그러나 현재도 자리를 지정할 때면 구 베로니카 파를 격리했고, 측근으로 삼거나 중용하지 않았다. 이 현상을 어떻게든 해결하는 것이 급선무다. 필린느가 좋아한다고 말해 준 겨울 어린이 방의 분위기를 귀족원에도 조성하고 싶었다.

'상품을 두고 다 같이 공평하게 경쟁하는 방법이 제일 좋을까? 또 에렌페스트의 외부에 적을 만들면 조금은 우리끼리 뭉칠 것 같기도 한데?'

"저녁을 먹으면 자리에 남아 주세요. 측근 선별 발표와 2년치의 정보료 지급, 그리고 아우브 에렌페스트의 말씀을 모두에게 전달하겠습니다."

나는 식당에 모인 모두에게 그렇게 말한 뒤, 자리에 앉았다. 대강 파벌별로 테이블이 나뉘어 있었다. 12명이 앉을 수 있는 커다란 테이블에 나와 빌프리트는 각자의 측근들, 나머지는 친한 친구들끼리 테이블 네 개로 나뉘어 앉았다.

'이미 측근이 누군지 뻔히 보이는데, 굳이 발표해야 하나.'

"몇천만의 생명을 저희의 양식으로 내려 주시는 높고 정정한 천공을 지배하는 최고신, 넓고 호호막막한 대지를 지배하는 다섯 분의 대신, 신들의 어심에 감사와 기도를 올리며 이 식사를 받겠습니다."

빌프리트의 기도에 이어 모두가 기도를 올리고, 밥을 먹기 시작했다. 덧붙여 말하자면 나와 빌프리트만 별도 메뉴다. 별도 메뉴라고 해도 디저트가 딸렸을 뿐이지만. 같은 테이블에서 앉은 아이들이 전부 깜짝 놀라 눈을 크게 뜨면서 밥을 먹는 것이 보였다.

"몇 년 전부터 눈에 띄게 맛있어졌는데, 올해는 한 단계 더 맛이……."

"제가 이 요리 때문에 귀족원에 오길 얼마나 고대했다고요. 처음 먹었을 때 깜짝 놀랐어요."

성 소속 요리사가 기숙사에 파견된 3년 전부터 맛이 점점 좋아지고 있다고 했다. 올해는 푸고와 엘라가 있어서 더 맛있어졌다고 한다. 과거의 맛을 아는 상급생과 입학할 때부터 맛있는 요리를 먹었던 하급생의 의견이 달라서 흥미로웠다.

"올해는 내 전속 요리사도 귀족원에 파견되었거든요. 2년 동안 착실히 수행해 줬나 보네요. 아, 그렇지. 요리 레시피 책도 올해 겨울이 끝날 때쯤에 발매할 예정이에요."

"어머, 그 레시피라는 것에 요리 방법이 나와 있나요?"

브륀힐데가 고상하게 입가를 가리며 놀라워했다. 저 고상함은 나도 좀 배워야겠다.

"그림책보다 비싸지만, 레시피 책에는 그만한 가치가 있죠."

"그럼요. 옳은 말씀입니다. 레시피는 그 가치가 매우 높아요. 중앙에도 판매할 생각은 없으세요?"

"귀족원에는 내년이나 내후년에 레시피 책을 보급하려고 하거든요. 올해는 다과회에서 과자를 한두 종류만 선보여서 관심을 끌어 보려고요. 너무 갑자기 바뀌면 반작용도 크니까요."

유행을 퍼트리고 싶다던 브륀힐데가 아주 살짝 불만스럽게 입술을 삐죽였다. 우아하고 어른스러운 인상이지만, 그런 표정을 지을 때면 제 나이로 보였다. 나는 조그맣게 웃었다.

"유행도 조금씩 푸는 편이 좋아요, 브륀힐데. 확실히 나는 영주 후보생이지만, 영지에 따라서 영주 후보생에게도 계급이 있어요. 중앙 왕족이나 대영지의 영주 후보생을 상급 귀족이라고 보면 중영지 에렌페스트의 우리는 중급 귀족이에요. 중급 귀족이 갑자기 유행을 잔뜩 퍼트리면 상급 귀족이 어떻게 생각할까요?"

무언가를 깨우친 사람처럼 브륀힐데가 고개를 홱 들었다.

"유행할 물건을 무기로 어떤 상급 귀족과 엮여서 영향력을 얻어야 힘을 키울 수 있을지, 중급 귀족처럼 머리를 써야 해요. 갑자기 내 손안의 패를 전부 꺼내 보여줄 필요는 없어요. 조금씩만 정보를 흘리면 됩니다."

"알겠습니다."

이렇게 식사를 마치고, 나는 나의 측근을 발표했다. 같은 자리에 앉아 있어서 한눈에 알 수 있지만, 정식으로 발표하는 것이 중요한가 보다.

"그럼 내 측근을 발표하겠어요. 견습 시종은 리젤레타와 브륀힐데, 견습 기사는 안게리카와 코르넬리우스, 레오노레, 트라우고트, 유디트, 견습 문관은 하르트무트와 필린느입니다."

여자들과는 방에서 대면했지만, 남지는 이 저녁 자리가 첫 만남에 가까운 사람도 있다. 3년 전 어린이 방에서 처음 만나 인사는 받았지만, 인사한 사람이 너무 많아서 솔직히 블랙리스트에 올라간 경계 대상 외에는 전혀 기억나지 않았다.

"로제마인 님을 모시게 되어 영광입니다."

내 앞으로 나와 무릎을 꿇으며 그렇게 말한 트라우고트는 열두 살로 3학년 상급 견습 기사다. 리카르다의 딸과 보니파티우스의 둘째 부인의 아들 사이에서 태어난 자식이라고 들었는데, 겉모습은 보니파티우스와도 리카르다와도 닮지 않았다. 짙은 금색 머리와 군청색 눈동자였고, 표정 변화가 거의 없어서 과묵한 분위기가 풍겼다.

트라우고트의 다음에 나온 사람은 하르트무트였다.

"귀족원에서 정보를 수집하라는 지령이 나온 이후부터 로제마인 님께서 깨어나시기를 기다렸습니다. 모시게 되어 영광입니다."

하르트무트는 꼭 유스톡스처럼 말했다. 다만 유스톡스와 달리 눈에 띄는 주홍색 머리가 첩보 활동에는 적합하지 않다. 생글생글 웃는 온화한 분위기 속에 오렌지 같은 맑은 눈동자가 장난기 넘쳐 보인다. 상급 귀족 견습 문관이며 5학년생, 오틸리에의 막내아들이라고 한다.

일련의 인사를 끝내고, 나는 리카르다에게 돈주머니를 가져오게 했다.

"내가 자는 동안 유익한 정보를 모아 준 분들께 지금부터 감사의 마음을 담아 정보료를 지급하도록 하겠습니다."

나는 정보 제공자의 이름을 부르고 돈을 건넸다. 브륀힐데가 모아 준 의상과 유행 정보는 플로렌치아나 엘비라가 높이 평가했고, 하르트무트의 정보는 페르디난드가 매우 좋아했다. 누가 높이 평가했는지도 언급하며 돈을 주자, 모두의 눈이 자랑스러운 듯 반짝였다.

"그리고 로데리히, 필린느, 두 사람은 나를 위해 많은 이야기를 모아 주었어요. 덕분에 새로운 그림책을 또 만들 수 있을 것 같아요."

비록 귀족원에 다니지 않았지만, 내가 가장 원했던 정보를 모아 준 두 사람에게도 잊지 않고 정보료를 지불했다. 그러면 돈을 목적으로 또 새로운 이야기를 모아다 줄 가능성이 크다. 필린느가 기쁜 듯이 내 앞에 다가와 돈을 받았다. 그러나 로데리히는 굉장히 곤란한 얼굴로 나와 돈과 자기 손을 번갈아 보았다.

"……제가 받아도 되나요?"

"당연하고말고요. 이건 당신이 고생한 몫인걸요."

설마 인정해 줄 것이라고는 생각하지 못했다는 표정으로 로데리히가 나를 보더니 갑자기 울먹였다.

"로데리히에겐 앞으로도 기대하고 있어요. 귀족원에서도 다양한 이야기를 모아 주세요."

"황송합니다. ……반드시 기대에 부응할 수 있도록 노력하겠습니다."

로데리히가 돈을 손에 꼭 쥐고 자기 자리에 돌아가는 것을 지켜보던 빌프리트가 험악한 눈빛으로 나를 보았다.

"로제마인, 너 몰라? 로데리히는……."

"평가는 모두에게 공정해야 해요, 빌프리트 오라버니. 로데리히는 나를 위해 이야기를 많이 모아 줬어요. 그 점을 평가한 것뿐이에요. 끝까지 완수한 성과를 평가하는 데 파벌이 무슨 관계예요?"

내 말에 구 베로니카 파의 테이블이 술렁거렸다.

"로제마인 님. 그렇다면 제가 모을 정보도 공평하게 평가해 주실 건가요?"

"물론이에요. 사람은 각자 가치관이 달라요. 브륀힐데는 유행과 의상, 하르트무트는 영지 간의 관계를 중점적으로 조사했어요. 그 정보를 원하는 사람도 제각각이죠. 그러니까 당신이 가져온 정보를 원하는 사람이 있다면 정당하게 평가하겠어요."

구 베로니카 파 아이들은 전혀 정보를 가져오지 않아서 부모가 금지한 줄 알았다. 그런데 파벌에서 금지한 것이 아니라 평가를 기대조차 하지 않아서였던 모양이다. 빌프리트의 태도를 보면 그렇게 생각했을 만하다.

"그럼 지금부터 아우브 에렌페스트가 부탁한 말씀을 여러분께 전달하겠습니다. 올해부터 영주 후보생인 우리가 재적하고, 내년이면 샤를로테도 입학합니다."

내 말에 빌프리트도 자리에서 일어나 모두를 향해 또박또박 말하기 시작했다.

"영주 후보생이 재학하는 약 10년 동안, 최대한 에렌페스트의 영향력을 키워야 한다. 그러기 위해 모두 하나가 되어 협력해 주었으면 한다."

"먼저 에렌페스트의 성적을 올리려면 어떻게 해야 할지 고민해 보도록 하세요."

내 말이 떨어지기 무섭게 견습 기사들 쪽에서 의견이 나왔다.

"로제마인 님께서 마력 압축 방법을 가르쳐 주신다면 그것만으로 상당히 향상되리라 생각합니다. 영지의 성적을 올리는 수단으로 저희에게도 가르쳐 주십시오."

실제로 마력 압축 방법을 배운 안게리카와 코르넬리우스, 샤를로테의 견습 호위 기사인 에르네스타는 눈에 띄게 마력이 커졌다. 무엇보다 하급 기사인 다무엘이 여전히 마력이 조금씩 성장하고 있는 사실은 기사단 안에서 모르는 사람이 없을 정도다.

"……내 마력 압축 방법은 내가 신용하는 사람부터 시작해서 조금씩 범위를 넓힐 생각입니다. 올해 겨울에 귀족원에서 하는 행실을 찬찬히 보고 가르칠 사람을 뽑아서 귀족원 수업을 마치면 수뇌부의 허가를 받고 수업을 열 예정입니다."

"정말입니까?"

"네. 선별하는 데엔 수뇌부의 허가가 필요하고, 어마어마한 돈도 필요해요."

기대감에 얼굴이 환해지는 자, 포기한 표정을 짓는 자, 가지각색의 표정이 보였다.

"그러니까 마력 압축 방법으로 마력을 올리는 건 봄이 지나야 합니다. 올해는 이론 성적을 올리려고 해요. 다 자신을 위해, 그리고 에렌페스트를 위해서입니다. 파벌과 관계없이 다 함께 성적을 올립시다."

내 말에 모두가 고개를 들었다. 무슨 말을 꺼낼지 경계하는 얼굴이 드문드문 보이기 시작할 때, 나는 어깨를 으쓱거리며 입을 열었다.

"먼저 팀을 나눌게요. 전부 공통과목인 1, 2학년은 학년별로, 전공 코스로 나뉘는 3학년부터 위로는 코스별로 나눌게요. 1학년 팀, 2학년 팀, 견습 기사 팀, 견습 문관 팀, 견습 시종 팀이에요."

팀마다 인원수가 고르지 않지만, 대체로 10명 정도다. 참고서와 정보 공유를 우선시하면 가장 효율이 높다고 생각하고 짰는데, 곧바로 불복하는 목소리가 쏟아져 나왔다.

"로제마인, 제정신이냐!? 팀을 나누려면 파벌별로 나눠야지."

"그래요. 다른 파벌 사람과 어찌 협력하라는 말인가요!"

"로제마인 님, 부디 소외되는 자의 입장도 고려해 주세요."

빌프리트도, 같은 파벌 사람도, 구 베로니카 파도 부정적인 의견을 냈다. 하지만 나는 파벌별로 나뉘는 기숙사 분위기를 어떻게든 풀고 싶었다. 파벌을 조건에 넣으면 의미가 없다. 이러쿵저러쿵 의견이 나오는 가운데, 나는 최대한 어이없어하는 표정을 잔뜩 드러내며 뺨을 괴고 고개를 가로저었다.

"여러분, 다들 파벌 싸움을 굉장히 좋아하나 본데, 국내에서 에렌페스트가 촌구석이고 딱히 볼 곳도 없는 곳이라고 평가받는다는 사실, 알죠? 이렇게 우리끼리 으르렁거릴 때가 아니지 않아요?"

"그, 그건……."

"로제마인, 너 습격받은 걸 잊었어!?"

빌프리트의 지적에 나는 천천히 한숨을 쉬었다. 파벌에 너무 민감하다고 생각했는데, 아무래도 나를 지키기 위해서였던 모양이다. 고맙긴 하지만, 그러면 난처하다.

"잊지 않았어요. 화도 나요. 하지만 이곳 귀족원에는 의지할 부모가 없어요. 반대로 말하면 우리의 행실을 감시하고 강요할 부모가 없다고요. 파벌 싸움 따위 에렌페스트에 돌아간 후에 해도 충분하잖아요. 우리가 상대해야 하는 건 타 영지의 우수한 학생들이에요. 이게 제일 중요해요. 귀족이라면 때에 따라 이익을 밝히고 감정은 숨겨서 적과 손을 잡기도 해야 해요. 그렇게 배우지 않았나요? 정말 하나같이 간이 작아서야 원."

나는 식당 안을 둘러보았다. 빌프리트는 물론이고, 다른 아이들까지 입을 꾹 닫았다.

“갑자기 억지로 공부하라고 말해도 바로 의욕이 안 나오죠? 그래서 모두의 의욕을 불러일으킬 상품을 준비했어요. 전원 합격이 제일 빠른 팀과 우수자가 가장 많은 팀에는 카트르 카르 레시피를 공개하겠어요. 에렌페스트에 돌아가서 개인 요리사에게 만들게 해도 좋아요.”

프리다도 레시피를 공개해도 좋다고 했고, 나도 친한 사람에게는 알려줬다. 그런데 돈을 내고 얻은 새로운 레시피를 모두 꽁꽁 감추려고만 해서 사실 카트르 카르의 레시피는 지금도 모르는 사람이 많다. 현재 카트르 카르를 먹으려면 에렌페스트의 귀족가에 있는 길드장의 가게에서 사든지, 아니면 플로렌치아와 엘비라가 연 다과회에 초대받아야 한다. 그 레시피를 상품으로 받게 되면 집에서도 먹고 손님께 다과용으로 자유롭게 제공할 수도 있게 된다. 모두의 눈빛이 바뀌었다. 불만스러워 보이는 사람은 빌프리트와 코르넬리우스 둘뿐이다.

“카트르 카르를 많이 먹어 본 사람에게는 엘라의 신작 과자 레시피가 나을까요?”

내가 힐끗 쳐다보자, 두 사람이 웃으며 고개를 끄덕였다. 아무래도 의욕을 끌어낸 모양이다.

“저학년은 전원 합격이 빠르겠지만, 난이도가 낮아서 성적 우수자를 고르기가 어렵겠네요. 고학년은 노력만 하면 우수자가 많이 나오겠고요.”

잠깐 고민하던 견습 문관 하르트무트가 손을 번쩍 들더니 코르넬리우스를 바라보았다.

“로제마인 님, 견습 기사 팀은 마력 압축 방법을 아는 호위 기사가 여러 명 있습니다. 또 에크하르트 님께서 주신 좋은 참고서도 있어서 저쪽 팀이 너무 유리합니다."

그러자 여기저기서 그 의견에 찬동하는 목소리가 나오기 시작했다. 이럴 때는 파벌도 관계없는 모양이다.

"참고서는 다른 팀에도 형제가 있으면 어떻게든 손에 넣을 수 있겠지만, 마력만큼은 별수 없네요. 하르트무트의 말대로 난이도 조정이 필요하겠어요. ……그럼 안게리카에게 이론에서 슈팅루크 사용을 금지하겠어요."

"네!? 그러면 너무 어려워집니다!"

이번에는 상급 견습기사들에게서 비명과 같은 소리가 나왔다. "로제마인 님, 안 됩니다…." 라며 숨을 멈추고 새파랗게 질린 안게리카를 나는 똑바로 응시했다.

"이 2년 사이에 안게리카는 슈팅루크에 너무 의지한 나머지, 예전보다 더 머리를 안 쓰려고 해요. 그러면 안 됩니다. 자기 머리를 써서 생각하고 기억하세요. 2년 전에는 해냈잖아요. 올해도 할 수 있어요."

"로제마인 님께서는 제가 싫으신가요?"

세상이 무너진 듯한 분위기로 울먹여도 소용없다. 슬픈 표정을 짓고 가슴 아파하는 미소녀 모습으로 호소하는 그녀의 겉모습에 넘어가면 안 된다. 저건 머리를 쓰고 싶지 않을 때 나오는 표정이다.

"그럴 리가요. 싫어하는 사람을 호위 기사로 삼겠어요? 난 안게리카가 성장하길 원해요. 슈팅루크, 똑똑히 들었죠? 부정은 용서 못 해요."

안게리카가 도움을 구하듯 마검의 마석을 어루만지는 모습을 보고 나는 슈팅루크에게 말을 걸었다. 페르디난드의 인격과 말투를 복사한

마검이 부정한 짓을 허락할 리가 없다. "안다."라는 명확한 대답을 들려주었다.

"부정 행위를 기사가 저질러서는 안 되지. 무엇보다 주인의 성장을 바라는 건 나도 마찬가지다."

"슈팅루크도 이해해 주니 다행이에요."

"그럴 수가, 슈팅루크!? 로제마인 님!?"

비명을 지르는 안게리카를 미소로 격려하면서 나는 식당 안을 쭉 돌아보았다.

"그럼 팀별로 각각 대책을 짜서 서로 협력하고, 열심히 수업을 들으세요. ……그럼 빌프리트 오라버니. 1학년은 언제부터 대책회의를 시작할까요?"

로데리히나 구 베로니카 파가 모여 있는 테이블을 빤히 쳐다보던 빌프리트가 벌떡 일어났다.

"오늘 밤은 각자가 형제에게 들은 강의 내용, 소지하는 참고서를 파악하도록. 내일 아침 식사가 끝나면 바로 대책회의를 열겠다. 승리는 우리 것이다!"

이리하여 에렌페스트의 성적향상 위원회가 발족하였고, 성과를 올리기 위한 분투가 시작되었다.

진급식과 친목회

새로운 생활이 시작되었다. 수석 시종과 함께하는 기숙 생활은 성에서 지낸 생활과 별반 차이가 없었다. 다만, 내가 기상할 때면 준비를 끝낸 리젤레타와 브륀힐데가 방에 있었다. 모두 일어나 있는데 혼자만 태평스럽게 자고 있기도 미안해서 일찍 일어나고 싶지만, 시중을 받는 입장인 내가 일찍 일어나면 시중드는 사람은 더 일찍 일어나야 한다. 잠에서 깨도 기상 준비가 마무리될 때까지 침대에서 기다리는 것이 귀족 아가씨의 본분이었다.

아침은 식당에서 먹는다. 옷을 갈아입고 난 뒤, 모든 측근과 그들의 시종들도 함께 식당으로 우르르 이동한다. 전갈이 갔는지, 내가 기수를 타고 2층으로 내려갔을 때는 코르넬리우스와 남자 측근들도 자기 시종을 거느리고 기다리고 있었다.

“좋은 아침입니다, 로제마인 님.”

강의가 시작되면 주인과 겹치지 않게 식사 시간을 가지기 어렵기 때문에 학생인 측근들은 나와 함께 식사한다. 식사 시중은 제각기 귀족원에 데리고 온 성인 시종이 한다. 나는 리카르다의 시중을 받으며 식사하게 되었다.

아침 식사가 끝나면 페르디난드가 철저히 가르칠 때 쓴 자료를 들고 다목적 홀로 이동한다. 그러면 1학년 대책회의가 시작된다.

“시종으로는 리카르다가 있고, 견습 문관으로 필린느가 함께 있으니까 호위 기사만 한 명 남기고 작전 회의가 있는 분들은 그쪽으로 가도 좋아요."

"아무리 기숙사 안이라고 해도 기사 한 명만으로는 호위가 허술합니다, 로제마인 님."

코르넬리우스와 빌프리트의 표정이 동시에 어두워졌다.

"기숙사 안은 괜찮아요. 페르디난드 님께서 부적을 잔뜩 주셨거든요."

"부적?"

"오히려 습격한 상대가 불쌍해지는 위험한 마술구예요."

슈타프가 없는 나는 기도문을 외우거나 분노에 이성을 잃어 위압을 발동하지 않으면 공격다운 공격을 할 수 없다. 2년 전에 습격당했을 때 스스로 아무것도 할 수 없었다고 보고했더니, 페르디난드가 항시 몸에 차고 있으면 저절로 마력을 보충하여 습격받을 때 곧바로 마력이 발동되는 마술구를 주었다.

"적이 대책을 세우면 곤란해지니까 몸 어디에 차는지, 어떤 식으로 발동하는지는 절대 입 밖에 내면 안 되지만, 아주 페르디난드 님다운 마술구예요."

나의 '아주 페르디난드 님다운 마술구'라는 말에 코르넬리우스와 빌프리트가 동시에 인상을 찌푸렸다. 내가 잠자는 동안 페르디난드와의 사이에 무슨 일이 있었던 걸까?

"……알겠습니다. 그럼 로제마인 님의 호위는 레오노레에게 맡기자."

"아뇨, 코르넬리우스. 호위는 꼭 제가 맡게 해 주세요."

안게리카가 의욕에 찬 미소를 지으며 앞으로 나왔다. 코르넬리우스도 당당한 미소를 지으며 안게리카를 마주보았다.

"너를 어떻게 다루느냐로 견습 기사 팀의 승리가 달려 있어. 대책 회의와 공부 모임, 전부 네가 있어야 시작하잖아."

코르넬리우스가 미소를 지으며 안게리카를 질질 끌고 갔다. 두 사람 모두 겉은 성장해도 2년 전과 하는 짓은 여전했다. 끌려가는 안게리카를 멍한 얼굴로 바라보는 유디트를 나는 키득키득 웃으며 쳐다보았다.

"유디트, 저쪽 테이블에서 2학년 회의가 시작됐는데요?"

"아, 네. 가겠습니다."

혹시 유디트가 갖고 있던 안게리카의 환상이 와장창 깨져 버린 걸까? 불쌍하지만, 빨리 현실을 깨닫는 편이 상처도 덜하리라. 조금 공부를 못할 뿐이지, 안게리카의 힘은 진짜니까.

"레오노레는 공부하지 않아도 괜찮아요?"

"걱정하지 마십시오. 코르넬리우스에게 받은 자료로 4학년 이론은 이미 공부해 뒀습니다."

내가 '안게리카의 성적 올리기 부대'의 고생을 떠올리며 "어머, 정말 우수하네요." 라며 칭찬하자, 레오노레가 곤란한 듯이 웃었다.

"로제마인 님은 이미 2년 전에 외운 내용이라고 코르넬리우스에게 들었는데요……."

"안게리카에게 가르치려고 다무엘과 같이 자료를 정리했을 뿐이에요. 전부 외운 것도 아니고, 이미 잊어버렸어요."

"그렇게 겸손하지 않으셔도 되는데. 로제마인 님은 정말 말씀을 조심스럽게 하시네요."

'겸손이 아니라 사실인데요.'

하긴 '안게리카의 성적 올리기 부대'로 외운 건 많지만, 이미 거의 까먹었다. 기사의 전두법이나 마술까지 들어간 전술은 영지 간의 다과회에서 화제로 나오지 않을 테니까 잊어도 문제는 없으리라.

"빌프리트 오라버니는 이론 과목 중에 뭐가 제일 어렵던가요?"

"역사와 지리다. 그 외에는 겨울 어린이 방에서 공부한 범위 내라서 충분히 합격한다고 모리츠가 그랬어. 다른 아이들도 역사와 지리를 중심으로 공부해서 조금이라도 빨리 실기 훈련을 시작해야 할 거야."

빌프리트는 자기 나름대로 생각한 교육 계획표를 내게 보여주었다. 산술, 신학, 역사, 지리, 마술 이론 항목에서 역사와 지리에 큰 동그라미가 그려져 있다.

"실기는 어떤 과목이 있나요? 이론은 페르디난드 님께 벼락치기로 배웠는데, 실기까지 할 시간이 없었거든요."

"1학년이 배울 마술 관련 실기는 마력 다루기와 압축, 기수 제작, 슈타프 취득이야. 넌 다 배운 것들이라 연습도 필요 없지? 나머지는 궁중 예절과 음악, 봉납 가무인데 네가 성에서 연습하던 모습을 생각하면 그럭저럭하던걸?"

'놀랍게도 2년 전에 실기 진도를 뺐다니. 신관장님, 무섭다.'

"합격점은 넘을 수 있을까요? 특히 봉납 가무는 전혀 안 되는 것 같아요."

"1학년은 봉납 가무 무대에 나가지 않으니까 연습만 하면 돼. 전부 어느 정도 합격점은 넘을 거야. 아예 안 되는데 숙부님이 그냥 넘어갔을 리가 없지."

빌프리트의 말이 맞다. '자신을 위해' 노력하던 페르디난드가 불합격될 만한 부분을 놓쳤을 턱이 없다. 봉납식 전까지 끝날지 불안했지만, 의외로 잘 끝날 것 같다.

"그럼 세 점 종이 울릴 때까지 다 같이 역사와 지리를 공부하겠다. 그 뒤에는 페슈필 연습을 시작할 거다."

나와 빌프리트로 나뉘어서 아이들에게 역사와 지리를 가르쳤다. 상급 귀족 중에는 이미 배운 사람도 있었다. 하지만 예상대로 하급 귀족은 좋은 가정교사를 두지 못하는 듯했다. 그래서 겨울 어린이 방에서 가르치지 않은 역사와 지리는 실력 차이가 컸다. 형제가 없는 필린느는 특히나 어려워했다.

"먼저 큰 역사의 흐름부터 시작할까요?"

"그러네. 초기 건국 시기는 성전 그림책과 겹치는 부분도 있어서 조금은 외우기 쉽겠지."

1학년 팀은 인원수가 가장 적다. 10명 미만은 1학년 팀뿐이다. 그래서 전원 빠른 합격으로 승리를 손에 쥐고 싶었다.

"어머나, 올해 학생들은 굉장히 학구열이 높군요."

"힐쉬르 선생님."

사감이라고 해도 교사 업무가 더 바쁜지, 기숙사 내에서 잘 보이지 않는 힐쉬르가 다목적 홀에 들어와서 눈을 휘둥그레 떴다. 낙제 여부가 갈리는 학년 말도 아닌데, 모두가 다목적 홀에 모여서 팀별로 시험 대책을 짜고 있으니 놀라는 것도 당연하다.

"공부하느라 바쁘겠지만, 이쪽을 주목해 주세요. 내일 세 점 종에 강당에서 진급식이 열립니다. 그 뒤에 점심 겸 친목회가 있습니다. 에렌페스트의 올해 번호는 13입니다. 이 번호를 염두에 두고 행동하세요. 난 수업이 시작하기 전까지 개인적인 연구 때문에 본관에 있습니다. 번거로운 문제 행동을 일으키지 않게 영주 후보생이 철저하게 관리해 주세요."

힐쉬르는 사무적인 연락만 알리고 얼른 홀을 떠났다. 기숙사 관리보다 개인 연구가 중요하다니, 역시 아직도 페르디난드와 연락하는 상대다. 연구에 미친 과학자 동지가 틀림없다.

"이상한 선생이네."

빌프리트의 중얼거림에 옆에서 대기하던 빌프리트의 호위 기사가 고개를 끄덕였다.

"네, 힐쉬르 선생님은 조금 독특합니다. 지금까지는 귀족원이 시작되어 기숙사 방의 문을 열고 갈 때와 끝나서 문을 잠글 때 말고는 모습을 본 적이 없습니다. 저래 봬도 영주 후보생을 배려해서 얼굴을 내미신 겁니다. 제가 알기론 사무 연락도 올도난츠로 해결해 버리시거든요."

작년까지는 신입생이 모두 집합했다고 올도난츠로 알리면 그 뒤에 올도난츠로 사무 연락을 보내더라고 했다. 빌프리트가 그 얘기를 듣고 미간을 찌푸렸다.

"저 힐쉬르는 처음 봤을 때부터 우리 앞에 무릎을 꿇고 인사도 안 했어. 아무리 선생이라도 에렌페스트의 귀족인데 예의가 없는 것 아닌가?"

"아니요. 힐쉬르 선생님은 에렌페스트의 귀족이 아닙니다. 중앙에 본적을 옮겼으니 중앙 귀족이지요. 그리고 귀족원에서는 명목상 선생은 학생보다 윗사람이므로 원내에서 학생 앞에 무릎을 꿇는 선생은 없습니다."

"……그런가?"

어쨌거나 오늘 내로 강의 범위를 확인하고, 각자 약한 부분을 알아냈다. 그 부분을 토대로 실력을 키워 가게 된다.

"오늘 하루 결과를 보니 겨울 어린이 방에서 페슈필 연습을 한 효과가 있었나 보군. 이거라면 하급 귀족도 합격이 어렵지 않겠어. ……가만있자. 그럼 겨울 어린이 방 수업에 지리와 역사 과목도 넣는 편이 좋지 않나?"

"그러네요. 그러려면 교재로 쓸 만한 그림책을 제작해야 해요. 빈손으로는 모리츠 선생님이 고생하시잖아요."

아이들을 위해 책을 만들자며 내가 주먹을 불끈 쥐자, 빌프리트가 손을 들어 나를 제지했다.

"잠깐만, 로제마인. 교재를 만들 거라면 내년에 우리가 유리해지게 2학년 참고서부터 만들어. 어차피 내년도 이렇게 다 같이 공부하게 할 거잖아."

씩 웃는 빌프리트에게 나는 고개를 끄덕였다. 내가 도서관에 박혀 있어도 함께 협력하며 성적을 올릴 환경이 필요하다. 이 방법이 결과가 좋다면 내년에도 똑같이 할 계획이다.

"맞는 말이에요. 2학년 교재부터 만들도록 할게요."

"흠."

저녁을 먹고 목욕을 하는데, 내일은 진급식과 친목회가 있어서 린샴으로 머리에 윤기가 나도록 꼼꼼하게 씻기로 했다. 준비를 부탁하자, 브륀힐데의 얼굴이 환하게 밝아졌다.

"이거 정말 훌륭하죠? 로제마인 님께서 만들게 하신 거죠?"

"네, 맞아요. 길베르타 상회에 부탁해서 제작하게 했어요."

브륀힐데도 린샴의 애용자라고 한다. 내가 가진 신작 린샴 향을 맡으며 감탄의 한숨을 내쉬었다. 여성에게 미용 같은 유행은 파벌과 별개인지, 2년 전과 달리 상급 귀족 여성이라면 누구나 린샴을 쓴다고 한다.

"그럼 모든 에렌페스트 여성의 머릿결이 부드러워지는 것도 유행이라고 주장할 수 있을까요?"

내가 질문하자, 브륀힐데가 잠시 생각에 잠겼다.

"아마 그렇겠지요? 이렇게 윤기가 나도록 하는 상품은 없는걸요. 관심 없는 남자분은 모르겠지만, 여성이라면 눈여겨볼 겁니다."

"그럼 린샴이 없는 아이들에게 조금씩 나눠주세요. 내일은 다 같이 윤기 흐르는 머리로 진급식에 출석합시다."

브륀힐데와 대화하는 중에 리카르다와 함께 목욕 준비를 하던 리젤레타가 나를 부르러 왔다.

"린샴은 제가 나눠주고 오겠습니다. 로제마인 님은 욕실로 들어가십시오."

단체 방을 쓰는 아이들은 욕실도 공용이라서 필요한 린샴은 조금이면 되었다. 리젤레타가 린샴을 들고 가서 사용법도 알려주고 오겠다고 했다. 정말 눈치가 빠른 아이다.

"내년에는 모두 머리 장식을 맞춰 달면 좋을 것 같아요. 형태는 똑같이 맞추고, 색깔은 각자의 머리와 어울리는 색으로요."

조금씩 유행을 만들어 보자고 했더니, 브륀힐데는 벌써 내년 일까지 생각하기 시작했다.

"그거 멋지네요. 다만, 하급 귀족이 나와 같은 물건을 살 수 있을까요?"

"……금액을 고려하면 모두 똑같은 장식을 맞추기는 어렵겠네요. 그렇다고 색깔을 맞추는 것도 썩 좋은 방법은 아니고요. 머리카락 색이 제각각이라 어울리는 색깔도 다르니까요."

"내년까지 고민해 봐요."

리카르다의 도움을 받으며 목욕을 끝내고 나오니, 리젤레타가 이미 돌아와 있었다. 리젤레타의 마사지를 받고, 브륀힐데가 준비한 과즙을 마시면서 린샴을 나눠준 반응을 물었다.

"지금까지 써 보지 못했던 여자아이는 흥미진진하게 린샴을 썼습니다."

"리젤레타와 필린느도 써도 좋으니까 관리하세요."

"황송합니다."

나는 목욕을 끝내고, 잠자리에 들기 전까지 필린느와 함께 공부했다. 정확히 말하면 필린느에게 공부를 가르치면서 빌프리드가 제안했던 2학년 참고서를 정리했다. 모두가 공부에 쓸 참고서라면 내년에도 필요할 테니까.

다음 날. 하룻밤 새에 모든 여학생의 머리에서 윤기가 흐르고 반짝거리는 것을 보고, 아침을 먹으러 온 남자애들이 깜짝 놀라 눈을 동그랗게 떴다. "대체 무슨 속셈이야?" 라는 빌프리트에게 나는 우후훗, 하고 웃었다.

"티 안 나게 유행을 주장하고 있죠."

"어디가 티가 안 나? 대놓고 주장하는데!"

"이것 말고는 지금 퍼트릴 예정이 없으니까 티 안 나는 주장이라고 한 건데요. 내년에는 모두 똑같이 맞춘 머리 장식을 달려고요."

개인적으로는 책부터 유행을 퍼트리고 싶지만, 성적 올리기가 먼저라서 조금 더 숨겨 두고 싶은 마음도 있었다. 에렌페스트의 성적향상 위원회의 활동이 순조롭게 진행되면 책을 팔고 싶다. 에렌페스트에서 퍼트릴 유행은 미용, 옷과 장신구. 미용부터 조금씩 시작하는 편이 좋으리라. 린샴이 파벌과 관계없이 여성들에게 먹혔듯이, 이 분야라면 분명 쉽게 받아들이리라.

"생각하는 바가 있다면 상관없지만, 너무 눈에 띄는 행동은 하지 마. 가뜩이나 네 겉모습 때문에 눈에 띄니까."

"……네."

아침을 먹으면 세 점 종까지 강당에 가야 해서 몸단장을 하고 망토와 브로치를 달고, 기숙사에서 나갈 차림을 했다. 망토와 브로치가 없으면 기숙사에도 못 돌아온다고 한다.

"로제마인 님, 친목회는 사람이 많아서 기본적으로 계급별로 열립니다. 측근 중에서 호위 기사 세 명, 문관과 시종을 한 명씩 골라주십시오."

계급별로 열리는 친목회라면 나와 빌프리트가 가는 곳은 영주 후보생이나 왕족이 참여하는 자리다. 되도록 상급 귀족이나 귀족원의 방식에 빠삭한 상급생으로 모으는 편이 무난하다.

"그럼 호위 기사는 안게리카와 코르넬리우스와 레오노레. 문관은 하르트무트, 시종은 브륀힐데를 데려갈게요."

"알겠습니다."

준비를 마친 나는 평소처럼 기수에 올라탔다.

기숙사 현관홀에 도착하면 기수에서 내리라고 코르넬리우스가 말했다. 귀족원의 건물 내에서는 기수 이동이 불가하다고 했다. 부지가 광대한 귀족원 바깥에서는 타도 전혀 문제가 없나 보지만.

"신입생이 이상하게 생긴 기수를 타고 있으면 괜스레 눈에만 띕니다."

"가뜩이나 어려 보이는데, 여기서 더 눈에 띄지 않는 편이 좋아."

"그렇지만 강당까지 거리가 너무 멀면 전 못 걷는데요?"

다리에 힘이 빠져서 시종에게 안긴 채 이동하면 더 눈에 띄지 않을까?

"강당까지는 가까워서 문제없을 겁니다. 강의도 초반에는 강당이나 강당 옆 큰 교실에서 열리니까 괜찮겠지요. 도무지 안 되겠다면 하르트무트나 제가 안아서 옮기겠습니다. 로제마인 님의 기수보다는 덜 눈에 띌 테니까요."

모두가 현관홀에 집합했다. 검은색 베이스 옷에 똑같이 망토와 브로치를 달고 있어서 디자인은 달라도 통일감이 느껴졌다.

기숙사 현관문이 열리고, 나는 측근으로 주변이 둘러싸인 채 걷기 시작했다. 현관문 너머는 밖이 아니라 복도 같은 곳이었다. 주위를 둘러보니 조금 떨어진 곳에도 문이 있었고, 그곳에서도 하늘색 망토를 걸친 아이들이 우르르 나왔다.

"13번 문. 이것이 에렌페스트 기숙사의 문입니다. 헷갈리지 않게 조심하세요. 다른 영지의 문은 열리지 않고, 한 번의 실수라면 용서받을지 몰라도 몇 번이고 억지로 열려고 하면 장난이나 공격으로 간주하고 체포될 가능성도 있습니다."

상급생의 말에 신입생은 진지한 표정으로 고개를 끄덕였다. 이 13이라는 번호는 작년 성적과 영지의 영향력을 토대로 매긴 순위다. 번호는 매년 바뀌며 귀족원의 생활에 밀접한 연관이 있다고 한다.

"인사 순서나 자리 배치도 이 순위로 결정됩니다."

복도를 걷는 사이에 문에서 나오는 사람도 점점 많아졌다. 걸을수록 번호가 작아졌다. 아무래도 작은 번호의 문에서 나오는 학생들에게 길을 양보해야 하는지, 그들이 모두 문에서 나올 때까지 우리는 기다려야 했다.

'여기 망토는 진녹색이네.'

강당에 모인 전교생은 대략 2천 명. 주민 수가 소영지에 가까운 중영지인 에렌페스트는 전체 학생 수가 70명도 안 된다. 하지만 대영지는 인원수가 훨씬 많아서 150명이 넘는 곳도 있다고 한다. 반대로 가장 적은 곳은 50명도 없는 모양이었다.

지시받은 자리에 서서 진급식이 시작하기를 기다렸다. 나는 주변 측근들에게 둘러싸여 있어서 눈에 띄지도 않았고, 내 위치에서도 에렌페스트 망토 외에는 보이지도 않았다.

'영지 순으로 나열했으니까 위에서 보면 색깔별로 딱딱 나뉘어 있는 것처럼 보이겠네.'

"올해도 유르겐슈미트의 장래를 짊어진 여러분의 학문을 쌓는 장이 개최되었다. 유르겐슈미트의 귀족으로 인정받기 위해, 각자가 속한 영지의 힘을 키우기 위해 끊임없이 노력하라."

매년 똑같은 소리를 들었으리라. 상급생들은 지긋지긋하다는 표정이다.

진급 축하 연설이 끝나자 이번에는 수업에 관한 주의사항을 설명했다. 음향 관련 마술구를 쓰는지, 발언자의 모습이 전혀 보이지 않는데도 목소리만은 똑똑히 들렸다.

1, 2학년생은 공통 수업뿐이라서 이 강당에서 단체로 수업을 듣는

다. 1학년은 오전 중에 강당에서 이론을 배우고, 오후부터 신분별로 나눈 교실에서 각자의 선생에게 실기를 배운다. 저학년은 첫 수업에 통과하는 사람이 많아서 인원수가 줄면 교실을 바꾼다고 한다.

선생의 설명만으로 진급식이 끝났다. 중요한 건 이 뒤에 있을 친목회다. 다른 영지 학생들과 교류하는 자리로 사교계 데뷔와 마찬가지라서 실수는 용납할 수 없다.

"지금부터 각자 계급에 맞는 친목회 장소로 이동할 텐데, 최대한 영지끼리 뭉쳐서 행동해야 합니다. 어느 장소에 가든 상급생은 신입생을 잘 지켜보세요. 신입생은 아무것도 모르니까 상급생이 하는 말을 잘 듣고, 따르도록 하세요."

최상급생의 말에 대답하고, 하급 귀족, 중급 귀족, 상급 귀족, 영주 후보생과 그 측근으로 나뉘었다. 강당에서 퇴장하는 순서도 영지 번호순이라서 인원수가 많은 단체부터 빠져나갔다.

우리도 강당을 나가서 선도하는 상급생을 따라 각자의 장소로 나뉘었다. 영주 후보생이 가는 곳은 작은 홀이랬다.

"13위 에렌페스트의 빌프리트 님과 로제마인 님께서 도착하셨습니다."

문 앞에 선 문관의 목소리와 함께 우리는 작은 홀이라고 불리는 방으로 들어갔다. 정면에 살짝 큰 테이블이 있는데, 저곳만 특별한 것을 보면 앉아 있는 사람들은 왕족인 듯했다.

이곳에서는 얼굴이 잘 보이지 않지만, 누가 앉아 있는지는 잘 알았다. 정변에 승리하여 즉위한 5왕자의 둘째 왕자가 최상급생으로 재적 중이다. 내 기억이 맞는다면 이름은 아나스타지우스……였던 것 같다. '재적 기간이 1년밖에 겹치지 않으니 엮일 일은 없을 거다. 이름만 기억해 두면 문제없겠지.'라고 페르디난드가 말했었다.

'신관장님은 이름만 기억해 두면 된다고 했지만, 왕족이나 귀족 이름은 하나같이 너무 길어서 외우기 어렵다구!'

마음속으로 투덜투덜하면서 홀 안을 둘러보니, 4인용 테이블이 균일한 간격으로 준비되어 있었다. 앞자리부터 찬 것을 보면 이것도 순번대로인가 보다.

"……뭐야? 저 꼬맹이는?"

호기심 어린 시선과 놀리는 목소리가 내게 집중했다. 내 옆에 서 있던 빌프리트가 어금니를 빠득 깨무는 소리가 들렸다. 이 홀 안에 있는 사람은 모두 우리들보다 지위가 높은 사람들뿐이다. 따끔하게 한소리 내뱉을 수도 없다. 우리가 참아야 한다.

"꼬맹이가 길을 잃었나 본데? 잘못 찾아온 거 아냐?"

그런 비웃음을 들으며 나는 내가 앉을 테이블로 걸어가 브륀힐데가 당겨준 의자에 앉았다. 문관인 하르트무트가 옆에 앉고, 시종과 호위 기사가 내 등 뒤에 섰다. 다른 테이블도 마찬가지다.

"로제마인 님, 이것을. 인사할 때 필요할 겁니다."

자리에 앉자, 하르트무트가 내게만 들리는 작은 목소리로 그렇게 말하며 접은 종이를 쓱 내밀었다. 밑에서 몰래 펼쳐보니, 올해 영지 순위와 망토 색깔, 영주 후보생의 이름을 적은 커닝 페이퍼였다. 망토 색깔과 영지 이름은 억지로 외웠지만, 올해의 정확한 영지 순번과 신입 영주 후보생의 이름은 몰랐었는데, 상당히 도움이 되는 정보다.

"고마워요, 하르트무트."

"아닙니다. 이제 로제마인 님은 왕족에게 인사하시고, 에렌페스트보다 순번이 높은 영지에 인사하며 도실 겁니다. 하위 영지는 인사하러 찾아올 거고요. 먼저 인사하는 사람들을 잘 살펴보면 이해되실 겁니다."

영지의 영주 후보생이 모두 모이자, 문이 닫히고 인사가 시작되었다. 가장 영향력이 높다고 평가받는 대영지, 클라센부르크의 영주 후보생이 빨강 망토를 펄럭이며 자리에서 일어났다. 그 사람은 측근을 거느리고 왕족에게 인사했고, 인사가 끝나면 자기 자리에 앉았다. 다음에 일어난 건 파란 망토를 걸친 대영지 단켈페르거. 두 영주 후보생은 왕족과 클라센부르크의 영주 후보생에게 인사하고, 자기 자리에 앉았다.

"……아렌스바흐는 대영지인데 왜 6위인가요?"

내가 커닝 페이퍼를 보면서 묻자, 하르트무트가 난처한 표정을 지었다.

"최근 몇 년 사이에 영향력이 떨어졌고, 내부가 혼란스럽다고 합니다. 귀족원에 있는 견습 문관이 모여서 정보를 수집하려고 해도 좀처럼 정보가 들어오지 않습니다."

하위 영지의 인간이 상위 영지의 상황을 조사하기란 그리 간단하지 않은 모양이다.

아렌스바흐의 연보라색 망토가 움직이기 시작했다. 선두에 선 사람은 복슬복슬한 금발 소녀였다. 저 사람이 게오르기네의 막내딸인가. 나는 손에 든 종이를 보았다.

'디트린데.'

왕족에게 인사를 끝낸 디트린데가 우리를 돌아보았다. 금발이라 분위기는 다르지만 용모와 눈이 게오르기네와 아주 많이 닮았다.

순간, 눈이 마주친 듯했다.

왕족과 다른 영지의 귀족

한 영지의 영주 후보생이 여러 명일 때는 동시에 인사하러 간다. 영주 후보생이 없는 영지는 대리로 최상급생인 상급 귀족이 인사한다. 인사하는 주변 상황을 지켜보면서 그런 불문율을 깨우치는 사이에 에렌페스트의 순서가 찾아왔다. 나는 브륀힐데가 의자에서 내려 주었고, 빌프리트는 스스로 일어났다.

"측근이 의자에서 내려 주는 것 좀 봐……."

우리의 귀에 똑똑히 들리는 작은 목소리로 주고받는 조소에 빌프리트의 얼굴이 굳어졌다. 표정과 꽉 쥔 주먹을 보면 나보다 빌프리트가 주변 사람들이 속닥이는 조롱을 못 견디는 듯했다.

'빌프리트 오라버니는 저런 말에 익숙하지 않으니까.'

나는 평민 시절부터 작다는 말을 수도 없이 들어 왔고, 신분만 믿고 뻐기는 귀족에게 온갖 못된 말도 들었다. 덧붙이자면 나는 친한 사람이라면 몰라도, 모르는 사람이 하는 말은 한 귀로 흘려 버린다. 그러나 빌프리트는 아닌 모양이다.

"빌프리트 오라버니. 난 모르는 사람이라면 무슨 말을 하든 신경 안 써요. 그래도 내 편이 많다는 걸 아니까요."

내가 꽉 쥔 빌프리트의 손을 잡고 조그맣게 말하자, 측근들이 살짝 고개를 끄덕였다.

"……그래. 그럼, 가자. 로제마인."

아직 표정은 딱딱하지만, 빌프리트는 내 속도에 맞춰 측근과 함께 왕족의 자리를 향해 일직선으로 걷기 시작했다. 나도 최대한 우아하게 보이도록 걸었다. 무슨 말을 듣더라도 당당하게 가슴을 펴고, 미소를 유지하며, 고개를 치켜들어라. 줄곧 귀에 딱지가 앉도록 들어와 왔던 말이다. 이번에도 배운 대로 미소를 지으며 발을 움직였다.

정면을 널찍이 차지한 왕족의 자리 앞에서 무릎을 꿇고, 가슴 앞에 양손을 교차했다. 그 자세로 고개를 숙이면 첫 만남의 인사다. 우리를 내려다보며 거만하게 고개를 끄덕인 사람은 화려한 금발에 회색 눈동자를 가진 아름다운 왕자였다. 전에 "왕자가 못생기면 실망할 것 같아요." 라고 아무 생각 없이 중얼거렸더니, 페르디난드가 "미인만 부인으로 삼으니 지위가 높은 사람은 아름다운 사람이 많다."는 말을 했었는데, 그 말을 인정할 수밖에 없는 용모였다.

"아나스타지우스 왕자님. 생명의 신 에이비리베의 엄격한 선별을 통한 특별한 만남에 축복을 기도함을 허가해 주십시오."

항상 그렇듯 "허가한다." 라는 대답을 들은 나와 빌프리트가 반지에 마력을 담아 축복을 보냈다. 나는 과하지 않도록 신중하게 마력을 아주 살짝만 넣었다.

'좋아.'

옆에 나란히 선 빌프리트와 크게 차이가 나지 않는 축복을 보내고 속으로 안도하는 동안에도 인사는 계속되었다.

"처음 뵙겠습니다, 아나스타지우스 왕자님. 에렌페스트의 빌프리트와 로제마인은 유르겐슈미트에 걸맞은 귀족의 자세를 배우기 위해 이 자리에 왔습니다. 앞으로 잘 부탁드립니다."

우리의 인사를 듣던 아나스타지우스가 "고개를 들어라." 라고 말했다. 천천히 머리를 들자, 살짝 불쾌한 듯한 시선으로 나를 내려다보는 얼굴이 보였다. 머리끝부터 아래까지 훑어보던 아나스타지우스가 "흥." 하고 콧방귀를 뀌었다.

"로제마인이라고 했나? 네가 에렌페스트의 성녀구나. 전례 없는 아름다움과 총명함, 그리고 영주의 양녀로 거둘 만큼 마력이 풍부하고, 자애로운 마음씨를 가졌다는 소문이던데…… 어딜 봐서 그렇다는 거지?"

'대체 언제 그렇게 부풀려졌는지, 내가 묻고 싶다!'

"소문이란 원체 쉽게 왜곡되고 부풀려지기 마련입니다. 전 그런 소문을 처음 들었습니다. 다른 분의 소문과 섞이거나, 누가 장난으로 유언비어를 퍼트렸나 봅니다."

그런 소문이 귀족들 사이에 퍼졌으니 내 모습을 보고 비웃었을 만하다. 아무리 생각해도 막 세례를 받은 꼬맹이에게 과분한 칭찬이다. 내가 가볍게 받아치는 태도가 마음에 들지 않았는지, 발끈한 아나스타지우스가 눈썹을 씰룩였다.

"기가 차군……. 마력이 조금 많다고 꼬맹이를 성녀로 추앙해야 할 만큼 에렌페스트도 꽤 사정이 어려운가 보군."

"옳은 말씀입니다. 아나스타지우스 왕자님."

역시 왕자라서 그런지 총명하십니다, 라며 적당히 치켜세우며 나는 싱긋 웃었다.

"아시다시피, 에렌페스트는 보잘것없는 영지입니다. 저 같은 어린 애를 성녀로 만들어서 양녀로 삼아야 할 정도로 마력이 부족하지요. 신께 바친 꽃이 다시 돌아오길 바라는 헛된 소망만 품고 있을 정도입니다."

'가뜩이나 빈곤에 쩔쩔매는 영지인데 주변에서 마력을 끌어 가고,

더 어려워진 건 너희 일족이 쓸데없이 정변을 일으켰기 때문이잖아. 중앙 신전으로 데려간 신관만이라도 돌려 달라고.'

속으로 욕을 퍼부은 나는 곤란하네요, 라며 뺨을 괴고 천천히 고개를 갸웃거렸다. 중앙은 대대적인 숙청으로 인해 부족해진 귀족과 신관을 지방에서 싹 쓸어갔기 때문에 큰 문제 없이 순조롭게 운영했겠지만, 지방은 인력을 빼앗긴 탓에 어려워졌다. 주변 영지를 혼란에 빠뜨린 원흉의 일족이 비웃으니까 조금 짜증이 났다.

"영지를 하나로 뭉치려고 성녀가 되었다고 하던데, 네가 성녀가 되었다고 딱히 에렌페스트가 뭉친 것 같지는 않아 보이는군. 같은 영지 귀족에게 습격당했다지?"

"네, 권력이 움직이면 크든 작든 혼란이 일어나는 법입니다. 저 하나만 희생하고 끝나서 다행이었지요."

아나스타지우스는 살짝 눈썹을 실룩이더니, 재미없다는 듯이 손을 흔들었다. '물러나라'는 손짓에 나와 빌프리트는 몸을 일으켜 그 자리에서 물러났다.

'무사히 끝났네. 다행이다, 다행이야.'

그러나 왕자만 끝났다고 인사가 끝난 것은 아니다. 오히려 지금부터가 진짜다. 나는 기합을 넣고 인사를 돌았다. 1~5위인 대영지와 중영지는 에렌페스트에 관심도 없는지, 딱히 별말 없이 축복을 주고받았고, 거의 대화도 없이 끝났다.

6위인 아렌스바흐에 인사할 차례가 되었다. 게오르기네를 닮은 디트린데가 상냥하게 웃으며 맞아 주었다.

"디트린데 님, 생명의 신 에이비리베의 엄격한 선별을 통한 특별한 만남에 축복을 기도함을 허가해 주십시오."

"허가합니다."

둘이서 반지에 마력을 담아 축복을 보내자, 디트린데가 생긋 웃었다.

"만나서 반가워요, 빌프리트. 2년 전에 당신이 내 어머니를 에렌페스트에 초대해 주셨지요? 나도 데려가 주겠다고 하셔서 에렌페스트에 가는 날을 얼마나 손꼽아 기다렸는지 모릅니다."

영주의 자식은 다른 영지의 친족과 만날 기회가 거의 없잖아요? 라며 디트린데가 천진난만하게 웃었다. 그 탓에 첫 만남인데도 불구하고 경칭을 생략하고 이름을 막 부르는 태도가 상당히 친한 친족이라서인지, 아니면 같은 영주 후보생으로 인정하지 않는다는 의미인지, 판단이 어려워졌다.

"그런데 영주 일족이 습격받은 나머지, 어머님이 고향에 못 돌아가시게 됐잖아요? 정말 아쉬웠답니다. 우리는 사촌지간이잖아요. 여기서는 친하게 지내요."

"이쪽이야말로 잘 부탁합니다."

빌프리트가 사교적인 미소로 대답하자, 디트린데의 미소도 더욱 깊어졌다.

"딱딱하게 굴지 않아도 돼요. 난 4학년이니까 언제든지 의지하세요."

"감사합니다."

나도 빌프리트와 함께 대답하자, 디트린데가 뺨을 괴고 고개를 갸웃거렸다.

"그런데, 빌프리트. 로제마인은 독을 먹고 유레베에서 잠들었다고 들었어요. 부모가 제조한 약이 몸에 안 맞기도 하나 봐요? 2년이나 잠든 것도 드문데, 몸에 이상은 없었나요?"

굉장히 고생했겠어요, 하고 디트린데는 걱정스럽게 말했지만, 그 눈은 전혀 나를 보고 있지 않았다.

"로제마인은 걱정 없습니다. 이렇게 귀족원에 올 정도로 회복했습니다. 걱정해 주시는 말씀 기쁘게 받겠습니다."

"디트린데 님, 걱정해 주셔서 감사하게 생각합니다. 원래부터 건강한 몸이 아닌지라, 자는 건 이미 익숙합니다. 이제 괜찮습니다."

"그래요. 그럼 내년 여름에는 에렌페스트에 놀러 갈 수 있을까요? 나 빌프리트와 더 친해지고 싶거든요."

나는 빌프리트를 향한 저 미소가 내 쪽으로 향할 일은 없으리라는 사실을 깨달았다.

'왠지 너무 대놓고 무시하는데, 뭘 노리는 거야?'

단지 나를 싫어해서 그렇다면 상관없지만, 뭔가 노림수가 있을 가능성도 있다. 나는 디트린데가 무엇을 얼마나 아는지 모른다.

"다른 영지 귀족을 초대하려면 우선 아우브 에렌페스트의 허가가 필요합니다. 제 마음대로 대답하기가 어렵습니다."

"그렇군요. 빌프리트가 잘 말씀드려 줄 거라고 기대할게요."

내 존재는 거의 무시한 채 아렌스바흐와의 인사가 끝나고, 다음 차례로 향했다. 나는 천천히 일어나면서 생각했다.

'내가 에렌페스트 귀족에게 습격받아서 쓰러진 사실은 왕자도 알고 있었지만, 대체 어디에 얼마만큼 정보가 퍼진 걸까?'

내가 잠든 사실은 귀족사회 내에 전부 퍼진 걸까? 아니면 혹시 디트린데의 말이 '자신은 에렌페스트의 일이라면 훤히 안다'는 의미의

견제일까? 전혀 알 수 없었던 나는 자칫 그들에게 정보를 주지 않도록 누가 무슨 질문을 해도 전부 모호하게 웃으며 넘기기로 했다.

7~12위의 중소영지는 현재 에렌페스트와 격하게 순위를 다투는 영지다. 조금만 차이가 벌어져도 순위 변동이 심해서 가장 공격적이고 어조가 신랄했다. 에렌페스트의 성녀가 이런 어린애일 줄 몰랐다, 하고 마치 짜기라도 한 듯이 모두가 똑같은 말을 했다. 다만 그 조롱 뒤에는 순위가 뒤바뀔지도 모른다는 두려움이 있었는지, 내가 소문으로 들은 성녀가 아니라는 사실에 안도하는 속마음이 훤히 보였다.

나는 "앓아서 무리는 못합니다." "서로 열심히 해 봅시다." "그렇게 대등한 상대로 평가해 주셔서 기쁩니다."라는 세 가지 대답만으로 조롱을 흘려 넘기며 인사를 끝냈다.

순위 변동이 얼마나 큰 영향을 끼치는지 아직 실감이 없지만, 이렇게까지 심한 말을 들으니 오히려 미친 듯이 순위를 올리고 싶어졌다.

'에렌페스트 성적향상 위원회의 활동에 힘 좀 써야겠어.'

우리가 인사를 끝내면 이번에는 우리보다 낮은 영지들의 인사를 받을 차례다. 역시 순위가 가까울수록 적대시하는 모양이다. 그중에는 서쪽에 위치한 프뢰벨타크의 영주 후보생이 있었다.

프뢰벨타크의 올해 순위는 15위다. 중영지 중에는 최하위였다. 내가 잠들기 전에는 정변에서 패배하여 한창 영지를 재건하는 중이었을 터였다. 나는 2년 동안 프뢰벨타크의 작은 성배를 채워 줬었다. 그런데도 아직 15위라면 여전히 영지 재건에 고군분투하고 있는 것이리라.

'내가 다른 영지의 성배를 채우지 않겠다고 거부해서일지도 몰라.'

매년 부탁하던 질베스타에게 3년 전 겨울에 '이거로 끝. 이제 안 해.'라고 거절했다. 그러고 유레베에서 잠들어 버렸다. 빌프리트와 샤를로테까지 동원하여 직영지에 마력을 채우며 돌아야 하는 상황에서 남의 영지의 작은 성배까지 채워 주지는 않았을 터였다. 가령 부탁했더라도 들어 줄 여력이 없었으리라. 에렌페스트에 마력을 받지 못하게 된 프뢰벨타크는 이 2년간 순위가 더 떨어졌음이 틀림없다.

"빌프리트 님, 로제마인 님. 생명의 신 에이비리베의 엄격한 선별을 통한 특별한 만남에 축복을 기도함을 허가해 주십시오."

"허가합니다."

"프뢰벨타크의 뤼디거입니다. 5학년에 재학 중입니다. 서로의 부모가 남매지간이라 빌프리트 님께는 진한 혈연의 정을 느낍니다."

뤼디거가 무릎을 꿇고 축복을 보냈다. 본인이 진한 혈연의 정을 느낀다고 말했듯이, 용모가 빌프리트와 비슷했다. 머리카락 색이 빌프리트와 같고, 눈동자 색은 샤를로테와 똑같은 남색이다. 나란히 서니 진짜 형제로 보였다.

"서로의 부모처럼 우리도 친하게 관계를 쌓기를 바라 마지않습니다."

"나야말로 잘 부탁한다."

일련의 인사가 끝나자, 점심이 나왔다. 나와 함께 먹는 사람은 하르트무트와 코르넬리우스와 레오노레다. 브륀힐데는 내 시중을 들고, 안게리카는 호위한다.

음식을 입에 넣고 음~, 하고 신음했다. 에렌페스트가 시골이라서 중앙 식사는 세련되고 더 맛있을 줄 알았다. 그런데 평범한 귀족 식사였다. 1년에 한 번 열리는 영주회의나 귀족원에서 교류가 있으니까 식사 문화가 어느 정도 비슷한지도 모른다. 대서특필할 만한 맛은 아니었다. 다만, 에렌페스트에서는 본 적이 없는 재료가 있기에 다양한 재료를 알고 싶기는 했다. 내가 재료 창고에 갈 수는 없으니까 직접 볼 기회는 없겠지만.

"……평범한 맛이네요."

"몇 년 전까지는 이 요리가 최고인 줄 알았습니다."

하르트무트가 피식 웃었다. 기숙사에서 먹는 요리가 바뀐 것은 3년 전, 그것도 매년 맛있어진다고 했다. 요리사가 새로운 조리법에 익숙해진 이유도 크리라.

"너무 요리 얘기에만 빠지면 안 되겠네요."

그때부터 오늘 인사에 관한 얘기를 나눴다. 자연스럽게 흘러 넘기는 태도가 좋았다며 하르트무트가 칭찬해 주었다. 사실은 다른 영지와의 관계로 생각할 점이나 묻고 싶은 말은 산더미 같지만, 여기서 할 얘기는 아니었다. 그건 기숙사에 돌아가면 토론할 주제다.

"식후에 있을 사교 모임도 이대로 무난하게 넘어갑시다. 올해는 오랫동안 앓았던 병약한 이미지를 끝까지 밀고 갈 테니 로제마인 님은 가만히 앉아 계십시오. 제가 돌면서 정보를 모으겠습니다."

"알겠어요. 하르트무트에게 맡길게요."

그런 의논을 나누며 식사를 마치자 디저트가 나왔다. 루토레베 잼을 바른 갈레트 위에 귀여운 작은 새 모양으로 만든 설탕 과자가 올라가 있었다.

보기에도 반짝반짝 빛나고, 매우 아름답게 장식한 디저트였다. 이런 장식 센스는 푸고와 엘라에게는 없는 것이었다. 이대로 가져가서 공부 삼아 보여주고 싶을 정도다.
"부수기가 아깝네요."
나는 빨간 잼을 바른 갈레트를 한입 먹었다. 그 순간, 엄청난 충격에 눈을 끔뻑이며 말을 잃었다. 끔찍할 정도로 달았다. 비싼 설탕을 쏟아붓기만 하면 최고의 과자다, 라고 주장하는 것 같은 단맛에 나는 두 입 만에 손을 내려놓았다.
'우우우우, 입안이 꺼끌꺼끌해.'
내가 나이프와 포크를 놓고 차를 마시자, 주변도 "처음 한두 입은 맛있는데." 라고 중얼거리며 비슷한 표정을 지었다. 뭐든 적당한 게 최고다.
잔을 조금 내리고 나는 살짝 한숨을 내쉬었다.
"중앙에서도 내 레시피 책이 유행할까요? 이걸 맛있다고 느낀다면 어렵겠는데요."
"유행하기는 하겠지만, 요리사가 기술을 익히고 맛을 개선하려면 시간이 꽤 걸릴 겁니다. 저희 집 요리장도 고생했다고 하니까요."
코르넬리우스의 대답에 나는 천천히 고개를 끄덕였다. 레시피가 퍼지더라도 기술이 금방 따라잡지 못한다. 설마 그전까지 다과회에 참여할 때마다 이런 끔찍한 맛과 싸워야 하는 걸까?
'우우, 다과회에 가기가 더 무서워졌어.'
"중앙에 레시피 책을 퍼트리는 것도 좋지만, 저는 로제마인 님의 레시피를 한 번에 보여주는 방법보다 조금씩 선보이는 방법이 좋다고 봅니다. 레시피 책 외에 로제마인 님만 보유하신 레시피나 정보가 있습니까?"
하르트무트가 마치 나를 시험하듯이 눈썹을 씰룩였다. 나는 일단 나이프와 포크를 놓고 입가를 닦은 후, 웃으며 대답했다.

"물론. 영지에만 공개할 정보, 에렌페스트의 수뇌부에게만 공개할 정보, 보호자만 아는 정보, 나만 아는 정보…… 요리 레시피만 해도 당연히 비공개용과 공개용을 나눠 놨지요."

하르트무트가 호오, 하고 재미있다는 듯이 눈을 반짝였다.

"그거 기대되는군요. 그럼 어떤 식으로 성녀 전설을 꾸밀까요?"

"네? 성녀 전설은 만들 필요가 없어요. 그냥 평범한 학생처럼 묻어 갈래요."

기껏 주위에 '뭐야. 성녀라더니 별거 아니잖아'라는 분위기가 흘렀다. 이 기회에 나는 평범한 학생들 속에 묻혀서 평화롭고 안정적인 생활을 보내고 싶다. 귀족원 도서관에 콕 박혀서 지내는 거다. 그러나 내 희망을 들은 하르트무트는 살짝 불만스러운 표정으로 입꼬리를 올렸다. 온화해 보이지만, 강압적인 미소였다.

"안타깝지만 그렇게는 안 됩니다. 에렌페스트의 영향력을 키우려면 성녀의 존재는 필수입니다."

'어라? 좀 이상한 부분에 불이 붙은 것 같은데?'

어째서인지 하르트무트가 처음 전설의 성녀를 만난 얘기를 하기 시작했다. 놀랍게도 그는 오틸리에를 따라 내 세례식에 왔었다고 했다.

그의 모친인 오틸리에가 "저분이 앞으로 엄마의 주인이란다."라고 가리킨 사람은 세례를 받는 어린 나였다. 어렸던 하르트무트는 자기보다 어리고, 비록 영주의 양녀가 되긴 했지만 자신들과 같은 상급 귀족의 딸을 모시게 된 어머니에게 실망했다고 한다.

"그런데 로제마인 님께서 세례식 때 방문객 전원에게 축복을 내리셨죠. 반지에서 흘러나온 파란 빛이 홀 가득 쏟아져 내리는 축복은 태어나서 처음 보는 규모였고요. 축복을 받고 감동한 적은 처음이었습니다."

내가 내린 축복이 하르트무트에게는 기억 속 깊이 남은 대사건이었던 모양이다.

"그건 내 보호자들이 꾸민 음모였어요. 귀족들이 찍소리 못할 양녀로 만들려고 짠 계획이었다고요. 하르트무트는 속고 있어요. 난 성녀가 아니에요."

"꼭 세례식 일 때문에 로제마인 님을 성녀로 인정한 건 아닙니다."

가을에 빌프리트를 갱생시키기 위해 동분서주하던 내 모습을 어머니에게 들은 하르트무트는 '기왕 양녀가 되었으면 차기 영주 자리를 겨루는 경쟁자는 밀어내 버리면 될 텐데'라고 생각했다. 또 자신이 측근이었다면 어떤 식으로 빌프리트를 내쫓을지 생각해 어머니에게 제안했다고 한다.

하지만 어머니가 "로제마인 님은 그런 것을 바라는 분이 아니셔. 그분은 모두 함께 잘되는 방법밖에 생각하지 않으신단다. 네가 측근이 되고 싶다면 모두에게 조력하면서 로제마인 님을 어떻게 성녀로 널리 알릴지 고민하는 편이 효과적일 거다."라며 거절했다고 한다.

"그래서 어떻게 성녀 전설을 만들어야 효과가 있을지 고민해 봤습니다. 결과적으로는 페르디난드 님께서 고안하신 방법보다 더 좋은 방법은 찾아내지 못했습니다."

'무슨 생각을 했는지는 안 듣고 싶어.'

"그리고 로제마인 님의 행실이 성녀임을 나타내고 있습니다. 겨울 데뷔 무대에서 신께 음악을 바치며 축복을 내리시다니, 그 누가 가능

기나 하겠습니까? 페슈필을 튕기는 손가락에서 흘러나온 축복의 빛은 실로 아름다웠습니다. 라이덴샤프트께 바친 축복이 대강당에 퍼지면서 천장을 향해 유유히 흘러가던 광경은 마치 꿈속과도 같았습니다.”

‘엥? 그랬나? 그때는 또 실수했다는 생각만 하느라 하나도 기억이 안 나.’

멋대로 축복이 되어 버려서 놀랐던 것과 페르디난드에게 강제로 퇴장당한 기억밖에 없다. 나는 그 축복 때문에 화들짝 놀라서 서둘러 멈췄는데, 주변 사람들에겐 다르게 보인 모양이다.

“그때 전 확신했습니다. 페르디난드 님의 계획이 무색해질 만큼 큰 힘을 발휘하는 로제마인 님은 성녀라고요. 전 주위에도 로제마인 님을 성녀로 인정하게 할 겁니다.”

그러기 위해서라면 노력을 아끼지 않을 겁니다, 라는 말에 내 얼굴이 경직되었다.

하르트무트는 상식을 갖춘 유스톡스라고 생각했는데, 그렇지 않았다. 오히려 이 유능함으로 내 성녀 전설이 얼마나 빠르게 퍼질지 상상이 가지 않았다.

‘나, 엄청 위험한 측근을 들여 버렸나 봐요.’

산술·신학·마력 다루기

내일부터 수업이 시작된다. 첫 시간은 신입생을 대상으로 수업과 시설을 설명하는 오리엔테이션이 있다고 한다. 저녁 자리에서 코르넬리우스가 수업이 시작되면 펼쳐질 생활에 관해 알려 주었다.

"수업이 있는 날이면 귀족원에 울리는 종 횟수가 바뀝니다. 두 점 종과 세 점 종 사이에 반 점 종이 울립니다. 그 종소리가 수업 시작을 알리는 종입니다."

두 점 종에 아침 식사가 시작되고, 두 점 반 종에 오전 수업이 시작된다. 그리고 세 점 종이 울리면 다른 과목으로 바꾸고, 세 점 반 종에도 과목이 바뀐다. 네 점 종이 울리면 점심을 먹으러 각자 기숙사로 돌아가고, 네 점 반 종에 오후 수업이 시작된다. 여섯 점 종까지 수업이 있고, 그 후에는 저녁 식사. 일곱 점 종이 폐관 시간으로 기숙사 문이 닫힌다.

"……그렇다는 말은 점심 먹고 네 점 반 종이 울리기 전까지는 자유 시간이란 거죠? 그럼 점심 휴식은 도서관에서……."

"자유 시간이 아닙니다, 로제마인 님. 오후 수업을 준비하는 시간입니다. 그리고 아직 도서관 등록을 하지 않으셨습니다."

코르넬리우스가 의미심장하게 웃으며 나를 보았다. 나도 씩 웃으며 응전했다. 우라노 시절부터 점심시간은 학교생활에 빼놓을 수 없는 독서 타임이었다.

'도서관과 점심 휴식이 있는데 독서 타임이 없다니, 말도 안 돼!'

"물론 등록하고 나서요. 아침에 출발하기 전에 하루치 준비를 전부 끝낼 테니까, 도서관에……."

"안 됩니다."

'으으으! 질 수 없지! 독서 타임을 쟁취할 때까지 절대 물러서지 않을 거야!'

"도서관에 가게 해 주세요! 오후 수업 종이 울리면 돌아올 테니까."

"그러니까 안 된다고 했잖아. 종이 울리더라도 네 귀에는 안 들릴 거 아냐!"

아픈 데를 찔렸다. 그럴 가능성이 상당히 높다. 우라노 시절에도 예비종과 동시에 도서실에서 사서에게 쫓겨났었다.

"그치만 조금이라도 더 책과 친해지고 싶어요. 적어도 도서관에 어떤 책이 있는지만이라도, 찬찬히…… 유사시엔 점심을 걸러도 되니까."

"안 돼. 건강에도 나쁘고, 주인인 네가 점심을 거르면 측근들도 못 먹어."

"그, 그럴 수가…… 내 도서관이……."

귀족원에 가면 도서관에 가겠노라고 결심했었다. 그런데 도서관에 못 가게 하다니 잔인하다. "우우~" 하고 눈물을 글썽이며 코르넬리우스를 노려보는데, 옆 테이블에서 저녁을 먹던 빌프리트의 한숨이 들렸다.

"로제마인, 그쯤 해 둬. 안 그래도 어려 보이는데, 그러면 진짜 떼쟁이 꼬맹이가 섞여 있는 것처럼밖에 안 보여."

'엑? 내가 떼쟁이라고!?'

빌프리트의 지적에 충격을 받고, 나는 주변을 둘러보았다. 듣고 보니 14살인 코르넬리우스가 안 된다고 거절하는데도 떼를 쓰는 예닐곱 살 애로 보이는 나는 누가 봐도 떼쟁이다.

"넌 겉으로 보면 어리니까 우리보다 더 언행을 조심해야 해. 다른 영지 놈이 파고들 틈을 주지 말아야지."

"……네. 점심시간은 포기하고 방과 후에 매일 갈게요."

나는 고개를 푹 떨구며 수긍했다. 2년 동안 빌프리트가 성장해서 나는 정말 여동생이 되어 버렸다. 아이에게 2년이란 세월은 크다.

"공주님을 잘 구슬렸네요, 빌프리트 도련님."

리카르다가 웃으며 빌프리트를 칭찬하면서 내 앞에 무릎을 꿇었다.

"그리고 공주님은 모든 시험에 합격하시기 전까지 도서실 출입을 금지하라고 페르디난드 도련님께서 명령하셨습니다. 봉납식에 맞춰 돌아올 수 있게 시험 합격을 최우선으로 삼으라고 하십니다."

"네!? 말도 안 돼. 이건 횡포예요! 빈 시간 정도는 내 맘대로 지낼 수 있게 해 주세요!"

도서관이 있는데 출입금지라니, 해도 해도 너무하다.

"귀족원에서는 빈 시간을 자유롭게 써도 괜찮지만, 공주님의 경우는 '주위에 피해를 주기 때문에 쉽게 허가할 수 없다'고 말씀하셨습니다. 신전 도서실에서 책을 읽겠다고 점심을 거르다가 쓰러져서 사람들을 깜짝 놀라게 하고, 칼스테드 님의 저택에서 흥분하다가 도서실에 도착하기도 전에 실신해서 코르넬리우스를 당황하게 하고, 처음 들어간 성 도서실에서 책에 집중한 나머지 오즈발트의 목소리를 듣지 못하고, 결국 제가 불려간 경험을 토대로 금지했다고 하시네요."

"그래. 그때는 정말 깜짝 놀랐어. 페르디난드 님의 결정은 횡포가 아니라 당연한 처사야."

'크윽! 못된 신관장!'

대체 어디까지 도서관 침거 계획을 방해할 생각인가? 내 최대의 적은 페르디난드일지도 모른다.

"그 대신 모든 시험에 합격하면 그 뒤에는 하루 내내 도서관에서 지내도 상관없다고 하십니다. 봉납식 때 성에 돌아가 계시는 기간 외에는 자유 시간이니까 몸조심하시고, 식사 시간만 잊지 않으시면 가능한 범위에서 책을 읽으셔도 좋다는 말씀도 하셨습니다."

달래는 듯한 리카르다의 허가에 나는 얼굴을 홱 들었다.

"……시험에 합격하면 되는 거죠?"

"네. 그러려고 성에서 열심히 공부하셨지 않습니까?"

리카르다의 말에 나는 고개를 크게 끄덕였다. 페르디난드의 속성 교육은 힘들었지만, 봉납식 전까지 끝낼 전제로 이뤄진 스케줄이었다. 이미 합격 라인에 도달해 있다면 도서관에 갈 시간이 아예 없지는 않으리라.

"알겠어요. 도서관에 가기 위해서 전력을 다해 수업을 통과하겠어요!"

내가 주먹을 불끈 쥐며 선언하자, 빌프리트가 고개를 가로저었다.

"기다려. 로제마인뿐만 아니라 1학년 전체가 합격해야 해."

나와 달리 다른 이들은 페르디난드의 속공 교육을 받지 못했다. 그들이 봉납식 전까지 합격할지 장담할 수 없었다.

"……꼭 1학년 전체가 합격해야 해요?"

"그럼. 도서관에 틀어박혀서 성적향상 위원회를 방치하면 곤란하잖아. 넌 영주 후보생이다."

영지의 성적을 올릴 것, 1학년 팀의 승리를 위해 노력하는 것이 의무라고 했다.

"……그래요? 알겠어요. 그럼 그쪽도 전력을 다할게요."

우후후훗, 하고 나는 웃으며 내일 예정을 다시 생각했다. 그리고 식당 내에 있는 1학년을 쭉 둘러보았다.

"일단 내일 수업은 설명회와 산술과 신학이죠? 작년과 재작년에 겨울 어린이 방을 경험한 사람은 산술과 신학을 전부 첫날 합격했다고 들었어요. 다시 말해 올해도 전원 합격할 수 있어요. 꼴사납게 불합격하는 추태는 용납 못 해요."

"아, 네!"

나와 눈이 마주치는 1학년생이 움찔거리며 자세를 바로잡았다. 시원한 대답에 만족하며 나는 고개를 한 번 끄덕였다.

"오후에 있을 실기는 마력 다루기네요. 끝나자마자 곧장 기숙사로 돌아와서 다음 날 있을 역사, 지리, 마술 시험에 합격할 수 있게 공부하세요. 어제 지적한 약점을 각자 보강하고, 내가 모두의 공부를 봐줄게요. 모두 한 방에 합격합시다."

"모두 한 방에 합격이라고!? 로제마인, 제정신이야?"

새파랗게 질린 빌프리트가 벌떡 일어났지만, 뜬금없이 이제 와서 무슨 소리인가? 모두 합격하기 전까지 도서관을 보류한다면 모두를 빠르게 합격시키는 수밖에 없다.

"난 분명 전력을 다하겠다고 말했어요, 빌프리트 오라버니. 내가 여러분을 위해 도서관을 참고 있는데, 여러분도 내 인내에 필적할 만한 노력을 해야죠."

꿀꺽, 하고 침을 삼키는 소리가 들릴 정도로 정적이 흐르는 가운데 하르트무트가 기쁜 듯이 미소를 지었다.

"새로운 성녀 전설의 막이 오르나요."

저녁을 먹고, 일곱 점 종이 울릴 때까지 1학년에게 역사와 지리 공부를 시켰다. 이미 녹초가 된 아이도 있었다. 아직 수업도 시작하기 전인데 기합이 한참 부족하다.

일곱 점 종이 울린 후, 나는 목욕하고 잠자리에 들었다. 그리고 한 점 종이 울림과 동시에 일어나서 합격 라인에 부족한 다섯 명의 약점 보강 자료를 정리했다.

"로제마인 님, 왜 일어나 계시나요?"

나를 깨우기 전에 방을 정리하러 온 리카르다가 잠옷 바람으로 책상에 앉은 나를 보고 기겁하며 소리를 질렀다.

"시험까지 시간이 없으니까요."

"공주님, 너무 열심히 하시면 몸에 나쁩니다."

"이 정도는 아무것도 아니에요. 샤를로테의 세례식 준비 기간에 비하면 내 할 일은 거의 없다 싶은걸요. 나 혼자면 합격이 쉽지만, 남들을 어떻게 잘 움직이느냐가 너무 어렵네요."

오늘 하루로 대체 얼마나 진도가 나갔을까? 음, 하고 신음했다.

나는 각자를 위해 정리한 자료를 안고 식당으로 가서 다섯 명에게 돌아가며 나눠주었다.

"이걸로 공부하세요. 각자가 아직 못 외운 부분을 써 뒀어요."

안색이 나쁜 1학년들에게 하나씩 자료를 주었다. 그 모습을 보던 빌프리트가 미간을 찌푸렸다.

"로제마인, 네가 도서관에 가겠다고 모두를 너무 몰아붙이면 안 돼."

"어째서요? 몰아세우고, 몰아붙여서라도 모두 속공으로 합격시키고 싶으니까 빌프리트 오라버니도 도서관 출입 조건으로 1학년생의 전원 합격을 내민 거잖아요. 난 전력을 다해 착수할 거라고 말했어요."

아침을 먹으면 바로 수업에 들어갈 준비를 마치고, 다목적 홀에서 공부한다.

"필린느, 왕의 휘가 틀렸어요. 로데리히, 여기와 여기, 영지 이름이 바뀌었어요."

"죄송합니다."

"바로 고치겠습니다."

중급과 하급 다섯 명을 상대로 스파르타식으로 특훈하는 사이에 수업 시간이 되었다. 다섯 명의 진척 상황을 보면서 나는 팔짱을 끼고 신음했다. 좀체 생각처럼 진도가 나가지 않았다.

"……시간 됐어요. 오늘 시험은 딱히 문제없을 테니까, 반드시 합격해 주세요."

내가 응원하자, 안심한 다섯 명이 어깨에 힘을 빼고 자리에서 일어났다.

"공주님, 조금 엄격하신 것 아닌가요?"

걱정하는 리카르다의 목소리에 나는 고개를 크게 끄덕였다.

"조금이 아니죠. 1학년 전원이 합격할 때까지 도서관을 참으라니, 정말 도가 지나쳐요. 하지만 절대 포기하지 않겠어요. 영주 후보생으로서 그 누구도 찍소리 못하게 속공으로 도서관에 가고 말 거예요.

마음 편히 책을 읽기 위해서라면 수단방법을 가리지 않을 거리고요."

주먹을 불끈 쥐며 선언하자, 구석 쪽에서 "얘들아, 미안하다."라는 빌프리트의 목소리가 들렸다.

나는 필기구를 든 리카르다와 함께 강당으로 향했다. 측근들도 강당까지는 동행했다. 나를 보내면 호위는 문 앞에서 대기하는 중앙 병사와 교대한다.

"모시러 올 때까지 절대 강당에서 나오시면 안 됩니다."

그런 주의와 함께 리카르다와 다른 시종들이 가 버렸다. 나는 1학년생들과 함께 강당으로 들어가서 13이란 숫자가 달린 자리에 나란히 앉았다.

"지금부터 설명을 시작하겠습니다. 귀담아듣고, 귀족원 생활을 잘 하길 바랍니다."

큰 강당에서 귀족원 수업에 관한 설명이 시작되었다. 모든 과목의 첫날에 시험이 있고, 합격하지 못한 학생들만 수업하는 형식이라고 했다.

"매년 1학년 이론 수업은 첫날에 합격하는 학생도 많지만, 실기는 따려면 시간이 걸립니다."

공통 이론 수업은 모든 학년이 강당에서 받지만, 실기는 마력의 양에 따라 실력 차이가 커서 계급별로 진행된다고 한다. 어제 친목회가 열린 장소에서 각각 수업을 받고, 인원수가 줄면 교실을 바꾸는 듯했다.

다음으로 도서관에 관한 설명이 있었다. 오늘부터 개관하므로 각자가 도서관에 가서 수속하면 도서관을 이용할 수 있다고 했다. 솔랑쥬라는 도서관 관리인, 즉, 사서 선생이 계실 때가 아니면 등록이 안 되므로 반드시 면담 예약을 한 후에 등록하러 가라고 했다. 면담 예약을 하고, 답장이 오면 그 당일부터……. 도서관 등록까지 의외로 시간이 걸리나 보다.

'점심을 먹으러 갈 때 면담 예약을 넣어야겠어.'

그리고 도서관에 등록하려면 돈이 필요한데, 못 내는 하급 귀족도 많으니, 각 영지의 영주 후보생이나 상급 귀족은 하급 귀족에게 일거리를 주라는 주의사항도 있었다.

'좋아. 하급 귀족에게는 성 도서실에 없는 책을 베끼게 해야지.'

나머지는 타 영지와 교류하기를 권장하므로 사교에 매진하라고 했다. 타 영지 기숙사에는 출입이 안 되므로 다과회를 여는 방도 번호에 따라 정해져 있다고 한다. 딱히 다과회에는 흥미가 없어서 어찌됐든 좋았다. 그런 것보다 도서관이다.

장황한 설명이 끝나고, 세 점 종이 울렸다. 다음은 산술 시험이다. 선생이 교대하는 짧은 시간에 휴식을 취했다.

"그럼 각 영지에서 한 명이 시험지를 가지러 오세요."

견습 문관인 로데리히가 대표로 시험지를 가지러 갔다. 양피지인 듯하다. 최근에는 식물지밖에 쓰지 않아서 조금 신선하긴 했다.

"필기구를 준비하세요. 문제를 3번 반복해서 읽을 테니 문제를 쓰고 답을 생각해서 쓰세요."

필기구는 마력으로 쓰는 신비한 마술구 펜이다. 수업 중의 메모는 물론이고, 귀족원 시험도 이 마술구를 쓰라고 들었다. 마력을 녹이는 액을 바르면 글자가 사라져서 수정도 할 수 있다고 한다. 굉장히 흥미가 생겼다.

"시작하겠습니다."

로데리히가 가져온 종이를 앞에 두고 모두 개인 펜을 집었다.

시험은 매우 쉬웠다. 두 자릿수 더하기와 빼기 문제였다. 선생이 문제를 3번 반복하여 읽는 사이에 풀어 버렸다. 주위를 둘러보니, 에렌페스트 학생 모두가 여유로운 표정으로 문제를 푸는 모습이 보였다. 이 정도라면 문제없을 것 같다.

"문제를 다 풀었으면 어떻게 할까요?"

"……영지 전원이 시험지를 제출하면 다음 시험공부를 해도 좋습니다. 단, 조용히 부탁합니다."

나는 끝에서부터 시험지를 옆으로 보내라고 지시해서 에렌페스트의 여덟 학생의 시험지를 모아 선생에게 넘겼다. 그리고 공부에 들어가라고 작은 목소리로 지시했다. 물론, 내일 있을 역사와 지리 공부다.

"에렌페스트, 전원 합격입니다."

바로 채점했는지, 선생의 목소리가 강당에 울렸다. "해냈다." 라며 기뻐하는 목소리보다 "살았다." 라며 안심하는 목소리가 새어 나왔다. 그리고 다시 불안한 과목 공부에 집중했다. 모두 필사적으로 공부하는 가운데, 나는 그 다음 시험을 고민했다.

에렌페스트는 모두 우수한 성적으로 합격했지만, 1학년 수업은 전혀 어렵지 않아서 마찬가지로 합격하는 사람이 많았다. 다음 신학 시험도 에렌페스트가 제일 먼저 시험을 끝냈고, 전원 합격을 이뤘다. 전원 합격이 그렇게 드물지 않지만, 두 과목을 연속으로 제일 먼저 끝내서 조금 주목을 받은 모양이다. 네 점 종이 울려 점심을 먹으러 돌아왔을 때 빌프리트가 이렇게 말했다.

"로제마인, 넌 주변 시선을 전혀 못 느꼈어?"

"내일 시험 생각에 주변을 볼 여유가 없었어요. 중요한 건 전원 합격해서 도서관에 가는 거예요. 성적이 나빴으면 몰라도, 좋았으면 주변 평가가 어쨌든 무슨 상관이에요?"

"아니, 안 좋아. 주변 반응은 중요한 문제야."

"그럼, 주위 확인은 오라버니께 맡길게요. 오라버니는 아무 문제 없이 전 과목 합격을 확신하시는 모양이니까 주위를 주시하시던가요."

빌프리트에게 임무를 맡기고, 나는 점심시간에도 다섯 명의 공부를 봐주면서 도서관 사서인 솔랑쥬에게 면담 의뢰 편지를 써서 브륀힐데에게 전해 달라고 부탁했다.

'솔랑쥬 선생님의 답장이 빨리 오게 해 주세요.'

오후부터 2학년이 강당을 사용하므로 1학년은 계급별로 나뉘어서 실기를 치른다. 영주 후보생의 수가 적어서 상급 귀족과 함께 수업하게 되었다.

오늘은 마력 다루기 수업이다. 힐쉬르가 넓은 교실 앞 교탁 위에 쿵, 하고 나무상자를 올려놓았다.

"이 안에 마석이 있습니다. 각자 이 마석을 가지고 자기 마력으로 물들이세요. 마석에 마력을 흘려 넣는 겁니다. 완전히 물들면 내게 보여주세요. 그런 다음, 마석에서 마력을 완전히 빼냅니다. 이걸 성공하면 오늘 과제는 끝입니다."

마석에 자신의 마력을 넣고 빼는 기술은 가장 기본이며 필수적인 능력인데, 민첩과 정확성이 관건이다.

"이다음 수업에 할 기수 제작에도 마석을 마력으로 물들이는 능력이 필요하답니다."

영지 순번대로 마석을 가지러 갔다. 나도 마석을 집었다. 그런데 자리에 앉으니 손안에 마석은 없고, 대신 부드러운 금색 모래만 있었다.

'마석이 사라졌어!?'

손바닥을 보며 눈을 끔뻑거리는 내게 빌프리트가 의아한 표정을 지었다.

"로제마인, 너 마석 안 들고 왔어?"

"아뇨, 가져왔었어요. 분명 손에 쥐었는데……."

모두가 마석을 가지러 간 뒤, 나는 다시 줄을 서서 마석을 집었다. 이번에는 조심스럽게 손바닥 위에 올려서 사라지지 않게 빤히 지켜보며 자리에 돌아갔다. 그런데 자리에 앉기도 전에 투명했던 마석이 순식간에 연한 노란색으로 물들었다. 그리고 한 번 옅은 빛을 내더니 바스러지면서 금색 가루로 바뀌었다. 전에도 이런 변화를 본 적이 있다. 전 신전장이 검은 마석으로 마력을 뺏었을 때와 똑같다. 돌의 크기도, 색깔도, 속성도 다르지만, 똑같은 현상이 일어났다.

'그런데 왜? 아무 짓도 안 했는데? 마력을 넣으려는 생각도 하지 않았는데, 마석이 멋대로 마력을 흡수해서 부서져.'

금색 가루를 바라보면서 나는 미간을 찌푸렸다.

"그럼 마력을 넣으세요."

힐쉬르가 손뼉을 치자, 모두가 마석에 집중했다. 옆에 앉은 빌프리트는 2년 사이에 마력을 잘 다루게 됐는지, 금방 마석을 물들였다.

"좋아, 해냈다. ……로제마인, 네 마석은 어쨌어?"

"실패했어요."

나는 내 손에 있는 금색 가루를 멍하니 쳐다보았다.

"웬일로 네가 실패를 다 하냐? 다시 마석을 가져와 보지 그래?"

"……그래야겠어요."

아마 같은 결과가 나오겠지. 마력을 넣을 의도가 없는데, 멋대로 마력이 빨려 들어가는 현상을 해결하지 않으면 의미가 없다. 어떡하면 좋을지 몰라서 막막한 나와 달리, 빌프리트는 의기양양하게 마석을 들고 힐쉬르에게 보이러 갔다.

"정말 빠르고 완벽하군요. 훌륭합니다."

힐쉬르에게 칭찬받은 빌프리트는 싱글벙글하며 돌아오자마자 마석에서 마력을 완전히 빼냈다.

"로제마인보다 내가 더 빨리 실기가 끝날 줄은 몰랐는걸?"

빌프리트는 자신만만하게 그렇게 말하고, 통통 튀는 발걸음으로 제일 먼저 교실을 나갔다.

나는 마력을 살짝 넣으면서 "붙어라, 붙어라, 동그랗게 붙어라." 라고 외며 어떻게든 금색 가루를 붙여 보려고 했지만, 아무런 변화가 없었다. 상급 귀족이나 영주 후보생은 마력의 양이 충분해서인지, 다들 고생하는 기색도 없이 마력을 물들이고 빼내서 실기를 끝냈다.

주위에서 "영주 후보생이 실기에 남다니." 라는 조롱이 날아오기 시작할 때쯤에는 한 손에 셀 정도밖에 학생이 남지 않았고, 결국 금방 혼자가 되었다.

"로제마인 님, 마석에 마력을 넣는 기술이 어렵지 않을 텐데요? 이 정도도 못 하시면……."

힐쉬르가 혀를 내두르며 내 자리로 다가왔다. 그러나 책상 위에 있는 금색 모래를 보더니 "아, 그랬었군요." 라며 납득했다는 소리를 냈다.

"어떻게 된 걸까요? 마력을 넣겠다는 생각을 하지도 않았는데, 멋대로 마석이 물들고 부서져 버려서 어떻게 해야 좋을지 모르겠어요."

"페르디난드 님께 로제마인 님은 신체를 강화하는 마술구를 차고 있다고 들었습니다. 그게 원인이에요. 항상 대량의 마력으로 에워싼 상태라서 이만한 작은 마석은 닿기만 했는데도 금방 용량을 초과해 버린 겁니다. 왼쪽 마술구만 빼 보세요."

힐쉬르는 내 앞에 마석 하나를 올려두면서 그렇게 말하고, 싱글벙글 웃으며 금색 모래를 긁어모았다.

"저기, 힐쉬르 선생님. 죄송해요. 마석을 부서뜨려서……."

"괜찮아요. 마력이 포화되어 부서진 금색 가루는 귀중한 소재거든요."

'귀중하구나. 그럼 전 신전장의 부서진 마석 가루는 어떻게 됐지? 연구에 미친 신관장님이 회수했나?'

나는 그런 생각을 하면서 힐쉬르의 말대로 왼팔에 찬 마술구를 뺐다. 그 순간, 내 왼팔이 추를 단 것처럼 무거워지며 자유롭게 움직이지 않게 되었다. 마술구를 찬 오른손으로 받치며 왼팔을 들었다.

"먼저 마석에 닿기만 하면 됩니다. 마력을 흘려보내지 않고 만지면 어떻게 되는지 확인하세요. 마술구를 찬 오른손으로 만지면 안 됩니다."

좀처럼 생각대로 움직이지 않는 왼손을 움직여 살짝 마석을 건드렸다. 마력을 흘려보내지 않게 조심하면서 손가락을 올렸다. 몇 초간 그대로 있어도 마석의 색깔이 바뀌지 않았다.

"문제없어 보이네요. 그럼 마력을 넣으세요."

힐쉬르의 재촉에 나는 마석을 물들이려고 내 의지로 마력을 흘려보냈다. 그 순간, 펑! 하고 마석이 사방으로 튀었다.

"꺅!?"

"갑자기 마력을 대량으로 넣어서 그래요. 더 작게, 조심스럽게……."

힐쉬르가 그렇게 말하며 다음 마석을 내 앞에 두었다. 예상지 못한 사태에 가슴이 벌렁벌렁했다. 나는 다시 한번 떨리는 손가락을 마석에 올렸다.

'살짝만. 아주 살짝만이야.'

마력을 스르륵 흘려보냈다. 내 의식으로는 아주 살짝 넣었다 싶었는데, 펑! 하고 또다시 마석이 튀면서 산산이 부서졌다.

"으악!?"

"다시."

펑!

"자, 다음."

결국 내가 마석을 물들인 뒤 되돌리는 데 성공한 건 10개째 마석을 희생한 뒤였다.

"마력은 넘치도록 있으니까 앞으로 로제마인 님의 과제는 세밀하게 제어하는 방법이겠네요. 자, 이것을 전부 가루로 만들어 주세요."

힐쉬르는 사방으로 튄 마석 조각을 와르르 내 앞에 올려두며 말했다. 나는 왼팔에 마술구 팔찌를 차고 조각을 만졌다. 그러자 작은 조각이 점점 금색 모래로 바뀌었다.

"힐쉬르 선생님, 어떻게 하면 마력을 잘 제어하게 될까요?"

"그건 페르디난드 님께 물어보세요. 그분도 입학 당시에 넘칠 정도로 마력이 풍부했습니다. 그런데도 마력 압축을 배우고, 어디까지 늘릴 수 있는지 한계에 도전하는 학생이었죠. 본인은 태연한 얼굴로 자꾸 압축하려고 해서 지켜보는 제가 다 조마조마했답니다."

약으로 마력을 회복하면서까지 마력 압축을 시도하던 페르디난드를 떠올리고, 나는 그가 귀족원 시절부터 하나도 바뀐 게 없음을 확신했다.

"지금도 연구에 푹 빠져서 비슷한 행동을 하세요."

"그래요? 옛날에는 성보다 귀족원 생활이 만족스럽다고 하셨는데, 에렌페스트에서도 자유롭게 지내는 것 같아서 안심되는군요."

힐쉬르가 그리운 표정으로 그렇게 말하며 미소 지었다.

역사·지리·음악

힐쉬르와 짧게 옛날얘기를 나누다가 페르디난드가 학생 때 만든 마술구를 수리할 수 있겠느냐는 질문을 받았다. 하지만 그 자리에서 부정했다. 나를 페르디난드와 똑같이 보면 곤란하다.

"그것보다 페르디난드 님이 편지에 뭐라고 썼나요? 선생님이라면 공개하지 말라고 했던 정보도 이것저것 알고 계실 것 같은데……."

"당신이 에렌페스트에서 습격을 받고, 유레베에 잠들었다는 사실은 귀족원에서 모르는 사람이 없습니다. 전속의의 진단에 의하면 겨울까지 눈을 뜨기 어려워서 귀족원 입학이 늦어질 가능성이 있다고 하더군요. 다음 해 봄에 열릴 영주회의에 전속의의 진단서를 제출할 테니, 특별조치를 적용해 달라고 에렌페스트에서 신청을 했었어요."

열 살이 된 영주의 자식은 귀족원에 들어가서 성인이 될 때까지 배운다. 그러지 않으면 정식 귀족으로 인정받지 못한다. 그래서 사정이 있어서 입학하지 못하는 경우에는 특별조치가 있다. 특별조치를 적용하면 겨울뿐만 아니라 1년 내내 귀족원에 재적하게 해서 성인이 되기 전까지 정해진 과정을 수료하게 한다. 그러려면 선생을 귀족원에 배치해 둬야 하므로 영주가 사전에 신청해야 한다.

특별조치가 가장 많이 적용된 시기는 정변 후였다. 격감한 귀족을 채우기 위해 신전을 나온 견습 청색 신관이나 견습 청색 무녀가 특별조치로 귀족원에 들어갔다고 한다.

"제가 개인적으로 아는 정보는 페르디난드 님이 당신의 후견인이라는 점, 깨어난 지 얼마 되지 않아 몸을 움직이는 것도 곤혹스러워 마술구를 차고 있는 점, 그 탓에 마술 관련 실기에서 고생할 가능성이 있으므로 배려해 달라는 점, 그리고 굉장히 생각이 독창적이니까 재미있는 착상을 얻을 가능성이 크다는 점……. 그 정도겠네요."

'재미있는 착상이 뭔데? 신관장님의 배려는 고맙지만, 순순히 고마워하고 싶지가 않아.'

"최근 몇 년 새에 갑자기 에렌페스트의 이론 성적이 올라가기 시작했는데, 전부 에렌페스트의 성녀 덕분이라고 학생들도 그렇고, 페르디난드 님도 말씀하시더군요. 실제로 마술구를 만들게 되는 2학년 이후의 수업이 기대되는군요."

마력을 다루는 데는 제법 시간이 걸렸다. 교실을 나가자, 그 앞의 빈 교실에서 기다리던 리카르다와 이미 과제를 끝낸 코르넬리우스가 심히 걱정하는 표정으로 기다리고 있었다.

"늦으셨네요. 로제마인 님이 마력을 못 다루는 일은 있을 수 없는데, 무슨 일이라도 생긴 줄 알고 걱정했습니다."

빌프리트와 마찬가지로 코르넬리우스도 내가 마력 제어에 고생할 리가 없다고 믿었던 모양이다. 나는 천천히 고개를 가로저었다.

"신체강화를 보완하는 마술구를 차고 있어서 마력 제어가 마음대로 안 되었어요."

사실은 유레베로 녹인 마력이 남아돌아서가 정답이지만, 오늘 제어에 실패한 원인은 마술구 때문이기도 하다.

"아, 그런 폐해도 있구나. 네가 아무렇지 않게 움직이니까 크게 생각하지 않았어. 힐쉬르 선생님과 대책을 세웠니?"

"익숙해질 수밖에 없대요."

"……그렇군. 이제 기숙사로 돌아가자."

힘없이 축 떨군 내 어깨를 호위 기사에서 오빠의 얼굴로 바뀐 코르넬리우스가 토닥이며 달랬다.

13의 문으로 기숙사에 돌아갔더니 안게리카가 파란 눈을 글썽이며 달려왔다.

"로제마인 님, 제게도 호위 임무를 시켜 주십시오. 귀족원에서 주인을 호위할 시간이 늘었는데도 제대로 일을 못 하고 있습니다!"

미소녀가 눈물을 흘리면서 문제 개선을 호소하는 것처럼 보이지만 속지 않겠다. 지금 안게리카의 말은 '로제마인 님께서 귀족원에 오셨으니까 호위 임무를 하는 대신 공부 시간을 줄이고 싶다'는 의미다.

모두 필사적으로 공부하는 가운데, 안게리카는 공부에서 도망치려는 생각뿐이다. 코르넬리우스를 힐끗 올려다보자, 코르넬리우스의 칠흑 같은 눈동자가 나를 보고 고개를 끄덕였다. 그 얼굴에는 '안게리카에게 최종선고를 내려라'라고 쓰여 있다.

"그럼 주인으로서 안게리카에게 명령하겠습니다. 한시라도 빨리 이론 시험에 합격하세요. 그것이 최우선 임무입니다. 나도 안게리카가 호위 임무로 복귀할 날을 기다릴게요."

"로제마인 님……."

"주인의 명령이다, 안게리카. 기사면 무엇보다 주인의 명령이 최우선이지? 자, 공부하러 가자. 레오노레, 미안하지만 로제마인 님께 붙어 주겠어?"

코르넬리우스가 안게리카를 질질 끌고 가자 바로 레오노레가 내게 붙었다. 나는 기수를 꺼내어 타고, 일단 옷을 갈아입으러 방으로 향했다. 계단을 올라가는데, 애원하는 안게리카의 목소리가 들렸다. 레오노레가 살짝 몸을 돌려 아래층을 보았다.

"로제마인 님도 코르넬리우스 님도, 안게리카를 굉장히 아끼시네요. 엄격하게 다루는 것처럼 보이지만, 안게리카가 낙제하거나 퇴학당하지 않게 필사적으로 돕고 계시잖아요."

"내 호위 기사니까요. 주인인 내가 귀족원에 있는데 낙제하는 꼴은 절대 못 보죠."

내가 자신 있게 말하자, 레오노레가 굉장히 부럽다는 표정으로 아래층을 바라보더니 살짝 눈을 내리깔았다.

"모두가 이리도 아끼는 걸 보면 안게리카가 보니파티우스 님께서 아끼는 제자로, 언젠가 칼스테드 님의 세 아드님 중 한 분께 시집간다는 소문이 진짜군요."

"그런 소문이 있어요? 난 금시초문인데요?"

'안게리카가 오라버니 중 한 사람과? 전혀 상상이 안 가는데.'

"아무리 마력이 많아도 안게리카는 중급 귀족이에요. 가령 할아버님이 혈손과 안게리카의 결혼을 바란다고 쳐도 트라우고트처럼 둘째 부인이나 셋째 부인의 아들이 유력한 후보이지 않을까요? 그쪽의 둘째나 셋째 부인 자리가 안게리카와 맞을 거예요."

보니파티우스가 밀어붙이면 아무도 반대하지 못할지도 모른다. 하지만 상대가 기사단장인 칼스테드의 아들이면 솔직히 신분 차이 때문에 안게리카가 고생하지 않을까? 특히 안게리카는 머리 쓰는 일을 싫어하고, 감으로 행동하는 타입이다. 정부인에는 맞지 않는다.

"둘째 부인이나 셋째 부인이요? 그럼 로제마인 님은 어떤 분이 정실부인으로 어울린다고 생각하시나요?"

"내 오라버니들은 세 분 모두 영주 일족의 호위 기사인걸요. 영주 일족의 그림자처럼 따라다닐 남편을 보좌하고, 자주 집을 비우는 남편 대신 가정을 꾸려 나가면서 사교계에서도 일족을 위해 행동하는 우리 어머님 같은 여성이 제일이지요. 내 어머님은 굉장하시답니다. 언젠가 어머님처럼 그릇이 큰 여성이 되고 싶어요."

신원도 불확실한 아이를 자식이라며 데려온 남편의 변명과 사정을 듣고, 자기 자식으로 세례도 받게 하고, 상급 귀족의 영애로 걸맞게 교육하고, 영주의 양녀 대우하는 것은 아무나 할 수 있는 일이 아니다.

"귀족으로서 이익을 확보하고, 상급 귀족에 걸맞게 사회에 헌신하며 주위의 인정을 받으면서도 자신의 취미를 밀어붙이는 분이세요. 진심으로 나의 우상이에요."

"그럼 저도 엘비라 님을 제 목표로 삼겠습니다."

레오노레가 싱긋 웃었다. 함께 귀족 여성으로서 엘비라처럼 되는 것이다.

옷을 갈아입고 다목적 홀에 가니, 모두 죽자사자 공부하고 있었다. 필사적인 건 1학년생인데, 그 기력에 이끌려서 다른 학생들까지 덩달아 열심히 했다. 감동, 또 감동이다.

모두의 공부를 봐주던 빌프리트가 고개를 들었다.

"실기가 굉장히 늦게 끝났네, 로제마인."

"네. 익숙지 않은 마술구를 차고 있어서 마력을 제어하느라 고생 좀 했어요. 그것보다 얼마나 진행했나요?"

내가 모두의 진도를 보며 도는데, 필린느가 "노력하고 있습니다."

라고 말했다. 모두 내가 나눠준 각자의 약점을 보강하는 자료를 노려보고 있다.

'이대로 열심히 하면 합격은 아슬아슬하겠지?'

"그러고 보니 빌프리트 오라버니, 이론만 전원 합격하면 되나요? 실기도 포함돼요?"

내 질문에 1학년생이 일제히 빌프리트를 돌아보았다. 시선이 집중된 빌프리트는 어깨를 움찔하더니 서둘러 머리를 홱홱 저었다.

"이, 이론만이야! 내가 올해 강화하겠다고 한 건 이론뿐이잖아. 게다가 실기는 마력의 차이가 크면 가르쳐 봤자 의미가 없어. 이론만으로 충분해."

빌프리트가 이론만이라며 몇 번이고 강조하자, 1학년생이 안심한 듯 어깨에 힘을 뺐다. 나도 예상보다 빨리 도서관에 가게 될 것 같아 안도의 한숨을 쉬었다.

"이론만이라면 며칠 내에 도서관에 갈 수 있겠네요. 내일 전원 합격을 목표로 전력을 다해 공부합시다."

나와 빌프리트가 분담해서 가르치고 있을 때 브륀힐데가 돌아왔다. 그리고 내게 목패를 슬그머니 건넸다.

"로제마인 님, 도서관의 솔랑쥬 선생님에게서 답장이 도착했습니다."

"정말요!?"

나는 답장이 돌아온 기쁨에 서둘러 목패를 읽었다. '영지별로 등록할 테니 나흘 뒤 점심시간에 에렌페스트 신입생을 모두 데리고 오라'라는 내용이었다. 그리고 필요한 등록료가 적혀 있었다. 등록료와 책 대출에 필요한 보증금은 별도인 모양이다. 이러면 도서관을 이용할 수 있는 학생이 그렇게 많지 않을 듯하다.

"등록료가 한 사람당 소금화 한 닢이라네요. 꽤 비싸군요."

"너무 비싸요. ……전 낼 수도 없어요."

필린느가 세상이 무너진 듯한 절망적인 표정을 지었다.

"등록료는 내가 빌려줄 테니 필린느는 이야기를 모으고, 사본을 떠 주면 돼요. 이론이 끝나면 자유 시간에 할 수 있죠?"

"로제마인 님. 제가 쓴 사본도 사 주실 건가요?"

쭈뼛거리며 물은 사람은 로데리히다. 다목적 홀에 있는 다른 학생들의 시선도 나에게 집중되는 것을 느낀 나는 모두를 쭉 돌아보고, 고개를 크게 끄덕였다.

"당연하지요. 파벌이 달라도 책에는 아무 죄가 없는걸요. 귀족원에 지내는 동안 최대한 많은 이야기와 책을 모으고 싶어요. 성의 도서실에 없는 책을 베껴 주면 얼마든지 살게요. 단, 당연히 글씨가 예쁘고 오자가 적어야겠죠?"

내 책을 늘리기 위해 지금까지 모아 온 돈이다. 책을 늘리기 위해서라면 이 돈을 아낌없이 펑펑 쓸 생각이다.

"사본을 뜰 사람에게는 종이와 잉크도 지급할게요. 단, 종이도 잉크도 비싸니까 떼어먹거나 부정유출하지 못하게 누가 얼마나 가지고 갔는지, 사본을 얼마나 만들었는지 세세하게 확인할 거예요."

사본을 위해 도구까지 대주겠다는 말을 듣고 하급 귀족의 눈빛이 반짝였다. 이야기와 정보료로 첫날에 나눠준 현금에 강력한 매력을 느낀 모양이다.

"로제마인, 베낄 책이 성 도서실에 있는지 없는지 어떻게 판단해?"

"성 도서실에 비치된 서적 목록을 작성해 뒀거든요. 그걸 참고하면 돼요."

"네가 대체 그걸 언제?"

"도서실 책을 읽으면 기록해 두는 게 당연하지 않나요? 신전과 성과 기사단장의 저택에 있는 서적 목록까지 가지고 있어요. 로제마인 십진분류법을 작성할 때도 필요하고……."

우후후훗, 하고 내가 자신 있게 말하자, 빌프리트가 "너 정말 2년 동안 잔 거 맞아? 사실 몰래 활동한 거 아냐?" 라고 중얼거리며 얼굴색이 노랗게 변했다. 빌프리트의 말대로 2년 동안 몰래 책을 읽으며 지냈다면 얼마나 행복했을까? 현실은 뜻대로 안 되는 법이다.

"일단 사흘 후 도서관에 등록하는 날 전까지 1학년은 이론에 합격할 수 있게 힘냅시다."

"……네."

나중에 코르넬리우스에게 들었는데, 아득바득 공부하는 1학년생을 상급생들이 동정심 가득한 눈으로 쳐다봤다고 한다. 심지어 안게리카는 "로제마인 님과 같은 학년이 되지 않게 해 주셔서 감사드립니다." 라며 신께 감사의 기도를 올렸다고 한다.

그날 밤도 일곱 점 종까지 공부하고, 다음 날 아침에 일어나 마지막 확인 차원에서 아침 식사 후에도 공부한 다음, 1학년은 시험에 돌입했다. 살짝 수면 부족으로 눈이 빨갛게 충혈되고 부은 그들의 입에서 국왕 이름과 지명이 술술 새어 나왔다. 그 모습은 첫날 수업이 아니라, 낙제가 결정되는 마지막 시험 같았다고 상급생이 말했다. 첫 학원 생활을 기대하며 들어온 신입생 중에 에렌페스트에서 온 1학년들만 겉돌았다.

"오늘이 고비예요. 다들, 열심히 공부했으니까 분명 합격할 겁니다."

역사와 지리 시험에 합격하면 마술 이론은 마석의 속성과 그 색깔에 관한 내용이라서 그렇게 어렵지 않다.

"네. 최선을 다하겠습니다."

역사 시험지를 앞에 두고 마술구 펜을 집었다. 운명을 결정하는 시험이 시작되었다. 답을 술술 적고 모두의 용지를 모아서 제출하려는데, 오늘은 필린느와 로데리히가 좀처럼 마무리를 짓지 못했다. 상당히 고민되는 문제가 있는 모양이다.

"이, 이제 낼게요!"

마지막까지 고민하던 필린느가 종료 시간이 임박할 때에야 시험지를 제출했다. 하지만 대부분 주변 하급 귀족들은 아직도 고민하면서 문제와 씨름하고 있었다.

"13번의 필린느, 앞으로 오세요."

음향 마술구에서 선생의 목소리가 들렸다. 콕 집어 이름을 불린 필린느는 무슨 말을 들을까 하는 걱정에 새파랗게 질린 얼굴로 선생에게 걸어갔다. 무슨 이야기를 나누며 고개를 젓는 모습이 보였다.

"무슨 일인 걸까요?"

"몰라."

나와 빌프리트가 초조해하면서 바라보는데, 필린느가 안심한 표정으로 가슴을 누르며 돌아왔다.

"필린느, 선생님이 뭐라고 하세요?"

"……부끄럽지만, 아슬아슬하게 합격이래요."

제대로 수업을 받고 재시험을 쳐도 좋다고 선생이 얘기했다고 한다.

"선생님의 마음은 감사하지만 이 점수면 충분합니다. 합격으로 해 주세요. 사흘 후 도서관 등록 날에 꼭 맞춰야 한다고, 그렇게 부탁드렸어요."

필린느가 필사적인 표정으로 거절하자, 선생은 "뭔가 깊은 사정이 있는 것 같으니 일단 합격으로 치겠지만, 수업은 들어도 좋아요."라고 말해 주었다고 한다.

"합격해서 정말 다행이에요."

필린느의 말이 끝나기도 전에 음향 마술구에서 선생의 목소리가 강당에 크게 울려 퍼졌다.

"에렌페스트, 전원 합격입니다."

주변이 술렁거렸다. 산술과 신학은 지난 몇 년간 전원 합격이었고, 다른 영지도 합격률이 높아서 그렇게 놀랄 일은 아니었다. 그러나 역사와 지리는 중급 귀족과 하급 귀족의 합격률이 현저히 낮다. 중급 귀족과 하급 귀족을 가르치기 위해 수업이 존재한다고 해도 과언이 아닐 정도다. 그런데 하급 귀족까지 통틀어 전원이 한 방에 합격했다. 주목받아 마땅하리라.

"……엄청나게 주목받네."

"주목을 바라진 않았지만, 도서관을 위해서라면 어쩔 수 없죠. 감수하고 시선을 받아들이세요. 다음은 지리예요. 여기까지 순조롭게 왔으니까 긴장을 풀지 말고, 힘내요."

지리 성적이 나쁜 로데리히가 입술을 꾹 다물고, 눈에 불을 켜고 자료를 훑어본다.

"로제마인, 넌 정말 놀라울 정도로 머릿속이 도서관뿐이네."

"네? 그럼 지금 도서관 외에 중요한 게 뭐가 있죠?"

아직 들어가 보지 못한 귀족원 도서관. 그것도 국내에서 두 번째로 서적이 많은 곳이다. 그곳의 책을 섭렵하는 목표보다 더 중요한 일은 지금의 내게는 없었다.

"도서관이 약도 되고 한편으로 맹독도 된다는 숙부님의 말씀이 이런 의미였구나……."

"페르디난드 님이 또 무슨 말씀을 하셨는데요?"

"너한테 도서관은 투약과 마찬가지로 조절이 어렵다, 사용법도 모르는 녀석이 생각 없이 건드리면 막대한 피해를 본다고 하셨지. 지금 그 말을 절실히 깨닫는 중이다."

깊이 실감하는 빌프리트의 말에 나는 울컥했다.

"빌프리트 오라버니, 그게 무슨 의미예요? 모두 순조롭게 합격해서 최고의 결과가 나오고 있잖아요. 피해가 막대해진다니, 실례예요……."

"……막대하거든. 자, 너도 마지막으로 검토해. 넌 주의력이 산만해서 얼빠진 실수를 하니까."

죽을 것 같은 표정으로 공부한 효과가 있었는지, 지리 시험도 전원 합격했다. 로데리히는 아슬아슬했지만, 필린느처럼 '수업도 듣겠지만, 점수가 넘었다면 합격으로 해 달라'고 빌어서 합격을 받았다.

"에렌페스트는 전부 합격입니다."

마술 이론도 전원이 문제없이 합격. 1학년 모두가 첫 시험에 이론을 끝냈다. 경탄 섞인 주변 시선을 받으면서 모두가 주먹을 쥐고 뛸 듯이 기뻐했다.

"오늘은 오랜만에 밥을 맛있게 먹을 수 있겠어요!"

싫어하는 지리를 어떻게든 극복한 로데리히가 주먹을 쥐며 그렇게 말했다. 파벌이 다른 자기만 불합격하면 앞으로의 귀족원 생활이 어떻게 될지 상상하며 전전긍긍했던 모양이다.

"모두 고생했으니까 오늘 저녁은 1학년 모두에게 디저트를 내달라고 전속 요리사에게 부탁해 둘게요."

"정말요!?"

"네. 도서관이 가까워진 건 여러분의 노력 덕분이니까요."

한계까지 밀어붙이며 억지로 공부시켰지만, 정말 합격할 줄은 몰랐다. 특히 필린느를 비롯한 하급 귀족은 한 번 더 도전하지 않으면 안 되겠거니 생각했었다. 디저트로 좋다면 몇 개든 대접해 주고 싶었다.

"우리, 전원 합격했어요!"

점심을 먹으러 기숙사에 돌아간 나는 첫 시험에서 전원 합격한 사실을 상급생에게 당당하게 자랑했다. 전원이 이론에 합격했으므로 가장 빠른 팀은 1학년 팀으로 결정되었다. 그런데 다른 팀 사람들은 딱히 부러워하는 기색도 없이 그저 건투만 빌어 주었다.

"좋겠네. 정말 고생 많았어."

"전원 합격해서 다행이네요. 우리까지 감동했어요."

"1학년이 이렇게까지 노력하는데, 우리도 질 수 없지요."

경쟁 상대였던 상급생 팀의 마음이 담긴 칭찬에 오히려 내가 감동했다.

점심 후에는 음악 실기다. 겨울 어린이 방에서도 연습한 페슈필 실기라서 조금 마음이 편한 이유도 있지만, 이론을 통과한 1학년생은 점심을 먹으면서 하나같이 성취감에 찬 미소를 띠고 있었다.

"필린느, 아직 실기가 남아 있으니까 긴장을 풀면 안 돼요."

"네, 로제마인 님."

"오후 실기는 음악입니까? ……로제마인 님, 이왕 1학년 전원이 초반에 합격해서 주변을 깜짝 놀라게 했으니까, 이 기세를 몰아 음악 시간에도 페슈필 연주로 축복을 내려서 입을 못 다물게 만들어 버립시다. 모두 로제마인 님을 성녀로 인정할 겁니다."

신이 난 하르트무트가 주황색 눈동자를 반짝였다.

"거절할래요. 에렌페스트의 평가 상승과 내가 그런 소동을 일으키는 건 완전히 별개인걸요. 연주할 때 절대 신에게 기도하지 않을 거예요."

"그건 안타깝습니다. 흔치 않은 기회인데……."

마력의 양도 불분명한데 제어도 못 하는 지금 상태에서 축복을 내리면 무슨 일이 일어날지 몰라서 더 무섭다. 절대 못 하지. 끈질기게 축복을 내리자는 하르트무트의 제안을 거절한 나는 음악 수업이 열리는 작은 홀로 향했다.

마술 실기처럼 음악 실기도 계급별로 나뉘어서 치른다. 음악은 인원수가 많으면 수업 진행이 어렵고, 계급에 따라 악사의 수준과 악기의 질이 확연히 달라서다.

"오늘은 한 사람씩 실력을 볼 테니까 자신 있는 곡을 연주해 보세요."

영지 순번대로 모두가 한 곡씩 페슈필을 연주했다. 실력이 비슷비슷하여 같은 곡을 선택하는 아이들이 많다 보니 저절로 실력 비교가 되었다. 최대한 사람들이 모르는 곡을 해야 선생이 지루하지 않게 들을 것 같았다. 그렇게 모두의 연주를 들으며 생각했다.

'신관장님, 진짜 스파르타야. 대체 나를 얼마나 빡빡하게 연습시킨 거야?'

페르디난드도 질베스타도 페슈필이 능숙했고, 회색 무녀인 로지나와 빌마도 페슈필이 취미라며 쉽게 연주했었다. 그래서 나는 그들의 실력을 귀족의 기준으로 알고 부지런히 연습했다. 그런데 그렇지 않았다.

연주와 노래로 여성을 실신케 하는 페르디난드는 완전히 특수하고, 그 사람과 나란히 연주할 수 있는 질베스타도 페르디난드보다는 조금 떨어지지만 특수한 쪽이었다. 예술 무녀라는 별명을 가질 만큼 예술에 심취한 크리스티네도 마찬가지로 특수했고, 그녀가 훈련시키고 총애하는 무녀였던 로지나와 빌마 또한 특수했다.

'신관장님과 나란히 연주하는 모습을 보고서도 양아버님과 로지나의 실력이 평범하지 않다는 걸 왜 몰랐을까!? 정신 차려, 로제마인!'

2년간의 공백이 무색하지 않아서 다행이다. 정말 천만다행이다. 하지만 책을 읽을 시간이 훨씬 더 많았을 거라고 생각하면 분해서 미칠 것 같았다.

'크! 더 대충 할 걸!'

다른 이들의 수준과 내가 목표로 삼았던 수준 차이에 속으로 분통을 터트리는 사이에 에렌페스트의 차례가 되었다. 상급 귀족이 먼저 연주를 시작했다.

"다음은 내가 갈게. 넌 마지막이다."

빌프리트가 그렇게 말하며 일어났다. 딱히 반대할 생각도 없었던 나는 고개를 끄덕이며 앞으로 걸어가는 모습을 바라보았다. 빌프리트가 연주하기 시작하자, 나는 내 페슈필을 품에 안고 앞으로 가서 다음 연주자가 대기하는 의자에 앉았다.

"저 애 말이에요. 마력도 잘 못 다루던데, 음악은 남들만큼 할까요?"

"유레베 속에서 2년이나 잠들었다고 하니까, 그런 말씀 하시면 안 되죠. 생긴 대로만 해내면 충분하지 않겠어요? 우리가 따뜻하게 지켜봐 줘야죠."

일부러 내게 들으라는 식으로 속닥이는 사람들은 아렌스바흐 무리였다. 언뜻 들으면 주위를 나무라며 나를 변호하는 말처럼 들리지만, '생긴 것처럼 실력도 별로일 테니까 기대해도 소용없다'는 의미다.

'무슨 말을 하든 나야 상관없지만, 이런 사정도 디트린데가 1학년한테 퍼트렸나?'

디트린데의 의도를 파악하지 못한 채 내 차례가 되었다. 나는 사람들이 잘 모르지만 내게는 가장 익숙한 곡을 연주했다. 페르디난드가 편곡한 만화 주제가다. 만화 주제가를 연주하는 페르디난드를 비웃으려고 알려줬는데, 지금은 귀에 익고 가장 연주하기 쉬운 곡이 되었다.

'여기서는 원곡 따위 아무도 모르고, 신관장님이 편곡한 덕분에 완전 다른 곡으로 바뀌었으니까 괜찮아. 아무도 비웃지 못해.'

축복이 되지 않도록 조심하면서 페슈필을 연주했다.

"2년간 잠들었다고 들었는데, 예상보다 훨씬 잘해서 놀랐습니다.

이대로 연습하면 페슈필 명수가 될지도 모르겠네요."

"감사합니다."

'주위가 뛰어난 명수였을 뿐이지, 난 그런 거 노릴 생각 추호도 없어.'

칭찬을 듣고 싱긋 웃으며 자리로 돌아가려고 하는데, 선생이 나를 불러세웠다.

"로제마인 님. 내가 귀족원에서 음악 선생이 된 지 어언 20년이 되는데, 그 곡은 처음 들어 봤어요. 대체 곡명이 뭔가요?"

"라이덴샤프트에게 바치는 여름의 노래……. 그 이름 외에는 없어요."

무명 작곡가가 만든 흔한 연습곡 중 하나예요, 라고 얼버무리려는데 빌프리트가 씩 웃었다.

"그 곡은 라이덴샤프트의 기도를 담아 에렌페스트의 성녀가 작곡한 곡이다. 나는 그 곡 외에도 몇 곡을 아는데, 로제마인이 작곡한 곡은 전부 신에게 바치는 곡이야."

'Noooo! 저런 데 복병이!'

예상 밖의 공격에 눈이 휘둥그레지는 나와 달리, 선생은 기대에 찬 눈을 반짝였다.

"다른 곡도 꼭 듣고 싶군요."

"시간의 여신 드레팡아가 자은 실이 겹치는 날이 있다면……."

'빌프리트 오라버니, 이 바보야!'

기수 만들기와 마력 압축

오전 중에 이론 과정이 끝나 버리고 말았다. 아침에 여유가 생겨서 도서관에 가고 싶지만, 아직 솔랑쥬와 약속한 날이 아니었다. 이럴 때는 매사를 성적순으로 진행하는 귀족원의 방식이 싫어졌다. 이렇게 바라는데도 기다리게 하니까.

'남은 이틀이 길어! 누가 내게 책 좀 주세요!'

나는 울고 싶은 마음으로 1학년들을 불러 모아서 내년에 쓸 참고서 제작에 돌입했다. 이렇게 예습해 두면 내년에는 그렇게 고생하지 않아도 된다는 말에 모두가 혹한 것이다.

"꼼꼼하게 정리하세요. 이것도 완성되면 살 테니까요."

"네!"

중급 귀족과 하급 귀족의 대답에는 힘이 실렸지만, 상급 귀족은 반응이 영 시원찮았다.

"로제마인 님의 부탁이니까 도와드리지만, 자기 손으로 돈을 벌어야 하는 하급 귀족이나 하는 짓을 제가 좋아서 한다고 생각하지 말아 주셨으면 합니다."

'호오? 자기 손으로 돈을 버는 건 하급 귀족이나 하는 짓이라고요? 상급 귀족이 좋아서 하는 일이 아니다, 이 말이렷다?'

"난 영주의 양녀지만 내 손으로 돈을 벌고 있는데요?"

"……아."

"그렇게 해서 모은 돈이 없었다면 어린이 방에 과자를 나눠주지도 못했을 테고, 인쇄한 교재를 어린이 방을 위해 몇 권이나 준비하지 못했을 거예요. 당신은 돈을 쓸 줄만 알지, 돈을 버는 일이 얼마나 힘든지도 모르고 부모 돈을 썼겠죠? 조금 더 돈에 대해 공부하는 것이 어떠세요?"

"……죄송합니다."

입으로는 사과하지만, 그 눈과 표정이 자기 생각이 틀리지 않았다고 주장했다. 상급 귀족은 다 이럴까? 나는 빌프리트를 보았다.

"빌프리트 오라버니, 상급 귀족은 모두 저렇게 생각해요?"

"……그래. 토지에서 나오는 수익과 영주가 주는 연봉으로 생활하니까 자기 손으로 돈을 번다는 개념이 없을 거야. 나도 내게 주어진 예산 분배를 오즈발트에게 배웠지만, 너 대신 겨울 어린이 방을 운영하지 않았더라면 네가 스스로 돈을 벌어서 예산을 충당하는 줄 몰랐겠지."

빌프리트는 자기들 예산만으로는 과자를 계속 준비할 수도 없었다는 점, 내 예산을 관리하는 페르디난드에게 과자비 부담을 요청하러 갔을 때 잠든 내 예산이 늘었다는 사실을 듣고 깜짝 놀랐다고 한다. 그때까지 예산을 늘린다는 생각을 해 본 적이 없었다고 했다.

"그깟 돈을 벌자고 애쓰는 한심한 짓은 상급 귀족에게 어울리지 않습니다."

"당신은 그렇게 말하는데, 내가 진행 중인 제지업과 인쇄업을 자기 영지에 활성화해서 이익을 내는 기베 하르덴첼도 상급 귀족입니다. 모르세요?"

"기베 하르덴첼!?"

엘비라의 친정은 상급 귀족이다. 모를 리가 없다. 깜짝 놀라 눈을 크게 뜬 상급 귀족에게 나는 고개를 끄덕였다.

"영토를 운영하려면 자신이 아니라 평민을 움직여서 돈을 벌어야 하죠. 애초에 돈을 '그깟'이라며 부정하면 이익에 밝은 귀족이 될 수 없어요. 상급 귀족답게 돈을 버는 방법을 고민할 줄 알아야죠."

"자신이 아니라 평민을 움직인다……?"

"네. 실제로 인쇄한 책들은 내가 직접 만들지 않았어요. 잉크도, 그림책도, 카루타도, 트럼프도, 펌프도, 전부 공방 직원들이 만든 물건이에요. 하지만 그들이 만든 상품을 팔 때마다 내 주머니에 돈이 들어오죠. 그래서 나는 자고 있어도 예산이 늘어나고, 그 예산으로 과자도 만들고, 정보를 사고, 모두에게 사본을 부탁해서 살 수도 있는 거예요."

나는 대가를 내고 정보와 사본을 얻을 생각이었지만, 이런 개념을 가진 상급 귀족에게는 정보를 얻기 어려울지도 모르겠다. 그 이전에 사본과 정보 수집을 하찮은 행위로 간주하는 사람을 어찌해야 할까? 잘못하면 협력자를 잃을지도 모른다. 조금이라도 많은 사본을 손에 넣으려면 어떻게든 의식을 바꾸든가, 적극적으로 돈을 벌고 싶게 만들어야 한다.

'상급 귀족이 돈을 벌게 할 구실을 만들어야 해.'

머릿속으로 고민하면서 나는 참고서 만들기에 최선을 다했다. 열심히 만드는 사이에 네 점 종이 울렸고, 상급생이 돌아왔다.

'1학년뿐만 아니라 상급생도 사본을 만들어 주면 좋겠는데.'

1학년 여덟 명보다 상급생까지 통틀어 60명 이상을 사본 제작에 돌리면 훨씬 효율이 높다. 가능하다면 하급 귀족뿐만 아니라 상급 귀족도 시키고 싶었다. 그러려면 돈을 벌면 무엇이 좋은지 보여줘야 한다. 내가 가진 것 중에 상급 귀족이 자기 힘으로 벌어서라도 갖고 싶어 할 만한 게 뭐가 있을까?

"굉장히 고민이 깊은 얼굴인데, 왜 그러세요, 공주님?"

"내가 가진 것 중에 무엇을 상급 귀족이 꼭 갖고 싶어 할까요?"

"마력 압축 방법 아니겠습니까? 다무엘이 중급 귀족인 브리기테에게 구혼할 수 있을 만큼 마력을 키웠죠. 안게리카는 신체강화를 구사해서 보니파티우스 님이 아끼는 제자가 되었습니다. 코르넬리우스는 마력만 보면 칼스테드 님을 따라잡을지도 모른다더군요. 그러니 귀족원 학생이라면 당장에라도 그 방법을 알고 싶어 하지 않을까요?"

마력이 많아졌다, 늘었다는 말은 들었지만, 그 정도일 줄은 몰랐다. 꽤 좋은 미끼가 될 것 같다.

나는 모두가 모인 점심 자리에서 중대발표라며 주목을 모으고, 선언했다.

"내 마력 압축 방법을 배우고 싶은 사람에게는 상급 귀족이든, 영주 후보생이든 자력으로 대가를 치르게 하겠습니다."

빌프리트를 비롯하여 마력 압축 방법을 배우기로 한 같은 파벌의 상급 귀족들이 "뭐!?" 라며 놀란 얼굴로 굳어 버렸다.

"정보를 모아오든, 사본을 뜨든, 마석이나 소재를 모아서 팔든, 귀족원에서 돈을 버는 방법은 다양합니다. 압축 방법을 가르치는 대가로 상급 귀족은 대금화 두 닢, 중급 귀족은 소금화 여덟 닢, 하급 귀족은 소금화 두 닢을 받겠어요. 가족 구성원 중에 두 사람째부터는 절반만 받을 테니 부모가 부담해도 인정할게요."

"그러면 상급 귀족에게 너무 엄격하지 않습니까!?"

당황한 듯 주변을 둘러보는 상급 귀족들이 내게 이의를 제기하기 시작했다.

“상급 귀족은 마력이 많고, 우수한 가정교사가 붙어서 실기도, 이론도 유리해요. 그리고 마물 퇴치로 마석을 손에 넣을 때도 마력이 많을수록 유리하잖아요? 하급 귀족은 도서관 등록료조차 자기 돈으로 내야 하니까 정당한 금액이라고 생각해요.”

갑작스러운 선언에 파랗게 질린 학생들 가운데, 이미 마력 압축 방법을 배운 코르넬리우스가 의아하다는 표정으로, 그러나 침착하게 물었다.

“로제마인 님, 갑자기 왜 그런 제안을? 오전에 무슨 일이 있었습니까?”

“상급 귀족이 돈 버는 고생을 모르는 것 같아서 실제로 체험하도록 하고 싶어서요. 돈 버는 고생도 모르는 분이 하찮은 짓이라고 한 발언에 화가 나서 이러는 건 절대 아니랍니다.”

대체 누구야, 라며 범인 찾기가 시작된 가운데, 나는 “적극적으로 돈을 모으고 싶으면 사본을 만들어 보면 좋아요.” 라고 추천해 두었다.

“책을 써서 돈을 벌면 지적인 활동이니까 상급 귀족답죠?”

결정을 뒤집을 생각이 없다는 것을 깨달았는지, 하르트무트가 슬쩍 어깨를 으쓱했다.

“마력 압축 방법을 미끼로 유혹하면 상급 귀족도 움직이지 않을 수 없겠군요. 폭언을 내뱉은 자에게 앙갚음할 수 있고, 상급 귀족에게 돈에 대한 개념을 심어 주는 동시에 자신이 원하는 책도 손에 넣으려고 하시다니, 대단하십니다, 로제마인 님. 당신은 가만히 있으면서도 원하는 물건은 전부 손에 넣는군요.”

양피지가 아닌 식물지와 식물지용 잉크를 써서 가격을 낮추고, 돈과 마력 압축 방법을 미끼로 사본 제작에 학생을 동원하면 내가 직접 틈틈이 쓰거나 평범하게 사는 방법보다 현격히 싼 가격에 많은 책을 손에 넣게 된다. 하르트무트가 그렇게 말하며 신난 듯이 주위를 둘러보았다.

"그럼 저도 로제마인 님께 정보와 사본을 모아 와서 충성심을 보여드리겠습니다."

"하르트무트, 당신은 돈을 모으는 행위가 꺼려지지 않나요?"

"돈을 번다기보다 정당한 대가를 받는다는 감각에 가깝습니다. 저는 지금까지 해 왔던 대로 상급 귀족으로서 제 힘으로 구축해 놓은 관계를 이용해서 정보를 모으기만 하면 그뿐입니다. 사본은 사람을 쓰면 되죠. 스스로 고생해서 돈을 모으지는 않습니다."

상급 귀족은 상급 귀족답게 돈을 벌면 된다는 하르트무트의 말에 더는 불평이 나오지 않았다.

오후부터는 기수 제작 실기다. 기수에 올라타려면 여성은 옷을 갈아입어야 한다. 나는 리카르다와 리젤레타의 도움으로 옷을 갈아입었다. 첫 기수복이다. 옷단이 길고 하늘하늘한 승마바지인데, 서 있으면 평범한 치마처럼 보였다.

"공주님의 기수는 옷을 갈아입지 않으셔도 탈 수 있어서 평소엔 기수복이 필요 없지만, 귀족원 수업에서 사용하기 때문에 따로 제작했습니다."

"하긴 모두 바지인데 나만 치마로 갈 수는 없죠."

옷을 갈아입으면 기수용 마석을 들고 오후 실기를 치르는 교실로 간다. 나는 마석이 박힌 금속 장식을 승마바지 위에 찬 벨트에 걸었다. 교실은 다르지만 같은 1학년이라서 기수 제작 수업에 참여하는 필린느도 기수복 차림이었다. 그녀의 허리춤에도 마석을 넣은 가죽 주머니가 달려 있었고, 그녀는 그것을 소중하게 쓰다듬었다.

"마석을 물들이느라 힘들었죠?"

나는 기수를 만들 때 대량의 마력을 마석에 빼앗겼다. 하급 귀족이며 아직 한 번도 마력을 압축해 보지 않은 필린느에겐 꽤나 힘든 작업이었으리라. 그런데 필린느는 멀뚱멀뚱 고개를 갸웃거렸다.

"태어날 때부터 마술구에 마력을 담는데, 왜 힘드나요?"

필린느에게 들으니 귀족은 태어날 때 마력을 흡수하는 마술구와 마석을 선물로 받는다고 한다. 그 마술구에는 처음 등록한 자의 마력을 흡수하여 마석에 넣어 주는 기능이 있다고 한다. 부모는 물론, 형제나 시종 등 타인이 마석을 만져도 마력을 흡수하지 않기 때문에 마석에 타인의 마력이 섞이지 않는다. 마력이 넘칠 때마다 조금씩 담아서 물들이는 마석은 귀족원 수업에서 사용한다고 했다.

'어린애 한 명마다 마술구가 필요하고, 10년 넘게 모으니까 마석도 한 사람에 몇 개나 필요하겠네. 이러니 돈이 들지.'

귀족원에 오기 전까지 마력 압축을 배우지 못하고 세례 전까지 반지도 받지 못하는 평범한 귀족의 자식이 성장 단계에서 넘치는 마력을 어떻게 처리하는지를 이제 처음 알았다. 이러니 마술구를 준비해 주지 못하는 빈곤 귀족은 아이를 신전에 보낼 법하다.

"로제마인 님은 다르세요?"

"난 그, 신전 출신이라서 평소에 마력을 봉납했었어요."

"네? 그럼 기수용 마석은 어떻게 준비하셨어요?"

세례식 진까지 신전에서 자라셨잖아요, 라며 필린느가 눈을 동그랗게 떴다.

"페르디난드 님께서 주신 마석에 직접 마력을 주입해서 단숨에 물들였죠."

"그건 아마 영주께서 양녀로 들이고 싶을 정도로 거대한 마력을 가진 로제마인 님이시니까 가능하신 거예요. 전 절대 못 해요."

'그런가. 난 이런 부분에서도 귀족의 상식이 부족하구나. 최대한 입 다물고 있자.'

계급이 다른 필린느와 헤어지고, 작은 홀에 도착했다. 마중나올 때까지 기다리라는 리카르다와 호위 기사들에게 지겹도록 듣는 주의를 듣고, 나는 빌프리트와 상급 귀족과 함께 홀에 들어갔다.

작은 홀에 모인 사람들은 제각기 물들인 마석을 들고, 어떤 마석이 되었는지 서로 보여주고 있었다. 빌프리트도 자랑스럽게 자기 마석을 꺼냈다.

"로제마인의 마석은 옅은 황색인데, 내 마석은 연한 녹색이야."

"우와, 정말이네요?"

색깔은 마력의 속성과 크게 관련된다. 나는 황색인지 금색인지 애매한 색깔이라서 아마도 바람의 속성이나 빛의 속성이다. 빌프리트는 자신이 가진 여러 속성 중에 물의 속성이 가장 강하다. 그리고 속성이 많을수록 색깔이 연해진다. 일곱 가지 속성을 가진 나는 연한 황색이고, 여섯 가지 속성을 가진 빌프리트는 나보다 살짝 진한 녹색이다. 생각해 보면 바람의 속성밖에 없는 다무엘의 속성은 상당히 진한 황색이었다.

"자, 자. 조용!"

오늘은 프라우렘이라는 40대 중반으로 보이는 여교사가 가르쳐줄 모양이다. 살짝 톤이 높고 까랑까랑한 목소리가 특징인데, 전체적으로 호리호리하고 도도해 보여서 인상이 퉁명스러운 선생이다. 아렌스바흐의 사감인지, 아렌스바흐의 학생들에게는 굉장히 사근사근한 표정을 보였다.

"오늘은 마력을 넣어서 마석을 변화시키는 연습부터 시작하겠습니다. 마석에 마력을 흘려보내서 크기를 바꾸세요."

페르디난드에게 배웠을 때와 똑같이 마석의 크기를 바꾸는 부분부터 시작하는 모양이다. 크기 조절은 간단해서 금방 끝난다. 하지만 나는 이 기회에 마력 제어를 연습하려고 왼팔에 낀 마술구를 슬쩍 빼서 마석의 크기를 바꾸어 보았다. 마력을 조금씩 넣는 기술은 역시 어려웠다.

'대야로 확 붓는 게 아니라 수도꼭지로 물을 똑똑 떨어뜨리는 느낌으로 넣을 수 있으면 좋겠는데.'

손끝을 수도꼭지라고 생각하고, 마력의 양을 제어하는 연습을 했다. 그리고 봉납은 익숙하지만, 마석에 담은 마력을 흡수하는 기술에 익숙지 않아서 마력 흡수 연습도 같이 해 봤다. 크기를 바꾸는 연습에 몰두하는 학생들 사이에서 나는 제어 연습을 했다.

"크기를 자유자재로 바꿀 수 있게 된 학생은 기수를 만들어 봅시다. 가문의 문장에 새겨진 동물로 만드는 학생도 많고, 타기 편한 점을 고려해서 말 모양 기수도 많이들 만듭니다."

프라우렘의 말에 기수의 형태를 만들려고 아이들이 하나둘 고군분투하기 시작했다. 빌프리트는 2년 사이에 마력을 능숙하게 다루게 됐는지, 마력 실기는 진도가 빨랐다.

"나는 영주의 아들이니까 사자로 해야지. 그런데 로제마인의 기수처럼 부드러운 기수가 좋을 것 같기도 하단 말이지."

으으음, 하고 미간을 찌푸리며 빌프리트가 마력을 쏟아부었다. 꽤 많은 시간이 걸렸지만, 사자 형태가 되었다.

"페르디난드 님의 기수와 아주 비슷하네요."

"아버님 기수를 참고하면 머리 세 개 달린 사자가 되어 버리잖아. 숙부님의 기수가 가장 만들기 쉬워서 그래."

"그러고 보니 양아버님 기수는 딱 한 번 봤어요. 머리가 세 개 달린 사자였죠? 참 이상한 기수를 쓰시네요?"

"아버님도 아마 너한테 이상하다는 말은 듣고 싶진 않으실 거야."

빌프리트의 말이 맞다. 내 레서버스는 이곳 기준으로 보면 좀 이상하게 생겼지만 귀엽고, 편리하고, 가장 훌륭하다.

"13번! 수다 떨지 말고, 진지하게 기수를 만드세요!"

쩌렁쩌렁한 노성에 깜짝 놀란 나는 내 마석을 바라보았다. 다들 이상하게 생겼다고 하는 기수를 여기서 뿅 하고 꺼내 버려도 괜찮을까?

고민하고 있자니 내가 게으름을 피우는 줄 안 프라우렘이 바람을 가르듯이 이쪽으로 다가와 턱을 치켜들었다.

"자, 어서 만드세요."

나는 살짝 어깨를 으쓱하며 평소처럼 일인용 레서버스를 뿅 하고 등장시켰다. 승차하는 구조로 만들어진 레서버스를 보더니, 다른 영지 귀족들이 눈을 휘둥그레 뜨고 폭소했다.

"저게 뭐야?"

"저렇게 높으면 어떻게 타려고?"

"정말 괴상하게 생긴 기수네요."

"어머, 겉보기엔 귀엽네요. 실용성은 없어 보이지만."

다들 레서버스를 이상하다며 비웃었지만 형태에 관한 언급이 대부분이었고, 페르디난드나 기수들 입에서 나온 '그륀'이라는 이름이 나오지는 않았다. '왜 마수를 기수로 했느냐?'는 말도 들리지 않았다.

"……이전까지는 마수라는 소리를 많이 들었는데요."

"1학년은 마수퇴치를 하지 않으니까 모르는 것 아닐까? 나도 몰라."

납득하며 고개를 끄덕였다. 그러나 단 한 사람, 프라우렘만 새파랗게 질려서 "그륀." 이라고 중얼거렸다. 역시 선생은 그륀의 존재를 아는 모양이다.

"……로제마인 님! 기수 제작은 장난이 아닙니다! 진지하게 하세요!"

귀를 따갑게 찌르는 목소리로 혼이 난 나는 무심코 인상을 찌푸렸다. 혼내는 이유를 몰라서다. 딱히 장난치는 것도 아닌데 말이다.

"난 매우 진지한데요?"

"어디가요? 그륀을 기수로 만드는 것부터 진지함이라곤 일절 없군요. 이런 기수는 인정할 수 없습니다. 당장 없애세요."

다짜고짜 없애라는 말에 울컥했다. 분명 겉모습은 이상할지 몰라도 과제는 달성했고, 내 레서버스는 훌륭한 기수다. 없앨 생각은 요만치도 없었다.

"프라우렘 선생님. 죄송하지만, 제 기수는 다른 기수보다 훨씬 훌륭해요. 없앨 생각은 없어요."

"마수를 모방한 이런 기수의 어디가 훌륭하다는 거죠!?"

"굳이 기수복을 입지 않아도 탈 수 있고, 사람을 많이 태울 수도 있는걸요."

갑자기 크기를 바꾼 레서버스를 본 주변 사람들의 눈이 휘둥그레졌다. 빌프리트를 포함한 에렌페스트 학생들도 마찬가지다.

곰곰이 생각해 보면 성이나 기숙사에서 일인용 레서버스는 타고 돌아다녀도 큰 사이즈는 보여준 적이 없는 것 같기도 하다.

"내 기수는 크기도 자유자재로 바꿀 수 있어요."

나는 남아도는 마력으로 크기를 자유자재로 바꾸어 보았다. 말을 잃고 레서버스를 바라보는 프라우렘을 향해 어떠냐, 하고 의기양양하게 바라보자 프라우렘이 눈을 부릅떴다.

"이런 기수로 어떻게 하늘을 난다는 거죠? 날개도 없지 않습니까!"

"내 레서버스는 하늘을 날아요."

나는 레서버스를 일인용 사이즈로 되돌려서 올라탔다. "엑!?" 하고 놀라움 섞인 목소리가 나오는 가운데, 레서버스는 작은 홀을 달려서 하늘을 날았다.

"마, 말도 안 돼!"

그렇게 소리친 프라우렘이 거품을 물고 쓰러지면서 기수 제작 실기가 끝났다. 기사들이 프라우렘을 싣고 나가고, 대신 호출된 힐쉬르가 짜증내듯이 가늘어진 눈초리로 오늘의 수업 종료와 나머지 수업은 다음 시간으로 연기하겠다고 선언했다.

학생들이 작은 홀을 우르르 나갈 때, 힐쉬르가 나를 불러 세웠다. 걱정스럽게 돌아보는 빌프리트에게 "자세한 사정을 들으려는 것뿐이에요." 라고 설명하여 먼저 돌려보낸 힐쉬르는 몸을 홱 돌려 나를 보았다.

"자, 프라우렘을 졸도하게 한 로제마인 님의 기수를 제게도 보여주시죠. 이 호출 때문에 조합을 중단해서 실패했으니 그 정도는 해 주실 거죠?"

"무, 물론이죠."

페르디난드가 위협할 때의 표정과 꼭 닮은 미소에 '아, 이 사람은 의심할 여지 없이 신관장님의 스승이야'라며 통감했다.

다음 날 오후 실기는 마력 압축이다. 마력 압축 수업은 선생이 여러 명 동원되는데, 1학년생을 반으로 나누어서 한쪽은 궁중예절, 한쪽은 마력 압축을 배우게 된다. 나는 마력 압축반이지만, 필린느는 궁중예절 실기를 배운다고 한다.

마력 압축을 배우는 교실에는 선생이 15명 정도 늘어서 있었다. 그 중에 어제 쓰러진 프라우렘도 부활해 있었고, 힐쉬르도 섞여 있었다.

"마력은 몸의 성장에 맞춰 계속해서 커집니다. 당연히 마력을 축적하는 그릇의 크기도 커지지요. 그때 최대한 많은 마력을 담으면 그릇의 성장을 촉진할 수 있습니다. 여러분은 성장기에 마력 압축을 익히고, 그릇을 키워 놓는 것이 중요합니다."

힐쉬르의 설명이 끝나자, 프라우렘이 앞으로 나왔다.

"마력의 양은 귀족에게 가장 중요한 요소입니다. 성장이 멈출 때까지 최대한 마력을 키워야 합니다. 마력 압축이 큰 효과를 내는 시기에는 제한이 있습니다. 진지하게 임하십시오!"

다른 선생이 손에 든 마술구를 높이 들어 보였다.

"우선 이 마술구를 써서 여러분이 가진 마력의 농도를 조사하겠습니다. 손목에 마술구를 끼우고 처음 마력의 수치를 잰 후, 압축에 도전하여 얼마나 마력을 압축하는지 알아볼 겁니다. 조금이라도 압축해 낸다면 이 수업은 끝입니다. 각자 노력하여 자신에게 맞는 방법을 찾아내는 수밖에 없습니다. 선생들이 가르칠 수 있는 건 첫 단추를 끼우는 방법뿐입니다."

'다시 말해서 나는 지금 이 상태보다 더 압축해야 한다는 말? Noooo.'

내가 머리를 싸매는 사이에 선생들은 제각기 압축 방법을 순번대로 알려주기 시작했다.

"내가 압축할 때는 과즙에서 물기를 빼듯이, 마력에서 쓸데없는 힘을 빼냅니다."

"나는 희미하게 퍼져 가는 마력을 중심에 모은다는 느낌으로 하고 있어요."

"마력의 압축은 약을 달이는 방법과 비슷합니다."

"누르고, 누르고, 마구 누르면 돼."

차례대로 선생들이 압축 방법을 설명하지만, 이래서는 더 혼란만 가중될 뿐이다. 실제로 배우는 학생들은 어리둥절한 표정이다.

"중요한 건 절대 무리하지 않는 겁니다. 목숨이 위험해지니까요."

"하지만 다소 무리하지 않으면 마력을 압축하지 못해. 자기 몸속의 마력을 이겨내라."

선생들의 설명을 듣고 있던 빌프리트가 살짝 의아해하며 미간을 찌푸렸다.

"뭔가 설명이 뒤죽박죽이지 않아? 결국 어쩌란 거야?"

"뒤죽박죽처럼 들리지만, 실제로 마력을 압축해 보면 틀린 말은 하나도 없어요. 자기에게 맞는 방법으로 마력을 꾹꾹 밀어 넣는 방법이 효과적이고, 억지로라도 빽빽하게 채워 넣지 않으면 압축되지 않아요. 하지만 스스로 견디지 못할 만큼 무리하면 목숨을 잃고요. 조금이라도 위험을 덜기 위해 한 사람에 여러 선생님이 붙는다고 페르디난드 님이 말씀하셨어요."

내 말에 빌프리트가 꼴깍 침을 삼켰다. 주먹을 꽉 쥐면서 나를 보았다.

"……넌 어떻게 하고 있는데?"

"그러네요. 첫 단계라면 알려줘도 문제는 없겠죠. 각자의 몸속에 마력을 비축하는 그릇이 있어요. 그 속에 뚜껑이 닫히지 않을 정도로 마력을 꾹꾹 밀어서 억지로 뚜껑을 닫고, 마력이 빠져나오지 못하도록 열쇠를 잠그는 느낌으로 눌러 넣어요. 그다음은 로제마인식이라 비밀이에요."

우후후훗, 하고 웃는 내게 빌프리트가 "대체 몇 단계까지 있는 거야?" 라며 눈을 부라렸다.

"3단계요. 페르디난드 님께서 3단계에 도전했다가 마력에 취해 속이 울렁거린다고 했었어요."

"그, 숙부가, 속이 울렁거릴 정도라고?"

빌프리트의 얼굴이 굳어졌을 때, 선생이 나와 빌프리트를 불렀다.

마력 압축 4단계

"13번 빌프리트 님, 로제마인 님."

나와 빌프리트는 자리에서 일어나서 여러 선생이 기다리는 곳으로 걸어갔다.

열 명의 선생이 두 사람이 한 조가 되어서 압축 성공 여부를 확인하며 영주 후보생을 순번대로 불렀다. 대영지 영주 후보생은 어느 정도 마력 제어가 익숙한지 압축 성공도 빨랐다. 마력 압축에 성공한 두 사람이 자기 자리로 돌아가서 더 압축하려고 미간에 힘을 주는 모습이 보였다.

주변을 둘러보니, 세 영주 후보생이 선생에게 둘러싸인 채 마력을 압축하려고 안간힘을 쓰는 모습이 보였다. 선생 한 사람은 어떤 마술구를 들고 압축하는 학생의 모습을 주의 깊게 관찰했고, 다른 한 선생은 학생이 아닌 손목에 찬 마술구를 응시했다. 마술구를 빤히 쳐다보는 프라우렘의 모습이 내 눈에 들어왔다. 어제 그녀를 기절시키게 한 장본인으로서 조금 민망했는데, 프라우렘이 내 담당이 안 되게 해 주신 신께 감사했다.

'자, 압축을 어쩌지?'

여기서 더 압축해야 한다면 또 다음 단계, 뭔가 다른 압축 방법을 서둘러 생각해 내야 한다. 그러나 여기서 뭘 더 어떻게 압축해야 좋을까?

'기계로 압축하는 이미지로 도전하면 더 작아지겠는데.'

기계로 압축하다, 라는 말로 떠오른 것은 알루미늄 캔들을 네모나게 뭉친 형태였다. 그러면 부피는 작아지겠지만, 나중에 마력을 쓰고 싶을 때 해방될 것 같지가 않다. 내가 무리라고 생각한 순간 가능성은 없다. 내가 못 쓸 정도로 마력을 뭉치는 짓을 하면 또 그 응어리를 녹이기 위해 유레베를 써야 할지도 모른다.

'또 몇 년이나 자는 건 싫어!'

뭔가 참고할 만한 새로운 압축 방법이 없을까? 나는 조금 전에 압축 방법의 이미지를 설명하던 선생들의 말을 떠올렸다. 이미 나는 '퍼져 있는 마력을 중심에 모으기'와 '누르고, 누르고, 마구 누르기'를 썼다. 그렇다면 '과즙에서 물기를 짜듯이'나 '약을 달이는 방법과 비슷하다'는 힌트에서 새로운 방법을 찾을 수 있지 않을까?

'음~, 힐쉬르 선생님이 말한 약을 달이듯이, 요리로 치면 수프를 오랜 시간 끓여서 졸이는 이미지라면 간단하지 않아?'

수프를 졸이면 수분이 증발하고 걸쭉해지면서 부피가 줄어든다. 그렇게 졸이는 이미지를 마력 압축의 첫 단계에 써먹으면 어떨까?

'좋아, 해 보자. 무사히 합격을 쟁취하는 거야.'

기합을 넣은 나는 선생 앞에 섰다. 힐쉬르와 다른 한 사람, 아마 견습 기사를 가르치는 선생이라 생각되는 골격이 탄탄한 남자 선생이 있었다. "소문으로 들었는데, 눈앞에서 보니 정말 작네." 라는 그 선생의 중얼거림이 들렸다.

"로제마인 님의 마력 압축을 도울 사람은 저, 힐쉬르와 루펜입니다."

"내가 붙어 있으면 괜찮다. 압축은 마력을 누르고, 누르고, 마구 눌러 넣으면 돼. 응원할 테니까 함께 힘내자."

씩 웃는 얼굴에는 생기가 넘쳤다. 말투로 살펴보건대 내가 그다지 좋아하지 않는, 사람을 피곤하게 만드는 열혈 교사 타입으로 보였다. 우라노 시절에 "책만 읽지 말고 몸을 움직여." 라며 쉬는 시간에 억지로 운동장에 끌려나갔던 나는 거북함을 떨치기 힘들었다.

"자, 로제마인 님. 왼쪽 손목을 내미세요. 그쪽에 마술구를 채우겠습니다."

나는 손목이 보이도록 소매를 걷어 올린 왼팔을 내밀었다. 힐쉬르가 손에 든 마술구를 내 손목에 채웠다. 마치 투박한 손목시계 같은 커다란 마술구가 슉 하고 줄어들며 내 손목에 딱 맞게 끼였다.

'무거워!'

아래로 떨어지는 내 팔을 힐쉬르가 받쳐 들고 가만히 마술구를 쳐다보았다.

"이쪽 준비는 끝났습니다. 로제마인 님, 압축을 시작하세요."

"좋아, 기합을 넣고, 마력을 눌러 담아! 꽉꽉 집어넣으면 돼. 자기 마력을 이겨 내!"

조금 시끄러운 루펜의 응원에 어색한 미소로 끄덕이고, 나는 가볍게 눈을 감았다. 몸속에 있는 열의 근원, 그 움직임에 의식을 집중했다.

'마력을 졸이듯이 압축하려면 일단 한 번은 전부 해방해야 해. 신관장님이 준 마술구가 많으니까 가능한 일이지만.'

"좋아, 마력의 흐름이 느껴지냐!?"

집중이 안 되니까 조용히 했으면 좋겠다고 생각하면서, 나는 몸 구석에 마력을 담아 둔 상자의 뚜껑을 열어 깊은 곳에 모아 두었던 마력을 단숨에 해방했다. 그리고 사지에 채운 신체강화 마술구와 부적이라며 빌려준 마술구에 끊임없이 마력을 흘려보냈다. 신체강화 마술구의 한계까지 마력을 넣자, 몸이 깃털처럼 가벼워졌다. 도약하면 상당히 높이 뛸 것 같다.

'분명히 이 순간만큼은 할아버님보다 내가 더 강할지도 몰라.'

천천히 눈을 떴다. 시력이 강화되었는지 상당히 멀리 떨어져 있는 학생들의 얼굴이 정확하게 보였고, 청력도 강화했는지 시끄러울 만치 잡음까지 세세하게 들렸다.

"좋아, 마력이 움직이고 있어. 이대로 안쪽에 누르는 거다! 힘내!"

신체강화 마술구뿐만 아니라 페르디난드에게 받은 모든 부적에 한계까지 마력을 흘려 넣었다. 내 몸속에 남은 마력의 농도가 상당히 옅어졌다. 이 남은 마력을 새로운 방법으로 압축하면 된다. 머릿속으로 마력을 냄비에 넣고 불을 켜는 이미지를 그렸다.

'이제 이 마력의 부피가 반으로 줄 때까지 졸여 봅시다.'

내 머릿속에서 우라노 시절에 엄마가 자주 보던 요리 방송 배경음악이 흘렀다. '여기에 바짝 졸인 마력이 있고요'라는 내레이션마저 들리는 것 같다.

마력을 다 졸이면 다음은 지금까지 해온 방법과 똑같다. 졸인 마력을 착착 접어서 최대한 빈틈없이 주머니 속에 착착 집어넣는다.

'접어서 넣고, 체중을 실어서 압축하면 돼. 꾸~욱! 좋아, 얇아졌어.'

그리고 신체강화 마술구에 집어넣은 마력을 다시 몸속으로 흡수한다. 마력을 방출하는 건 익숙하지만, 흡수하는 건 역시나 익숙지 않았다. 나는 시간을 들여서 마술구에 쏟아부은 마력을 조금씩 흡수하는 데 성공했고, 그것도 마찬가지로 압축해 갔다.

눈을 감고 집중하면서 마력을 압축하는데, 가까이서 마력 압축을 시작하던 빌프리트가 합격을 받는 소리가 들렸다.

"빌프리트 님은 감각이 있으시네요. 이대로 틈틈이 압축해서 마력을 키우도록 하세요."

"알겠습니다."

득의양양한 빌프리트의 목소리가 들렸다. 나도 몸에 힘을 잔뜩 주었다.

'나도 열심히 해야지.'

있는 힘껏 눌러서 마력을 압축해 갔다. 처음 졸이는 단계만 넘으면 나머지는 익숙한 순서라서 금방 압축을 해냈다. 다음엔 압축 속도 올리기가 과제가 될 것 같다.

모든 마력을 압축한 나는 천천히 숨을 내쉬며 눈을 떴다. 손목에 찬 마술구를 난처한 표정로 노려보는 힐쉬르에게 말을 걸었다.

"어때요? 처음보다 압축한 것 같은데."

두근거리는 마음으로 힐쉬르의 반응을 살피자, 힐쉬르는 내 손목의 마술구에서 눈을 떼고 천천히 숨을 내쉬었다. 합격이라는 말이 나오지 않자, 루펜이 의아해했다.

"힐쉬르, 재도전이야?"

"아니요, 문제없습니다. 정말 잘하셨습니다. 로제마인 님, 합격입니다."

손목의 마술구를 빼면서 힐쉬르가 살짝 떨리는 목소리로 그렇게 말했다. 그리고 "참 잘하셨어요." 라고 칭찬해 주었다. 그 목소리가 "좋았으! 잘했다!" 라는 루펜의 목소리에 거의 묻혀 버렸지만.

"이대로 계속해서 마력을 키우도록 해. 로제마인 님은 덩치가 작은 만큼 성장이 가장 빠를지도 몰라. 노력이 모든 것을 결정한다. 압축을 한 번에 많이 하면 속이 울렁거리니까 매일 조금씩 압축하면 돼."

"최대한 노력하겠습니다. 수고하셨습니다."

내가 루펜에게 감사의 인사를 말할 때, 힐쉬르는 이미 내게 등을 돌려서 마술구를 이리저리 만지작거렸다. 다음 차례 준비이리라. 아직 기다리는 학생이 많았다.

나는 선생들에게 방해되지 않게 얼른 내 자리로 돌아갔다.

"감각이 좋다고 칭찬받았어."

먼저 자리로 돌아온 빌프리트가 신나게 보고했다. 자세히 보니 몸 여기저기에 힘이 들어가서 부자연스럽게 굳어 있다. 몰래 마력을 압축하는 중이었다.

"빌프리트 오라버니, 정도껏 하셔야 해요. 너무 급격하게 압축하면 취기가 올라와서 페르디난드 님처럼 속이 울렁거려요."

"그래도 이왕 이렇게 배웠는데, 계속 압축하고 싶잖아."

"그 마음은 이해하지만, 그렇게 마력에 취한 학생이 매년 꼭 나오니까 선생님 두 분이 연습이 끝난 아이를 지켜보고 있는 거겠죠. 선생님들의 주의를 무시하고, 몰래 마력 압축을 했다가 쓰러지면 상당히 부끄러울 텐데요?"

이쪽을 바라보는 선생을 시선으로 가리키며 주의를 주자 주변에 앉아 있던 다른 영주 후보생들도 빌프리트처럼 움찔했고, 지켜보던 선생이 조그맣게 웃었다.

영주 후보생의 지도가 끝나면 다음은 상급 귀족이 마력 압축을 도전한다. 그 순간, 쓰러지는 학생이 나타나기 시작했다.

"루펜, 자리까지 옮겨 주세요."

힐쉬르의 목소리에 루펜이 그 자리에 힘없이 주저앉은 학생을 둘러업고 자리로 옮겼다.

"마력이 폭주하고 있어요! 어서 마술구를!"

그렇게 소리치는 프라우렘의 높은 목소리에 다른 선생이 서둘러 마술구를 달았다. 두 사람 사이에 있던 학생이 그 자리에 풀썩 쓰러졌다.

"……괜찮을까요?"

비교적 빨리 습득한 영주 후보생에겐 그렇게 힘든 느낌은 없었는데, 상급 귀족은 그렇지도 않은 모양이다. 수월하게 끝나는 사람이 거의 없었다.

내가 걱정하면서 주변 상황을 살피자, 빌프리트가 팔짱을 끼고 신음했다.

"음……. 혹시 주추의 마술에 마력을 공급한 경험을 통해 마력을 익숙하게 다루게 됐느냐, 아니냐로 성공과 실패가 갈리는 게 아닐까?"

듣고 보니 내가 처음 마력을 봉납했을 때 점심을 걸러서인가, 몸을 움직이지 못하고 쓰러졌고, 빌프리트도 잠시 몸을 일으키지 못했다.

"걱정하지 않아도 쉬면 회복할 거야. 나도 샤를로테도 그랬어."

"……상급 귀족이 저 상태면 하급 귀족이 걱정이네요."

"마력이 클수록 익숙해지기까지 몸의 부담이 커. 오히려 하급 귀족 쪽이 마력 압축이 쉽다고 오즈발트가 말한 적이 있어."

"그래요? 잘 아시네요, 빌프리트 오라버니."

처음 알았다고 감탄하자, 빌프리트가 매우 복잡한 표정으로 나를 보았다.

"난 오히려 전부 알 것 같으면서도 기초적인 상식도 모르는 네가 더 놀랍다. 2년이란 기간이 크긴 크구나."

"책에도 나와 있지 않고, 생활하며 배우는 지식만 쏙 빼먹은 느낌이에요. 특히 전 세례 전까지 귀족의 생활과 동떨어진 환경에서 자랐잖아요."

귀족으로 지낸 기간이 2년도 채 안 되는 내게는 상식과 지식이 턱없이 부족하다.

"대신 내가 2년간 노력했으니까 조금은 네게 도움이 될 거야."

"기대할게요."

상급 귀족은 대부분 합격하지 못했다. 이제부터 차근차근 마력의 움직임에 몸을 길들여야 하리라. 선생이 해산을 명령했고, 우리는 기숙사로 돌아왔다.

오늘 과제도 무사히 통과한 나는 기숙사에 돌아와서 참고서 제작을 계속했다. 만들면서 중급과 하급 귀족 1학년에게 궁중예절 실기가 어떤 분위기였고, 무엇을 배웠는지 들었다. 그리고 대신에 마력 압축의 첫 단계 요령과 마력을 움직이는 데 익숙지 않은 상급 귀족이 연달아 쓰러지던 상황을 얘기했다.

"그런 얘기를 들으면 가슴이 떨려요."

"빌프리트 오라버니가 그러는데, 마력이 적은 편이 첫 부담이 덜하대요."

"그래도 그만큼 마력을 늘리기 어렵다는 뜻이겠지요?"

"그래요. 생사의 갈림길에서 살아 돌아올 정도가 아니면 마력은 잘 늘어나지 않아요."

내 말에 "마력 증강에 목숨을 걸어야 한다니, 무서워요."라는 목소리가 여기저기서 나왔다. 무리 없는 범위에서 증강하면 된다는 결론을 내렸을 때 힐쉬르가 다목적 홀에 들어왔다. 문을 열고 홀 안을 휙 둘러보는 보라색 눈동자가 번쩍이며 나를 포착했다.

"엇? 힐쉬르 선생님!?"

"무슨 일 있으세요!?"

좀처럼 모습을 보기 힘든 사감의 모습에 다목적 홀이 술렁였다. 굳이 따지자면 사감이 기숙사에 있는 것이 당연하지만, 에렌페스트 기숙사에는 사감이 없는 쪽이 일반적이었다.

힐쉬르는 나를 빤히 쳐다보며 우아하게 사푼사푼, 그러나 무시무시하게 빠른 속도로 나를 향해 다가왔다. 도중에 학생들이 말을 걸어도 완전히 무시했다. 아마 안중에도 없었던 게 아닐까.

맹렬한 속도에 놀랐는지, 아니면 강렬한 시선과 날카로운 분위기에 자극받았는지, 레오노레가 슈타프를 꺼내고 코르넬리우스가 내 앞을 막아섰다. 나를 호위하려고 가벼운 움직임으로 등장한 안게리카가 생기 넘치는 얼굴로 마검 슈팅루크에 손을 가져갔다. 호위 기사 임무에 익숙하지 않아서인지, 아니면 아직 저학년이라서인지, 유디트와 트라우고트는 멍하게 있다가 뒤늦게 정신을 차리고 내게 달려왔다.

"제법 우수한 측근을 모아 뒀군요."

쿡쿡 웃은 힐쉬르가 호위 기사를 둘러보며 말했다.

"안녕하세요, 로제마인 님. 로제마인 님께 급히 할 얘기가 있습니다. 로제마인 님의 방을 방문해도 될까요?"

싱긋 웃고는 있지만, 시선은 여전히 강렬했다. 거절할 수도 없었던 나는 "네. 괜찮습니다." 라고 수락했다.

내가 수락함과 동시에 리카르다와 리젤레타가 몸을 돌려 손님 맞을 준비를 하러 방에 가는 모습이 시야 끝에 들어왔다. 곁에 남은 견습 시종인 브륀힐데는 내가 일어날 수 있게 의자를 빼 주었다.

리카르다와 리젤레타가 준비할 때까지 시간을 벌기 위해 나는 천천히 자리에서 일어나 긴박한 분위기가 감도는 홀을 둘러보았다.

"하르트무트와 필린느는 참고서를 계속 제작해 주세요. 그리고 호위 기사는 여성만 동행하면 됩니다. 남성분은 3층으로 못 올라가니까요……."

우아하게 미소를 지으며 지시를 내리면서도 머릿속은 영문을 몰라 혼란의 도가니였다.

'왠지 혼나는 기분인데. 왜? 나 무슨 짓을 저질렀나?'

혹시 어제 프라우렘을 졸도시킨 얘기일까? 어제 힐쉬르에게 레서버스를 보여줄 때는 좋아하면서 감동했다는 식으로 말하기에 설교를 피한 줄로만 알았다. 하지만 깨어난 프라우렘이 뭔가 이의를 제기했는지도 모른다.

'신관장님의 스승이라서 더 무서워.'

콕콕 찌르는 위를 누르면서 나는 호위 기사를 이끌고 선두에 선 브륀힐데를 따라 내 방에 돌아갔다. 한발 먼저 방에 돌아온 리카르다와 시종들이 손님을 맞을 준비를 끝내 놓았다.

나는 리카르다가 따라 준 차와 디저트를 한입씩 먹고, 힐쉬르에게 권했다. 접시에 놓인 디저트를 한입 먹은 힐쉬르의 눈이 살짝 커졌다.

"……이 디저트는 뭐죠?"

"카트르 카르라는 디저트에요. 최근 에렌페스트에서 유행하고 있어요."

"어머나……. 맛이 새롭네요."

힐쉬르의 분위기가 누그러지자, 나는 안도하며 용건을 물었다.

"급한 얘기란 게 뭔가요?"

"오늘 마력 압축에 관한 얘기를 하고 싶어서요. 주변을 물려 주시겠어요?"

마력 압축에 관한 얘기는 비밀스러운 내용이 많다. 나는 고개를 끄덕이고 가볍게 손을 저었다. 측근들이 모두 방에서 나간 것을 확인한 힐쉬르가 내 앞에 도청 방지 마술구를 탁 하고 놓았다.

"이것은 도청을 막는 마술구에요."

"알고 있어요. 페르디난드 님이 자주 쓰세요."

"아. 그 페르디난드 님과 마술구를 써서 비밀을 나누는 사이입니까?"

보라색 눈동자가 놀라듯이 반짝인 다음 순간 하아, 하고 힐쉬르가 한숨을 내뱉으며 어깨를 으쓱했다.

"그분도 제가 이 마술구를 사용하려는 이유와 같은 용건으로 준비했겠지만요. ……그럼 본론에 들어가겠습니다. 오늘 마력 압축 수업 때 뭘 했는지 설명해 주세요."

"뭘 했냐고 물어도……. 마력 압축밖에 하지 않았어요. 뭘 더 설명하면 되나요?"

당장에 달려들 듯한 눈으로 강압적으로 물어도 솔직히 난감했다. 나는 마력 압축 외에 아무것도 하지 않았다. 설명할 만한 것이 하나도 없다. 내 대답에 힐쉬르가 눈을 꼭 감고, "무자각?" 이라며 중얼거리는 소리가 들렸다. 아무래도 무슨 짓을 저지르긴 한 모양이다.

"선생님, 마력 압축은 합격이라고 하셨죠? 뭔가 부족한 게 있었나요?"

"아니요. 부족하진 않았습니다. 오히려 족하고도 남았어요. 오랜 교사 생활 중에 처음 목격한 이 이상 사태에 관해 설명을 듣고 싶었던 것뿐입니다."

"이상 사태요?"

설명을 독촉하는 마음은 알겠지만, 그 이상 사태란 것을 떠올려 봐도 역시 모르겠다.

"무슨 이상 사태요? 물론 제가 평범하지 않은 짓을 했겠지만, 뭘 했는지 잘 모르겠어요."

힐쉬르가 깜짝 놀라며 눈을 휘둥그레 뜨더니, 허리에 찬 마술구를 떼어내어 내 앞에 놓았다. 전압계처럼 눈금과 바늘이 달려 있는데, 지금은 바늘이 정중앙을 가리키고 있다.

"이번에 사용한 이 마술구는 마력의 농도를 측정하는 물건입니다. 손목에 찬 순간의 마력이 기준치가 되는데, 그 뒤에 압축에 성공했는지 알 수 있죠. 압축에 성공해서 농도가 진해지면 바늘이 오른쪽으로 흔들립니다. 압축 방법만 익히면 나머지는 당사자의 노력에 달렸으니 일반적으로는 아주 살짝이라도 바늘이 오른쪽으로 기울면 합격입니다."

농도나 양을 수치화하는 것이 아니라, 바늘의 움직임으로 압축 성공을 판단한다고 한다. 일단 압축에 성공하면 효율이나 압축량은 본인의 노력에 달린 부분이라서 선생이 관여하는 범위 밖이라고 한다.

"로제마인 님께 달았던 마술구는 특별한 물건인데, 페르디난드 님의 마력 농도를 측정하려고 제가 특별히 제작한 물건이있습니다."

귀족원 시절의 페르디난드는 바늘이 한계까지 쉽게 꺾일 정도로 압축했다고 한다. 그래서 더 넓은 범위로 측정할 수 있게 힐쉬르가 마술구를 개조했다고 한다.

"이번에 로제마인 님께는 페르디난드 님 전용 마술구를 사용했습니다. 기수로 프라우렘을 졸도시킬 정도였으니 무슨 상황이 일어날지 모르니까요."

'죄송합니다.'

"그런데 예상대로였다고 할까요? 그 이상이었다고 할까요. 생각지 못한 일이 일어난 겁니다. 제가 로제마인 님께 압축을 시작하라는 말을 꺼낸 순간, 바늘이 왼쪽 끝까지 넘어갔어요. 페르디난드 님 전용 마술구의 바늘이 끝까지 꺾일 정도로 농도가 떨어지는 경우는 처음 보았습니다. 아무리 생각해도 압축을 배우는 아이에게서 보기 어려운 움직임이었어요."

'아, 그렇구나. 압축하기 전에 마력을 해방해서 단숨에 농도가 낮아진 거야.'

"그러더니 마치 압축에 익숙한 고수처럼 점점 바늘이 정위치로 돌아갔고, 심지어 오른쪽으로 바늘이 넘어가더군요."

"그렇다는 말은 처음 상태보다 농도가 높아졌다는 뜻이지요? 그럼 제가 압축을 성공한 게 맞지요?"

"그렇습니다."

즉흥적인 시도였지만, 로제마인식 압축 방법 4단계가 제대로 성공한 모양이다. 해냈다며 속으로 덩실거리는데, 힐쉬르가 어이없다는 얼굴로 "역시 페르디난드 님이 아끼는 제자네요." 라며 중얼거렸다.

"자, 로제마인 님. 대체 뭘 어떻게 했는지 정확하게 설명해 주시죠."

"네. 선생님들이 마력 압축을 설명할 때 측정한 마력의 농도를 기준으로 압축하면 합격이라고 하셔서 저는 지금까지보다 더 압축해야겠다고 생각했어요. 그래서 압축했었던 모든 마력을 해방한 후에 더 강한 압축을 시도했어요. 아, 힐쉬르 선생님의 조언이 큰 도움이 되었어요."

내가 한 행동을 설명하자, 힐쉬르가 어깨를 축 떨구고 고개를 천천히 끄덕였다.

"그랬군요. 하지만 지금까지 압축했었다면 처음에 살짝 풀었다가 다시 원래대로 돌리기만 해도 합격으로 쳤을 겁니다. 보통 사람들은 거기서 더 압축하려고 생각하지 않아요."

'아, 그 생각은 못 했네.'

"죄송해요. 전혀 생각하지 못했어요."

힐쉬르가 매우 지친 표정으로 나를 보았다.

"역시 페르디난드 님의 애제자네요. 정말 예상을 뛰어넘으시는군요……. 다시 에렌페스트가 명성을 떨칠 시대가 찾아온 걸까요? 로제마인 님은 자각이 없는 만큼 페르디난드 님보다 더 골치 아프게 하겠지만요."

그렇게 중얼거린 힐쉬르가 마음을 추스른 듯 고개를 홱 들고, 보라색 눈동자를 흥미진진하게 반짝였다.

"로제마인 님, 방금 제 압축 방법을 참고했다고 하셨죠? 그럼 제게도 로제마인 님의 압축 방법을 참고하도록 해 주셨으면 합니다."

"……대단히 죄송해요. 제 압축 방법은 에렌페스트의 비밀이라 수뇌부 여섯 명의 찬성이 없으면 알려드릴 수 없어요."

"그건 아쉽네요. 수뇌부 여섯 명이라면 어떤 분이죠?"

아쉽다고 말하는 힐쉬르의 표정은 전혀 포기한 표정이 아니다. 어디에서 정보를 빼낼지 살피는 얼굴이다.

"영주 부부와 기사단장 부부인가요? 로제마인 님의 후견인이라면 페르디난드 님도 포함되어 있겠죠? 나머지 한 사람을 모르겠네요. 질베스타 님의 수석 시종이면 리카르다? 아니면 영주 일족의 보니파티우스 님인가요?"

에렌페스트 출신이라 내부 사정에 빠삭한 모양이다. 나는 속으로 식은땀을 흘리며 힐쉬르의 말을 들었다.

"에렌페스트의 영주 부부에게 허가받는 일은 간단합니다. 칼스테드 님과 엘비라 님도 제게 빚이 있으니까 만만치는 않더라도 공략할 틈은 있겠죠. 나머지는 누구일까?"

그렇게 말하며 힐쉬르가 나를 빤히 쳐다보면서 입꼬리를 올렸다.

'으아! 힐쉬르 선생님, 에렌페스트 수뇌부의 정보와 약점을 잔뜩 쥐고 있나 봐! 히잉~, 도와줘요, 신관장님!'

뱀 앞의 개구리가 된 심경으로 있는데, 피식 웃으며 힐쉬르가 일어났다.

"기수, 마력 압축, 이 디저트……. 로제마인 님이 대체 어떤 변화를 가져다줄지 기대가 되는군요."

도서관 등록

"룰룰루, 룰루."

나는 측근들이 기이한 시선으로 쳐다볼 정도로 아침부터 기분이 좋았다. 오늘은 점심시간에 이용자 등록을 하러 처음으로 귀족원 도서관에 가는 날이다. 사실 어젯밤에 잠들기 전부터 도서관에 등록한다는 생각에 들떠 있었다. 내가 방에서 얼마나 들떴는지 본 리젤레타가 흥분한 내 모습에 적응하지 못하는 측근들을 둘러보며 씁쓸하게 웃었다.

"어젯밤부터 들떠 계시다니, 로제마인 님은 정말 도서관을 좋아하시네요. 도서관에 들어간 적이 없는 언니와는 서로 취향이 너무 안 맞는 것 아닌가요?"

측근이 총집합하는 아침 식사 자리에서 리젤레타가 어젯밤의 내 모습을 모르는 남자 측근들에게 슬며시 알렸다. 여동생에게 주인과 비교당한 안게리카가 득의양양하게 가슴을 폈다.

"주종은 서로 서툰 부분을 메꿔주는 관계가 좋다고 기사단장님도 말씀하셨습니다. 그렇게 따지면 공부를 잘하시고, 몸을 움직이는 일을 힘들어하시는 로제마인 님과 공부는 못해도 몸을 움직이길 좋아하는 저는 매우 좋은 주종관계입니다."

"그 주장으로 보면 로제마인 님께서 신체강화를 익혀 몸을 마음껏 움직이시게 되면 언니도 거기에 맞춰 공부해야 할걸요?"

쿡쿡 웃는 리젤레타에게 안게리카가 "그럴 수가." 하고 눈을 크게 떴다. 공부에서 벗어나고 싶어 하는 반응에 모두가 조그맣게 웃으며 아침 식사를 마쳤다.

브륀힐데가 문뜩 생각난 듯이 고개를 들었다.

"로제마인 님, 어제는 힐쉬르 선생님이 오셔서 전달할 기회를 놓쳤는데, 음악 선생님께서 로제마인 님을 다과회에 초대하고 싶다고 여쭈셨어요."

그 말에 상급생의 입에서 "오오." 하는 감탄이 터져 나왔다. 무엇 때문인지 상급생은 흥분하며 기뻐했지만, 1학년과 2학년은 그 반응의 의미를 몰라서 고개만 갸우뚱했다.

"어제 오후에 3학년의 음악 실기 수업이 있었습니다."

음악은 계급별로 나뉘지만 상급, 중급, 하급까지 모든 교실에서 선생들이 "1학년 실기 수업에서 로제마인 님이 처음 듣는 곡을 연주하셨는데, 에렌페스트에서는 유명한 곡인가요? 로제마인 님이 만드신 곡을 연주해 주세요."라고 했다고 한다.

내가 선보인 곡은 페르디난드가 페슈필 연주회에서 연주했고, 악보로도 팔려서 에렌페스트 안에서 비교적 유명해졌다고 한다. 벌써 2년 전에 나온 곡이라 악보를 구매한 사람은 연습할 시간이 충분했다.

3학년은 자기 수준에 맞춰 각자 좋아하는 곡을 연주했다. 그중에 내가 작곡한 곡이 몇 곡이나 있다는 소문이 주위에 퍼졌고, 내 견습 시종인 브륀힐데는 음악수업이 끝나고 선생에게 불려가서 "에렌페스트의 1학년은 전부 이론이 끝났으니까 오전엔 시간 있죠?" 라는 질문을 받았다고 한다.

"귀족원에는 모든 영지의 문화가 총집결되는데, 지금까지 전혀 듣지 못한 독창성 넘치는 곡이 갑자기 몇 곡이나 나오니까 음악 선생님이 관심을 보이고 계세요."

"벌써 2년 전에 팔았던 악보인데, 지금까지 아무도 귀족원에서 연주하지 않았어요?"

"로제마인 님께서 만드신 것은 전부 로제마인 님이 입학하시면 조금씩 퍼트리라는 아우브 에렌페스트의 의향이 있었거든요."

내가 만든 물건은 기본적으로 신전과 평민촌에서 만든다. 신전에서만 활동해서 성의 문관은 전혀 관여하지 않았고, 페르디난드조차 매출이나 완성품에 관련한 보고만 받았다. 영주회의에서 화두에 올라도 상세히 대답하거나 타 영지에 추천할 만큼 아는 사람도 없는 탓에 미리 퍼트리지 말라고 함구령을 내린 것이리라.

"그 다과회에 브륀힐데도 같이 가 줄 수 있어요?"

혼자서 가기가 불안해서 묻자, 브륀힐데가 반짝이는 황색 눈동자로 크게 고개를 끄덕였다.

"물론이지요. 견습 시종으로서 동행하겠습니다. 선생님이 초대했다는 의미는 말하자면 중앙이 에렌페스트의 문화에 흥미를 갖고 있다는 뜻인걸요. 그런 영광스러운 자리에 동행할 수 있어 정말 영광입니다."

선생이 다과회에 초대하는 것은 명예로운 일이며 브륀힐데가 기억하는 한, 에렌페스트를 초대한 적이 없었다고 한다. 다과회에 초대받았다고 상급생이 깜짝 놀라며 환성을 지른 이유를 이제야 알았다.

"난 귀족원의 다과회가 처음이니까, 선생들과의 대화나 필요한 물건 준비는 브륀힐데에게 맡길게요. 날짜는 정해졌어요?"

"아니요, 아직입니다. 로제마인 님의 의향을 여쭙고 대답하기로 했어요. 전 아직 이론 수업을 끝내려면 며칠이 남았어요. 선생님들께는 정식 초대장을 주시면 시종과 곰곰이 생각해 보고 대답하겠다고 답장해도 되겠습니까?"

브륀힐데는 다과회 전까지 이론을 끝낼 예정이라고 했다. 목적을 향해 돌진하는 기특한 모습에 응원해주기로 했다.

"그렇게 답장해도 문제없어요. 이론을 끝내자마자 바로 다과회를 준비하려면 힘들겠지만, 잘 부탁해요."

"맡겨 주세요. 다과회 전까지 의상, 머리 장식, 음악, 선물, 전부 완벽하게 준비하겠습니다. 벌써 몸이 근질근질해요."

브륀힐데가 음악 선생에게 초대받았을 때 필요한 준비를 손가락으로 세었다. 당연히 그 자리에 전속 악사인 로지나도 데리고 가야 하는 모양이다.

"다과회 일정은 아직 정해지지 않았지만, 악사에게 연습하게 하십시오. 가능하면 로제마인 님께서 작곡하신 새로운 곡이 있으면 더 좋을 거예요."

"새로운 곡이요? 로지나와 고민해 볼게요. 난 곡상은 떠올라도 내 손으로 바로 연주하지는 못하거든요."

내가 할 줄 아는 건 기본적으로 콧노래 정도다. 페슈필 연주용으로 악보를 쓰고, 편곡하는 일은 전속 악사인 로지나의 역할이다.

"점심시간에 도서관에 갈 테니 오전 수업이 끝나면 최대한 빨리 돌아오세요."

기숙사를 나가는 상급생 측근들을 웃으며 배웅한 나는 참고서를 만드는 1학년 옆에서 새로운 곡에 관해 로지나와 상담했다. 새로운 곡을 편곡해 달라고 하자, 로지나가 뛸 듯이 좋아했다.

"로제마인 님, 어서 불러 주세요."

로지나는 페슈필과 하얀 종이와 펜을 준비하고, 내가 부르는 주선율을 페슈필을 튕기면서 몇 소절씩 써 내려갔다. 이번에는 음악 선생에게 선보일 곡이라서 짧은 클래식 곡을 골라 보았다.

"이건 어느 신께 바치는 곡인가요?"

"첫 도서관 방문을 기념해서 지혜의 여신 메스티오노라께 바칠게요."

참고서를 만들던 1학년생이 곡이 완성되는 과정을 흥미진진하게 지켜보는 가운데, 로지나는 주선율을 뽑아 편곡하기 시작했다.

점심을 먹은 나와 빌프리트는 1학년 모두와 각자 개인 측근을 이끌고 도서관으로 향했다. 등록료를 든 리카르다와 빌프리트가 데려온 성인 시종 오즈발트도 동행했다. 현관홀에서 모두 모였는지 측근들이 인원수를 확인하는 동안, 나는 점점 벅차오르는 흥분을 느꼈다.

"도서관, 도서관, 책이 한가득, 행복한 장소, 룰룰루, 랄랄라."

오전 중에 계속 곡을 짠 탓에 입에서 멋대로 노래가 흘러나왔다.

"그건 조금 전에 로제마인 님이 작곡하신 곡이지요? 벌써 가사를 붙였습니까?"

하르트무트가 눈을 휘둥그렇게 뜨자, 나는 싱긋 웃으며 고개를 끄덕였다.

"지금 붙였어요. 제목은 '신이 내려 주신 지상낙원'이라면 어떨까요?"

"잠깐만, 로제마인. 그 노래를 들으면 선생들이 당황할 거야. 가사는 조금 더 고민하는 편이 좋지 않아? 도서관이 아니라 지혜의 여신 메스티오노라에게 바치는 곡이잖아."

빌프리트가 어이없다는 표정을 짓자, 주변에서 키득거리는 웃음 소리가 새어 나왔다. 흥분에 정신을 못 차리는 나를 보며 리카르다가 한숨을 쉬었다.

"공주님, 오늘은 등록뿐이라 책 읽을 시간은 없습니다. 오후에는 궁중예절 실기가 있습니다."

아침부터 몇 번이나 들어온 리카르다의 말에 나는 고개를 끄덕였다. 물론 실기를 비롯한 모든 시험에 합격해야 도서관을 자유롭게 드나들게 해 주겠다고 했으니 수업을 땡땡이칠 생각은 손톱만큼도 없다. 하지만 이 떨리는 마음을 주체할 수가 없다.

"알고는 있는데요, 남은 시간에 열람실 산책 정도는 해도 되죠?"

'그 김에 아주 잠깐, 요리로 예를 들면 간 보는 정도로만 어떤 책이 있는지 봐도 되겠지?'

그런 생각을 하는데, 리카르다가 검은 눈동자를 가늘게 뜨며 나를 노려보았다.

"공주님. 몇 번이고 말씀드렸지만, 책 읽을 시간은 없습니다."

"물론 알죠."

나와 리카르다 사이에서 계속 말이 반복되자, 1학년생 사이에서 쓴웃음이 새어 나왔다.

"모두 모였습니다. 갑시다."

기숙사를 나오면 강당 앞은 복도다. 항상 실기를 하러 가는 작은 홀을 지나면 그 앞은 내가 처음 가 보는 장소다. 중급이나 하급 귀족이 실기에 사용하는 교실을 지나, 강당과 작은 홀 같은 교실이 있는 중앙동을 나가서 남쪽을 향해 회랑을 걷자, 세 가닥의 갈림길로 나뉘었다. 좌우로 쭉 갈리는 회랑 끝에 커다란 문이 보였다.

"왼쪽으로 꺾으면 견습 문관이 사용하는 전문동, 오른쪽으로 꺾으면 견습 시종이 배우는 전문동입니다."

코르넬리우스의 설명을 들으며 나는 고개를 갸우뚱했다.

"견습 기사의 전문동은 어디예요?"

"중앙동의 북쪽이니까 딱 반대편에 있네요. 전문동 중에는 도서관에서 가장 멉니다. 역시 견습 기사는 도서관을 이용하지 않는다고 생각하나 보지요."

안게리카를 힐끗 보며 코르넬리우스가 그렇게 말했다. 놀랍게도 최종학년인 안게리카는 아직도 도서관 등록을 하지 않았다. 본인은 도서관에 용무가 없고, 최종학년이라서 돈 아깝게 등록할 필요가 없다고 주장했다. 하지만 "주인, 도서관에 주인의 주인을 데리러 가야 할 때 호위 기사가 못 들어가면 어쩌자는 건가!?" 라며 슈팅루크에게 혼쭐이 나서 등록하게 되었다.

'지금까지 도서관에 들어간 적이 없다니, 믿을 수가 없어.'

"이 문 끝에 도서관이 있습니다."

이미 등록한 상급생은 들어갈 수 있지만, 미등록자인 우리는 사서인 솔랑쥬와 함께 들어가지 않으면 도서관에 출입하지 못한다고 한다.

"로제마인 님, 여기에 솔랑쥬 선생님께 받은 목패를 넣으십시오."

문에 신문 투입구 같은 구멍이 뚫려 있었다. 그곳에 면담 예약이 적힌 목패를 넣으면 솔랑쥬 선생이 우리의 방문을 안다고 한다. 달깍 소리 내어 목패를 넣자 몇 초 후, 문이 자동적으로 열렸다. 문 너머에는 햇빛이 잘 드는 밝은 회랑이 있고, 그 끝에 또 문이 있었다.

두 번째 문 앞에서 옅은 보라색 머리에 파란 눈동자를 가진 우아한 할머니가 온화한 미소를 지으며 기다리고 있었다. 살짝 통통하고 인상만 봐도 사람 좋아 보이는 저 할머니가 이곳 사서일까?

"빌프리트 님, 로제마인 님, 이쪽이 솔랑쥬 선생님입니다."

"에렌페스트 여러분. 도서관에 잘 오셨습니다. 저는 솔랑쥬라고 합니다. 올해 에렌페스트 1학년의 활약은 익히 듣고 있습니다. 도서관에 등록하기도 전에 이론을 끝내 버리다니, 정말 놀랐습니다."

차분한 말투로 생글생글 웃는 솔랑쥬가 살짝 통통한 몸을 천천히 움직여서 등 뒤의 문을 가리켰다.

"이 문 뒤가 열람실입니다."

귀족원의 중앙동을 나와서 남쪽으로 쭉 걸으면 도서관 열람실에 도착하는 모양이다. 잘됐다. 미아가 될 위험은 없어 보인다. 무심코 열람실을 향해 가려는 내 어깨를 코르넬리우스가 덥석 잡아 오른쪽으로 홱 돌렸다. 그와 동시에 솔랑쥬가 "오늘은 등록 수속을 할 테니 이쪽으로 오시지요." 라고 말하며 오른쪽으로 꺾었다.

'아우, 열람실이 나를 부르고 있는데.'

질질 끌려가는 심정으로 열람실의 문을 뒤돌아보며 나는 솔랑쥬를 따라갔다.

열람실에서 가까운 곳에 방문 하나가 열려 있었다. 그곳은 응접실 겸 솔랑쥬의 집무실이었다. 신규 등록하러 오는 학생이 여러 명 들어올 수 있게 방이 상당히 넓었다. 폭이 좁은 긴 창문이 균일한 간격으로 쭉 나열된 길쭉한 방이다.

방에 들어가면 바로 앞이 응접 공간이다. 햇빛이 잘 드는 창가 자리에 테이블과 의자가 준비되어 있었다. 테이블 위에는 펜꽂이가 있고, 마력으로 쓰는 마술구 펜이 꽂혀 있었다. 벽면에는 1인용 의자 몇 개와 의자로도 쓸 수 있는 나무상자가 쭉 늘어서 있는데, 거기서 순서를 기다리라고 지시받았다. 빌프리트와 나, 그리고 상급 귀족이 1인용 의자에 앉고, 중급과 하급 귀족은 나무상자에 앉았다. 나무상자라고 해도 장식이 세밀하고, 앉는 자리에 천이 깔린 화려한 의자다.

방 안쪽에는 햇빛을 받으며 일할 수 있게 창가에 집무용 책상을 붙여 놓았고, 그 주위에 몇 가지 책궤와 책장이 있었다. 하지만 전부 문이 꼭 닫혀 있어서 책등 하나 보이지 않았다. 저 속에 어떤 책이 있을지 상상만으로 가슴이 뛰었다.

집무책상의 뒤에는 가리개용 칸막이가 세워져 있었다. 내 방의 배치를 떠올리면 아마 저 뒤는 솔랑쥬의 개인 공간이리라. 벽면에 세워진 선반에 옷을 입은 내 키만 한 검은 토끼와 흰 토끼 인형이 나란히 앉아 있었다. 인형이라고 해도 우라노 시절의 희화화한 동글동글한 인형과는 달리 상당히 사실적이었다. 할머니인 솔랑쥬가 토끼 인형을 소중히 다루는 흐뭇한 모습을 떠올리니 저절로 미소가 지어졌다.

내가 방을 쭉 둘러보는 동안, 솔랑쥬는 책상에서 종이 몇 장을 가져왔다. 그것을 응접 테이블에 놓고, 벽면에 앉은 우리 앞에 섰다.

"도서관은 지혜의 여신 메스티오노라가 우리에게 내려주신 귀중한 지식의 결정을 모아놓은 장소입니다. 지혜의 여신 메스티오노라에게 경의를 표하고, 세심하고 조심히 책을 다루겠다고 맹세한 자가 아니면 들어갈 수 없습니다."

"솔랑쥬 선생님의 말씀에 전면적으로 찬성합니다. 도서관은 신이 우리에게 내려주신 지상 낙원이에요. 책을 읽는 기쁨이야말로 신이 내려 주신 행복이죠."

내 말에 솔랑쥬가 활짝 웃으며 친천히 고개를 끄덕였다. 내 말에 동의해 준 솔랑쥬는 상당히 책을 좋아하는 사람이다. 솔랑쥬와 개인적으로 매우 친해질 것 같은 예감이 들었다.

"등록료는 준비해 왔나요?"

솔랑쥬의 말에 리카르다가 돈이 든 주머니를 내밀었다. 속에 든 돈을 확인한 솔랑쥬는 "어머?" 하고 고개를 기울였다.

"에렌페스트 1학년은 여덟 명인데, 아홉 명치 금액이 들어가 있네요."

의아하다는 듯이 솔랑쥬가 등록하려고 나란히 앉아 있는 인원수를 다시 세었다. 그러다가 1학년생과 같이 앉아 있는 안게리카에게 시선이 멈추었다.

"신규 등록하러 온 상급생도 있군요. 1학년 때 등록하지 않는 학생은 그 뒤에 등록하는 경우가 아주 드문데, 정말 기쁘네요."

등록료 때문에 신입생이라도 전부가 도서관에 등록하지는 않는다. 그리고 1학년 때 등록하지 않으면 그대로 졸업하는 학생이 대부분이라고 한다.

돈을 확인한 솔랑쥬가 도서관 이용 방법을 설명했다.

"1층에 비치된 책은 대부분 이론 참고서입니다. 열람실 안에서라면 어디든 들고 다니면서 좋아하는 장소에서 읽어도 되고, 베껴 써도 괜찮습니다. 하지만 열람실 밖으로 가지고 나가려면 대출 수속과 보증금이 필요합니다."

보증금은 책값과 동일한 금액이 필요하다고 한다. 그리고 빌린 책은 반드시 졸업식 전날까지 반납해야 한다. 생각보다 대출 기간이 제법 길다.

“2층에는 귀족원 수업에서는 사용하지 않는 귀중본이 쇠사슬에 엮여 있습니다. 이 책들은 그 자리에서만 읽을 수 있습니다. 대출은 물론이고, 열람실 내에서도 쇠사슬을 풀 수 없습니다.”

열람실 내에는 음식 반입 금지, 개관은 두 점 반 종이고, 폐관은 여섯 점 종 등, 몇 가지 주의사항을 들었다.

“이러한 사항을 위반하지 않고, 책을 소중히 다루겠다고 맹세하는 자에게만 등록을 허가하겠습니다.”

내가 “맹세합니다!” 라며 손을 번쩍 들자, 솔랑쥬가 기쁜 듯이 파란 눈동자로 눈웃음치더니 “로제마인 님부터 등록해 드리겠습니다.” 라고 말하며 나를 창가 테이블로 손짓했다. 에렌페스트 신입생 중에는 첫 번째 등록이다. 나는 일단 빌프리트에게 “제가 먼저 등록해도 될까요?” 라고 물었다. 빌프리트는 가볍게 어깨를 으쓱하더니 “마음대로.” 라며 손을 흔들어 허가해 주었다.

“우후후훗, 우후훗.”

나는 테이블을 사이에 두고 솔랑쥬와 마주 앉았다. 솔랑쥬는 백지 양피지 한 장과 마력으로 쓰는 펜을 내게 건넸다.

“그럼 이 종이에 지혜의 여신 메스티오노라에게 경의를 표하고, 도서관 규칙을 지키며, 책을 소중히 다룰 것을 맹세합니다, 라고 쓰세요.”

나는 그녀가 말하는 대로 썼다. 그 글귀 뒤에 본인 이름을 쓰라고 해서 시키는 대로 썼다. 내 글을 솔랑쥬가 확인하고 승인 사인을 하자, 종이가 금색 불꽃에 휩싸여 타들어 갔다. 그렇게 도서관과 개인의 계약 마술을 맺으면 마력등록이 끝나는 모양이다.

“다음 분은 누구시죠?”

"나다."

빌프리트와 교대한 나는 다시 의자에 앉아 모두의 등록이 끝나기를 기다렸다. 그리고 모두 등록이 끝남과 동시에 활짝 웃으며 의자에서 일어났다.

"그럼 얼른 열람실에 갑시다."

"공주님, 오늘은 등록만입니다. 제가 그렇게 몇 번이나 말씀드렸지요?"

리카르다의 표정이 무서워졌다. 이대로는 열람실을 산책하겠다는 야망을 이루기는커녕, 도서관의 구조도 못 본 채 기숙사에 돌아가게 생겼다. 낙원을 눈앞에 두고도 다음 기회에…… 라는 사태가 눈앞에 닥치자, 그 끔찍함에 숨이 턱 막혔다.

어젯밤부터 리젤레타가 혀를 찰 정도로 기대했다. 국내에서 두 번째로 장서수가 많기로 유명한 도서관에 가기를 얼마나 고대했는지 모른다. 열람실 카운터에서 도서관을 등록했다면 이렇게까지 열람실을 고집하지 않았으리라. 설마 도서관 내부를 보지도 못하고 발걸음을 돌리게 될 줄은 몰랐다.

"리카르다, 열람실만 보면 돼요! 책장에 빽빽하게 나열한 책 냄새만 맡으면 된다고요! 도서관에, 도서관에 들어가게 해 주세요!"

"공주님은 한 번 들어가면 나오질 않으시잖아요. 책과 공주님을 떼어놓는 일은 저희에겐 중노동입니다. 곧 오후 실기가 시작되니까 열람실엔 들어가실 수 없습니다."

"도, 도서관……."

리카르다가 금지령을 내림과 동시에 갑자기 눈물이 북받쳤다. 그리고 봇물 터지듯이 눈물이 쏟아져 나왔다. 귀족의 영애는 눈물을 보이면 안 된다는 주의를 들어 왔지만, 그런 생각 따위 머릿속에서 싹 사라졌다.

고개 숙여 "도서관, 도서관." 하고 중얼거리며 눈물을 뚝뚝 흘리는 내 모습에 주변 사람들이 안절부절못했다.

"리카르다, 로제마인은 도서관에 오겠다고 1학년을 전부 합격시켰어. 잠깐은 열람실을 돌아보게 허락해도 되지 않아?"

"사람도 이렇게 많으니까, 시간이 되면 책을 떼어내서 로제마인 님을 업고 나오면 늦지는 않을 겁니다."

빌프리트와 코르넬리우스의 말에 도서관 등록을 위해 이론을 강제로 통과해야 했던 1학년들이 "허가해 주세요." 라며 내 편을 들어 주었다. 모두의 호소를 들은 리카르다가 "여러분까지 그렇게 바라신다면……." 하고 씁쓸하게 웃으며 허가해 주었다.

"하지만 공주님. 정말 열람실을 보기만 하셔야 합니다?"

"네! 감사하게 생각합니다, 여러분."

눈을 비비려던 순간, 리젤레타가 내 손을 잡고 손수건으로 눈물을 닦아 주었다. 그런 모습을 지켜보던 솔랑쥬가 쿡쿡 웃었다.

"그럼 특별히 제가 열람실을 안내하지요. 이렇게까지 도서관을 원하는 학생은 또 처음이라, 저도 기쁘네요."

"감사하게 생각합니다, 솔랑쥬 선생님. 신이 내려주신 지상 낙원과 만날 날을 정말, 정말 기다리고 있었거든요. 귀족원 도서관의 만남에 감사하며 지혜의 여신 메스티오노라에게 기도를 바치겠어요! 신에게 기도를!"

도서관에 갈 수 있다. 리카르다 때문에 한 번 절망에 빠졌던 나는 그 반동으로 감격과 감동에 양손을 치켜들고 왼쪽 다리를 들었다. 기쁨의 감정에 휩쓸려 신심으로 신에게 감사하며 기도를 바친 순간이었다. 반지에서 축복의 마력이 파앗! 하고 기세 좋게 뿜어져 나왔다. 지혜의 여신 메스티오노라에게 바친 노란색 빛이 방 안에 가득 퍼졌다.

'아차.'

솔랑쥬가 눈을 휘둥그레 뜨고 멍하니 축복의 빛을 바라보았다. 빌프리트는 "이렇게 될 줄 알았어."라며 한숨을 내쉬고, 하르트무트는 "역시 로제마인 님이십니다. 몸소 성녀 전설을 만들어 주시다니."라며 명랑하게 웃었다.

나는 방 안쪽으로 살짝 시선을 돌렸다. 칸막이 뒤에서 검은 토끼와 하얀 토끼 인형이 벌떡 일어났다. 큰 인형인 줄 알았던 토끼가 이쪽을 향해 두 발로 뒤뚱뒤뚱 걸어오는 것이다.

"어? '토끼'가 움직여."

"어, 어머나! 슈바르츠와 바이스 아닙니까!"

솔랑쥬가 눈을 동그랗게 뜨며 친근하게 두 마리를 그렇게 불렀다. 하지만 내 어깨까지 오는 두 마리의 큰 토끼는 솔랑쥬를 그냥 지나쳐 내 앞에 섰다.

"공주님. 뭘 도와줄까?"

"일이야? 일이야?"

이마에 진한 금색 마석을 단 토끼가 동그란 금색 눈으로 나를 바라보았다. 영문을 모르는 나는 솔랑쥬에게 도움을 요청했다.

"……솔랑쥬 선생님, 이건 대체 뭐죠?"

"상급 귀족 몇 명이 사서를 담당했던 시절에 항상 도서관에서 일을 돕던 마술구입니다. 마력을 주입하면 주인을 도와주는 인형이죠. 로제마인 님의 축복으로 마력을 얻어 움직이게 되었으니 그들에게는 로

제마인 님이 주인인 겁니다."

중급 귀족인 솔랑쥬의 마력으로는 작동시킬 수 없었다고 한다. 솔랑쥬는 "슈바르츠와 바이스가 움직이는 모습을 다시 보게 되다니……." 라며 눈물까지 글썽이며 감동했다.

"그럼 슈바르츠와 바이스. 솔랑쥬 선생님을 도우세요."

이 두 마리가 도서관의 도우미 인형이라면 도서관 일을 돕게 하는 역할이 제일이리라. 그렇게 생각한 내 명령에 토끼 두 마리가 고개를 끄덕였다.

"알았다. 솔랑쥬를 돕는다."

"솔랑쥬, 뭘 할까?"

슈바르츠와 바이스를 내려다보는 솔랑쥬의 눈가에 눈물이 비쳤다.

"우선은 로제마인 님을 안내해 드립시다."

슈바르츠와 바이스

“공주님, 열람실 가자.”

“안내한다.”

나를 안내해 주는 건 두 마리의 토끼다. 슈바르츠와 바이스가 그렇게 말하며 집무실 안쪽으로 들어가려고 했다. 이대로 안쪽에 가도 되나 의아해진 에렌페스트 일행이 서로 얼굴을 마주 보았다. 그러자 솔랑쥬가 씁쓸하게 웃으며 두 마리를 불러 세웠다.

“슈바르츠, 바이스. 거기는 손님을 안내하는 문이 아닙니다. 새로운 공주님은 사서가 아니에요. 손님과 동등하게 대우하세요.”

아무래도 집무실 안쪽에 도서관 내의 집무 공간과 연결되는 문이 있는가 보다. 솔랑쥬에게 그곳은 사서가 아닌 주인을 안내하는 입구가 아니라고 지적받은 슈바르츠와 바이스는 우리가 들어온 문으로 아장아장 걸어갔다. 그리고 큰 문을 열어 주었다.

“이쪽으로 간다.”

“공주님은 손님.”

작업에 사용하는 것을 전제로 만든 마술구여서일까, 두 마리는 퍼프 반소매 원피스를 입고 있다. 검은 토끼인 슈바르츠는 흰색, 흰색 토끼인 바이스는 검은색 바탕으로 색깔만 다른 옷이었다. 원피스 위로는 다양한 색상으로 복잡하게 자수된 조끼를 걸치고 있다. 단추에 박힌 반짝이는 돌은 마석으로 보였다. 장식으로 쓴 단추가 마석이라면 옷 한 벌만 해도 가치가 어마어마하리라. 심지어 저렇게 움직이는 마술구는 지금까지 본 적이 없다. 혹시 존재 자체가 귀중한 걸까?

"솔랑쥬 선생님, 누가 슈바르츠와 바이스를 훔쳐 가거나 옷을 벗겨 가지 않나요? 정말 걱정되는데요."

"슈바르츠와 바이스는 도서관에서 일하도록 만들어진 마술구입니다. 주인과 행동할 때를 제외하고, 도서관 바깥에 나가지 않아요. 그리고 저도 자세히는 모르지만, 같은 걱정을 한 역대 주인이 멋대로 훔쳐 가지 못하게 수많은 부적을 달아 놨다고 합니다. 도서관 안에 있는 한, 걱정은 없어요."

그럼 문제없겠네, 하고 나는 조금 안심하면서 슈바르츠와 바이스를 따라 솔랑쥬의 집무실에서 나왔다.

"공주님, 여기."

두 마리는 일행의 선두에 서서 회랑을 걸었다. 머리와 귀를 흔들며 뒤뚱거리는 모습이 너무 귀여웠다. 대체 누가 만들었는지 모르지만, 귀여운 취향이 나와 맞는가 보다. 그렇게 생각하는 내 등 뒤에서 황홀해 하는 감탄의 한숨이 들려왔다.

"하아, 어쩜 저리 귀여울까요?"

뒤돌아보자, 나이에 비해 어른스러운 리젤레타가 웬일로 진한 녹색 눈동자를 반짝이며 슈바르츠와 바이스를 바라보고 있었다. 그러다 나와 시선이 마주친 순간, 깜짝 놀라며 표정을 바로잡았다. 그래도 두 마리의 모습이 상당히 신경 쓰이는지, 연신 힐끗거리며 두 마리를 쳐다보는 듯했다.

"리젤레타가 슈바르츠와 바이스를 칭찬하니까, 주인인 나까지 기쁘네요."

"……사실 저희 집에서 스밀을 키우고 있는데, 저렇게 크고 말을 하는 스밀형 마술구는 처음 봐서 조금 흥분했나 봅니다.”

안심하듯 미소를 지은 리젤레타가 천천히 슈바르츠와 바이스를 바라보았다. 두 마리가 귀여워서 미칠 것 같은 심정이 시선에 고스란히 드러났다. 무언가에 푹 빠진 리젤레타도 귀엽지만, 그것보다 내 마음에 걸리는 단어가 있었다.

“……스밀이요?”

어디서 들은 적이 있는데, 하고 기억을 더듬으면서 슈바르츠와 바이스를 보았다. 바로 떠올리지 못하는 내게 리젤레타가 신이 나서 스밀에 관해 가르쳐 주었다.

“진짜 스밀은 제 무릎에 살짝 미치지 않는 크기인데, 귀족들 사이에서는 애완용으로 키우는 마수예요. 물론 저 마술구 인형처럼 말은 못해서 ‘삑삑’ 울기만 하지만요. 로제마인 님은 보신 적 있으세요? 루토레베를 아주 좋아하는데, 열심히 먹는 모습이 정말 귀여워요.”

‘삑삑 하고 울어?’

그 말에 드디어 생각났다. 질베스타와 처음 만났던 그다지 유쾌하지 않은 기억이 스쳐서 나는 인상을 찌푸렸다.

“……누구라고 콕 집어 말할 순 없지만, 제게 스밀과 닮았다고 한 사람이 있어요.”

“어머, 듣고 보니 금색 눈동자가 닮으셨네요. 제가 아는 스밀의 털은 윤기 나는 남색이에요. 그분은 대단히 귀엽다고 칭찬하셨던 게 분명해요.”

‘아니. 보자마자 꿀꿀 울라고 했으니까 칭찬이 아니야.’

동시에 처음 레서버스를 만들었을 때, 페르디난드가 “이왕이면 스밀로 해.” 라고 한 말도 떠올랐다. 그때 스밀이 토끼 같은 마수인 줄 알았다면 스밀형으로 만들었을지도 모른다. 이미 내 머릿속에 고정된 기수 이미지를 이제 와서 스밀형으로 바꾸긴 어려우니까 앞으로도 레서버스를 쓸 테지만.

"공주님. 여기 열람실."

슈바르츠와 바이스가 그렇게 말하며 쌍여닫이 구조인 두터운 열람실 문을 열어 주었다. 문이 활짝 열리자, 벽에서 조금 떨어진 중앙에 목제 책장 여러 개가 나란히 세워져 있는 광경이 눈에 들어왔다. 에렌페스트의 책장보다 훨씬 많았다.

'오오오오오오! 책이 어마어마하게 많다! 정말 어마어마해! 너무 좋아! 눈물 나올 것 같아!'

우라노 시절의 그다지 크지 않은 동네 도서관이나 큰 시립 도서관의 분관만큼 책장이 있었다. 이 세계에서는 처음 보는 도서관 규모에 감동하여 가슴이 뭉클했다.

"어쩜 이리도 훌륭할까요. 너무 행복해서 눈물이 나올 것 같아요. 신에게 감사해야지……."

"들어가기도 전인데!?"

빌프리트가 깜짝 놀라 소리를 지르고, 코르넬리우스가 "축복은 금지다."라며 내 어깨를 두드렸다. 리카르다는 "견학만입니다. 읽으시면 안 됩니다." 라며 또다시 못을 박았다. 보기만 하라고 지적하지 않았다면 책장으로 직행해서 끝에서부터 끝까지 닥치는 대로 책을 읽었으리라. 열린 문 앞에서 티격태격하는 우리를 슈바르츠와 바이스가 동그란 금색 눈으로 올려다보았다.

"공주님. 들어간다."

"네, 실례하겠습니다."

두근대는 가슴으로 안에 들어가서 주위를 둘러보았다. 창문이 없는 우측 벽에 사무를 보는 책상이 있었다. 창문 대신 문이 있는 것을 보아, 저 문과 솔랑쥬의 집무실이 이어져 있는 듯했다. 그 외에도 사서가 드나드는 장소로 보이는 문들이 보였다.

벽면에 크고 두꺼운 기둥이 길쭉한 창문 사이사이에 균일하게 서 있고, 내 어깨높이까지 장식적인 널빤지 벽지가 열람실 내부를 빙 둘러싸고 있었다.

귀족원은 에렌페스트 기숙사와 성과 같은 소재로 만들어져서 도서관도 벽과 기둥이 하얗다. 채광 목적으로 좁다란 창문을 여럿 달아놨는지, 창문에서 햇빛이 들어오면 새하얀 건물 때문에 도서관 안이 의외로 환해 보였다. 기둥과 벽에 새긴 장식적인 조각 덕분에 새하얀 공간치고는 썰렁해 보이지 않았다.

'신전과 조금 비슷한 것 같아.'

도서관 중앙이 천장까지 뻥 뚫려 있어서 위에서 밝은 빛이 새어 들어왔다. 좌측에 세워진 계단을 보아하니 2층도 있다는 사실을 알았다.

'하앙! 2층도 있는 도서관! 아아, 심장이 너무 뛰어서 가슴이 아파!'

1층에 이어 2층까지 있다니. 얼마나 많은 서적이 있을지 기대감이 더 커졌다. 당장에라도 닥치는 대로 읽고 싶다. 책을 읽으려면 어디가 제일 잘 읽힐까? 전기가 없는 이곳 도서관은 어디가 제일 밝을까? 책장에서 가까울까? 애초에 어디에서 책을 읽어야 좋을까? 나는 독서 공간을 찾으며 열람실을 둘러보았다.

"공주님, 뭘 찾고 있나?"

"질문?"

두리번거리는 내게 슈바르츠와 바이스가 말을 걸어주었다.

"여기 있는 책은 어디서부터 읽으면 될까? 책을 읽을 장소는 있고?"

"있다. 여기."

슈바르츠와 바이스가 문에서 도서관 안쪽까지 쭉 걸어 들어갔다. 두 마리를 뒤따라가면서 나는 책장에 꽂힌 책들을 바라보았다. 책장에 비치된 책들은 성에 있던 가죽 표지에 싸인 예쁜 책이 아니라 얇은 나무판자 사이에 끼워서 실로 간단하게 엮은 책이었다. 책이라기보다 자료집에 가깝다. 귀족원 도서관이라고 해서 훨씬 화려하고 장식적인 책들을 진열해 놓았을 줄 알았는데, 그렇지는 않은 모양이다. 끈에 달아 놓은 목패에 학년과 교과가 쓰여 있었다.

"표지가 정말 간소하네요. 이쪽은 주로 이런 책이 진열되어 있나요?"

"지금 1층 책장에 진열한 책은 전부 학생들이 직접 쓴 참고서입니다."

내 질문에 대답해 준 사람은 솔랑쥬다. 매년 빈곤한 귀족을 구제하기 위해 성적이 뛰어난 학생이나 필체가 예쁜 사람이 작성한 참고서는 도서관에서 사들인다고 했다. 매입 수량이 많고 손상이나 교체도 많아서 도무지 모든 참고서에 가죽 표지를 씌울 수 없다고 했다. 나는 고개를 끄덕이며 책장을 둘러보았다. 내가 만든 에렌페스트 책에도 나무 표지를 달면 여기 책들과 같이 진열해도 위화감이 없지 않을까?

'그런데 좋은 냄새가 나. 책에 둘러싸인 느낌이 들어.'

책 냄새를 가득 들이마시며 두 마리가 안내하는 대로 안쪽 벽면까지 왔다. 벽면에는 내가 껴안아도 겨우 손이 닿을까 말까 한 거대한 사각형 기둥과, 마찬가지로 폭이 좁고 긴 창문이 교대로 나열되어 있었다.

그 창문으로 들어오는 빛으로 공부하려는 의도일까. 기둥과 기둥 사이에 간소한 나무 책상과 의자가 놓여 있다. 입구에서 안을 봤을 때는 벽으로 보였던 널빤지는 사실 벽이 아니라 문과 같은 구실을 했다. 멋대로 문을 열지 못하게 열쇠가 잠겨 있다.

"여기, 개인 열람석. 필요한 사람에게 열쇠를 준다."

'우와! 개인 열람석까지 있어!'

기둥과 기둥 사이에 대략 사방 1미터 남짓의 공간이 작은 개인 자습실이랄까, 열람 공간이 되어 있는 자리를 보자 점점 흥분되기 시작했다.

아무래도 이곳 열람석은 거의 개인 자습실처럼 쓰이는 듯했다. 사용자가 자리에 없는데도 책상 위에 책부터 잉크와 목패까지 산더미처럼 쌓여 있다.

"공부한다. 책을 읽는다. 낮잠을 자도 된다. 많이들 잔다."

'하긴 점심 먹고, 따뜻한 햇빛이 비치는 창가 자리면 잠도 잘 오지.'

낮잠 자는 사람이 있나, 주변을 둘러보았다. 하지만 열람실 내에는 사람의 기척이 거의 없었다. 몇 명만 열람석을 쓰고 있을 뿐, 도서관 안을 돌아다니는 사람은 보이지 않았다. 이렇게 책이 많고, 열람석까지 있는 도서관인데, 아까웠다.

"이곳 도서관은 이용자가 정말 적네요."

"아니다, 공주님."

"지금만 적을 뿐."

간결한 슈바르츠와 바이스의 말에 솔랑쥬가 살을 덧붙여서 자세히 설명해 주었다.

"이론 시험에 합격한 상급생이 얼마 없고, 첫날 시험에 합격한 신입생은 다들 아직 등록이 끝나지 않아서 지금이 가장 이용자가 적은 시기입니다. 한겨울부터는 열람석이 부족할 정도로 북적인답니다. 매년 최종 시험 전에 사람이 제일 많아요."

솔랑쥬의 말을 듣자 하니, 상급 귀족은 좁은 열람석보다 보증금을 내고 자기 방에 가져가서 공부하는 학생이 많다고 한다. 보증금을 낼 수 없어서 도서관에서 읽어야 하는 하급이나 중급 귀족에게는 열람석이 공부 자리다. 그래서 수업 짬짬이 도서관에 드나드는 학생이 거의 자기 방처럼 열람석을 독점한다고 한다.

"저도 중급 귀족이라서 고생하며 공부하는 그들의 마음은 충분히 이해가 가지만요, 책을 계속 열람석 위에 올려 둬서 조금 골칫거리입니다."

전부 베낄 때까지 확보해 두고 싶어서겠지만요, 하고 웃으며 솔랑쥬가 말했다.

창밖을 볼 수 있고 햇볕이 잘 드는 열람석이 제일 인기가 많고, 직사광선이 내리쬐는 서향이나 창문이 있어도 통로 쪽이라서 햇볕이 잘 들지 않는 입구 쪽 열람석은 인기가 없다고 한다. 열람석 경쟁에도 순위나 신분이 관련되는지, 소영지의 하급 귀족은 문 쪽이나 서쪽으로 밀려나는 경우가 다반사다.

'나도 열람석 갖고 싶은데.'

책장에서 가깝고, 느긋하게 앉아서 책을 읽을 수 있는 환경이 있다니, 이 얼마나 훌륭한가. 전부 합격한 날, 나도 개인 열람석을 손에 넣기로 다짐했다.

열람석 앞을 걸으면서 서무 업무를 보는 책상 쪽으로 슈바르츠와 바이스가 걸어갔다. 몇 명밖에 없는 도서관 이용자가 줄줄이 걸어가는 에렌페스트 일행의 기척에 고개를 들고 돌아보았고, 두 마리를 보고 눈이 휘둥그레지는 것이 보였다. 정변 전까지만 해도 슈바르츠와 바이스는 평범하게 도서관 일을 했다고 하니까, 페르디난드의 나이뻘이라면 알지도 모른다. 하지만 저 놀라는 얼굴로 보건대, 움직이는 마술구 자체가 신기한 것이 아닐까?

"솔랑쥬 선생님, 저는 아직 본 적이 없는데, 귀족원에는 원래 슈바르츠와 바이스 같은 마술구가 돌아다니나요?"

"아니요. 정말 희귀한 물건이랍니다. 연구자들은 기본적으로 연구성과를 비밀에 부치기 때문에 제조법 자체가 상실됐을 거라고 전임 사서한테 들은 적이 있어요. 옛날 여왕이 만들었다더군요. 그래서 슈바르츠와 바이스에게 주인은 모두 공주님이랍니다."

남자 사서도 '공주님'이라고 불렀다고 한다. 익숙해질 때까지 인상을 찌푸렸을 남자 사서의 얼굴을 상상했는지, 에렌페스트 일행들 사이에서 작은 웃음이 새어 나왔다.

"솔랑쥬 선생님, 책장에는 어떤 식으로 책을 배치해 놨나요? 분류 방법을 알려주세요."

"구매 순서로 배치합니다. 다들 새로운 책을 좋아하니까요."

1층에 있는 책은 수업 참고서뿐이라서 옛날 책보다 새 책이 인기가 많다고 한다. 그래서 도서관이 개관하는 수업 첫날은 상급생들 사이에서 참고서 쟁탈전이 일어난다. 또 매년 품질이 좋은 참고서는 영주나 영주 후보생이 보증금을 통째로 내고 대출하여 그대로 반납하지 않기도 한단다. 관리하는 솔랑쥬의 고생이 이만저만이 아닌 듯했다.

"책을 반납하지 않는다니……. 올도난츠로 독촉장을 보내지 그래요?"

"상급 귀족 사서가 있었을 때는 연락만 하면 돌려줬는데, 지금은 사정사정해도 무시해 버릴 때가 많습니다. 전 중급 귀족이니까요……."

보증금을 내고 대출할 재력이 되는 상급 귀족이나 영주 후보생은 솔랑쥬가 무슨 말을 하던 거의 무시해 버린다고 한다. 이래서는 도서관 업무에 지장이 생기지 않겠는가.

"왜 상급 귀족 사서가 없어진 거죠?"

"정변으로……다른 업무를 배정받았기 때문입니다. 슈바르츠와 바이스가 있으면 괜찮을 거라며 전임자가 제게 둘을 맡겼습니다. 하지만 제 마력만으로는 부족했는지, 움직일 수 없었어요."

대출과 반납, 열람실 관리는 원래 슈바르츠와 바이스의 업무였다고 한다. 여태껏 전임자의 마력으로 움직였지만, 1년 만에 기동이 멈추었다. 솔랑쥬는 두 마리를 집무실 구석에 놔두고, 함께 일할 동료가 없어진 슬픔을 가슴에 품고 일했다고 한다.

"여기서 빌린다."

"여기서 돌려준다."

업무 공간에 도착한 두 마리가 앞다투며 의자에 기어 올라갔다. 카운터가 아닌 평범한 업무용 책상인데, 거기서 대출 수속을 하는 듯했다. 슈바르츠와 바이스가 책상을 두드리며 가르쳐 주었다. 책상 주변에 몇 가지 선반이 있고, 그곳에 자료나 작업에 필요한 도구가 쌓여 있다. 우라노 시절에 도서위원이나 도서관에서 아르바이트했던 시절이 떠올라서 그리워졌다.

"그러고 보니 이용하는 학생도 그렇고, 다른 사서 분도 보이지 않네요."

내가 도서관을 둘러보며 그렇게 말하자, 솔랑쥬가 어두운 낯빛으로 고개를 숙였다.

"지금은 일손 부족이니까 문관을 늘려 주진 않겠지요."

놀랍게도, 솔랑쥬가 혼자서 도서관 관리를 맡는다고 한다. 학생 등록과 삭제만 할 줄 알면 된다고 했다지만, 사실 사서는 그렇게 쉬운 일이 아니다.

"사서는 그것 말고도 할 일이 많은데, 대체 왜 그런대요?"

"학생이나 책의 등록과 삭제, 대출 업무 외에는 기본적으로 귀족원이 끝난 후……학생이 거의 귀족원을 떠나는 봄부터 가을에 걸쳐서 처리한답니다."

이 무슨 고생스러운 상황이란 말인가. 머리가 어지러웠다.

'앗! 혹시 지금이 내가 나서야 할 때인가요?'

이곳 상식과는 다르겠지만, 도서관 업무 지식은 있다. 이렇게 훌륭한 도서관을 위해 나도 원활한 업무 활동에 기여하고 싶었다. 학생 신분으로 사서가 될 수 없다면 도서위원이 되면 어떨까?

'학교로 따지면 도서위원! 이것밖에 없어!'

"솔랑쥬 선생님. 저, 선생님을 돕……."

내가 "돕는 도서위원이 되겠습니다."라고 말하려던 순간, 도서관 안에 스테인드글라스를 통과한 듯한 형형색색의 빛이 쏟아져 내리기 시작했다. 창문에 스테인드글라스를 끼워 놓은 것도 아닌데 빨갛고 파란 빛이 떨어져 내리자, 나는 깜짝 놀라 위를 보았다. 하지만 하얀 천장이나 벽에 비친 형형색색의 빛만 보일 뿐, 딱히 아무것도 없었다.

단 몇 초 만에 그 현상이 사라졌다. 그러자 몇 명밖에 없던 이용자가 책을 덮고 일제히 자리에서 일어났다.

"이 빛은 대체 뭐죠?"

"오후 수업이 시작되니 퇴실을 유도하는 빛입니다. 종소리도 귀에 들리지 않을 정도로 책에 몰두하는 학생도 눈앞의 책 색깔이 바뀌면 눈치채는지, 도서관에서는 종이 울리기 전에 이렇게 빛으로 알립니다."

책을 읽기 시작하면 주변 소리가 들리지 않는 내가 고개를 깊이 끄덕이자, 내 등 뒤에서 리카르다가 "도움이 되는 얘기를 들었네요."라고 중얼거리는 소리가 들렸다.

"솔랑쥬 선생님, 열람석 열쇠 반납을……."

"네네. 오후부터 실기지요? 열심히 하세요."

학생들이 슈바르츠와 바이스를 힐끗거리며 솔랑쥬에게 열람석 열쇠를 반납하고, 서둘러 열람실을 나갔다. 그 모습을 본 리카르다가 싱긋 웃으며 문 쪽을 가리켰다.

"자, 공주님. 퇴실 신호도 나왔으니 우리도 이만 오후 실기를 하러 가야지요?"

"열람실에도 들어왔으니까 만족했지? 나머지는 전부 합격하고 나서 봐."

"오후 실기에 늦겠습니다."

모두의 말에 나는 가 보지 못한 2층을 올려다보며 가볍게 한숨을 내쉬었다. 2층에도 못 가보고, 책 한 권 읽지 못해서 매우 아쉽지만, 오늘은 이쯤에서 포기해야 했다. 하지만 의욕은 더더욱 강해졌다. 많은 책들을 보고, 책 냄새를 듬뿍 맡고, 솔랑쥬와 이런저런 얘기를 나누는 사이에 도서관에 다니고 싶은 욕망이 거세게 불타올랐다.

'다음에는 반드시 하루 내내 도서관에 콕 박혀 있을 수 있게 얼른 모든 시험에 합격하겠어!'

나는 결의로 주먹을 꽉 쥐며 모두와 함께 열람실을 나왔다. 배웅하려고 뒤따라 나온 슈바르츠와 바이스가 내 소매를 살짝 잡아당겼다.

"일했다."

"공주님, 칭찬해 줘."

슈바르츠와 바이스가 내 앞에 나란히 서서 살짝 눈을 감았다. 무엇을 원하는지 몰라서 나는 답을 구하는 눈빛으로 솔랑쥬를 올려다보았다.

"로제마인 님, 슈바르츠와 바이스의 이마에 박힌 마석을 쓰다듬어서 마력을 조금 흘려보내 주세요. 그러면 이 아이들은 다시 활발하게 일할 수 있습니다."

나는 시키는 대로 슈바르츠와 바이스의 이마에 박힌 마석을 쓰다듬으며 조금 많은 마력을 흘려보냈다. 내가 모든 시험에 합격할 때까지 열심히 일해 줘야 하니까.

"슈바르츠, 바이스. 안내해 줘서 고마워요. 이제는 솔랑쥬 선생님의 말씀을 잘 듣고, 도와주세요."

"알았다. 솔랑쥬 돕는다."

"그러니까 공주님. 새로운 옷."

너무 간략해서 이해가 가지 않는 바이스의 요구에 나는 또다시 고개를 갸우뚱했다. 솔랑쥬가 오랜 기억을 더듬듯이 시선을 방황하다가, 주먹으로 손바닥을 톡 쳤다.

“새 주인이 되면 슈바르츠와 바이스에게 새로운 옷을 주었어요. 로제마인 님에게도 새로운 옷을 받고 싶나 봅니다.”

“……귀족원에는 재봉사를 데려오지 않았고 천도 없어서 내년에야 줄 수 있는데, 그래도 괜찮을까요?”

두 사람의 옷을 만들려면 시간이 걸려서 도무지 겨울 안에는 어렵다. 내 말에 슈바르츠와 바이스가 고개를 크게 끄덕였다.

“새로운 옷, 시간 걸려.”

“안다.”

기다려 준다면 얼마든지 귀여운 옷을 만들어 줄 수 있다.

“그나저나 솔랑쥬 선생님. 슈바르츠와 바이스에게 성별이 있나요?”

“어머나, 로제마인 님. 마술구에 성별이 있을 리가요. 어떤 옷이든 주인에게 받았다는 게 중요합니다.”

스밀의 모습을 본뜬 마술구인 슈바르츠와 바이스에게는 성별이 없다고 했다. 시대에 따라 여자 옷을 입기도 하고, 남자 옷을 입기도 하고, 가지각색이었다고 한다.

‘어떤 옷을 입힐까? 어떤 옷을 입히든 도서위원 완장은 필요하겠지?’

슈바르츠와 바이스에게 완장을 준다면 내 완장도 세트로 갖고 싶었다. 에렌페스트에 돌아가면 투리에게 부탁해 보자.

“그럼 전 최대한 빠르게 시험을 끝내서 도서관에 올게요. 만약 슈바르츠와 바이스의 마력이 떨어지면 바로 연락해 주세요."

나는 솔랑쥬에게 그렇게 말하고, 슈바르츠와 바이스에게 손을 흔들며 도서관을 뒤로했다.

'좋았어. 실기도 전속력으로 합격할 테다!'

궁중예절과 힐쉬르의 방문

도서관을 나오면 문관과 시종의 전문동으로 이어지는 회랑이 나온다. 나와 빌프리트는 측근인 견습 문관과 견습 시종에게 각자의 전문동으로 가라고 지시하고, 견습 기사와 1, 2학년을 데리고 우르르 중앙동으로 갔다.

2학년 측근인 유디트는 강당으로, 하급 귀족이 사용하는 교실에는 필린느, 중급 귀족이 사용하는 교실에는 로데리히가 들어갔다. 영주 후보생은 항상 수업하는 작은 홀로 가지만, 상급 귀족은 다른 교실로 향했다. 궁중예절은 계급마다 필요한 내용이 다르고, 세세하게 지적해야 해서 상급 귀족과 영주 후보생의 교실이 달랐다.

"나중에 모시러 오겠습니다."

작은 홀에 도착하자, 견습 기사와 리카르다를 포함한 성인 측근이 그렇게 말하며 자리를 떴다. 나와 빌프리트는 작은 홀에 들어갔다.

"로제마인. 엄청 의욕에 불탄 표정이네."

"당연한 말씀을요. 도서관에 가려면 조금이라도 빨리 수업을 통과해야 하잖아요. 이 궁중예절도 오늘 중에 합격해 버릴 거예요."

도서관에서 책 한 권도 못 읽고 견학만 했다. 무슨 일이 있어도 합격을 거머쥐고, 도서관에 틀어박혀 주겠다.

"죽을힘을 다해 수업을 끝내고 말겠어요."

"……음, 열심히 해 봐."

빌프리트는 "생각대로 잘 안 되겠지만." 하고 중얼거리며 13번 의자에 앉았다.

“1학년이 익혀야 하는 궁중예절은 인사와 다과회 예절입니다. 다양한 수업이 끝날 때마다 타 영지와 교류하는 다과회가 열립니다. 그건 다들 아시겠죠? 그때 서로가 기분 상하지 않게 공통 예절을 익혀둬야 합니다.”

지금까지 기본적인 예절을 배워 왔다고 해도 영지에 따라 조금씩 다르고, 영주 후보생은 최고 위치에 익숙해서 남에게 예를 표하는 행위를 낯설어하기도 한다. 그래서 귀족원에서는 자기보다 높은 왕족의 다과회에 초대받았다는 설정으로 궁중예절을 확인하고, 앞으로 활용할 수 있어야 한다고 프림베르라는 선생이 설명했다.

궁중예절 실기는 다과회 형식 수업이었다. 선생이 주최자인 왕족이라는 설정이고, 인사는 물론 대화 내용, 표정, 식사 예절, 마시는 방법 등 세 명의 선생이 꼬치꼬치 체크한다. 세세한 체크를 위해 위에서 10위까지와 11위부터 최하위까지의 영주 후보생으로 나눠서 수업을 진행하게 된다.

“그럼 먼저 상위 영주 후보생부터 시작할까요.”

프림베르의 말에 상위 영주 후보생이 일어났다. 처음에는 다과회에 초대해 준 주최자에게 인사한다. 순번이 위인 학생부터 시작되었다. 모두 경험이 있으리라. 순서대로 쭉 나열하더니, 딱히 긴장한 기색도 없이 인사하기 시작했다. 나는 필린느에게 “궁중예절 선생님은 느긋하고 상냥한 분이 많으셔서 불합격을 받은 사람이 없었어요.” 라고 들은지라 초반에는 느긋한 마음으로 앉아서 상위 영주 후보생을 지켜보았다.

"처음부터 다시 하십시오."

"……네?"

첫인사부터 줄줄이 불합격자가 나왔다. 인사를 받는 프림베르는 단호한 분위기로 생긋 웃으며 입을 열었다.

"왕족의 다과회에 초대받은 영주 후보생이 그런 자세여서는 안 됩니다. 특히 차기 영주는 영주회의에서 반드시 왕족과 식사나 다과회를 하게 됩니다. 정신 똑바로 차리십시오."

한 방에 합격하기는 생각보다 어려울 것 같다. 나는 등을 꼿꼿이 세우고, 눈이 빠지게 영주 후보생을 바라보았다. 똑같은 인사인데, 대체 어디가 잘못됐는지 전혀 모르겠다. 적어도 한 사람당 두 번은 인사한 끝에 어딘가 어수선한 분위기로 다과회가 시작되었다.

'꼭 압박 면접 같아.'

나는 몇 번이나 반복시키며 학생들의 반응을 지그시 바라보는 프림베르의 모습에서 취직 시험에 마주한 면접관의 시선이 떠올랐다.

'영주 후보생은 영지에서는 지위가 높으니까 왕족이 곤란한 걸 시키면 어떻게 반응하는지 보는 건가?'

그들과 조금 떨어진 곳에서 지켜보는 우리에게는 다과회 자리에서 이뤄지는 대화까지는 들리지 않았다. 하지만 인사부터 몇 번이나 지적받고, 학생들이 위축됐다는 것은 알았다. 그들은 또 불합격 소리를 듣진 않을까, 자기 방식이 틀리진 않았나, 불안하게 여기저기 주변 눈치를 봤다.

"생각보다 엄격한데."

작은 목소리로 빌프리트가 중얼거렸다. 인사가 끝난 후에는 다시 하라는 소리가 전혀 들리지 않았다. 대신 선생의 뒤에 시종 역할로서 있는 사람들이 뭔가 열심히 메모하고 있었다. 그 모습을 보면 저 시종 역할도 면접관이라고 보는 편이 좋을 듯하다.

"시간의 여신 드레팡아의 실 잣기가 오늘 매우 원활하게 이루어진 것 같군요."

프림베르가 '즐거운 시간은 정말 빨리 흐르는군요'를 뜻하는 말로 다과회의 종료를 알렸다. 이별의 인사를 끝낸 상위 영주 후보생들이 자기 자리로 돌아왔다.

시종 역할인 사람들이 뒷마무리하며 하위 영주 후보생인 우리가 실기를 치를 수 있게 새로운 과자와 차를 착착 준비하기 시작했다. 그동안 선생들은 자신의 시종 역할이 메모한 목패를 들고 상위 영주 후보생의 평가를 발표했다.

"9번. 우아함을 잊어서는 안 됩니다. 손가락 움직임까지 신경 쓰십시오."

"죄송합니다."

"3번은 본인 얘기만 하지 말고, 주변 얘기에도 귀를 기울이십시오."

"2번은 대영지 영주 후보생이니까 조금 더 위엄을 가지십시오."

"7번은……."

세 선생이 내리는 평가를 듣자 하니, 귀족다움을 잊지 않는 것이 중요해 보였다. 압박 면접에서 위축되지 말라고 강조하는 듯하다. 항상 여유 있는 미소로 당당하게 가슴을 펴고, 결코 고개를 숙이지 않는다. 우아함을 잊지 말고, 주변을 잘 보라. 내가 귀족 생활을 시작하게 된 후부터 지겹도록 들어 왔던 말이다.

'어머님에게 배운 대로만 하면 분명 괜찮아.'

"13번 빌프리트 님, 로제마인 님."

호명되면 다시 시험이 시작된다. 취직 면접에서는 대기 시간이나 입실할 때부터 채점에 들어간다는 얘기를 들었다. 나는 최대한 자세가 아름다워 보이도록 등을 꼿꼿이 펴고, 빌프리트를 향해 싱긋 웃으며 손을 뻗었다. '자, 에스코트 해' 라며 뻗은 내 손을 본 순간 눈이 휘둥그레진 빌프리트였지만, 바로 내 손을 잡아 주었다. 지금의 나는 에스코트 없이는 의자에서 우아하게 일어나기도 어렵기 때문이다.

에스코트를 받으며 프림베르 앞에 인사하러 다가갔다. 먼저 인사한 사람은 빌프리트다. 무릎을 꿇고, 양손을 가슴 앞에서 교차하여 고개를 숙였다.

"생명의 신 에이비리베의 엄격한 선별을 통한 특별한 만남에 축복을 기도함을 허가해 주십시오."

"다시 하십시오."

예상했다는 듯이 빌프리트가 가볍게 눈을 내리뜨고, 다시 한번 인사했다. 프림베르가 가만히 그 모습을 지켜보더니, 다시 하도록 했다. 빌프리트가 분한 듯이 어금니를 깨무는 것이 보였다.

"빌프리트 님은 그만하면 됐습니다."

프림베르가 가벼운 한숨과 함께 손을 저어서 물러가라고 지시했다. 빌프리트는 조용히 일어나 그 자리에서 물러났다.

다음은 내가 나갔다. 조용히 나를 바라보는 프림베르와 시선을 맞추고, 한번 싱긋 미소를 보인 후, 정중하게 무릎을 꿇었다. 그리고 양손을 가슴 앞에 교차했다.

"생명의 신 에이비리베의 엄격한 선별을 통한 특별한 만남에 축복을 기도함을 허가해 주십시오."

"다시 하십시오."

"알겠습니다."

영업 미소처럼 웃음을 지으며 특별히 더 공손하게 다시 인사했다.

"허가합니다."

두 번 만에 합격을 거머쥔 나는 다과회 자리에 앉았다. 에스코트하려고 기다려 준 빌프리트가 작은 목소리로 "넌 두 번 만에 합격했네." 하고 분한 듯이 중얼거렸다.

"요령은 상대를 선생이 아니라 진짜 왕족이라고 생각해야 해요."

시선을 앞에 두고 미소를 유지한 채, 나는 소곤거리며 빌프리트에게 조언했다. 잘 모르겠다는 듯이 빌프리트가 "그렇게 생각했는데?"라며 고개를 갸웃거렸다. 자기보다 높은 자를 대한 적이 거의 없는 빌프리트는 선생을 왕족이라 생각하라는 지시를 머리로는 이해해도 따르지는 못하는 것이리라.

"빌프리트 님 자리는 여기입니다."

한 선생이 말을 걸자, 빌프리트가 반사적으로 그쪽에 가려고 했다. 나는 빌프리트의 팔을 덥석 잡고, 싱긋 웃었다. '에스코트를 내팽개칠 생각이에요?' 라는 무언의 질문이 통한 모양이다. 빌프리트는 나를 자리까지 안내하겠다고 선생을 향해 가볍게 손을 든 후, 다시 걸음을 옮겼다.

선생들은 물론이고, 시종 역할인 사람까지 모두가 눈을 번뜩이며 주위를 지켜보는 가운데, 너무 큰 목소리로 요령을 알려주기는 어렵다. 최대한 짧은 단어로 빌프리트에게 전달할 수 없을까? 정말 상위 영주 후보생이라서 머리를 숙일 상대가 거의 없었던 자들과 달리, 수

많은 실패를 거듭한 빌프리드는 처음에는 그렇게나 싫어하던 페르디난드에게도 예의를 보이게 되었다. 그 점을 상기한다면 실기를 통과하기가 그렇게 어렵지 않으리라.

"빌프리트 오라버니, 페르디난드 님이 이 다과회를 지켜보고 계세요."

내가 조그맣게 속삭인 순간, 빌프리트의 등이 꼿꼿이 펴졌다. 시선은 앞을 고정하고 웃고 있지만, 긴장감 서린 눈으로 주위를 살폈다. 효과 만점이다.

"여기가 내 자리인가 보네요. 빌프리트 오라버니, 감사하게 생각합니다."

나는 내 자리까지 에스코트해 준 빌프리트에게 감사의 인사를 하고, "이 상태로 열심히 해요." 라며 싱긋 웃었다. 빌프리트는 조금 전까지와 다른, 자신감에 찬 미소를 지으며 자기 자리로 향했다.

"로제마인 님, 앉으십시오."

시종 역할인 사람이 의자를 빼 주었다. 나는 그 의자의 높이를 보고 눈을 끔뻑거렸다. 기어 올라가면 앉을 수는 있지만, 아무리 봐도 우아하지가 않다.

나는 시종 역할을 올려다보고, 곤란하다는 몸짓으로 뺨을 괴며 고개를 기울였다. 프랑을 비롯한 다양한 상황에서 써먹은 자세다. 시종 교육을 받은 자라면 알 터이다. 그런데 시종 역할도 같이 고개를 갸웃거릴 뿐, 나를 의자에 올려주려고 하지 않았다.

'이것도 일종의 시험인가?'

나는 '곤란함' 포즈를 취한 채 생각에 잠겼다. 여기서 제일 좋은 해답은 뭐지? 그냥 의자에 올려 줬더라면 수월했을 텐데, 아무래도 일부러 눈치 없는 시종에게 어떻게 반응하는지 지켜보는 듯하다. 여기서 의자에 기어 올라가면 완전히 탈락이고, 고지식하게 '혼자서는 못 앉으니까 의자에 올려 주세요'라고 부탁하는 것도 영주의 영애에게 걸맞은 언행이 아니다. '못 한다'는 표현을 쓰면 안 된다.

'자연스럽게 눈치채게 하는 방법을 발견하는 것이 정답인가? 아니면 시종 역할에게 불만을 터트리는 것이 정답인가? 상대가 왕족이라는 설정이지? 음~'

잠시 서로를 바라본 뒤, 나는 나 혼자 자리에 앉지 않았다는 사실을 깨달았다. 다과회에 임하는 영주 후보생은 물론이고, 이미 실기가 끝난 상위 영주 후보생까지 나를 빤히 쳐다보는 것이 느껴졌다.

"로제마인 님, 왜 그러십니까?"

내 상황을 살피는 주최자, 프림베르의 목소리에 나는 '곤란함' 자세를 취한 채 몸을 돌렸다.

"프림베르 선생님, 이 다과회는 왕족의 다과회라는 설정이라고 들었는데, 틀림없나요?"

"네. 맞습니다."

그렇게 말하는 프림베르가 흥미진진하게 미소를 지으며 눈을 번뜩였다. 아마 지금이 내게 가장 중요한 문제 상황이다. 그렇다면 귀족다움을 유지한 채 의연하게 대처하는 것이 정답이다. 나는 왕족에게 초대받은 손님이다. 시종에게 내가 마음 써야 할 필요가 없다.

"프림베르 선생님, 이 시종은 아직 일이 서툰가 봅니다. 조금 놀라긴 했지만, 그렇다고 그녀를 너무 나무라지는 마십시오."

주최자가 내빈에 관해 모르면 크나큰 결례이다. 엘비라는 다과회를 열 때마다 누구를 초대하고, 무엇을 좋아하며, 자리를 어떻게 배치할지, 개개인에게 어떻게 대응해야 할지를 몇 번이고 시종에게 설명했고, 필요한 물건을 준비하면서 일하는 시종들에게 주의할 점을 테이블마다 하나하나 가르쳤다. 손님을 접대하는 시종의 실수는 주인의 실수와 같다.

이번 다과회에서 내가 다른 사람보다 키가 작아서 의자에 앉기 힘들어 할 것이라는 점은 주최자가 꼭 알아 둬야 할 정보다. 그 정보를 토대로 불편함이 없도록 조치를 해 놓았어야 한다.

내가 말한 '시종이 일에 서툴다'는 말은 주최자가 정보 수집을 등한시하거나, 시종과 연락이 충분치 않았거나, 시종의 교육 부족을 지적하는 말이다. '다과회 준비를 대충 한 것 같은데요?'라고 말한 셈이다.

프림베르는 "어쩜 좋아." 라고 말하면서 내 의자를 빼낸 시종에게 물러가게 하고, 자기 앞에 놓인 작은 종을 흔들었다. 그러자 바로 다른 시종 역할이 다가와서 나를 의자에 앉혀 주었다. 종소리 하나로 모든 대응을 끝냄으로써 자신은 정보 수집을 게을리하지 않았고, 시종과도 연락을 했는데 저 시종의 질이 나빴던 모양입니다, 라는 것을 보여주었다.

"모자란 시종이 큰 결례를 범했군요, 로제마인 님."

"괜찮습니다. 최근에는 일 잘하는 시종을 얻기도 어려운걸요."

시종이 의자에 앉혀준 나는 우아하게 웃어 보였다. 프림베르의 등 뒤에 선 시종 역할이 무언가 기록하는 모습이 눈에 들어왔다.

그리고 다과회가 시작되었다. 나는 식사가 나오는 그룹면접이라고 생각하고 대응했다. 묵묵히 차만 마시는 아이에게 무난한 질문을 던져 보고, 마구 열변하며 어필하는 아이에게는 맞장구쳐 주고, 과자나

차 얘기로 주최자를 띄워 주면서 힘냈다. 도중에 약간의 도발이나 순발력을 테스트하려는 의도가 뻔한 상황이 가끔 일어났다. 나는 주위를 살펴보면서 자신이라면 어떨지 고민했다.

빌프리트에게도 도발하는 상황이 닥쳤지만, 인사했던 때와는 달리 웃으면서 자연스럽게 대처했다. '신관장님이 지켜본다'는 한마디가 굉장히 효과가 컸던 모양이다.

"이번 실기의 합격자는 13번 빌프리트 님과 로제마인 님입니다. 귀족원에서 다과회를 열어도 문제없겠군요."

궁중예절 실기에 합격한 사람은 나와 빌프리트뿐이었다. 프림베르에게 합격을 받았다. 폴짝폴짝 뛰고 싶었지만, 나는 우아하게 웃으며 충동을 참았다.

"감사합니다."

아직도 프림베르의 시선이 느껴졌다. 나는 마음속으로 '방에 돌아갈 때까지 시험이야'를 반복하며 끝까지 우아한 움직임으로 기숙사까지 돌아갔다.

"나 궁중예절에 합격했어요!"

기숙사 현관문이 닫히자마자, 나는 활짝 웃으며 리카르다에게 보고했다. 내 목소리에 주변을 둘러싼 측근들이 깜짝 놀랐고, 빌프리트의 측근들은 자기 주인을 걱정하며 조심스럽게 물었다.

"빌프리트 님은……."

"나도 합격했다. 다 로제마인 덕분이야. 네 한마디가 없었으면 분명 떨어졌어."

진지한 어조로 빌프리트가 말했다. 그 모습에 흥미가 일었는지, 리카르다가 몇 번이고 눈을 깜빡였다.

"빌프리트 도련님, 공주님이 대체 무슨 말을 하셨나요?"

"난 페르디난드 님이 보고 계세요, 라는 말만 했을 뿐이에요."

2년간 빌프리트는 나를 대신해서 겨울 어린이 방을 통솔하고, 기원식과 수확제의 신전 행사를 치렀다. 그동안 억지로라도 페르디난드의 얼굴을 봐야 했던 빌프리트의 고생을 아는 리카르다가 "어쩜!" 하고 소리를 높이며 쿡쿡 웃었다.

"도련님, 무슨 일이든 언젠가는 피가 되고 살이 된다고 말씀드렸는데, 벌써 그렇게 됐나 보네요."

"음."

옷을 갈아입은 나는 다목적 홀에서 모두가 참고서 만들기에 몰두하는 모습을 지켜보고, 정보 거래가 있으면 끝냈다. 내가 직접 참고서를 만들면 하급 귀족의 일거리를 뺏는 셈이므로 최대한 맡기기로 했다. 내가 할 일은 난잡한 글자나 이상한 표현을 지적하는 정도다.

모두가 열심히 돈을 벌려고 시행착오를 반복하는 가운데, 나는 앞으로의 수업 대책을 세우기로 했다. 최대한 빨리 도서관에 가려면 어떻게 해야 할까? 궁중예절을 통과했으니까 남은 실기는 봉납 가무와 음악과 기수와 슈타프 습득이다.

봉납 가무는 어차피 올해는 연습뿐이므로 그렇게 어려운 수준을 요구하진 않을 터였다. 기본기는 충분하니까 잊은 부분이 없는지 일단 복습해 두자. 쓸데없는 소동을 일으키지 않게, 신에게 기도하지 않도록 조심하는 것이 중요하다.

음악은 선생 쪽에서 다과회에 초대할 정도니까 기준은 넘은 게 확실하다. 그러니까 새로운 곡을 선보이는 대신 합격을 줄 수 있을지 협상해 보면 어떨까?

기수는 프라우렘이 쓰러져서 중단되는 바람에 저번 수업에 이어서 시작하게 되리라. 힐쉬르가 말하길 최종적으로 기수를 형상화하여 귀족원 부지를 한 바퀴 돌면 합격이라고 했으니 문제없다.

'프라우렘 선생이 쓰러지지만 않으면 아마, 괜찮아.'

저번에 쓰러진 프라우렘 선생을 대신하여 힐쉬르가 보조로 수업에 들어와 주면 간단히 끝난다. 하지만 연구실에 박혀 있고 싶은 힐쉬르가 그런 일거리를 도맡아 줄 것 같지는 않다. 만약 부탁하면 그에 상응하는 대가를 제시해야 한다.

'그리고 내일은 슈타프를 취득하는 날이야…….'

1학년 전원이 '심층의 방'이라고 불리는 곳에 들어간다. 그곳에서 슈타프의 원석인 '신의 뜻'이라 불리는 마석을 캐야 한다. 과연 내가 채집을 해낼 수 있을지 걱정이 됐지만, 코르넬리우스는 "괜찮아. 꼭 캘 수 있어." 라고 말했다. 여하튼 가 보면 안다고 한다. 다만, 원석을 채집했다고 끝이 아니다. 슈타프를 완성하여 기본적인 사용법을 익혀야만 한다.

"로제마인 님은 돌아오셨습니까?"

수업 합격 계획이 어느 정도 세워졌을 때 힐쉬르가 기숙사에 뛰어들어왔다. 상급생이 '처음과 마지막에만 기숙사에 오는 사감'이라고 말한 것치고는 자주 기숙사에 오는 느낌이다. 다목적 홀에 들어온 힐쉬르를 보고, 나는 눈을 끔뻑였다.

"오늘은 뭔가요?"

"아까 어떤 학생에게 들었는데, 도서관 마술구를 부활시켰다고요?

어떻게 한 거죠? 보호 마법진이 쳐져 있어서 주인 외에는 그들을 만질 수 없었을 텐데요!"

힐쉬르가 흥분한 얼굴로 다그치듯이 말했다. 경솔하게 만졌다가 슈바르츠와 바이스에게 쫓겨난 적이 있다고 한다. 방어의 효력을 생각지도 못한 곳에서 들어 버렸다. 그나저나 열람실에 있던 학생이라면 에렌페스트의 누가 그들을 부활시켰는지 모를 텐데.

"어째서 제가 부활시킨 장본인이라고 생각하신 거죠?"

내 의문에 힐쉬르가 당연하다는 얼굴로 어깨를 으쓱했다.

"검고 하얀 스밀이 에렌페스트의 1학년 무리를 안내하며 돌아다니더라고 하면 단번에 누구 짓인지 알지 않습니까? 전례에도 없는 행동을 하는 사람이 로제마인 님 말고 어디에 있나요? 제게는 올도난츠로 보고도 하지 않으시고요."

"……슈바르츠와 바이스를 움직이게 한 일이 선생님을 번거롭게 하는 사태일 거라곤 생각 못 해서, 꼭 보고해야 하는 줄도 전혀 몰랐어요."

어쩐지 흥분한 듯한 힐쉬르의 보라색 눈동자를 보아하니, 사감으로서 사태를 파악하려는 의도보다 슈바르츠와 바이스를 연구하고 싶은 쪽이 맞는 것 같다. 새로운 주인으로서 나는 두 마리를 지키기로 했다.

"슈바르츠와 바이스는 도서관에서 꺼내올 수 없어요."

"……주인과 함께라면 나올 수 있잖아요?"

"선생님이 걔들을 분해할 것 같아서 싫어요."

내가 날카롭게 째려보자, 힐쉬르가 "무슨 그런 섭섭한 말씀을." 하고 미소를 지었다.

"누가 들으면 오해하겠어요. 잠깐 옷을 벗겨 보기만 할 거예요."

"……선생님은 마술구의 옷을 벗기는 취미가 있으세요?"

변태냐, 하고 내가 강하게 경계하자 힐쉬르가 언짢은 표정을 지었다.

"저는 오로지 마술구를 만드는 순수한 교사입니다. 제작 방법이 불투명한 마술구라면 누구나 자세히 조사하고 싶지 않겠어요? 제가 알고 있는 정보로는 옷에 감춰진 부분에 제작 방법에 관련된 내용이 있다는 거예요. 그걸 이 눈으로 확인하고 싶네요."

선생다운 진지한 얼굴로 그렇게 말했지만, 요약하면 벗겨 보고 싶다는 말이다. 내 예감이 맞았다.

"제게는 주인으로서 슈바르츠와 바이스를 지켜야 할 의무가 있어요. 그 아이들이 없으면 솔랑쥬 선생님이 혼자 고생하신다고요."

힐쉬르가 가느다란 눈썹을 찌푸리며 생각에 잠겼다. 그리고 페르디난드가 고민할 때 자주 나오는 버릇처럼 손끝으로 관자놀이를 가볍게 톡톡 두드리기 시작했다.

'신관장님은 분명 힐쉬르 선생님의 버릇이 옮은 거야.'

속으로 혼자 피식 웃는데, 무슨 생각을 해냈는지 힐쉬르가 턱을 홱 들고 입꼬리를 끌어올렸다. 외알 안경이 번쩍이며 빛났다.

"로제마인 님, 아마……새 주인은 새로운 옷을 줘야 하는 의무가 있지요?"

"……무슨 말이죠?"

귀족원에 오래 재직한 힐쉬르가 무엇을 어디까지 아는지 모른다. 나는 억지로 웃으며 모른 척했다. 하지만 내 얼굴에서 아주 잠깐 당황한 표정을 포착했는지, 힐쉬르의 미소가 더욱 짙어졌다.

“치수를 잴 때나 옷을 갈아입힐 때 저를 데려가 주십시오. 물론 제 손으로 만지거나 벗기지 않겠습니다.”

자기 손으로 벗기지 않을 테니 목욕탕에 데리고 가라고 말하는 변태처럼 힐쉬르가 씩 웃었다.

“생각해 보니 남아 있는 마술 실기 수업에 제가 로제마인 님을 담당해 드릴 수 있어요. 전부 합격하지 못하면 도서관에 못 들어가신다면서요? 프라우렘에게 밉보인 상태로는 기수 실기에 합격하기 어려울 텐데요.”

‘악마다! 여기에 학생을 나쁜 길로 유혹하는 악마가 있어요!’

티격태격 공방을 펼친 뒤, 졸업까지 편의를 봐주겠다는 악마의 유혹에 나는 힘없이 지고 말았다.

슈타프 취득

오전은 페슈필 연습과 참고서 만들기다. 신전에서는 아침을 먹고 세 점 종까지가 페슈필 연습시간이었다. 연습하라는 로지나의 지시에 모두가 별생각 없이 페슈필을 들고 다목적 홀에 모여서 연습하게 되었다.

나는 선생이 초대한 다과회 곡을, 다른 사람들은 각자 수준에 맞는 곡을 연습했다. 이론을 마친 다른 학년 학생들까지 다 함께 다목적 홀에서 세 점 종이 울릴 때까지 페슈필을 연습하게 되었다. 다른 학생들은 각자 방에서 공부하다가 소리 때문에 집중이 안 됐는지 얼마 안 되어 페슈필을 들고 하나둘 방에서 나왔다.

"여태껏 기숙사 내에서 페슈필 연습시간을 정해 놓지 않아서 연습량이 줄었나 봅니다. 학년이 올라갈수록 음악 실기 평가가 좋지 않아요."

"그럼 매년 음악 실기를 연습할 시간을 정해 두면 되겠네요."

내가 다과회에서 선보일 곡을 연습하는 동안, 로지나가 신곡에 넣을 가사를 수정했다.

"로제마인 님, 지혜의 여신 메스티오노라를 찬양하는 곡이니까 도서관이 아니라, 구르트리스하이트로 바꾸는 편이 좋지 않을까요?"

구르트리스하이트란 지혜의 여신 메스티오노라가 가진 가장 오래된 성전이다. 신들은 자신들이 선택한 초대 왕에게 구르트리스하이트를 베낄 것을 허락했다고 한다. 로지나에게 가사를 맡겼더니 신화에 관련된 내용이 계속해서 추가되었다. 그럴수록 도서관을 향한 내 정열은 점점 깎여 갔다. 도서관을 떠받드는 가사가 지혜의 여신 메스티오노라를 찬양하는 가사로 바뀌었다.

'하긴 다른 사람들이 도서관을 향한 이 마음을 이해해 줄 리가 없지. 또 내가 노래를 부르면 지장이 생길지도 모르니까 차라리 전부 로지나가 가사를 넣는 편이 낫겠는데?'

"그냥 처음부터 로지나가 작사해 줄래요? 내가 지어서 도서관을 찬양하는 노래가 되어 버리면 노래를 부르는 사이에 축복이 튀어나올지도 모르거든요."

"어머? 신을 찬양하는 노래니까 로제마인 님이 페슈필 연주로 축복이 나와도 전혀 문제가 없을 텐데요?"

신전이라는 신의 저택에서 예술무녀 밑에서 순수하게 예술만 배운 내 전속 악사는 축복에 관한 의식이 조금 어긋나 있는 것 같다. 귀족원에서 축복을 내려 버리면 얼마나 큰 소란이 일어나는지 잘 모르나 보다.

"나는 최대한 축복이 나가지 않게 하고 싶어요."

"……로제마인 님께서 그렇게 말씀하신다면 도서관이 나오는 가사는 피해야겠네요."

세 점 종이 울렸다. 나는 페슈필 연습을 끝내고 점심시간까지 문관 코스 참고서를 만드는 하르트무트를 도우면서 문관 코스 예습을 시작했다.

"로제마인 님은 견습 문관 수업도 들으시려고요?"

"네. 전 사서가 될 거라서 영주 후보생 수업과 병행해서 견습 문관 수업도 들을 거예요. 페르디난드 님과 상담도 끝났답니다."

그렇게 대답하면서 지금 3학년이 배우는 내용을 읽어 내려갔다.

"로제마인 님은 아우브 에렌페스트를 노리고 있지 않으십니까?"

"그런 귀찮은 지위에 앉고 싶은 생각은 한 번도 한 적 없어요. 지금 내 꿈은 에렌페스트의 성녀로서 신전에 눌러앉아 신전 도서관을 사유화하든가, 영주를 보조하면서 성 도서실을 사유화하고 싶은 야망뿐이에요."

가능하면 사서가 되는 길보다 큰 도서관을 소유하는 아가씨가 되어 그 도서관에 콕 박혀 생활할 수 있다면 최고지만, 어찌 측근에게 그런 꿈을 밝힐 수 있겠는가.

"그러니까 내 측근이 되어서도 자기 장래에 도움이 되지 않겠다 싶으면 언제든지 말해 주세요. 희망하는 대로 해 줄 테니까요."

오후 실기는 슈타프 습득이다. 자기 몸속의 마력을 가장 효율성 있게, 그리고 의지대로 다루는 데 최적화된 도구가 슈타프다. 이것을 손에 넣어야지만 정식 귀족이 될 수 있다. 지금까지 슈타프 외에 쓰기 편한 도구를 만들려고 수많은 연구자가 도전했지만, 아직 그런 도구를 만들어내지 못했다고 페르디난드가 말했었다. 소재의 질이 월등하게 다르다고 한다.

10년 전쯤에는 전문 코스로 나뉘는 3학년 때 슈타프를 가졌다고 한다. 하지만 슈타프 사용법을 익히려면 최대한 빠른 시기에 갖는 편이 좋다고 생각한 지금의 왕이 입학과 동시에 취득할 수 있게 변경했다고 들었다.

슈타프의 원료가 되는 '신의 뜻'을 발견하면 그것을 채집해서 돌아온다. 간단한 실기지만, 슈타프 취득은 진정한 귀족이 되기 위한 중요한 이벤트다. 강당을 향하는 1학년생의 얼굴에 가벼운 흥분이 엿보였다. 함께 오후 수업을 들으러 나가는 상급생이 들뜬 1학년생들을 그립다는 표정으로 바라보면서 "침착하게 해." 라고 말을 걸며 지나갔다.

"……1학년이 이렇게 많았나?"

오늘은 슈타프 취득 실기라서 학년 전원이 강당에 집합했다. 엄청난 사람 수에 나는 눈을 끔뻑거렸다.

"로제마인 님은 이미 이론 수업을 듣지 않으시니까 그렇게 느끼시는 거예요."

지리와 역사 수업만 따로 듣는 필린느가 조그맣게 웃었다. 합격한 후로 오전 이론 수업에 참여하지 않는 나는 이렇게 많은 1학년생이 모인 광경을 오랜만에 보았다.

많은 학생이 모여서 시끌벅적하던 강당도 선생들이 모습을 드러내자 동시에 조용해졌다. 프림베르가 앞으로 나와 강당 안을 휙 둘러보았다.

"모두 모인 것 같군요. 그럼 영주 후보생부터 심층의 방으로 안내할 텐데, 그 전에 반드시 지켜야 할 사항이 있습니다. 채집을 끝낸 후에는 다른 사람에게 닿지 않게 주의하세요. 품질이 뛰어난 슈타프를 만들려면 꼭 자신의 마력만으로 물들여야 합니다. 돌아올 때 다른 사람과 부딪히지 않게 거리를 두고 걸을 것, 그리고 흙의 날인 내일은 하루 동안 정성 들여 마력을 집어넣도록 하세요."

영주 후보생이 일렬로 서자, 프림베르가 앞장서서 걷기 시작했다. 강당 안쪽의 문을 통해 심층의 방에 들어갔다.

'예배실!'

새하얀 방에 원뿔형 기둥이 좌우에 균일하게 늘어서 있다. 가장 안쪽 벽에는 천장부터 바닥까지 형형색색의 모자이크로 문양이 복잡하게 그려져 있고, 중앙에는 바닥에서 3층 정도의 높이까지 40단은 되는 계단이 쭉 이어져 있다. 그 계단에는 신에게 바치는 공물은 물론, 신의 동상이 세워져 있었다. 물의 여신, 불의 신, 바람의 여신, 생명의 신이다.

'신전 시종들은 어떻게 지내고 있을까?'

낯익은 제단을 올려다보니 묘하게 그리워지고, 문뜩 신전에 돌아가고 싶어졌다. 2년 동안 신전을 맡아 왔으니까 내가 없어도 분명 잘 해 주겠지만, 프랑을 비롯한 시종들이 몹시 보고 싶다.

제단을 올려다보며 향수병 같은 외로움을 느낀 사람은 나뿐이었던 모양이다. 다른 학생들은 처음 보는 제단에 "우와." 하고 감탄의 소리를 질렀다.

"신에게 가장 가까이 갈 수 있는 심층의 방입니다. 채집 기회는 한 사람에 단 한 번. 채집한 후에는 다른 사람과 부딪히지 않도록 세심한 주의를 기울이십시오. 가는 사람과 돌아오는 사람이 부딪히지 않도록 길이 두 갈래로 나뉘어 있는데, 갈 때는 반드시 왼쪽 길을 걸어야 합니다."

그렇게 말하며 프림베르가 어떠한 마석에 손을 뻗었다. 그 순간, 구구구구 하고 거대한 무언가가 움직이는 소리가 나며 제단의 계단 일부가 움직였다. 제단 안으로 들어갈 수 있는 어두운 구멍이 입을 벌렸다.

"아무쪼록 신들의 가호와 인도가 있기를."

프림베르의 지시로 제일 앞에 선 영주 후보생이 긴장한 표정으로 발을 내딛고 안으로 들어갔다. 나와 빌프리트도 그 뒤를 따랐다. 제단도 귀족원이나 기숙사와 같은 흰 돌로 만들어졌는지, 완벽한 사각형으로 설계된 입구였다. 우리는 타박타박 발소리를 울리며 순서대로 걸어갔다. 길이 그렇게 좁지 않아서 세 사람 정도 나란히 걸어도 될 정도였다.

5m 정도 걸었을까. 완벽한 사각형 통로가 갑자기 끊겼다. 그리고 지금까지 걸어온 하얀 길 주변으로 울퉁불퉁한 바위 표면이 드러난 천연 동굴이 시작되었다. 갔다가 돌아오는 하얀 길만이 옅은 빛을 발해서 꼭 공중에 떠 있는 것처럼 보였다.

"예배실 안에 이런 곳이 있었군요."

주위를 둘러보며 일단 앞으로 나아갔다. 크게 꺾듯이 이어지던 동굴의 흰 길이 점점 위로 향하는 것 같았다. 도중에 계단 몇 개가 나타났고, 잠시 걷다 보면 또 계단. 그런 느낌으로 우리가 점점 위로 올라가고 있음을 느꼈다.

'아까부터 계속 빨리 걸어서 숨차.'

신체강화 마술구를 써도 겨우 평균 체력인 나는 다른 사람보다 다리가 짧아서 걸음도 느리다. 점차 앞과 거리가 벌어졌다.

"먼저 가세요. 보시는 바와 같이 저는 여러분보다 작아서 속도를 맞추기가 힘들어요."

나는 내 뒤를 걷는 영주 후보생에게 길을 비켜주려고 했다. 바로 빌프리트가 "난 로제마인과 같이……."라며 함께 걸으려고 했지만, 나는 단박에 거절했다.

"어차피 돌아갈 때도 같이 못 돌아가잖아요. 빌프리트 오라버니도 먼저 가세요. 그리고 오라버니가 돌아갈 때 내가 아직 가는 중이면 앞으로 얼마나 더 남았는지 알려주세요."

"……알았어."

빌프리트는 불만스러운 얼굴로 몇 번이고 뒤돌아보면서 다른 영주 후보생과 함께 먼저 앞서갔다.

나는 내 속도로 걸으면서 안도의 한숨을 쉬었다. 아주 잠깐이라면 끝까지 주변 속도에 맞췄겠지만, 어디까지 이어지는지 모르는 길을 계속 빠른 속도로 우아하게 걷기는 어려웠다.

영주 후보생이 가 버리고, 조금 있으니 발소리가 가까워졌다. 상급 귀족이 온 것이다. 혼자 걷는 내게 무슨 말을 걸어야 하나 망설이는 상급 귀족들에게 나는 똑같이 말하며 먼저 가게 했다. 에렌페스트의 상급 귀족은 빌프리트와 마찬가지로 걱정스럽게 재차 뒤돌아보면서 앞서갔다.

뒤 팀을 먼저 보내고, 다시 내 속도로 걸었다. 상급 귀족이 가 버리니 이번에는 중급 귀족 팀이 왔다. 기이한 시선을 받으면서도 마찬가지로 먼저 가게 했다.

"로제마인 님?"

"아, 로데리히. 먼저 가도 돼요."

내가 로데리히에게도 똑같은 설명을 하는데, 갑자기 몇 걸음 앞을 걷던 다른 영지의 중급 귀족 소년이 "찾았다!" 하고 흥분에 찬 소리를 질렀다.

"뭐?"

뭐를 찾았다는 건지 모르겠다. 내 눈에는 똑같이 이어지는 동굴의 바위표면밖에 보이지 않았다. 별다른 건 없었다. 그런데 그 소년은 딱 한 점만 바라본 채 흰 길에서 벗어나 동굴 벽 쪽으로 가더니 손을 뻗어 벽을 만졌다. 망설임 없는 움직임에 그의 눈에는 뭔가가 보인다는 것을 알았다. 몸을 홱 돌린 소년의 손에 뭔가가 쥐여 있었다. 손가락 형태로 보아 원통형 물건을 쥐고 있는 듯했다.

"미안한데, 길 좀 비켜 주지 않을래?"

아이들이 길을 내주자, 그 소년은 기쁘게 활짝 웃으며 모두가 멈춰 선 길을 가로질렀다. 그리고 얼른 돌아가는 길로 옮겨서 빠르게 걷기 시작했다. 소년의 시선은 계속 자기 손안에 쏠려 있었다.

"……뭘 발견했다는 걸까요? 로제마인 님은 보이셨어요?"

"아뇨. 나한테도 안 보였어요."

처음 '신의 뜻'을 발견한 학생이 나오자, 모두가 흥분한 기색으로 주변을 찬찬히 둘러보면서 걷기 시작한 탓에 이동 속도가 느려졌다. 내가 동행하기에는 딱 알맞은 속도였다. 나는 로데리히와 '신의 뜻'이 대체 어떤 마석인지 얘기를 나누며 걸었다.

조금 걷다가, 이번에는 뒤에서 "찾았어요!" 라는 소녀의 들뜬 목소리가 들려왔다. 전방에서도 흰 길에서 벽으로 뛰쳐나가는 소년의 모습이 보였다. 망설임 없이 발견한 곳으로 달려가는 아이들의 모습을 보면 정말 '신의 뜻'이라고 불리는 마석이 존재하는 듯했다. 주위 사람들이 하나둘 '신의 뜻'을 발견해서인지, 덩달아 로데리히가 주변을 둘러보기 시작했다. 자신도 갖고 싶어서 안달 난 표정이다.

"아!"

날카로운 소리를 지른 로데리히의 시선이 전방의 한 점을 바라보았다.

"찾았어요?"

"네! 정말 아름답게 빛나요."

역시 내 눈에는 보이지 않았다. 하지만 로데리히의 눈에는 보이는 모양이다. 자랑스럽게 웃으며 로데리히가 흰 길에서 내려서 달려갔다. 바위벽을 향해 천천히 손을 뻗어서 무언가를 살짝 잡았다. 로데리히는 놀란 듯이 눈을 크게 뜬 후, 내게는 보이지 않는 마석을 자기 품에 껴안듯이 쥐었다.

"로제마인 님, 먼저 실례하겠습니다."

"떨어뜨리거나 다른 사람과 부딪히지 않게 조심하세요."

로데리히가 돌아가는 길을 걸었고, 나는 반대 방향으로 걸어갔다.

잇따라 주위에서 환호성이 들렸고, 모두가 서로 부딪히지 않게 거리를 두며 발걸음을 돌릴 때쯤, 이쪽을 향해 돌아가는 길을 걸어오는 상급 귀족이 보이기 시작했다. 안쪽에서 상급 귀족이 나오기 시작했다면 내 마석이 있는 곳은 그곳보다 더 깊숙한 곳에 있는 게 틀림없다.

'더 걸어야 하는구나. 기진맥진해졌는데.'

나는 사람이 줄어든 길을 느릿느릿하게 걸었다. 주변 사람들이 계속해서 마석을 따러 길을 벗어나 줘서 걷기엔 편했다. 길도 넓어졌고, 시야도 잘 보였다. 하지만 모두가 하나둘 떠나니까 조금 쓸쓸했다.

그래도 꾸준하게 걸어서 계단을 오르고, 다시 걸어갈 때쯤이 되자 가는 길에는 아무도 없고 돌아가는 길만 꽉 찼다. 모두가 부딪히지 않게 간격을 두고 걷느라 묘한 행렬이 생겼다. 이 주변은 중급 귀족의 '신의 뜻'이 많은 곳인지, 상당히 깊숙한 곳에서 되돌아오는 상급 귀족들이 보였다.

되돌아오는 상급 귀족들 사이사이로 영주 후보생이 하나둘 보이기 시작했다. 실기 수업에서 본 얼굴들이다. 그중에 빌프리트도 있었다.

"아직도 이런 데 있어? 영주 후보생의 마석이 있는 곳은 더 가야 하는데."

느릿느릿 걷는 내 모습에 눈이 휘둥그레진 빌프리트도 무언가를 소중하게 품에 안고 있었다.

더 가야 한다는 빌프리트의 말에 나는 조금씩 신체강화 마술구에 마력을 넣었다. 그러자 걷기가 편해졌다. 하지만 너무 마력을 많이 흘려보내면 다음 날 근육통에 시달려서 움직이지 못하는 부작용이 생기므로 장시간 사용은 하면 안 된다.

나는 조금씩 속도를 올려서 혼자 끝을 향해 걸었다. 시간이 지날수록 돌아가는 길을 걷는 영주 후보생도 없어지고, 정말 혼자가 되어 버렸다. 고요한 동굴 속에 내 발소리만 울렸다. 계단을 올라가서 다시 평지를 걸었다. 아무 일도 일어나지 않은 채 다시 계단을 올랐다. 대신 어두운 경치와 아무도 없는 상태가 점점 지겨워지기 시작했다.

"……어디에 있니~, 내 마석아. 나 피곤해~"

불러 보지만, 대답은 없다. 동굴 내에 내 목소리만 웅웅 울릴 뿐이다. 하얀 길을 걸으니 또 계단이 나왔다. 몇 단밖에 없었던 지금까지의 계단과 달리 한 층은 더 높을 것 같은 나선형 계단이었다.

"으아, 또 계단이야. 대체 어디까지 걷게 할 셈이야?"

불평을 투덜대며 나는 흰 나선형 계단을 올랐다. 위로 올라갈수록 점점 주위가 밝아졌다.

"우와……."

그곳은 빛이 내리쬐는 새하얀 광장이었다. 그곳이 끝인지 길은 더

이상 이어지지 않았다. 흰 바닥은 원형이 되어 있고, 정중앙에 같은 재질로 만든 조각 같은 거대한 흰 나무가 서 있다. 천장을 향해 쭉 뻗은 줄기에서 흰 나뭇가지가 뻗어 있다. 천장에 커다란 구멍이라도 뚫려 있는 걸까? 하얀 조각 나무에 돋은 흰 이파리 틈새로 가느다란 햇빛이 몇 가락 쏟아져 내렸다.

그 나무뿌리에 무지개색으로 빛나는 마석이 있었다. 땅에 꼿꼿이 서 있는 크리스털 같은 그 육각기둥 마석은 크기가 내 배꼽 높이만 했다.

'아, 이것이 내 돌이구나.'

모두가 말했던 대로 한눈에 알아봤다. 위에서 내리쬐는 빛이 마석에 닿으면 오묘한 색으로 변했다. 신비한 광경과 돌 앞에 서자, 경건한 마음이 들었다. 나는 등을 똑바로 세우고, '신의 뜻' 앞으로 걸어갔다. 돌이 반짝이며 빛났다.

"가져가겠습니다."

나는 '신의 뜻' 앞에 무릎을 꿇고, 조심스럽게 손을 뻗었다. 마석에 손이 닿은 순간, 땅이 쩍 하고 갈라지며 가져가라는 듯이 마석이 내 눈앞에서 공중에 떠올랐다. 일곱 빛깔로 빛나는 '신의 뜻'을 안고, 나는 살짝 만족스러운 숨을 내뱉었다.

"좋아, 돌아가자."

이제 이것을 들고 돌아가야 한다. 나는 '신의 뜻'을 품에 안고, 신체강화를 높이려고 마력을 흘려보냈다.

"어?"

새로 흘려보내는 마력을 마석이 전부 흡수해 버렸다. 이 단계 위로는 신체강화를 쓸 수 없는 모양이다. 이 상태로 돌아갈 수밖에 없다.

지금까지 왔던 길을 떠올리자, 몸에 힘이 쭉 빠졌다.

여기에 더 있어 봤자 소용없다는 생각에 나는 하얀 거목에서 등을 돌려 터벅터벅 걷기 시작했다. 또다시 그 긴 길을 돌아가야 한다. 이번에는 처음부터 끝까지 혼자다.

양손으로 마석을 안은 채 조심스럽게 나선형 계단을 내려갔다. 이번에는 돌아가는 길을 걸었다. 내 발소리만 터벅터벅 울린다. 돌아갈 때는 내리막길이라서 기분상 갈 때보다 편하지만, 평소에도 운동 부족이라 점점 녹초가 되어 갔다.

"잠깐 휴식. 신체강화를 해도 이건 너무 힘들잖아."

도중에 마석을 안고 계단에서 앉아 쉬기로 했다. 같은 경치만 이어져서 얼마나 돌아왔는지 가늠이 안 되었다. "바로 앞이 출구였으면 좋겠다." 라고 중얼거리면서 벽에 기대어 크게 한숨을 쉬었다. 단숨에 피곤이 덮쳐왔고, 눈꺼풀이 점차 무거워졌다. 나는 "자면 안 돼." 라고 자신을 타이르면서, 잠들었다.

"이런 데서 자지 마! 자면 죽어! 눈을 떠! 일어나! 아직 인생은 지금부터야!"

"네!?"

갑자기 메아리친 우렁찬 소리에 귀가 찌잉 하고 아팠다. 내가 깜짝 놀라 벌떡 일어나자, 눈앞에서 주먹을 쥐고 내게 열렬히 소리를 지르는 루펜의 얼굴이 보였다.

"다행이다. 의식이 돌아왔구나."

루펜이 그렇게 말하며 살짝 뒤로 물러섰다. 그러자 그 뒤에 선생 몇 명의 얼굴이 보였다. 힐쉬르가 루펜과 교대하듯 내 앞으로 나와 설명해 주었다.

놀랍게도 아무리 기다려도 돌아오지 않아서 탐색 팀을 투입했다고 한다. 외길이라 미아가 될 턱이 없다고 말하면서 찾아보던 힐쉬르는 도중에 쓰러진 나를 발견했다. 그러나 나는 이미 '신의 뜻'을 안은 상태라 몸을 건드릴 수가 없어서 목소리로 깨워야 했다고 한다. 하지만 아무리 힐쉬르가 불러도 반응이 없었다고 한다.

초조해진 힐쉬르는 다시 예배실로 돌아가 선생님 몇 명을 데리고 돌아왔다. 가장 목소리가 큰 루펜이 소리쳐서야 내가 겨우 정신을 차렸다고 한다.

"몸이 허약하다고 들어서 죽은 줄 알고 정말 걱정했어요."

"죄송해요."

"아직 완전히 회복하진 않았다고 페르디난드 님께 듣긴 했는데, 귀족원에서 활동하는 모습을 봤을 때는 문제가 없어 보여서 깜빡하고 있었네요."

힐쉬르는 그렇게 말하며 일어나라고 나를 재촉했다.

에렌페스트의 성녀, '신의 뜻'을 따러 갔다가 하마터면 심층의 방에서 멀고 높은 곳을 오를 뻔하다.

본의 아니게 귀족원의 역사에 새로운 전설을 남기게 되었다.

첫 흙의 날

가까스로 내 방에 도착했다. 침대에 마석을 놓으라는 리카르다의 말에 따라 침대에 마석을 놓았다.

"이렇게 해도 마석에 영향을 줄지 모르니까 영 찜찜하지만 어쩔 수 없죠……."

그렇게 한숨 섞인 말을 하면서 마력이 통하지 않는 장갑을 낀 리카르다가 능숙하게 내 옷을 벗겼다. 원래 목욕은 '신의 뜻'에 마력을 전부 흘려보낸 뒤에 해야 하는데, 내가 바위벽에 기대어 잠든 탓에 그대로 침대에 올라갈 상태가 아니었다. 그래도 목욕을 할 순 없지만, 다행히 리카르다가 따뜻한 물에 적신 수건으로 내 몸을 닦아 주었다.

"공주님, 이걸 먹고 느긋하게 쉬세요."

리카르다는 페르디난드가 제조한 엄청 맛없는 약을 준비하고, 살짝 뒤로 물러서서 내가 약을 먹기를 가만히 기다렸다. 신체강화 마술구 덕분에 몸은 씩씩하게 움직일 수 있을 것 같았지만, 오한이 들고 머리도 어지러웠다. 완전히 재발한 고열을 느끼면서도 최대한 먹고 싶지 않은 약과 리카르다를 번갈아 보았다.

'이 몸으로 맛이라고는 한 톨도 없는 약은 안 먹고 싶어.'

맛을 전혀 고려하지 않은 페르디난드 특제 약을 바라보며 우물쭈물하자, 리카르다가 입은 웃으면서 눈으로는 화내는 실로 신기한 표정을 지으며 나를 바라보았다.

"이 계절에 심층의 방 같은 동굴에서 잠이 들면 평범한 사람도 감기에 걸려요. 잘못했다간 멀고 높은 곳으로 오를 뻔하셨어요. 별거 아닌 일에도 쓰러지는 공주님께서 지금 이렇게 살아 계신 게 신기할 정도란 말입니다!"

"……걱정을 끼쳤네요."

성에서 병약한 나 때문에 가장 가슴을 졸였던 리카르다다. 이번에 내가 좀처럼 돌아오지 않자, 걱정된 리카르다는 힐쉬르를 비롯한 선생들에게 지금까지의 나의 허약함을 폭로했다. 그 탓에 '신의 뜻'을 가지러 갔다가 피곤해서 쉬고 있을 저질 체력의 아이라는 선생들의 인식이 오다가 쓰러져서 죽음의 문턱을 오가는 아이로 바뀌어 버렸다.

"자, 공주님. 어서 드세요."

"네……."

나는 소름 끼치는 녹색 약이 든 약병을 잡고 단숨에 입에 틀어넣었다. 이 약을 먹을 때는 망설이면 안 된다. 단숨에 먹지 않으면 괴로운 시간만 길어질 뿐이다.

"우욱~!"

오랜만에 맛없는 약을 먹은 나는 토하지 않게 입을 틀어막고 눈물을 글썽이며 몸부림쳤다. 하지만 괴로움과는 반대로 몸 상태는 시간이 지날수록 좋아졌다. 정말 효과 하나는 최고였다. 먹는 순간에만 죽음을 맛보면 된다.

"그럼 느긋하게 쉬십시오."

리카르다는 정리를 끝내고, 소리 없이 방을 나갔다.

"제법 작아졌네."

나는 침대에 벌러덩 누운 채, 한 손에 들어올 정도로 작아진 '신의 뜻'을 바라보았다. 꽉 쥐고 마력을 보내면 보낼수록 '신의 뜻'은 크기가 작아졌다. 마력과 융합하여 내 몸속에 흡수되기 때문이라고 한다.

심층의 방에서 깜빡 졸았다가 깨어났을 때 작아진 마석을 보고 깜짝 놀라자, 힐쉬르가 "원래 그런 구조입니다. 자신과 동화할 때까지 마력을 흘려보내십시오." 라고 말했다.

즉, '신의 뜻'을 내 몸속에 완전히 흡수할 때까지 알을 품은 어미새처럼 마석을 품에 안고 지내야 하는 셈이다. 대체로 하루만 품으면 마력에 동화하므로 매년 열매의 날에 슈타프를 갖고, 수업이 쉬는 흙의 날이 마력을 흘려보내는 날로 정해져 있다고 한다.

"뭐, 그래도 무사히 돌아와서 다행이야."

나는 조금 전의 소동을 떠올리며 하아, 하고 한숨을 내쉬었다. 루펜의 우렁찬 목소리에 깬 것까지는 좋았다. 그 뒤부터가 고생이었다.

잠든 사이에 신체강화 마술구에 좀 넉넉하게 흘려보낸 마력이 원래대로 돌아와 있었다. 그리고 이미 근육통이 시작되어, 일어나는 데도 다리가 바들바들 떨렸다. 심지어 밖에서 자는 동안 감기에 걸렸는지, 머리도 아프고 오한이 드는 데다 몸까지 뜨거웠다. 그런 상태라도 내게 접촉하지 못하는 선생들은 발을 동동 구르며 나를 지켜봐야 했다.

"힐쉬르 선생님. 오늘만이라도 좋으니까 기숙사까지 기수를 타고 가면 안 될까요?"

에렌페스트의 성내에서는 아우브 에렌페스트의 허락하에 기수로 돌아다녔다. 귀족원의 기숙사도 아우브 에렌페스트의 소유물이므로 질베스타의 허가가 있으니 타고 다닐 수 있다.

그러나 귀족원은 왕족이 관리하는 시설이다. 관내에서 기수를 타려면 책임자의 허가가 필요하다. 나는 다른 선생님들을 둘러보며 허가를 구했다. 프림베르가 날렵한 눈썹을 찡그리며 천천히 고개를 저었다.

"허가는 해줄 수 있지만, 마석을 안은 채로는 기수를 소환하지 못합니다."

그 말에 나는 신체강화를 하려던 마력이 전부 '신의 뜻'에 흡수된 사실이 떠올랐다. 하지만 기수용 마석을 손에 쥐고, 의식적으로 그쪽에 마력을 흘려보낸다면 기수를 소환할 수 있을지도 모른다.

"……일단 해 볼게요."

나는 기수용 마석을 쥐고 마력을 흘려보냈다. 흘러간 마력의 절반은 '신의 뜻'에 흡수되었지만, 어떻게든 일인용 레서버스를 꺼낼 수 있었다. 비틀거리며 버스에 탑승한 나는 '신의 뜻'을 발밑에 놓아두고 핸들을 쥐었다.

'신의 뜻'이 레서버스를 통해 마력을 흡수하는지도 모른다. 머리가 멍해서 마력 조절 감각이 이상해졌는지, 평소보다도 더 느린 속도로 레서버스가 출발했다.

평소보다 느리긴 해도 움직이는 레서버스를 보고 선생들도 조금 안심한 듯했다. 느릿느릿 움직이기 시작한 레서버스 옆을 걸으면서 선생들이 저마다 감상을 뱉기 시작했다.

"어쩜, 이것이 소문으로만 듣던……?"

"호오, 이것이 프라우렘을 졸도하게 한 기수인가. 확실히 세 보이네."

'세 보인다니! 내 레서버스는 귀여운 거라고!'

루펜의 말에 반론하고 싶었지만, 입을 열기도 귀찮았다. 입술만 삐죽이며 표정으로 불만을 표출했다.

"치마 차림으로 탈 수 있다니, 이 얼마나 훌륭한가요. 저도 이번엔 이 기수 형태에 도전해 보려고요."

"어머. 그런 게 가능한가요? 굉장히 복잡해 보이는데요……."

힐쉬르의 말에 달려든 사람은 프림베르였다. 역시 일일이 옷을 갈아입고 타기 번거로웠으리라.

"로제마인 님께 설명을 들어도 핸들이니 액셀이니 이해가 잘 가지 않더군요. 그래서 이렇게 속에 들어가서 앉는 형태로 일반 기수처럼 고삐를 달면 어떨까 생각하고 있어요."

프라우렘은 비상식적으로 날개도 없이 난다며 고함쳤지만, 힐쉬르의 말에 따르면 눈앞에 실현된 레서버스를 떠올리며 날면 문제없이 날 수 있을 거라고 했다.

"프라우렘은 조금 고지식하답니다. 기수에 우아함보다 편리성을 추구하는 게 뭐가 어때서요? 이 기수는 짐도 실을 수 있어서 훌륭하다고 생각합니다."

힐쉬르의 말에 내 레서버스를 '아름답지 않다'며 고물 취급한 주제에 자기 짐수레처럼 사용하던 페르디난드가 뇌리를 스쳤다.

'스승이나 제자나 닮았네.'

흥미진진한 눈으로 일인용 레서버스의 내부를 들여다보는 선생들에게 둘러싸인 채 출구까지 갔다. 내 걸음보다 훨씬 빠른 속도로 무사히 도착하자, 선생들이 안도의 한숨을 내쉬는 모습이 가히 인상적이었다.

계속 돌아오기를 기다려 준 리카르다와 빌프리트는 "무사해서 다행이다." 라며 울었고, "수업 중에 죽을 뻔하면 마음 놓고 연구할 수도 없다."고 말하는 힐쉬르가 기숙사까지 데려다주고 나서야 겨우 돌아올 수 있었다.

오늘은 흙의 날. 귀족원에 온 이후로 처음 맞는 휴일이라서 수업도 없다. 하지만 1학년은 휴일을 만끽할 수가 없다. 어제 채집한 '신의 뜻'을 어미 새처럼 껴안고 마력을 쏟아부으며 지내야 해서다. 품질이 좋은 슈타프로 만들려면 타인의 마력이 섞이지 않아야 한다. 그래서 식사도 시종이 따로 방에 넣어 주는 음식을 혼자 먹어야 했다.

"상급생들은 어떻게 휴일을 보내요?"

아침을 가져온 리카르다에게 물어보았다. 상급생들은 도서관에 참고서를 읽으러 가거나 다른 영지의 친구와 다과회를 열거나 정보 수집을 하고, 견습 기사의 훈련에 참여하면서 각자 하고 싶은 활동을 하는 모양이었다.

"나도 도서관에 가고 싶어요."

"공주님은 몸부터 낫고, 모든 수업을 끝내셔야 합니다."

"약 덕분에 몸은 다 나았어요. 그리고 마석도 엄청 작아졌고요."

"네네. 그래도 오늘 하루는 침대에서 지내셔야 해요."

리카르다는 그렇게 말하며 맛이 개선된 약을 꺼냈다. 약을 먹은 나는 곧바로 침대로 쫓겨났다.

"리카르다, 책은 가져와 줄 수 있죠?"

"오늘은 마석과 마주하는 날입니다, 공주님."

책을 가져다줄 기미가 전혀 없다. 리카르다의 멀어지는 발소리를 들으면서 나는 독서를 포기했다. 손바닥 안에 잡히는 마석에 마력을 넣으려다가 문뜩 깨달았다.

"신체강화 마술구를 빼면 더 편하게 마력을 흘려보낼 수 있지 않을까?"

왼손에 마석을 쥔 채 나는 왼팔에 찬 마술구를 빼보았다. 순식간에 마석이 작아지더니 완전히 사라졌다.

'더 빨리 눈치챘어야지, 로제마인!'

마석이 흔적도 없이 사라진 빈 손바닥을 멍하니 바라보며 나는 한숨을 푹 내쉬었다.

"열이 났으니까 어쩔 수 없지." 라고 자신을 위로하며 신체강화 마술구를 다시 끼웠다. '신의 뜻'은 완전히 녹았지만, 내 몸에는 아무런 변화가 보이지 않았다.

"음~, 이걸로 정말 슈타프가 완성됐나?"

나는 어른들이 들고 있던 슈타프 모양을 떠올렸다. 그리고 주로 사용하는 오른손에 슈타프를 쥔 상태를 생각해 보았다. 그 순간, 눈에 익은 빛나는 지휘봉이 내 손안에 나타났다.

"해냈다! 굉장해! 나 꼭 마법사 같아!"

흥분한 나는 침대 위에서 뒹굴면서 지휘봉 형태의 슈타프를 붕붕 휘둘렀다.

"……어차피 마법사 지팡이로 쓸 거면 다른 형태로는 못 만드나?"

물의 여신 플류트레네의 지팡이처럼 길고 울퉁불퉁한 지팡이도 괜찮을 것 같다. 나는 신전에 있는 플류트레네의 지팡이를 머릿속에 떠올리며 슈타프를 소환해 보았다.

"오오오오, 됐다!"

아까 지휘봉 형태의 슈타프처럼 휘두르려다가 깨달았다. 이 길이는 사용이 불편하다. 내가 여태껏 가장 많이 봐 온 슈타프의 사용 장면은 마석을 두드려서 올도난츠를 만들 때였다. 이렇게 긴 지팡이로는 휘둘러서 마석을 두드리기도 어렵다.

"음, 슈타프 길이가 짧은 이유가 있구나."

마석을 두드려서 마력을 주입하기에 적당한 길이로 만들었다. 그러자 어른들이 들고 있는 슈타프와 비슷한 길이가 되었다. 잡기 쉽게 형태를 조금 바꿔 보기도 하고, 검의 코등이처럼 장식도 달아 보고, 책이나 펜 형태로도 해 보고, 형태를 요리조리 바꾸며 놀았다. 하지만 어느 것도 사용하기 불편했다. 형태가 복잡하거나 장식을 달려고 하면 이미지가 명확해야 해서 매번 모양이 미묘하게 달라지거나 오래 가지 못하고 사라져 버려서 결과가 불안정했다.

책이나 펜은 형태만 따지면 내 가슴을 뛰게 할 만큼 훌륭했지만, 실제로 마석을 두드리거나 형태를 바꿔서 질베스타를 때리던 페르디난드처럼 쓸 수 있을까 생각해 보면 어려웠다. 결국 어른들이 사용하는 지휘봉 형태로 결정되었다.

"뭔가 재미있는 사용법이 있으면 좋겠는데."

일단 슈타프 사용법은 다음 수업 때 기초를 배울 예정이다. 그때를 기대하며 기다릴 수밖에 없을 것 같다.

"공주님, 점심을 가져왔습니다."

점심 후에도 리카르다에게 "방 밖을 돌아다니다니 절대 안 돼요." 라고 혼났다. 이젠 열도 완전히 떨어졌고, 마석도 녹았다고 하는데도 허락해 주지 않았다.

"저녁까지 얌전히 계신다면 식당에서 저녁을 드실 수 있게 해 드리겠습니다."

리카르다가 점심 식기를 치우러 방을 나갔다. 그 모습을 침대에서 배웅한 나는 그녀가 완전히 나간 것을 확인한 후에 슬그머니 침대에서 내려왔다. 책도 없이 하루 내내 자야 한다니, 심심해서 미칠 것 같았다. 책상 서랍에서 몰래 책을 꺼내서 침대에 몸을 날렸다.

"독서 시간이다. 룰루랄라."

책을 읽으려고 할 때였다. 식기를 치우고 방에 돌아온 리카르다가 침대에서 책을 읽는 나를 보고 눈꼬리가 치켜 올라갔다.

"공주님! 오늘 하루는 쉬는 날이라고 말씀드렸지 않습니까!"

"그러니까 지금 쉬려고 하고 있잖아요."

"정말 이 공주님은 몇 번을 말씀드려도 책만 보면 정신을 놓으신다니까! 그 고집스러운 점은 질베스타 님이나 페르디난드 님과 판박이시네요!"

리카르다는 바락바락 화내며 내게서 책을 낚아챘다. 그리고 "건강하시다면 드릴 말씀이 있습니다." 라고 말했다.

"공주님은 아우브 에렌페스트가 될 생각이 없으십니까?"

리카르다의 말에 "왜 갑자기 그런 말을?" 하고 나는 고개를 갸우뚱했다. 같은 질문을 어제도 들은 것 같다.

"공주님은 영주 부부의 정식 양녀이시니까 아우브 에렌페스트가 될 자격이 있으세요. 빌프리트 님이 차기 영주로 확정되었던 그때와 달리, 지금은 그럴 마음만 있으시다면 로제마인 님도 그 자리를 차지할 수 있으십니다."

칼스테드의 딸이라면 선선대 영주의 피를 물려받았기 때문에 혈통을 따져 봐도 문제가 없다고 리카르다가 말했다.

'다들 모르겠지만, 혈통상 큰 문제가 있거든요.'

"본래 가장 힘이 강한 자가 영주가 되어야 한다고 생각해 왔습니다. 그래도 다들 여자보다는 남자 영주를 원했지요. 하지만 공주님은 에렌페스트의 성녀라는 칭호가 있습니다. 그래서 로제마인 님을 영주로 옹립하고 싶어하는 측근도 있더군요. 저는 주변인들이 공주님의 길을 정해 버리기 전에 공주님의 의사를 듣고 싶습니다."

'아아, 하르트무트가 뭐라고 일러바쳤네.'

어제오늘 하르트무트가 뭔가 몰래 움직이는 모양이다. 아마 내 성녀 전설을 가속화하는 방향으로.

"나는 아우브 에렌페스트가 될 생각은 추호도 없어요. 언젠가 아우브 에렌페스트를 보좌하면서 도서실을 관리할 거예요."

"참 공주님다운 발상이시네요."

리카르다가 쿡쿡 웃으며 어깨에 힘을 뺐다.

"저는 아우브가 될 생각이 없다고 말씀하시는 공주님의 의사에 따르겠습니다."

리카르다가 속이 후련해진 얼굴로 퇴실했다. 나를 영주의 자리에 앉히려는 사람들은 리카르다가 어느 정도 막아 주리라. 나는 멀어지는 리카르다의 발소리를 확인하고, 이번에는 다른 곳에 숨겨둔 책을 꺼내서 침대에 누웠다.

"공주님!"

리카르다가 돌아오기 전에 이불 속에 숨겨둘 생각이었는데, 책을 읽다가 잠든 바람에 또 혼이 났다. 실수, 실수.

하지만 푹 자서 몸은 완전히 회복했다. 몰래 책을 읽으실 바에는 차라리 식당에서 다른 사람들과 교류하세요, 라고 화내는 리카르다의 도움으로 옷을 갈아입고 방을 나왔다.

2년간 잠들었던 나는 타영지뿐만 아니라 에렌페스트의 귀족과도 교류가 많이 없었다. 1학년생과는 이론 한방 합격이라는 시련을 함께 맞서 싸우며 연대감이 생겼고, 공부를 가르치면서 다소 교류가 있었다. 하지만 상급생과는 한참 부족했다. 솔직히 말하면 내 측근과도 변변히 소통하지 못했다. 나는 근육통에 욱신거리는 몸으로 레서버스를 타고 리카르다와 문밖에서 호위하던 안게리카와 함께 다목적 홀로 향했다. 곧 저녁을 먹을 시간이라서 외출했던 학생들도 돌아와서 각자 시간을 보내고 있었다.

"안게리카는 오늘 하루 뭐 했어요?"

"오전 중에는 코르넬리우스와 레오노레와 트라우고트의 권유로 디터 연습을 했습니다. 유디트도 가고 싶어 했지만, 호위 임무가 있어서 다음에 함께 하기로 했습니다."

그런 이야기를 나누면서 2층에 대기 중이던 트라우고트와 합류해서 계단을 내려갔다.

"디터란 건 어떤 경기예요?"

꽤 오래전에 에크하르트에게 귀족원에서 견습 기사들이 자주 하는 게임이라고 들은 적이 있다. 내 질문에 안게리카가 간결하게 대답해 주었다.

"마물 사냥입니다."

"안게리카, 그 설명으로는 로제마인 님이 이해 못 하시지."

얼굴을 찌푸리며 안게리카에게 그렇게 말한 트라우고트가 내게 자세히 설명해 주었다.

"디터에도 여러 종류가 있습니다. 잡은 마물로 힘을 겨루기도 하고, 잡은 숫자나 속도로 경쟁하는 등, 때에 따라서 승리 조건이 다릅니다."

가장 규모가 큰 것은 자기 기사단이 지킬 마물을 잡아 오는 부분부터 시작하는 '보물 뺏기 디터'라고 한다. 모든 영지의 견습 기사 중에서 인원을 뽑아 하는 디터인데, 각자의 기숙사 근처에 진을 친다. 그리고 타 영지로부터 지킬 보물로 삼을 마물을 포획해 온다. 이때 마물을 약하게만 만들어야 하는데, 마석으로 바뀌어 버리지 않게 잡는 것이 중요하다고 한다. 그리고 상대 영지의 공격에서 그 마물과 진을 지키면서 상대 팀의 마물을 빼앗아 온다. 덧붙이면 상대 영지의 마물을 빼앗을 때는 마물을 마석으로 바꿔 버려도 된다.

"옛날에는 보물 뺏기 디터가 영지대항전 중에 가장 인기가 있었다고 합니다. 그런데 전체 인구 감소로 보물 뺏기 디터를 못하게 되었고, 지금은 선생이 만든 훈련용 마물을 얼마나 빨리 쓰러뜨리는가를 겨루는 디터를 채용했다고 하지요."

"영지대항전이 기대되네요."

"로제마인 님께 멋진 모습을 보일 수 있도록 힘내겠습니다."

본 적이 없어서 상상도 잘 안 되지만, 영지대항전이 기대되었다. 강해진 안게리카와 코르넬리우스의 실력도 아직 보지 못했다.

"올해는 안게리카와 코르넬리우스가 있어서 영지대항전에서도 괜찮은 결과를 거둘 것 같습니다."

그렇게 말하는 트라우고트의 목소리는 한껏 가라앉아 있었고, 표정에는 불만이 엿보였다.

"괜찮은 결과를 거둘 것 같다고 말하면서 표정은 하나도 안 기뻐 보이는데요?"

"솔직히 말하면 너무 분합니다. 내년에는 저도 로제마인 님의 압축 방법으로 마력을 키워서 더 강해지면 꼭 참가하고 싶습니다."

다목적 홀에 도착했다. 리젤레타와 브륀힐데를 중심으로 여자아이들이 서로 머리를 맞대고 뭔가 끄적이는 모습이 눈에 들어왔다.

"뭐해요?"

말을 건 순간, 아이들이 "꺅!" 하고 소리를 지르며 허둥지둥 뭔가를 감췄다. 나는 고개를 갸웃거렸다.

"내가 보면 안 되는 거예요?"

"아뇨, 그……주인이신 로제마인 님을 두고 저희끼리 재미로 한 거라 조금 부끄러워서요. 이상한 짓은 결단코 하지 않았습니다."

브륀힐데가 어설프게 웃었고, 리젤레타나 주변 여자아이들도 연신 고개를 끄덕였다.

"슈바르츠와 바이스가 너무 귀여워서……. 로제마인 님께서 의상을 준비하신다면 이런 유행을 넣으면 좋겠다는 얘기를 하고 있었어요. 로제마인 님도 안 계실 때 주제넘게 나대서 죄송합니다."

"난 괜찮아요. 어떤 의상 디자인이 나왔는지 보여줄래요?"

들떠 하며 내가 손을 내밀자, 리젤레타가 조심스럽게 종이를 내밀어 주었다. 검은색 잉크로 제법 능숙하게 슈바르츠와 바이스가 그려져 있었다. 색깔만 다른 원피스를 입혀 놓은 지금 상태와 달리 이번에는 남녀 차림을 입혀 놓았다.

"꽃 장식을 넣고 싶었고, 이왕이면 남녀 차림으로 입히면 어떨까…… 해서."

이것저것 그려 넣은 디자인을 살펴보았다. 바이스에게는 귀엽게 레이스 옷을 입히고, 슈바르츠에게는 반듯하고 멋있게 입히자는 의견도 있었다. 꽃 장식을 쓰려면 어떤 크기로 어떻게 넣을지, 꽤 세세한 부분까지 그려져 있었다.

"로제마인 님께서 올해 개막 연회 때 입으셨던 의상의 치마가 너무 귀여워서 그 디자인을 넣어 보고 싶었습니다."

리젤레타가 눈을 반짝이면서 내가 기장을 늘리려고 사용한 벌룬 모양 스커트 얘기를 꺼내기 시작했다. 나는 주변 평가를 못 들었는데, 정교하고 귀엽다는 소문이 났다고 한다. 2년 전에 공개한 브리기테의 드레스뿐만 아니라 내 의상도 새로운 유행을 창조했다는 평가가 나온다고 했다. 처음 알았다.

평소보다 말이 많은 리젤레타를 내가 놀라면서 바라보는데, 안게리카가 피식 웃었다.

"리젤레타는 옛날부터 귀여운 거라면 사족을 못 씁니다. 집에서 키우는 스밀에도 직접 만든 옷을 입히기도 해요."

"언니!"

안게리카의 고자질에 리젤레타가 뽀로통해졌다. 나이다워 보이는 모습에 흐뭇했다.

"……난 모든 수업만 통과하면 도서관에 갈 수 있어요. 그러니까 그때까지 리젤레타가 이론을 통과하면 나와 같이 치수를 재러 가겠어요?"

"그래도 되나요!?"

"다 같이 가면 재밌잖아요. 또 같이 가고 싶은 사람 있나요?"

내 말에 리젤레타가 활짝 웃으며 주위를 돌아보자, 저번에 도서관에 동행하지 못한 다른 여자아이들이 따라가고 싶다고 말하기 시작했다.

"저도 슈바르츠와 바이스를 보고 싶습니다."

"실제로 치수를 재 봐야 어떤 의상이 어울릴지 더 잘 알겠네요. 기대되어요."

"그럼 내가 수업을 끝낼 때까지 이론을 통과하세요. 재밌는 일에 푹 빠지면 공부가 소홀해지는 법이거든요."

"그러네요! 열심히 하겠습니다!"

다 같이 이론을 통과하겠다며 흥분하기 시작한 여자들을 보며 나는 싱긋 웃었다.

귀여운 슈바르츠와 바이스를 지킬 최고의 방법은 힐쉬르를 막아 줄 사람들을 데려가는 것이다. 그것도 슈바르츠와 바이스를 끔찍이 좋아하는 사람이면 더 좋다.

'커다란 스밀의 치수를 어떻게 재는지도 모르고, 힐쉬르 선생님의 폭주를 막아 줄 사람은 많을수록 좋잖아? 나 혼자서는 절대 안 돼. 적합한 사람을 많이 찾아서 다행이다!'

봉납 가무

아침을 먹으러 나오지 않았던 1학년생들도 점심때는 빠짐없이 모였다. 아무래도 모두가 무사히 '신의 뜻'을 동화하는 데 성공한 모양이다.

"점심시간에 못 맞출까 봐 걱정했네."

자랑스러운 표정으로 말하는 빌프리트와 측근과 함께 나는 봉납 가무 수업이 열리는 작은 홀로 향했다. 영주 후보생은 봉납 가무 연습, 상급 견습 기사들은 검무 연습이 있다. 그 외에는 음악 연습이다. 모두가 페슈필을 연주하기는 어려우므로 피리나 북 같은 다른 악기도 연습한다고 했다.

"안게리카는 중급 견습 기사인데 검무 연습을 해요?"

"네. 루펜 선생님이 추천해 주셨습니다. 악기를 연주하기 싫었는데, 잘됐어요."

나중에 코르넬리우스가 귀띔해 준 정보에 의하면 안게리카에게 상급 귀족과 비등한 마력이 있는 점, 몸을 움직이는 검무 실력이 출중하다는 점, 얼굴이 예뻐서 검무를 시키면 무대가 화사해진다는 점, 악기를 익힐 생각이 없어서 실력이 전혀 늘지 않는 점 등, 다양한 이유로 추천을 받게 되었다고 한다.

"아무리 음악이 싫어도 페슈필 실기도 있었을 거 아녜요?"

"페슈필은 어렸을 때부터 계속 훈련받았고, 마검 슈팅루크를 소지하는 허가를 받으려고 2학년 때 죽자사자 연습했습니다. 그때 이후로 크게 늘진 않았지만, 그걸로 겨우 연명하는 느낌입니다."

전공 코스를 선택할 때 반대하는 가족에게 마검을 지닌 견습 기사가 되는 것을 인정받기 위해 노력했다고 한다. 안게리카도 자기 목표를 위해서라면 물불 가리지 않고 노력하는 아이다. 그 마음은 깊이 이해가 되었다.

"……그랬군요. 선생님이 편의를 봐주셔서 잘됐네요."

"네. 검무는 정말 재밌어서 저도 추천해 주신 것만으로도 기뻤습니다."

안게리카에게 의욕이 생겼으면 그거로 됐다. 그렇게 가볍게 생각했던 나는 유디트의 말에 깜짝 놀랐다.

"안게리카는 정말 특출나게 대단한 거예요, 로제마인 님. 상급 귀족이라고 아무나 검무를 시키지 않아요. 특히 에렌페스트에서 검무에 뽑힌 사람은 역대 졸업생 중에도 많지 않고요. 그런데 안게리카는 중급 귀족인데도 뽑혔으니 정말 대단하죠."

보라색 눈을 반짝이며 의기양양하게 자랑한 유디트가 알려준 것은 봉납 가무든 검무든 5학년 막바지에 선별한다는 내용이었다. 5학년 귀족원이 시작하기 직전에 로제마인식 압축 방법을 알게 된 샤를로테의 호위 기사, 에르네스타는 마력을 키울 시간이 부족해서 정말 아쉽게도 검무에 뽑히지 못했다. 그래서 다음 해에 최종학년이 되었을 때 마력을 충분히 늘린 후 매우 분해했다고 한다.

"저는 중급 귀족이고, 안게리카만큼 강하지 않아서 뽑힐 일은 없겠지요. 하지만 레오노레나 트라우고트는 가능성이 있어요."

상급 귀족인 두 사람은 올해 겨울이 끝나기 전에 로제마인식 압축 방법을 익혀서 선별이 이뤄지기 전에 마력을 키우면 검무에 뽑힐 가능성이 있다고 한다. 트라우고드가 군청색 눈을 날카롭게 번뜩였다.

"저도 로제마인 님의 마력 압축 방법을 배워서 안게리카처럼 검무에 뽑히고 싶습니다."

"내 호위 기사가 뽑히면 나도 좋죠. 열심히 하세요."

"그럼 빌프리트 도련님과 로제마인 공주님도 단단히 정신 차리고 연습하십시오. ……오늘은 전 학년이 모이거든요."

리카르다의 말에 나와 빌프리트는 천천히 고개를 끄덕였다. 작은 홀에서는 전 학년의 영주 후보생이 봉납 가무를 연습한다. 우리들, 신입생부터 최상급생까지 함께 말이다. 상급생과 만나는 건 친목회 이후 처음이라 살짝 긴장되었다.

"1학년은 처음에는 견학할 겁니다. 상급생의 춤을 잘 지켜보세요. 후반에는 실제로 춰 보고, 얼마나 출 수 있는지 보겠습니다."

선생은 그렇게 말하고 1학년 영주 후보생을 방 끝에 나열한 의자에 앉게 했다. 나는 작은 홀 안을 쭉 둘러보았다. 각 학년끼리 나눠서 연습하는 모습이 보였다. 봄부터 가을까지 얼마나 실력이 늘었는지 확인하는 것이 첫 수업인 듯했다.

이렇게 보니 2학년은 실력이 다들 비슷비슷했지만, 고학년일수록 개인 기량이 확연히 차이가 났다. 손목의 꺾임과 손가락 움직임이 매끄럽고 아름다워서 눈길을 끄는 사람이 몇 명 있었다. 이미 선별이 끝난 최상급생은 가장 수가 적었다. 남자 셋, 여자 넷의 무용수가 제각각 신의 귀색으로 물들인 얇은 의상을 입는 중이었다. 얇은 천을 머리부터 덮어쓰고 은색 띠로 고정했다. 당일에는 성인이 됨을 축하하는 금색 띠를 두른다고 했다.

'디자인은 신전 제식복과 비슷하네.'

제식복과 달리 몸을 회전하면 살랑거리도록 뒤가 비치는 얇은 소재의 천이었다. 움직이기 편하기 위해서인지, 회전했을 때 퍼지게 하기 위해서인지, 허리에서 아랫단까지 몇 군데 트임이 들어가 있었다. 의상을 갈아입은 여학생이 팔을 펼쳐서 빙글 돌자, 후리소데처럼 긴 소매가 활짝 펼쳐지면서 치맛단까지 부드럽게 휘날렸다.

최상급생의 연습이 시작되었다. 의상을 갖춰 입은 일곱 명과 의상을 입지 않은 남녀가 보였다. 아마 보결이리라. 그들은 살랑이며 나부끼는 소매와 몸의 움직임에 맞춰 펄럭이는 치마를 정말 부러운 눈으로 바라보았다.

"우리는 세상을 창조한 신들에게 기도와 감사를 바치는 자."

그들의 입에서 귀에 익은 말이 흘러나왔다. 혹독한 겨울의 끝과 봄의 방문을 축하하는 기도문과 자신들이 성인이 될 때까지 가호를 내려 주신 감사와 앞으로의 가호를 비는 말이다. 일곱 명의 목소리가 작은 홀에 울렸다.

에렌페스트에서는 시간 부족으로 기본 춤만 연습했던 나는 그런 시작 기도를 듣고, 깜짝 놀라 눈을 크게 떴다. 성전에 실린 기도문이 신관이 아닌, 신전을 경멸하는 귀족의 입에서 나오자 매우 기분이 이상했다. 오랜 역사에 걸쳐 지위가 떨어졌지만, 본래는 신전도 왕족과 동등한 위치였는지도 모른다.

"신에게 기도를!"

양팔과 왼발을 드는 기도 포즈로 봉납 가무가 시작되었다. 이 자세로 아름답게 균형을 잡기가 어렵다고 에렌페스트의 봉납 가무 선생님이 말해 줬지만, 신전에서 기도를 바치는 데 익숙한 나는 안무를 외우는 쪽이 더 힘들었다. 봉납 가무에 관해 깊이 생각할 시간은 없었지만, 그 춤을 보고 있으면 과거에는 신전의 힘이 훨씬 강했음을 알 수 있었다.

느린 움직임에 맞춰 후리소데처럼 긴 일곱 색깔 소매가 살랑거렸다. 비록 연습용이지만, 저런 의상을 입고 긴 소매를 흩날리며 추는 모습이 마치 전통 무용처럼 보이기도 했다.

'그나저나 아나스타지우스 왕자가 어둠의 신께 기도를 바치는 역할이구나. 분명 저런 역할 선별도 영지의 영향력이 크게 관여했겠지?'

그렇게 생각하면서 나는 아나스타지우스의 춤을 지켜보았다. 빛의 여신에게 기도를 바치는 여학생의 실력에 훨씬 못 미쳤다. 최고신에 기도를 바치는 두 사람의 수준이 맞지 않았다.

'저 여자분 옆에서 추면 누구나 못해 보이겠지만, 왕자님이 저러면 힘들겠네.'

빛의 여신에게 기도를 바치는 여학생은 그들 중에서 눈에 띄게 실력이 뛰어났다. 손가락 움직임이나 시선 처리까지 넋을 잃을 정도로 우아하고 아름다웠다. 나는 눈길이 가는 대로 빛의 여신에게 기도를 바치는 그녀를 그저 빤히 바라보았다.

"어머, 빌프리트."

"디트린데 님……."

짧은 휴식에 들어가자마자, 밝은 목소리로 아렌스바흐의 영주 후보생인 디트린데가 웃으며 다가왔다. 그녀는 어깨에 걸친 화려한 금발을 슥 넘기고, 빌프리트와 색조가 비슷한 녹색 눈동자를 가늘게 뜨

며 웃었다.

“빌프리트의 활약은 익히 들었어요. 나도 사촌 누이로서 자랑스럽네요. 이론 첫날에 전원 합격하다니, 아무나 할 수 있는 일이 아니잖아요?”

“감사합니다. 하지만 그건 로제마인이…….”

“어머나, 모두가 사실을 알고 있는데 자신의 공을 남에게 양보해도 의미가 없어요. 당신의 겸손함만 더 부각될 뿐이죠.”

아니, 그게 아니다, 라고 말하려는 빌프리트의 말을 막으며 디트린데가 어린애를 달래듯이 웃었다. 가늘고 하얀 손가락으로 빌프리트의 옆머리를 부드럽게 쓰다듬었다.

“정말 잘했어요, 빌프리트. 당신은 나의 자랑이에요.”

온화한 미소로 그렇게 말하는 디트린데를 빌프리트가 눈을 크게 뜨고 바라보았다.

“왜 그러죠?”

“아뇨. ……아무것도 아닙니다.”

빌프리트는 눈을 내리뜨고 고개를 저었다. 하지만 그 표정에는 갑자기 자신을 만진 데 대한 불쾌감보다 오히려 옛날을 그리는 듯한 미소가 엿보였다.

“빌프리트. 사촌끼리 좀 더 느긋하게 얘기했으면 좋겠어요. 이렇게 만날 기회도 많이 없는데. 다과회에 초대해도 될까요?”

이쪽을 힐끗 쳐다보면서 사촌끼리라는 단어를 강조하는 걸 보면 혈연상 사촌에 해당하지 않는 나는 초대하지 않겠다는 의미다. 그러나 여기서 눈치 있게 물러날 수는 없었다. 둔하다고 하든, 눈치 없다고 하든 나는 빌프리트를 감시해야만 한다.

'또 저번처럼 폐적 소동이 일어나면 내가 곤란하거든요.'

"와. 다과회라고요? 기대되네요, 빌프리트 오라버니."

"어머, 내 말을 이해하지 못했나 보네요? 당신은 내 사촌이 아니잖아요."

모른 척하고 다과회에 따라가려고 했는데, 딱 잘라 거절당했다. 눈치 있게 물러나 주기 싫은 건 디트린데도 마찬가지인 모양이다.

"공식적으로 저도 아우브 에렌페스트의 딸인데요?"

"공식적으로는 그렇겠죠. 하지만 이번 다과회는 사적인 모임이에요. 이해해 주시겠죠?"

서로 어떻게 나올지 살피며 미소로 노려보는 나와 디트린데 사이로 덩치 큰 빌프리트가 쓱 끼어들었다. 똑 닮아서 덩치가 커진 빌프리트처럼 보이는 그는 프레벨타크의 뤼디거였다.

"그럼 사촌인 저도 초대해 주실 수 있으십니까, 디트린데 님?"

"……네, 그러죠. 뤼디거라면 내 사촌에 해당하니까, 그러세요."

침묵이 흐른 몇 초간 무슨 생각을 했는지 모르겠지만, 디트린데가 싱긋 웃었다.

"그렇게 됐으니 미안하게 됐지만, 로제마인 님은 자리를 비켜 주세요."

디트린데는 싸움에서 이긴 사람처럼 웃으며 그렇게 말했고, 셋이서 다과회 회의를 시작하려고 했다. 그녀의 말대로 혈족도 아니면서 둔한 척하며 끈덕지게 물고 늘어졌지만, 이렇게까지 딱 잘라 거절하면 더는 끼어들 틈이 없다. 이젠 빌프리트의 노력에 맡길 수밖에.

나는 다과회 회의를 시작한 세 사람에게서 떨어져서 작은 홀 안을 쭉 둘러보았다. 제각기 친한 사람과 담소를 나누며 휴식시간을 보내는 가운데 딱 한 사람, 빛의 여신의 귀색을 입은 여학생이 춤 연습을 하고 있었다. 나는 기쁨에 가득 찬 그녀의 표정에 홀리듯이 다가가 방해가 되지 않는 거리에 자리를 잡고 앉았다.

멍하니 바라보는데, 내 뒤에서 누군가가 말을 걸었다.

"에렌페스트 꼬맹이."

갑자기 주위가 술렁거렸다. 매우 무례한 발언이지만, 이 목소리의 주인은 그만한 실례를 범해도 용납되는 사람이다. 왕족이 말을 걸면 무시할 수 없어서 짜증이 난다. 나는 아쉬운 마음으로 그녀에게서 눈을 떼고, 궁중예절 실기 때처럼 억지 미소를 만들어 뒤돌아보았다.

"……제게 말을 걸어 주시다니 영광입니다, 아나스타지우스 왕자님."

"너, 제법 흥미로운 걸 하고 있다면서? 얘기를 들어 보자. 이리로 와라."

나는 분부대로 아나스타지우스 쪽으로 걸어가면서 고개를 갸웃거렸다. 이런저런 얘기를 들었다지만, 대체 무슨 소리를 누구에게 듣고, 어떻게 생각했는지 도통 모르겠다. 적어도 내 기억엔 흥미로운 짓을 저지른 기억이 없다.

"아나스타지우스 왕자님께서는 대체 어떤 얘기를 들으셨는지요? 전 흥미롭게 들을 만한 행동을 한 기억이 없습니다만……."

전혀 기억이 안 난다, 라며 내가 아나스타지우스 앞에 무릎을 꿇고 대답하자 주위에 여학생 몇 명을 거느린 아나스타지우스의 한쪽 눈썹이 실룩거렸다.

"마수를 본뜬 이상한 기수로 프라우렘을 공격했다면서?"

대체 그 무슨 뜬소문인가? 꼭 내가 위험인물이라는 말투다. 나는 서둘러 그 사실을 부정했다. 부정할 때만큼은 똑똑히 딱 잘라 말해야 한다. 모호하게 굴면 사실이라고 인정하는 꼴이다.

"전 신에게 맹세코 선생님을 공격하는 위험한 짓은 하지 않았습니다. ……제 기수가 다른 기수와 조금 다른 건 사실이지만요."

내가 그렇게 말하자, 아나스타지우스가 눈을 가늘게 뜨며 의심스럽다는 눈초리로 나를 내려다보았다. 그리고 시선을 굴리며 뭔가 생각하는 듯했다.

"흠. 쌍방이 다른 주장을 펼치면 누구 말이 사실인지 모르지 않느냐. ……좋다. 그럼 네 기수를 내게 보여라. 이 몸이 위험한지 아닌지 판단하겠다."

'네 일이나 하세요. 선생님도 아닌 네가 무슨 판단을 내려?'

마음속 목소리를 억지웃음으로 감추고, 나는 "알겠습니다." 라고 말하며 가슴 앞에서 양팔을 교차했다.

"그럼 밖으로 나가자."

지금 당장 보겠다며 아나스타지우스가 일어나자, 나는 어안이 벙벙했다. 수업 중간에 빠져나가는 눈에 띄는 짓은 하고 싶지 않았다. 연습이 시작하기 전까지 돌아오지 못하면 선생에게 혼나는 건 왕족인 아나스타지우스가 아니라, 명령을 들은 나다.

"아나스타지우스 왕자님, 봉납 가무 연습이 끝난 후가 낫지 않겠습니까? 제 기수같이 변변찮은 것을 보는 것보다 춤 연습이 더 중요합니다."

최대한 빨리 합격하려면 연습 첫날부터 수업을 빼먹을 수는 없다. 휴식시간이 끝났는지 홀로 들어오는 가무 담당 선생님을 보고, 아나스타지우스가 가볍게 어깨를 으쓱했다.

"그렇군. 나중에 하지. ……넌 어리게 생긴 게 생각보다 모사꾼이군. 이상한 기수로 꾀어도 난 그렇게 간단히 넘어가지 않는다."

"꾀어요?"

'저기요. 내 기억이 맞다면 보이라고 명령한 건 그쪽인데요? 왜 내가 왕자를 꾀었다는 식으로 말하는 건데?'

어떤 사고회로인지 전혀 감이 안 잡히지만, 일단 딱 잘라 부정하기로 했다. 모호하게 굴면 입학부터 내가 주제도 모르게 왕자에게 접근했다는 소문이 날지도 모른다.

"안심하십시오. 전 아나스타지우스 왕자님을 꼬시거나 유혹하지 않습니다. 약속한 이상, 기수는 보여드리겠지만 제 쪽에서 두 번 다시 접근하지 않겠다고 맹세하겠습니다."

"……알겠다."

아나스타지우스는 이해할 수 없다는 표정을 지었지만, 나는 똑똑히 거절해서 이상한 오해를 사전에 없애야 한다. 솔직히 아나스타지우스를 둘러싼 여성들의 눈빛이 무시무시했다. 졸업식 에스코트 자리를 두고 여자들의 치열한 싸움이 벌어지리라는 생각이 들었다. 누가 봐도 대상 밖인 외모를 지닌 내게 적대심을 풍길 정도로 격한 싸움이 되리라. 아, 무서워라.

아나스타지우스가 물러나라고 허가했을 때 선생 쪽에서 말을 걸었다. 나는 걱정스럽게 기다리던 빌프리트에게 연습이 끝나면 아나스타지우스 왕자님께 기수를 보여주게 되었다고 보고했다.

"로제마인, 절대 실수하지 않도록 조심해."

나보다 빌프리트의 안색이 더 나쁘고 긴장한 기색이다. 나는 고개를 끄덕였고, 후반 연습이 시작되었다.

“그럼 여러분이 얼마나 연습해 왔는지 보겠습니다.”

합격선만 넘으면 1학년생은 통과다. 선생은 최종학년의 연습을 중시할 테니, 그 후에는 각자 영지에서 연습하면 된다고 했다. 2학년생이 되기 전까지 어느 정도 연습했는지 보겠다고 했다.

‘반드시 오늘 중에 합격할 테다.’

모두 한 줄로 서서 지금까지 각자 영지에서 연습한 대로 춤을 선보였다. 나는 조금 전에 본 빛의 여신에게 기도를 바치던 여성의 춤을 떠올리면서 최대한 그 춤과 비슷하게 하나하나 신경 써서 추었다.

‘도서관, 도서관, 도서관이 나를 기다린다!’

내 온 마음을 담아서 춘 춤이 무사히 합격선을 넘었는지, 선생이 웃으며 “매우 잘하셨습니다.” 라고 칭찬해 주었다. 이제 나는 가무 연습 시간에 오지 않아도 된다. 올해 1학년은 모두 합격선을 넘었는지, 전원 합격했다.

“견학은 자유입니다. 상급생의 춤을 보면 공부가 되니까요.”

선생은 그렇게 말했지만, 내게는 가무 연습보다 도서관이 더 중요하다. 견학에 시간을 소비하고 싶지 않다.

‘이제 남은 건 기수와 슈타프. 고지가 눈앞이다. 신난다!’

기수 시험은 힐쉬르와 뒷거래를 맺었고, 혼자서 요래조래 건드려 본 경험상 슈타프 다루기도 그렇게 어렵지 않을 것 같았다.

‘도서관까지 얼마 안 남았어.’

가무도 합격해서 속으로 덩실덩실 춤추던 나는 기숙사로 돌아가려고 작은 홀을 나갔다. 그러자 얼굴이 새파래진 빌프리트가 내 뒷덜미를 잡고 조그마한 목소리로 버럭 화를 냈다.

“너, 아나스타지우스 왕자와 한 약속 잊었냐?”

“……까맣게 잊고 있었어요.”

“정말 못 말리겠다…….”

머리를 감싸 쥔 빌프리트가 작은 홀 밖에서 리카르다와 함께 기다리라는 말을 남기고 기숙사로 돌아갔다. 초대받지 못한 사람은 동석할 수 없어서다.

‘큰일 날 뻔했네.’

나는 마음속 식은땀을 닦으며 리카르다와 작은 홀 출구에서 아나스타지우스가 나오기를 기다렸다. 몇몇 여학생들과 함께 나온 아나스타지우스가 내 모습을 발견하고는 콧방귀를 뀌며 나를 바보 취급하듯 비웃었다.

“뭐야, 이런 데서 기다리고 있었냐? 미안하지만, 급한 용무가 생겼다. 너한테 소비할 시간은 없어.”

“아나스타지우스 님은 우리와 함께 시간을 보내기로 했어요. 미안하게 됐네요.”

키득키득 웃는 여학생들이 대놓고 적대심을 드러냈다. 아나스타지우스의 총애를 얻으려고 아웅다웅하는 여자들 싸움에 말려들고 싶지 않았던 나는 얼른 이 자리를 뜨기로 했다.

“왕족분들이 얼마나 바쁘신 몸인지는 충분히 알고 있습니다. 심려치 마세요. 자, 리카르다. 얼른 기숙사로 돌아갑시다.”

평소보다 조금 표정이 굳은 리카르다에게 말을 걸었다. 아마 나를 가볍게 취급해서 화가 났으리라.

“어서 오늘 아침에 못다 읽은 책을 읽고 싶어요.”

내가 웃으며 그렇게 말하자, 리카르다는 어쩔 수 없다는 듯이 어깨에 힘을 빼고 걷기 시작했다.

여학생들의 시선이 무서워서 뒤돌아보지도 않았던 나는 그때 아나스타지우스가 어떤 표정이었는지 전혀 보지 못했다.

기수 제작 합격

하루 내내 수업이 없는 날에는 도서관에 가고 싶다고 말해 봤다. 아니나다를까 리카르다에게 거부당한 나는 다음 인쇄에 쓸 원고 제작에 열을 올렸다. 어린이 구어체를 문어체로 바꾸었다. 이러면 봄에 인쇄를 들어갈 때 편하다.

그다음 날은 오후에 음악 실기가 있었다. 선생이 준 과제곡을 연주할 줄 알면 합격이라고 했다. 페르디난드가 연습을 시킨 적이 있는 곡이었다. 악보를 보면서 몇 번 연습한 뒤, 선생 앞에서 연주하고 바로 합격을 손에 쥐었다.

"로제마인 님은 자작곡뿐만 아니라 다른 곡도 연습을 많이 하셨군요."

"제 악사나 스승이 시키는 대로 연습했을 뿐이에요."

"그 악사도 데려와 주실 거지요? 다과회가 기대되네요."

"저도 악사도 선생님께서 다과회에 초대해 주셔서 잠을 못 이룰 정도로 영광이었습니다."

"어머나, 거짓말도 잘하셔라."

그런 대화를 나누고, 나는 음악 실기를 마쳤다. 사실 로지나는 수면 시간까지 줄여 가며 새로운 곡의 작사와 편곡과 연습에 매진 중인 듯했다. 거짓말이 아니라 다과회가 너무 기대되는 나머지 이따금 로지나의 표정에서 흥분이 엿보였다.

"로제마인은 꽤 빨리 끝났네."

빌프리트는 처음 연주해 보는 곡이라서 고전 중이었다. 악보를 노려보며 고군분투했다. 손쉽게 합격을 거머쥐고 자리로 돌아온 나를 보며 가볍게 어깨를 으쓱했다.

"넌 참 뭐든지 쉽게 연주하네. 페슈필에 재능이 있나 봐."

"아니에요. 페르디난드 님이 하도 어려운 과제를 많이 줘서 그래요. 전 이 곡을 데뷔 무대 직후에 연습한걸요."

"데뷔 무대 직후라고?"

빌프리트가 데뷔 무대에서 연주한 곡은 그 또래 아이들이 연주하기 쉬운 레벨의 곡이었다. 그때부터 얼마나 실력 차이가 컸는지 실감한 듯 언짢은 표정을 지었다.

"빌프리트 오라버니도 페슈필 명수가 되고 싶으면 페르디난드 님의 개인 지도를 받으실래요? 한 계절마다 5~6곡을 과제로 던져 주고, 언제 연주해 보라고 시켜도 좋도록 로지나와 내내 연습해야 하는데……."

계절이 끝날 때가 다가오면 언제 '페슈필을 가지고 와라'라는 말이 나올까 조마조마하면서 매일같이 연습해야 했다. 불합격을 받으면 연습이 부족하다며 혼을 내고, 지적을 끝없이 들었다. 합격하면 더 어려운 과제곡을 다시 주었다.

"숙부님의 요구를 거뜬히 해내는 사람은 너뿐이다. 나는 마력이나 마술구 다루기라면 몰라도 음악은 숙부님한테 배우고 싶지 않아. 지금 이대로 만족해."

"저도 거뜬히 해낸 건 절대 아닌데요……."

다음 날. 2학년 참고서가 벌써 마무리 정리에 들어갔다. 원래 작년에 모은 정보와 도서관에 갈 수 있는 사람이 대신 빌려온 참고서, 에크하르트와 페르디난드가 메모한 자료를 보기 쉽게 정리하는 작업이 대부분이라서 그렇게 많은 시간이 걸리지는 않았다.

"이렇게 보니까 페르디난드 님과 에크하르트 오라버니가 다니던 무렵과 내용이 싹 바뀐 수업도 많네요."

여태까지는 '안게리카 성적 올리기 부대'에서 활동하면서 견습 기사의 이론 자료밖에 보지 않아서 몰랐다. 1학년과 2학년의 최근 몇 년간 자료를 비교해 보니 내용이 대폭 바뀐 수업이 몇 개가 있었다.

다 함께 만든 참고서의 원고를 비교하면서 내가 그렇게 말하자, 필린느가 가볍게 어깨를 으쓱했다.

"정변 후에 선생님들도 교체가 있었대요. 그래서 수업 내용도 대폭 바뀌었을 거예요."

귀족원의 교사에게는 대부분 조수가 붙는다. 선생이 은퇴하거나 사망했을 때는 조수가 다음 선생이 되어 비슷한 수업 내용을 가르친다. 그러나 정변이 일어나고, 대규모 숙청이 있으면 기본적으로 선생과 조수는 같은 파벌에 속하기 때문에 한꺼번에 해임된다. 그러면 수업 내용이 단절되기도 한다고 한다.

"도서실에서 작년 참고서를 참고로 수업하면 됐을 텐데……."

"연구자에게는 자신만의 연구에 자존심이 있어서겠지. 정변으로 해임된 사람과는 다른 강의를 하고 싶었던 게 아닐까?"

빌프리트가 마찬가지로 자료를 비교하면서 그렇게 말했다. 연구자의 자존심도 중요하지만, 학습 변화로 혼란스러워할 학생들 사정도 조금은 고려해 줘야 하지 않을까?

"작년 참고서가 아무 도움이 안 되잖아요."

한 방 합격을 노리는 나 같은 학생에게는 작년 참고서가 전혀 도움이 되지 않는 수업이 영 달갑지 않다. 도서관까지 가는 길이 더 멀어지지 않느냐며 내가 불평하자, 필린느가 조그맣게 웃었다.

"새로운 수업 내용을 정리한 참고서가 앞으로 도서관에 늘어난다고 생각하면 조금 화가 누그러지지 않나요?"

"필린느는 참 똑똑해요. 방금 아주 잠깐 정변에 감사하고 싶어졌어요."

"무슨 일이든 생각하기 나름이네."

빌프리트가 응응, 하고 고개를 끄덕였다.

"……참고서 제작은 조만간 끝날 것 같은데, 필린느는 이제 어쩔 거예요?"

"조만간 견습 문관을 지망하는 하급 귀족끼리 다과회를 열기로 했어요."

필린느는 참고서 제작이 끝나면 이제 다른 영지의 하급 귀족과 교류를 시작하겠다고 했다. 유익한 정보를 얻기 위해 사교에 뛰어들겠다고 보고해 주었다.

"상급생 다과회에 참여하기엔 아직 떨리니까 다 같이 연습하자는 얘기가 나와서……. 그래서 그런데, 혹시 다과회에 꺼낼 화제 중에 조심해야 할 사항이 있나요?"

"그건 나도 곰곰이 생각해 봐야겠어요."

"나도 사촌끼리 다과회를 열기로 했거든. 정보를 어느 선까지 공개해도 좋은지, 상급생을 포함해서 한번 차근히 얘기해 봐야 할 거야."

음, 하고 고민하는데, 오전 수업을 합격해서 한가하다며 다목적 홀에 내려온 하르트무트가 조언해 주었다.

"틀림없이 에렌페스트가 성적을 어떻게 올렸는지 물어볼 거야, 필린느."

학년이 다른 자기한테도 끈질기게 물어보더라고 하르트무트가 말했다. 에렌페스트 성적향상 위원회의 활동으로 전체적으로 초반에 이론 합격자가 많이 나왔고, 1학년생 전원이 한 방에 합격하는 기적을 보여준 에렌페스트는 지금 주목의 대상이라고 한다.

"성적이 우수한 점으로는 빌프리트 님이 돋보이지만, 로제마인 님은 다른 의미로 주목받고 계십니다."

"마력 제어 수업 때 마석을 몇 개나 깨 먹어서 마지막까지 남은 일이나, 마수를 본뜬 기수로 선생님을 공격했던 일이나, 심층의 방에서 쓰러진 일이나 전부 불명예스러운 것들이잖아요."

원하지 않는 주목에 시무룩하면서 하르트무트에게 사람들이 물어보면 뭐라고 대답해야 하느냐고 묻자, 매우 멋진 미소로 대답해 주었다.

"우리의 성적이 향상한 것은 에렌페스트의 성녀 덕분입니다. 내년에는 더 놀랄 일이 있을 거라고 대답하고 있습니다."

"하르트무트!?"

"사실이지 않습니까? 에렌페스트의 성적향상 위원회는 로제마인 님의 생각이고, 1학년생들이 이룬 쾌거도 도서관을 향한 로제마인 님의 정열이 있어서 가능했지요. 내년에는 로제마인식 마력 압축 방법으로 마력을 키운 자들이 더 활약할 테니까 거짓말도 아니지 않습니까? 잘 모르시는 것 같아서 말씀드리는데, 로제마인 님은 꼭 불명예스러운 일들로만 주목받고 계신 건 아닙니다. 새로운 곡을 몇 곡이나 만드셨고, 이론 시험은 거의 만점으로 통과하셨으며 궁중예절도 한 방에 합격하신 우수한 점도 주목받고 계십니다."

하르트무트는 자랑스러운 얼굴로 그렇게 말하고, 필린느를 돌아보았다.

"다른 영지 사람에게 자세히 말할 필요는 없습니다. 대충 둘러대도 되지만, 절대 거짓말은 하면 안 됩니다. 신용 얻기부터 시작하지 않으면 적을 속일 수도 없거든요."

웃으며 단언한 하르트무트에게 필린느는 "저도 그렇게 대답하겠습니다." 라고 말하면서 존경 어린 시선으로 하르트무트를 보았다.

"대체 무슨 말이에요? 에렌페스트의 성녀 소문이 이상하게 과장된 것도 다 하르트무트 때문이잖아요!"

"……로제마인 님, 그건 오해입니다. 에렌페스트 전체가 힘을 합쳐 퍼트리고 있으니까 꼭 저 때문만은 아니지요."

"그게 더 나빠요! 차라리 차기 영주가 될 가능성이 큰 빌프리트 오라버니의 생각이었다고 해 주세요. 전 일반 학생들에게 묻혀서 도서관에 박혀 지낼 거예요."

그렇게 주장했지만, 하르트무트뿐만 아니라 다목적 홀에 있는 모두가 "이미 늦었습니다."라고 말해 버렸다.

"그리고 로제마인 님의 공적을 얻기만 하면 빌프리트 님의 성장에도 아무 도움이 안 됩니다."

"음. 난 내 일만 해도 빠듯해."

두 사람의 말에 납득해 버린 나는 에렌페스트의 성녀 전설이 더 가속화될 줄은 생각지도 못했다.

오후부터는 기수 제작 실기다. 저번 수업 때 아렌스바흐 기숙사의 사감인 프라우렘을 기절시켜 버렸는데, 마수를 본뜬 기수로 사람을 공격했다는 소문 때문에 다들 나를 피하는 듯했다.

'날 멀리하는 건 아무래도 좋지만, 합격을 못 하면 곤란한데.'

힐쉬르와 뒷거래했으니 어떻게든 되겠지만, 그 선생이 잊지 않고 수업에 와 줄지 어떨지 살짝 불안하다. 그 사람이라면 연구에 빠져서 나와 한 약속 따위 까맣게 잊어버릴 것 같다. 페르디난드의 매드 사이언티스트 성분을 총집합해놓은 사람이라서 걱정을 하지 않을 수가 없었다.

그런데 다행히 내 걱정은 기우였다. 힐쉬르는 기수 제작 실기에 와 주었다. 그것도 처음 보는 선생을 몇이나 거느리고.

"어머, 선생님. 이 수업엔 무슨 일이세요?"

"저번에 프라우렘 선생이 실신하면서 제 조합 실험이 중단되었지 않습니까? 또 호출당하긴 싫어서 이번에는 처음부터 견학해 두려고요."

후후후 웃는 힐쉬르의 보라색 눈이 번쩍였다.

"아까운 소재를 버리게 됐지만, 그렇게 원망하지는 않는답니다. 제대로 변상만 해 주면요."

"아, 아아. 그거라면 기수로 저를 공격한 위험한 학생에게 청구하셔야죠."

"그 공격했다는 얘기도 글쎄요? 지난번에 제가 봤을 땐 공격하려는 낌새도 없던데요. 당신이 여기저기 허풍떤 거 아닌가요?"

"뭐, 뭐라고요!?"

프라우렘이 격분하자, 동시에 온화해 보이면서도 안광이 날카로운 할아버지 선생이 두 사람 사이에 끼어들었다.

"허풍인지 아닌지 모르겠지만 학생이 마수 같은 기수로 공격했다는 소문이 돈 이상, 위험 방지 차원에서 다른 선생을 투입하는 편이 좋겠소. 그래야 자네의 정당성도 설명되지 않겠나."

안전과 소문을 확인하기 위해서라고 할아버지 선생이 설득했다. 자기 입으로 '위험하다'는 소문을 퍼트린 듯한 프라우렘도 그 제안을 받아들일 수밖에 없었다.

"그럼 그것이 얼마나 위험한 존재인지, 모두에게도 직접 보게 해 드리죠."

꼭 오기를 부리는 말투로 대꾸한 프라우렘은 어깻바람을 일으키며 학생들 중심에 서서 기수로 만들 마석을 꺼내라고 명령했다. 나는 내 안전을 위해서라도 힐쉬르의 근처로 이동해서 마석을 꺼냈다. 그러자 몇몇 선생이 위치를 바꾸어 나를 둘러싸는 것이 아닌가.

그렇게 경계하지 않아도 되는데, 하고 자신의 신용 불량을 한탄하고 있자니 힐쉬르가 웃었다.

"모두 로제마인 님의 새로운 기수 형태에 흥미가 있어서 그러는 겁니다. 연구파에 새로운 것을 좋아하는 사람만 골라 데려왔지요."

즉, 경계심이 아니라 연구 대상을 관찰하는 것처럼 호기심과 흥미에 찬 시선으로 나를 보고 있는 셈이다. 내 레서버스가 위험 대상이 아님을 증명하기 위해서도 이번에는 얌전히 구경거리가 되어 줘야만 할 듯하다.

'합격만 받을 수 있다면 구경거리 정도는 참아 줘야지.'

힐쉬르가 말하길 심층의 방에서 쓰러졌을 때 레서버스를 본 몇몇 선생들이 '신기하고 이상하다'라느니 '답답할 정도로 느리게 움직여서 도무지 그륀처럼 보이지 않았다'라고 한 말을 듣고 흥미가 생긴 선생들이 몇이나 있었던 모양이었다.

“저도 안에 타는 기수를 만들고 싶어서 다시 한번 찬찬히 관찰해 보고 싶었답니다.”

새로운 탑승형 기수를 만들 마석도 준비했다며 힐쉬르가 개인 마석을 손에 들고 신나게 웃었다.

“기수를 만들어낼 줄 아는 사람은 형태를 만들어 보세요.”

프라우렘의 목소리와 동시에 “자, 어서.” 하고 주변 선생들의 재촉에 못 이긴 나는 일인용 레서버스를 소환했다.

“호오, 이것이……. 조금 얼굴이 멍청해 보이지만, 확실히 그뤈이군.”

“의자가 있는데, 도대체 어떻게 타는 거지?”

나는 연구자들이 레서버스를 더듬는 모습을 한 걸음 뒤로 물러서서 바라보았다.

“로제마인 님, 이 기수는 크기도 바꿀 수 있지요?”

힐쉬르의 말에 나는 레서버스를 천장이 높은 승합차 크기로 바꾸었다. 탈 수 있게 입구를 열자, 힐쉬르가 신나게 안에 들어가서 여기저기를 마구 더듬었다. 저번에도 그랬듯이 그 움직임에 망설임 따위는 일절 없었다.

“호오, 저렇게 타는구나.”

새로운 것을 좋아하는 연구자라는 말이 거짓은 아니었는지, 다른 선생들도 하나둘 탑승해서 여기저기를 둘러보았다.

“로제마인 님, 이건 뭡니까? 어떻게 움직이는 거죠?”

“오, 이거 자리가 참 편하군요.”

마수를 본뜬 기수가 위험한지 확인하러 왔다던 선생들이 레서버스에 올라타서 신나게 둘러보는 모습을 보며 주변 선생들의 입이 쩍 벌어졌다.

"저거 봐요. 힐쉬르 선생님이 치마를 입은 채로 기수를 타셨어요."

"그러고 보니 기수복으로 갈아입지 않아도 탈 수 있다고 들었어……."

"저게 스밀이면 귀엽겠는데?"

살짝 흥미가 생겼는지, 여학생들이 재잘대며 조금씩 거리를 좁혔다. 그륀과 닮았다고 소문난 레서버스지만, 아직 그륀을 마수로 인식하지 못하는 1학년생은 무섭지 않은지, 호기심이 이끄는 대로 점차 다가왔다.

"저런 비상식적인 물체에 다가가면 위험합니다!"

프라우렘이 소리를 꽥꽥 질렀지만, 직접 올라타서 이것저것 살펴보는 선생들의 모습만 봐도 위험성이 없음은 한눈에 알 수 있었다.

"그럼 저도 로제마인 님의 기수를 참고로 새로운 기수를 만들어 볼까요? 마침 소재나 도구를 안전하게 옮길 기수가 있었으면 좋겠다고 생각하던 참이었거든요."

"힐쉬르 선생님, 새로운 기수를 만들 수 있으세요? 제 호위 기사는 두 기수는 다루기 어렵다고 했거든요……."

"순간적 판단이 필요한 기사라면 두 기수를 나눠서 사용하기 어렵겠지만, 천천히 생각할 시간만 있다면 사고를 전환해서 만들 수는 있지요. 그리고 저는 여차하면 지금까지 사용한 기수를 버려도 되니까 문제없습니다."

힐쉬르는 레서버스를 바라보며 마석을 손에 들고, 새로운 기수를 만들기 시작했다. 마력 제어에 익숙해서일까. 꽤 간단히 새 기수를 만들어냈다.

"우와아아아!"

힐쉬르가 기수를 만들어 내자, 주변 학생들이 환호성을 질렀다. 레서버스의 옆에 나타난 건 스밀의 머리가 달린 일인용 기수다.

레서버스와 다르게 핸들 대신 고삐가 달려 있다. 다른 사람을 태우는 점은 고려하지 않았는지 의자는 하나였지만, 짐을 놓을 자리는 있었다. 그야말로 힐쉬르를 위한 기수다.

힐쉬르가 살짝 손을 움직이자 레서버스처럼 출렁이며 입구가 열렸다. 그리고 치마를 입은 채 그 안으로 올라탔다. 내 기수와 똑같이 만든 의자에 앉더니, 핸들 대신 축 늘어진 고삐를 쥐었다.

힐쉬르가 마력을 흘려서 다른 기수와 마찬가지로 고삐를 당기자, 스밀형 기수가 움직이면서 작은 홀 안을 날았다. 날개도 없이 하늘을 나는 부분까지 완벽하게 이미지를 만들어냈다.

'우와. 신관장님보다 순응력이 높은가 봐.'

"고삐라도 문제없이 움직이네요. 방법은 지금까지와 똑같습니다. 의자에 편하게 앉을 수 있어서 우아하게 기수를 탈 수 있군요."

스밀형 기수에서 내려온 힐쉬르가 승차감에 만족한 듯 웃으며 고개를 끄덕였다.

"힐쉬르 선생님, 이 기수 만드는 법을 가르쳐주세요."

"저도 알고 싶어요."

익숙한 고삐와 스밀을 닮은 외형이 마음을 사로잡았는지, 여학생이 하나같이 힐쉬르를 따라 만들고 싶어 했다. 눈 깜짝할 새에 스밀형 기수를 만든 힐쉬르가 여학생들의 인기를 독차지했다. 반면에 내 레서버스에 관심을 가지는 학생이 없어졌다.

"……내 레서버스도 귀여운데."

"귀엽지는 않지만, 제법 흥미롭기는 하구나."

나를 달래듯이 그렇게 말한 할아버지 선생은 "새로운 수확이었다." 라며 작은 홀을 나갔다.

"자신이 만든 기수로 귀족원의 하늘을 한 바퀴 돌면 기수 제작은 합격입니다."

힐쉬르가 선두로 밖으로 나가며 말했다. 기수가 늘어나서 작은 홀이 비좁으니 기수를 타게 된 학생은 일단 마석으로 되돌려서 바깥에 나가라고 지시했다.

바깥에 나가자, 차가운 겨울 공기에 몸이 움츠러들었다. 나는 서둘러 레서버스를 소환하여 올라타고 핸들을 잡았다. 레서버스 안은 외풍이 없어서 그나마 따뜻했다.

겨울이라서 쌀쌀하지만, 에렌페스트가 이곳보다 훨씬 더 춥고 강설량도 많다. 이렇게 기온 차이를 느껴 보니 내가 있는 이곳이 정말 에렌페스트가 아니었다는 실감이 들었다.

"갑시다."

먼저 출발한 힐쉬르의 스밀형 기수를 쫓아 나도 레서버스로 하늘을 날았다. 프라우렘은 홀 안에서 진도가 늦은 학생을 가르치는 모양이다.

몇몇 기수가 줄지어 귀족원 하늘을 날았다. 나는 처음으로 귀족원의 전경을 보게 되었다. 여태껏 기숙사까지는 전이 마법진으로, 기숙사에서 강당 앞 복도까지진 현관문만 열면 도착했던지라, 귀족원도 기숙사도 외관을 보지 못했다.

귀족원은 높은 산 위에 있었다. 깊은 숲의 산등성이에 눌러싸이고, 입이 쩍 벌어질 정도로 광대한 부지가 눈에 들어왔다. 본관이라고 불리는 강당이 있는 장소가 바로 아래에 있는 가장 큰 건물이고, 작은 산을 둘러싸듯 지어진 흰 건물이 있었다.

추운 겨울에도 잎이 떨어지지 않는 전나무 같은 침엽수림이 눈옷을 입어서 온 세상이 새하얗게 보였다. 그런 숲속에 띄엄띄엄 세워진 하얀 건물이 아마 각 영지의 기숙사이리라. 귀족원 부지를 한 바퀴 돌면서 몇몇 건물을 보았지만, 솔직히 어디가 에렌페스트의 기숙사인지 분간이 가지 않았다. 다만 리카르다가 말한 대로 기숙사마다 다양한 건축양식을 볼 수 있어서 재미있었다.

'성과 비슷한 건물이라면 저건가? 여긴가?'

귀족원 주변을 산등성이와 깊은 숲이 둘러싸고 있는 데다가 운해에 가려서 지상이 전혀 보이지 않았다. 날씨가 좋으면 보일까? 한 바퀴 돌며 내려다본 감상으로는 이 땅에 귀족원과 기숙사만 존재하는 것처럼 보였다. 적어도 에렌페스트의 귀족가처럼 근처에 평민촌이나 논밭이 있어 보이지 않았다. 마치 귀족원 자체가 거대한 신전 같다.

성전에 신들이 지상에 내려와 인간을 다스리기 위해 왕에게 힘을 주었다고 나와 있는 시초의 땅이 이곳인지도 모른다. 그런 생각을 하면서 귀족원 부지를 둘러보았다. 구름이 에워싼 귀족원 부지는 신들이 내려와도 이상하지 않을 만큼 신비스러웠다.

"기수 제작은 합격입니다."

나는 무사히 기수 제작 합격을 거머쥐었다. 그리고 힐쉬르 덕분에 탑승형 기수가 여학생들 사이에서 유행하게 된다.

슈타프 기초

슈타프의 기초 사용법을 배우는 실기 날까지 아직 며칠 여유가 있었다. 나는 그림책 원고를 만들거나 2학년 공부를 예습하면서 하루하루를 보냈다. 슈타프 사용법을 마스터하면 떳떳하게 도서관에 갈 수 있다. 나는 슈타프의 기초 사용법을 배우는 날을 손꼽아 기다렸다.

"오늘 같은 날은 우수하신 로제마인 님이 야속해요."

음악 선생과의 다과회를 어서 빨리 잡고 싶은 브륀힐데나 나와 함께 도서관에 가서 슈바르츠와 바이스의 치수를 재고 싶은 여자애들이 모든 이론의 합격을 따려고 지금 필사적으로 공부 중이다.

"로제마인 님, 너무 급하게 합격하지 않으셔도 됩니다."

"이대로라면 저는 슈바르츠와 바이스의 치수를 재러 못 갈지도 몰라요."

한 방 합격을 노리던 1학년처럼 여자아이들이 죽을 둥 살 둥 공부했다. 그에 덩달아 이론이 남은 남학생들도 공부에 열을 올렸다. 그런 다목적 홀을 쭉 둘러본 나는 웃으며 고개를 가로저었다. 도서관에 가는 날을 더 미룰 순 없다.

"난 어서 합격해서 도서관에 가야 해요. 하루라도 빨리 슈타프 수업이 시작되길 바랄 정도인걸요."

반드시 한 번에 합격해야 한다고 단언하자, 하르트무트가 조그맣게 웃었다.

"아무리 기초라도 슈타프는 간단하지 않습니다, 로제마인 님. 하급 귀족은 정말 기간 내내 연습해야 습득할 정도거든요. 영주 후보생이라도 첫날에 합격한 사람은 거의 없습니다. 절대 무리예요."

하지만 못한다고 하면 억지로라도 합격하고 싶어지는 법이다.

"난 합격할 수 있게 온 힘을 다해 노력할 거예요. 도서관에 가기 위해서라면 몸을 불사를 수 있다고요."

"그래요, 하르트무트. 도서관을 눈앞에 둔 로제마인 님께서 이 상승세를 멈출 리가 없어요. 측근인 우리는 최대한 빠른 합격을 목표로 예정을 세우는 게 우리 일이에요."

저 기세로 도서관에 틀어박혀 버리시면 다과회 예정도 짤 수 없게 되잖아요, 라고 브륀힐데가 중얼거리며 참고서로 시선을 떨어뜨렸다. 브륀힐데는 지금 잡고 있는 참고서 수업만 합격하면 이론 수업이 끝이랬다.

"흠. 도서관을 위해서라면 한 치도 물러서지 않고, 전력을 다해 맞서겠다, 이 말씀입니까?"

"그래요."

"그럼 저는 로제마인 님께서 새로운 전설을 만들어내시기를 고대하고 있겠습니다."

하르트무트에게 그런 격려를 받아 버리고 말았다.

'새로운 전설이냐 도서관이냐. ……그것이 문제로다.'

여기서 더 소문이 부풀어지는 상황만큼은 솔직히 피하고 싶다. 조용하고 평온한 생활을 보내야 하니까. 그런데 평온한 생활을 보내려면 도서관이 필요하다. 어느 쪽을 선택해야 할까? 상당히 어려운 문제였다.

'어렵지만 도서관밖에 없지?'

내게 그 외에 다른 선택지는 존재하지 않았다.

"로제마인 님, 주목을 피하고 싶으시다면 한 번 정도는 불합격을 받으셔도 괜찮지 않습니까?"

그런 측근들의 말을 들으며 나는 슈타프 기초를 배울 실기 장소로 갔다. 이젠 익숙해진 작은 홀에 빌프리트와 상급 귀족들과 함께 들어갔다.

힐쉬르와 루펜이 들어왔다. 오늘 선생은 이 두 사람인 듯하다. 루펜이 주먹을 쥐며 슈타프를 설명하기 시작했다.

"슈타프는 귀족만이 쓸 수 있는 도구다. 슈타프를 가지지 못한 자는 귀족이 아니다."

귀족으로 인정받으려면 '신의 뜻'을 가질 수 있을 만한 마력의 양이 필요하다고 했다. 그 선별을 하려고 세례식 때 마력의 양을 확인한다.

신이 초대 왕에게 내려준 물건 중 하나가 이 슈타프라고 한다. 그 전까지 넘치는 마력을 주체하지 못했던 왕은 신이 내려준 슈타프로 마력을 자유자재로 다룰 수 있게 되었다…… 라는 건국 신화가 성전에 실려 있었다. 성전에 실린 내용이 전부 사실인지 어떤지는 모르지만, 그 신화의 토대가 된 사건은 있었으리라는 것이 지금의 솔직한 생각이다.

"우선 슈타프 형태 만들기부터 시작하겠습니다. 각자 자신에게 편한 슈타프를 만들어 보세요. 안정적으로 소환하는지 어떤지 확인하는 차원에서 슈타프를 소환하고 없애기를 세 번 반복하겠습니다. 안정적인 형태를 만들게 되면 제게 오십시오."

"좋아, 엄청난 슈타프를 만들어 주지."

누구나 생각은 똑같나 보다. 모두가 형태나 크기에 공들인 자신만의 슈타프를 만들기 시작했다. 마력을 다소 익숙하게 다루는 영주 후보생은 자기에게 걸맞은 최고의 슈타프를 만들어내려고 기를 썼다. 마력 제어가 불안정한 상급 귀족은 슈타프 형태를 만들려고 마력을 움직이는 부분부터 이미 난관에 봉착한 듯했다.

"난 멋진 슈타프를 만들어야지. 로제마인은 어떻게 만들 거야?"

신이 난 빌프리트가 짙은 녹색 눈동자를 반짝이면서 나를 들여다보았다. '신의 뜻'을 가진 날, 침대에 뒹굴뒹굴하면서 한 차례 가지고 놀았던 나는 슈타프 형태를 따질 생각이 전혀 없었다. 단순한 모양이 최고라는 결론이 이미 나왔기 때문이다.

"……전 다른 어른들이 가지고 있는 평범한 슈타프로 할래요."

"재미없게 그게 뭐냐. 좀 더 모양이 특별한 게 낫지 않아? 기수도 그렇게 이상하게 만드니까, 슈타프가 이상하다 해도 아무도 안 놀랄 거다."

내 레서버스는 편리성을 추구한 결과, 다른 기수와 형태가 조금 달라졌을 뿐이다. 다른 사람과 차별을 두고 싶어서가 아니라.

"기수는 둘째 치고, 슈타프는 공들일 필요가 없어요."

스스로 납득할 때까지 공들여 봐요, 라고 속으로 중얼거리며 빌프리트의 건투를 빌고, 나는 힐쉬르에게 갔다.

"어머, 로제마인 님. 왜 그러시죠?"

"슈타프를 만들게요. 봐주세요."

"……몰래 연습했군요."

문제아를 보는 듯한 눈으로 재촉하는 힐쉬르 앞에서 나는 슈타프를 만들었다. 마력을 움직여서 똑같은 모양으로 슈타프를 세 번 만들어 보이자, 눈을 휘둥그레 뜬 힐쉬르가 하아, 하고 어처구니없다는 듯 한숨을 쉬었다.

"훌륭하리만치 안정적이네요. 다음 단계에 넘어가도 전혀 문제없어 보입니다. 다음은 슈타프를 써서 마술구에 마력을 담는 과제예요. 루펜, 마석은 준비됐나요?"

"어, 힐쉬르. 다 됐어."

루펜이 자기 허리춤에 찬 가죽 주머니를 가볍게 두드리면서 학생들과 조금 떨어진 장소로 걸어갔다. 그 모습을 보면서 힐쉬르가 내게 다음 과제를 알려주었다.

"로제마인 님, 저쪽에서 루펜이 올도난츠를 만드는 법을 가르칠 겁니다. 올도난츠를 제게 날려보내 보십시오."

내가 고개를 끄덕이자, 힐쉬르가 밝은 웃음을 유지한 채 속삭였다.

"올도난츠는 소량의 마력으로도 형태를 만들 수 있어서 교재로 채택되었습니다. 최대한 마력을 적게 담으세요."

"알겠어요."

마술 관련 이론에서 배웠는데, 올도난츠를 만들 때 사용하는 마석은 평범한 마석이 아니다. 조합으로 만들어져서 용도가 한정적인 마석이다. 형태가 마석이라서 모두 마석이라고 부를 뿐, 엄밀히 말하면 마술구의 일종이다.

마찬가지로 한정적인 용도로서 생활 속에서 자주 사용하는 것은 녹색 마석이라고 한다. 이것은 시종이 자주 쓰는데, 물병과 물주전자를 연결할 때 쓰는 물건이라고 한다. 물병 바닥에 박힌 마석을 슈타프로 두드리면 물이 쭉 나오게 된다. 욕조에 물을 채울 때만 쓴다고 한다.

루펜이 있는 곳에 가자, 눈에 익은 노란색 마석을 주었다. 내가 손바닥 위에 얹은 마석을 바라보자, 루펜이 방법을 가르쳐 주었다.

"올도난츠의 사용법을 익히지 않으면 다른 사람에게 목소리를 전달할 수가 없어. 이건 어떤 업무에서든 필수로 쓰니까, 올도난츠를 구사하지 못하면 견습 임무도 제대로 못 할 거다. 알겠나?"

"네."

"목소리가 작다!"

"네!"

힘껏 대답하자, "좋아, 그 패기다." 라며 루펜이 만족스럽게 웃었다. 하지만 나는 이런 열혈 방식을 어디까지 쫓아갈 수 있을지 조금 불안해졌다. 마력에 문제가 없어도 체력에 큰 문제가 있기 때문이다.

"우선 이렇게 슈타프로 가볍게 두드리면서 이 마석에 마력을 담아서 올도난츠를 만든다."

루펜의 시범을 보면서 나는 건네받은 마석을 왼쪽 손바닥 위에 올리고 오른손에는 소환한 슈타프를 쥐었다. 힐쉬르의 주의대로 최대한 적은 마력을 넣었다.

'와, 굉장하다.'

슈타프를 쓰면 마력 조종이 효율적으로 된다던 말은 사실이었다. 지금까지 양동이로 마력을 붓는 감각이었다면 지금은 수도꼭지로 양을 조절하는 감각으로 바뀌었다.

슈타프로 가볍게 마석을 톡 두드리자, 노란색 마석이 익숙한 흰 새가 되었다. 날개를 펼쳐 한 번 퍼덕인 하얀 새가 내 팔에 앉아서 날개를 접었다. 무게가 거의 느껴지지 않았다. 신비한 존재에 나는 눈을 크게 떴다.

'우와, 정말 마법사가 된 기분이야.'

자기 의지대로 마력을 조종하는 슈타프가 나타났고, 그것으로 노란 돌을 두드렸더니 흰 새가 되었다. 어느샌가 판타지 소설의 주인공이 된 듯했다.

"오, 잘하네. 그럼 올도난츠가 입을 열면 말을 해 봐."

올도난츠가 입을 벌리기를 기다렸다가, 말을 걸었다.

"로제마인입니다. 힐쉬르 선생님, 올도난츠를 성공했어요."

내가 말을 끊자, 올도난츠가 입을 닫았다. 이제 됐다, 하고 힐쉬르에게 올도난츠를 날려 보내려고 하자 루펜이 나를 제지했다. 그리고 자신의 슈타프를 지시봉처럼 가볍게 쥐었다.

"하고 싶은 말이 남았을 때는 다시 한번 슈타프로 부리를 두드리면 입을 열어."

그건 처음 알았다. 호오, 하고 감탄하면서 나는 올도난츠의 부리를 한 번 두드려 보았다. 올도난츠가 입을 쩍 벌렸다.

"……어떻게 하면 닫아요?"

"다른 사람한테 말을 걸면 끝나. ……봐라."

"앗. 어, 어떻게 취소하죠!?"

첫 올도난츠로 얼빠진 대화까지 보내고 싶지 않았다. 내 질문에 루펜이 웃으면서 "슈타프로 마력을 흡수하면 다시 마석 상태로 돌아가." 라고 가르쳐 주었다. 나는 슈타프로 마력을 조심스럽게 흡수해서 다시 목소리를 녹음했다.

"목소리를 기록했다면 힐쉬르에게 날아가는 상상을 하면서 마력을 밀어내듯이 슈타프를 휘둘러."

힘껏 휘둘러! 라고 루펜이 말했지만, 내가 힘껏 휘두르면 마력이 커진다. 특히 가까이서 보이는 힐쉬르에게 보내는데 그렇게 큰 마력은 필요 없지 않나 싶었다. 나는 마력을 살짝 밀어내듯이 슈타프를 휘둘렀다.

올도난츠가 힐쉬르에게로 날아갔고, 아는 바와 같이 말을 세 번 반복했다. 그 뒤, 힐쉬르의 전언을 담은 올도난츠가 내게 날아와서 "잘하셨어요. 로제마인 님, 다음 과제로 넘어가십시오." 라고 세 번 말한 뒤 노란색 마석으로 돌아갔다. 나는 그 마석을 루펜에게 돌려주었다.

"다음 과제는 뭐예요?"

"슈타프로 마력을 내보내는 훈련이다. 단순히 마력을 내보내서 공격할 수도 있지만, 이번에는 로트를 쏘아 올리는 과제다. 로트는 구조를 요청할 때 쓰는 붉은 빛이다. 이걸 할 줄 알면 무슨 일이 생겼을 때 구조대를 부를 수 있지. 기사가 달려와 줄 거다."

그렇게 말하며 루펜이 자신의 슈타프를 꺼내서 로트를 쏘아 올리는 방법을 가르쳐 주었다.

"이렇게 슈타프 끝에 마력을 모아. 몸속에서 꾹……."

루펜이 그렇게 말하며 슈타프 끝에 마력을 흘려보냈다. 주먹만 한 빛이 슈타프 끝에 서서히 모였다. 그러자 파직파직 스파크가 튀는 소리가 나기 시작했다.

"로트!"

루펜이 그렇게 소리치며 슈타프를 위로 번쩍 치켜들자, 그와 동시에 붉은 빛이 천장을 향해 뻗어가더니, 얼마 안 있어 사라졌다. 하얀 천장에는 이미 아무것도 남아 있지 않았다.

"창조마법으로 만든 건물이라서 마력으로는 흠이 생기지도 않고, 로트가 관통하지도 않아. 안심하고 온 힘을 쏟아 봐."

"온 힘을 쏟는 건 상관없지만, 오늘 실기는 이 과제로 끝인가요?"

시키는 대로 온 힘을 쏟으면 나중에 계획에 차질이 있지 않을까? 그렇게 생각하고 질문하자, 어째서인지 루펜이 깜짝 놀라 연신 눈을 끔뻑거렸다.

"과제는 더 있어. 설마 오늘 중에 모든 과제를 끝낼 생각이냐?"

"네. 그럴 생각인데요. 무슨 문제라도 있나요?"

"……아니, 마력을 남겨 두는 편이 좋지 않나 생각했을 뿐이다."

"그럼 이 과제에서 온 힘을 다 쏟을 필요는 없겠네요?"

"흐, 흠. 뭐, 됐다. 적당히 온 힘을 다해라."

'무슨 소리야. 적당히 온 힘을 다하라니, 어쩌라는 거냐고.'

어쨌거나 아직 과제가 남아 있다는 사실은 알았으니 루펜의 말은 대충 흘려 넘기고, 마력을 적당히 남기는 방향으로 가야겠다. 나는 루펜이 했듯이 슈타프 끝에 천천히 마력을 흘려보내어 어른 주먹만 한 크기까지 마력을 채웠다. 슈타프 끝에 모인 마력의 크기가 순조롭게 커졌다.

"좋아, 잘했다! 그렇게 하는 거야! 더 크게! 계속 마력을 부어!"

'그나저나 이 슈타프 정말 대단하네.'

자신의 마력을 가장 효율적으로 다룰 수 있는 도구라는 말은 절대 과장이 아니었다. 불안정해서 세세한 조정이 어려웠던 내 마력이 굉장히 다루기 쉬워졌다. 마치 유레베를 써서 잠들기 전과 같은 감각으로 마력을 다룰 수 있었다.

"자, 쏴! 로트라고 소리치며 있는 힘껏 하늘을 향해 쏘아 올려!"

'천장이거든요.'

나는 슈타프를 쥔 오른손을 높이 들고, 주먹만 해진 빛을 천장을 향해 쏘아 올렸다.

"로트."

붉은빛이 천장을 향해 쭉 뻗어 갔다. 마력 조절도 성공한 듯하다. 나는 별 탈 없이 과제가 끝나서 안도의 숨을 내쉬었다.

"좋아, 합격이다. ……그런데 이제 슬슬 마력이 떨어질 때 되지 않았니?"

루펜이 주위를 돌아보면서 조금 걱정스럽게 말했다. 나도 덩달아 주위를 둘러보았다. 아무래도 상급 귀족은 슈타프를 만드는 단계에서 마력을 다루는 데 이미 힘이 빠진 듯했다. 멋진 슈타프를 만드는 데만 몰두하던 영주 후보생도 마력 낭비가 심했는지, 지쳐서 주저앉아 있다. 빌프리트는 끈덕지게 슈타프를 만들려고 했는지, 처음 위치에서 한 발짝도 움직이지 않고 피곤한 표정을 짓고 있었다.

자신만의 오리지널 슈타프에 고집하지 않고, 단순한 슈타프를 만든 자만 올도난츠에 도전했다. 그래도 피로감이 상당한지, 올도난츠에 도전하기 직전에 멈춘 사람도 있고, 올도난츠에 성공한 후에 녹초가 된 사람도 있었다.

'난 정말 마력의 양이 특별하게 많구나.'

가볍게 눈을 감아 보니, 내 마력은 아직 여유가 있었다.

"어쩔래? 다음 과제에도 도전하겠느냐?"

주변과 보조를 맞춰서 묻어갈 것이냐, 비정상적이라도 한시라도 빨리 도서관에 가는 쪽을 선택할 것이냐, 아주 잠깐 고민했다.

"다음 과제에 도전할게요."

내가 그렇게 말하자, 루펜이 눈을 크게 떴다. 그 뒤, "자신의 한계에 도전해 보는 것도 인생에 필요하지. 좋아, 해 봐라!" 라며 열의에 불타는 눈으로 다음 과제를 알려주었다.

"마지막 과제다. 마력을 담은 도구로 쓸 수 있게 슈타프를 변형해야 한다."

내가 가장 많이 본 변형은 기사들이 싸울 때 쓰는 무기였다. 하지만 1학년생의 과제는 슈타프를 나이프와 펜과 막대로 변화시키는 것이랬다.

열심히 경청하는데, 힐쉬르가 이쪽을 향해 걸어오는 모습이 보였다. 아무래도 다른 학생들은 모두가 중도 포기한 모양이다. 마력을 대량 소비해서 녹초가 된 학생들을 둘러보며 힐쉬르가 입을 열었다.

"슈타프를 변형하는 훈련은 정말 중요합니다. 내년에 마술구 조합의 기초를 배우는데, 그때 슈타프를 변형한 나이프와 펜과 막대를 쓰지 못하면 조합 성공률이 크게 떨어지거든요."

마술구 조합을 주로 하는 힐쉬르의 말에 학생들의 표정이 굳어졌다. 나이프로 소재를 자르고, 펜으로 마법진을 그리고, 마력을 흘려보낸 막대로 조합 냄비를 저어야 한다고 한다. 다만, 페르디난드의 지도로 유레베를 만들었던 나는 알고 있다. 딱히 슈타프가 없어도 대용할 마술구가 있으면 얼마든지 조합할 수 있다는 사실을.

"어떻게 해야 변형이 되나요?"

"우선 나이프부터 시작합시다. 슈타프를 꺼내서 어떻게 바꿀지 머릿속에 정확하게 그리세요."

힐쉬르가 시키는 대로 나는 슈타프를 꺼내어 페르디난드가 조합할 때 썼던 나이프를 떠올렸다. "메서." 라고 말하는 힐쉬르를 따라, 나도 "메서." 라고 주문을 외웠다.

슈타프가 나이프로 변하여 내 손에 쥐여 있었다. 힐쉬르를 보자, 그녀의 손에도 내 것과 비슷한 나이프가 쥐여 있었다.

"정말 잘했습니다. 류켄이라고 외어서 변형을 해제하세요."

나는 나이프를 쥐고 "류켄." 이라고 외웠다. 본래의 형태로 돌아온 슈타프가 손안에 있었다. 오오, 하고 주위에서 감탄 섞인 소리가 나왔다.

"그럼 나이프와 마찬가지로 펜과 막대를 만들어 보세요."

힐쉬르에게 배운 대로 "스틸로." 라고 외워서 펜을, "바이멘." 이라고 외워서 막대기를 만들었다.

"……설마 첫날에 모든 과제에 합격할 줄은 몰랐습니다. 페르디난드 님 이후의 쾌거군요. 역시 그가 아끼는 제자입니다."

놀라며 한숨짓는 힐쉬르의 말에 학생들이 깜짝 놀라며 얼굴을 마주 보며 술렁이기 시작했다. 그중 일부의 목소리가 내 귀에도 들렸다.

"에렌페스트의 페르디난드 님이라면…… 그 유명한?"

"응. 보물 뺏기 디터의 용병술이 뛰어나기로 유명하다고 들었어. 그 사람이 있는 해에만 우리 영지가 우승을 놓쳤다고 들은 적 있어. 너희 시대에 그 녀석이 없어서 행복한 줄 알라고 하더라."

"아냐, 디터가 아니라 마술구를 잇따라 발명한 천재라고 들었어. 우리 숙부님이 그 사람한테 마술구를 대량으로 샀으니까 틀림없어."

"주위의 마물을 몽땅 소멸시킬 기세로 소재를 수집했다던 전투광 아냐? 귀족원에 있던 품질 좋은 소재는 거의 그 사람이 쓸어 갔다고 들은 적이 있어."

"페슈필 명수 아니었나? 내 할머님이 정말 훌륭한 연주였다고 하셨는데……."

"대체 어느 쪽이 사실이야!?"

'전부 사실이에요. 영주 후보생에 견습 기사에 견습 문관이었고, 모든 과목에서 성적이 우수했다고 들었으니까.'

다른 영지 사람들이 말하는 페르디난드의 업적에 새삼 놀랐다. 여태껏 들었던 초인적인 평가는 단순히 띄워 주는 얘기가 아니었다.

"그가 아끼는 제자가 영주 후보생으로 들어왔다면 에렌페스트의 성적이 갑자기 올라간 것도 이해되네. 페르디난드 님은 귀족원 재학 중에 여러 코스에서 최우수였다고 하더라고."

모두 내가 아는 페르디난드 전설을 떠들기 시작했다. 분명 페르디난드뿐만 아니라 다른 사람들의 전설들까지 섞이기 시작했다고 생각될 정도로 소문이 부풀려졌을 무렵에는, 내게 쏟아졌던 시선도 확 줄어들었다.

'이미 과거를 휩쓴 천재가 있으면 내가 눈에 띄지 않아서 좋네.'

주변이 페르디난드뿐만 아니라 과거의 전설급 학생들 이야기로 신나게 떠드는 가운데, 힐쉬르가 내게 말을 걸었다.

"로제마인 님은 합격입니다. 하지만 지금처럼 일일이 눈을 감고, 그 형태를 떠올리지 않아도 주문과 동시에 변형할 수 있게 익혀 두십시오."

"네."

우아함을 가장한 미소로 대답하면서 나는 속으로 쾌재를 불렀다.

'해냈어, 해냈다고. 전부 합격! 이걸로 도서관에 갈 수 있어! 내일

부터 도서관에 갈 거야! 야호! 하루 종일 도서관에 틀어박혀서 독서 삼매경에 빠져야지! 신에게 기도를!'

에필로그

로제마인이 귀족원에 간 후부터 질베스타 앞으로 계속해서 의미를 알 수 없는 보고서가 날아왔다. 예년이라면 힐쉬르에게서 '특필할만한 보고는 없습니다'라고 간결하게 쓰인 목패만 받았는데, 올해는 달랐다.

'이렇게 사람을 곤란하게 만든 건 첫 영주회의 이후 처음이다! 그 문제아 녀석!'

귀족원에서 처음 보고서가 도착한 건 아직 진급식도 치르지 않은 흙의 날이었다. 출발 전까지 정하지 못했던 로제마인의 측근을 결정했다는 알림을 빌프리트가 보냈다.

최근 2년간 아들의 노력과 성장, 그리고 귀족들 간의 영향력을 고려했을 때 질베스타는 가능하다면 빌프리트를 차기 영주로 앉히고 싶었다. 그래서 아들에게 기숙사의 통제를 맡기면서 '샤를로테가 입학하기 전까지 조금이라도 유리한 위치를 잡아'라고 구슬렸다. 로제마인과 협력하면 그렇게 어렵진 않을 터였다.

'음. 빌프리트는 열심히 하나 보군.'

질베스타는 첫 보고서를 쭉 훑어보았다. 생각나는 대로 쓴 감은 있지만, 내용은 대충 이해되었다. 로제마인이 각성할 때가 다가온다는 소식을 들었을 때부터 플로렌치아와 엘비라가 측근 후보를 선정했다는 보고는 받았었다. 중급 견습 기사 유디트와 하급 견습 문관 필린느를 제외하면 예정대로다.

"샤를로테, 로제마인의 측근이 된 유디트와 필린느를 아느냐?"

그날 저녁 식사 때, 귀족원에 간 오빠와 언니의 소식을 궁금해하는 샤를로테에게 질베스타가 물어보았다. 겨울 어린이 방을 열심히 총괄하는 딸이라면 알지도 모른다고 생각해서다.

"유디트는 안게리카를 동경하는 견습 기사예요. 안게리카처럼 언니를 모시고 싶대서 제 호위 기사 제의를 거절했어요. 결국 언니의 호위 기사가 되었군요."

샤를로테는 기뻐했지만, 제의를 거절당한 영주 일족이 보일 반응이 아니다. 납치되었을 때 구해 준 로제마인의 빈자리를 자신이 메꿀 수 없게 되자 마음에 상처를 입은 샤를로테는, 로제마인의 일이라면 껌뻑 죽었다. 언젠가 이상한 쪽으로 폭주하지 않을까, 질베스타는 조금 걱정이 되었다.

"필린느는 겨울 어린이 방에서 가장 언니를 잘 따랐고, 적극적으로 이야기를 모으며 언니가 깨어나기를 기다렸던 견습 문관이에요. 올해 초겨울에 언니 앞에서 충성을 맹세했어요. 그때는 주변 눈들 때문에 측근으로 삼지는 않을 거라고 생각했었거든요……."

'어쨌거나 로제마인에게 충성심이 있는 아이라면 걱정은 필요 없겠군.'

질베스타는 안도했다. 하지만 그것도 아주 잠깐이었다. 일주일 후인 흙의 날에 힐쉬르가 보낸 정기 보고서에는 간결하고 의미를 알 수 없는 항목이 쭉 나열되어 있었다.

'진급식에서 에렌페스트 여학생들의 머리가 놀랄 정도로 윤기가 흘렀고, 로제마인 님은 처음 보는 머리 장식으로 모두의 주목을 한

몸에 받으셨습니다.'

'1학년 전원이 한 번 만에 이론을 통과했습니다. 에렌페스트에서 대체 어떤 공부 방법을 도입한 것인지 선생들 입에 오르내리고 있습니다.'

'음악 선생이 로제마인 님께서 작곡하신 곡을 마음에 들어 하여 다과회에 로제마인 님을 초대했다고 합니다.'

'기수 제작 때 그륀형 기수를 본 담당 선생이 기수에 공격당했다고 주장합니다.'

'로제마인 님의 마력 압축 방법을 제게도 가르쳐 주십시오.'

'어떻게 된 일인지 로제마인 님께서 도서관에 비치한 마술구의 주인이 되셨습니다. 신들의 인도라고 합니다.'

'심층의 방에서 로제마인 님이 쓰러지셨고, 선생들로 구성된 탐색단이 출동하였습니다.'

힐쉬르가 '특필할 만한 보고는 없습니다'라는 보고 말고도 할 줄 알았던가, 하고 질베스타는 묘하게 감탄하면서도 보고 내용에 머리를 싸맸다.

'전부 로제마인 얘기뿐이지 않은가! 대체 녀석은 자꾸 뭘 하고 있는 거지!?'

대부분은 유행을 선도하고 성적이 올랐기에 일어난 상황이라 이해할 수 있었다. 그륀형 기수에 깜짝 놀란 교사가 있어도 하는 수 없다. 마력 압축도 힐쉬르가 잘 처리해 줬겠고, 아팠던 몸이라 체력이 떨어졌다고 생각하면 가다가 쓰러졌을 수도 있다.

'그런데 로제마인이 신들의 인도로 도서관에 비치된 마술구의 주인이 되었다는 소리는 도통 모르겠군. 뭐지, 그건!?'

"페르디난드, 귀족원에서 보고서를 받았는데 대체 무슨 일이 일어났다고 생각하나?"

힐쉬르의 암호 같은 문장을 해독해 주길 기대한 질베스타는 페르디난드를 불러서 목패를 건넸다. 대충 훑어본 이복형제가 사교적인 미소로 대답했다.

"정말 간결하군요. 이것보다 빌프리트의 보고서가 더 자세한 것 같습니다."

"빌프리트의 보고서라고!? 처음 듣는 소리다!"

"제 앞으로 보낸 질의서라 아우브께 보고할 의무는 없다고 생각했습니다."

문관들 앞이다. 공적인 자세를 유지하는 페르디난드의 말은 간결했지만, 완곡한 표현이다. 궁금증과 짜증에 부아가 치밀어 오른 질베스타가 가볍게 책상을 두드렸다.

"페르디난드와 칼스테드만 남기고 다 나가라."

완전히 사람이 없어진 후, 질베스타가 대답을 재촉하며 노려보자, 페르디난드는 정중한 태도를 없애고 한쪽 눈썹을 씰룩거렸다. 이 이복형제는 뭐든지 비밀로 하려는 구석이 귀엽지가 않다.

"빌프리트가 보낸 건 로제마인을 어떻게 다루는지 물어보는 질문서와 보고서였다. 매일같이 허접한 보고서를 받고 지적해 주는 것도 조금 귀찮았는데, 힐쉬르의 보고서보다는 이해하기 쉬웠나 보군."

그 후, 페르디난드가 자기 집무실에서 가져온 보고서 사본을 본 질베스타는 미간을 꾹 눌렀다. '도서관에 등록하러 가서 로제마인이 왕족이 만든 마술구의 주인이 되었습니다'라는 글로는 무슨 상황인지

도무지 모르겠다. 하지만 빌프리트가 얼마나 열심히 페르디난드에게 질문서를 썼는지는 알았다. 엄격한 표현으로 지적을 받아도 끝까지 굴하지 않고 보고서를 작성했다. 그 보고서를 읽어 보니, 에렌페스트의 1학년생이 한 번 만에 합격한 원인이 도서관 등록을 미끼로 잡힌 로제마인이 폭주했기 때문이라는 사실을 알았다. 설마 그런 속사정이 있을 줄은 몰랐던 질베스타는 "대체 무슨 일이냐?" 하고 보고서를 은폐했던 페르디난드를 노려보았다. 그러나 아무리 노려보아도 상대는 콧방귀만 뀔 뿐이었다.

"로제마인의 도서관 금지령 해제에 남들까지 끌어들였으니 당연한 결과지. 난 봉납식 전까지 끝낼 것을 계산하고, 통과할 때까지 도서관 금지령을 내렸다. 그것도 모르고, 목적을 위해서라면 물불 가리지 않는 로제마인에게 편승해서 1학년 전원 합격을 조건에 추가한 빌프리트가 멍청한 거다."

페르디난드가 차가운 표정으로 빌프리트를 헐뜯었다.

"말해 두는데, 로제마인을 다루는 건 그렇게 간단치 않다. 세례식 때 처음 신전에 들어온 주제에 신전 도서실에 들어가려고 전 신전장에게 직접 대금화 한 닢을 내겠다고 제안할 정도로 수단 방법을 가리지 않는 아이다. 귀족원 도서관을 미끼로 삼으니까 당연히 폭주하지."

"……그러고 보니 그런 얘기를 들은 적이 있군. 과장이 아니었다는 건가. 그럼 칼스테드의 저택에서 펄펄 열이 끓는 몸으로 복도를 기어서 도서실에 가려고 했단 말도 사실이냐?"

"처음 도서실을 보고 흥분해 복도에서 정신을 잃은 다음 날 있었던 일 말이군. 한 톨의 거짓도 없는 사실이다."

칼스테드가 "책과 함께 침대에 눕히라고 조언해 줬었지."라며 페르디난드를 보았다. 질베스타는 거짓 같은 과장된 얘기라며 대충 넘겼는데, 완전 사실이었던 모양이다. 그 당시와 똑같은 폭주가 귀족원에서 일어나는 셈이다. 다른 영지의 반응을 생각하는 것도 끔찍했다.

"도서관에 미친 폭주에 연루된 1학년생은 불쌍하다만, 빌프리트는 다른 사람까지 끌어들였으니 자업자득이다. 나중에 후회해도 늦었으니 다른 1학년생에게 깊이 사과하라고 조언해 두었다."

'그렇군, 힘내라, 빌프리트. 이 아비가 응원하마!'

마음속으로 아들을 격려한 질베스타는 목패 내용 중에 가장 이해하기 어려웠던 부분을 가리켰다.

"그나저나 도서관에 등록하러 가서 마술구의 주인이 되었다, 라는 말이 무슨 뜻이라고 생각하나? 빌프리트가 보낸 보고서를 봐도 모르겠군. 귀족원 도서관에 무슨 마술구가 있지?"

도서관에 이상한 집착을 보이는 로제마인과 달리 질베스타에게 도서관은 자료를 모아 두는 장소일 뿐이며 자료는 문관에게 명령만 하면 척척 준비해 준다. 귀족원 도서관도 자기 발로 간 적이 없어서 그곳에 무슨 마술구가 있는지도 모른다. 귀족원 시절에 힐쉬르의 조수로 도서관에 발이 닳도록 드나든 페르디난드에게 묻자, 그는 관자놀이를 톡톡 두드리면서 중얼거렸다.

"도서관 마술구라면 슈바르츠와 바이스일 텐데, 중앙에서 배속된 상급 귀족이 그들의 주인이었을 거다. 어떻게 로제마인이 주인이 되었는지 나도 잘 모르겠군. 마력의 양으로 빼앗았나? 아니, 그건 아니야. 멋대로 개조하지 못하도록 주인 외에는 만지지 못하게 수많은 방어가 쳐져 있을 텐데."

"결국, 무슨 일이 있었는지 모르겠다는 말이군."

칼스테드도 함께 고민하는데, 페르디난드 혼자만 재미있다는 듯이 입꼬리가 올라갔다.

"신들의 인도라. 축복이 연관됐는지도 모르겠군. 확신은 없다. 가령 축복이라고 해도 어떻게 주인이 됐는지 모르지만……. 정말 로제마인이 도서관 마술구의 주인이 되었다면 그것을 연구해 볼 수 있겠군. 로제마인의 귀환을 기대할 이유가 하나 더 늘었어."

'그 스승에 그 제자다. 이 연구바보가.'

"1학년도 모든 이론을 통과했다고 하고, 이젠 로제마인이 자기 수업을 끝내려고 힘내 주기만 하면 된다. 수업이 끝나면 도서관에 박혀 지낼 테니 얌전히만 도서관에서 지내 주면 그렇게 큰 문제는 일어나지 않겠지."

'페르디난드가 그렇게 말한다면 괜찮겠지.'

조금 의문스러운 점은 있지만, 두 개의 보고서를 합쳐서 고려하면 성적 향상이나 새로운 유행 선도도 일단은 순조롭다. 질베스타는 깊이 생각하기를 그만두었다.

하지만 그 다음주에도 힐쉬르는 머리가 지끈거리는 보고를 보내왔다.

'봉납 가무 시간에 로제마인 님이 2왕자와 접촉하였습니다. 왕자는 성녀라 불리는 로제마인 님을 경계하시는 듯합니다.'

'기수에 관련된 나쁜 소문을 없애려고 제가 로제마인 님을 담당하게 되었습니다.'

그 보고서를 읽은 질베스타는 칼스테드와 시선을 교환하며 고개를 끄덕이고 당장에 페르디난드를 호출한 다음, 사람들을 물러가게 했다. 왕족과의 접촉은 상당히 난처한 상황이었다.

"왕자와 겹치는 기간은 딱 1년뿐이고, 봉납 가무 외에는 마주칠 기회도 없으니까 괜찮겠지 싶었는데, 괜찮지 않았던 모양이다. 페르디난드, 어쩔 거야?"

즉각 보고서를 보여주자, 페르디난드가 어처구니없다는 표정으로 팔짱을 꼈다.

"어쩔 거냐고 물어도…… 왕자는 로제마인의 기수에 흥미를 보였을 뿐이다. 심지어 다른 약속을 우선시했다지 않는가. 봉납 가무도 합격했으니 앞으로 접촉만 하지 않으면 문제없다. 가장 큰 문제는 합격에 들떠서 왕자와 한 약속을 깰 뻔한 멍청한 로제마인의 머리지."

"뭐!? 왕자와 한 약속을 깰 뻔했다고!?"

눈이 휘둥그레진 질베스타와 칼스테드 앞에 페르디난드가 빌프리트의 보고서 사본을 내밀었다. 빌프리트가 지적하지 않았다면 기숙사에 돌아갈 생각뿐이었다는 로제마인의 모습이 상세히 쓰여 있는 글을 보고 두 사람은 머리가 어질했다. 아무리 생각해도 로제마인의 우선순위는 비정상적이다.

"여기서 우리가 머리를 쥐어짜 봤자, 로제마인의 도서관 순위는 바뀌지 않는다. 주위가 잘 구슬려 유도해 주면 다행이지만, 그렇게 간단하지는 않겠지. 하지만 지금 조심해야 할 것은 로제마인보다 빌프리트가 참가하기로 한 아렌스바흐의 다과회다."

"뭣이라고!? 그 얘기는 금시초문이다!"

힐쉬르의 보고서에도 없었던 중요한 사항에 질베스타가 눈을 부릅떴다. 페르디난드가 툭 내민 보고서를 집어서 서둘러 읽었다.

"프뢰벨타크 영주 후보생과 함께 사촌들만 모이는 다과회라고?"

"로제마인은 혈연이 아니라고 초대하지 않았다는군. 어쨌거나 다과회에서 나올 화제를 엄선해서 그 대답을 로제마인과 잘 상의해 두라고 조언해 뒀다."

질베스타는 마른침을 삼켰다. 솔직히 빌프리트는 사교가 아직 불안정하다. 겨울 사교계는 구 베로니카 파의 대응만 하면 되었기에 어떻게든 무사히 넘겼지만, 자기보다 높은 사람을 대하는 사교는 걱정이 더 앞섰다.

"귀족원에서 본격적인 사교활동이 시작되는 건 영주 후보생이나 상급 귀족이 수업을 끝낸 한겨울이다. 로제마인이 봉납식 때문에 에렌페스트에 돌아오면 빌프리트는 혼자서 다과회에 임해야 하는데, 정말 괜찮을까?"

질베스타가 걱정하자, 페르디난드가 차갑게 딱 잘라 말했다.

"사촌끼리 하는 다과회도 못 치르면 차기 영주 자리를 감당할 턱이 없지. 사교가 시작되기 전까지 준비 기간은 충분하다. 당신은 저쪽에서 묻기 전까지 쓸데없이 끼어들지 마. 기본적으로 귀족원은 배움의 장이라서 영지의 참견을 금지하고 있으니까."

그렇게 명분을 내세운 대답을 페르디난드에게서 듣고 싶지 않다. 그런 생각을 하며 입을 삐죽이는 질베스타를 달래듯이 칼스테드가 어깨를 두드렸다.

"빌프리트 님도 성장하셨어. 그 당시의 자네보다 더 믿음직스럽게 말이야. 주변에 조언을 구하고, 들을 귀만 있으면 괜찮아."

질베스타에게 어른의 손이 닿지 않는 귀족원은 자유롭고 즐거운 장소였다. 설마 영지에서 기다리는 부모를 이토록 애타게 만드는 곳이라고는 생각지도 못했다. 부모의 입장이 된 질베스타는 기도했다. 이제는 소동이 일어나지 않기를.

물론, 고작 이 정도로 소동이 끝날 리가 없었다.

유익한 흙의 날

뎅……하고 어둠 속에서 종소리가 한 번 울려 퍼졌습니다.

우리 시종은 한 점 종이 울리면 기상합니다. 견습 시종으로서 다른 저택에서 연수했을 때부터 한 점 종에 일어나던 습관 덕분에 이른 아침 기상이 그렇게 힘들지 않습니다. 나는 몸을 일으켜 천막을 걷고 침대에서 내려와 언니의 침대를 바라보았습니다. 항상 그렇듯, 일어날 기척이 없습니다. 언니는 깨우기 전까지는 일어나지 않거든요.

침대 옆에 놓인 불을 밝히는 마술구를 작동하니, 어두운 방 안이 조금 밝아졌습니다. 어서 방을 데우지 않으면 추워서 옷을 갈아입기가 싫어집니다. 나는 난로에 불을 지피고, 다시 침대에 올라갔습니다. 곧 내 시종인 에밀리카와 언니의 시종인 프레델이 준비를 마치고 방에 올 겁니다. 우리 두 사람의 시종은 육아를 경험한 친족 아주머님들이라 우리를 속속들이 알아서 마음이 편합니다.

"리젤레타 님, 오늘은 시종 임무도 쉬는 날 아닙니까?"

녹색 마석이 박힌 물병으로 세안 준비를 하면서 확인하는 에밀리카에게 나는 "네." 하고 고개를 끄덕였습니다. 흙의 날은 수업이 없습니다. 평소라면 견습 시종복을 입어야 하지만, 오늘은 주인이신 로제마인 님께서 '신의 뜻'을 흡수하려고 방에만 계시는 날이라 일도 쉬게 되었습니다.

"프레델, 의복이나 검은 옷 말고, 평소에 입는 옷으로 부탁해요."

"리젤레타 님은 평상복, 안게리카 님은 쉬는 날이지만 공부에 기합을 넣기 위해 아침부터 간이갑옷이죠? 알고 있습니다."

프레델이 옷 준비를 시작합니다. 로제마인 님처럼 옷방이 없는 우리는 방에 설치된 옷장과 나무상자에 옷들을 보관해 둡니다.

"리젤레타 님께서 측근이 되셨을 땐 눈앞이 깜깜했어요. 다행히 측근용 방에도 2인실이 있어서 다행입니다."

내 머리를 손질하면서 그렇게 말한 에밀리카에게 나는 싱긋 웃으며 동의했습니다. 귀족원에서도 측근이 모든 잡일을 처리해 주는 영주 후보생이나 곁에 두는 사람은 많지 않아도 영주 후보생과 비슷하게 생활하는 상급 귀족과는 달리 중급과 하급 귀족 학생은 아랫사람에게 지불할 금액이 제한적입니다. 그래서 공용실에 묵으며 목욕 준비나 방 청소 등을 시종 여러 명이 해결하여 동행한 시종의 부담을 줄여 줍니다.

로제마인 님의 측근 발표는 기숙사에 입실한 후에 이루어졌습니다. 계속 측근이었던 언니는 둘째 치고, 나는 측근용 1인실을 사용할 준비가 되어 있지 않았습니다. 그래서 돈을 아끼고 시종의 부담도 덜어 줄 방향을 고민한 끝에 언니와 같은 방을 쓰게 되었습니다.

같은 이유로 유디트와 필린느도 둘이서 2인실을 쓰고 있습니다. 브륀힐데나 레오노레는 "모처럼 주어진 측근의 특권인 1인실을 안 쓴다고요!?" 라며 깜짝 놀랐지만, 처음부터 1인실을 사용하게끔 준비할 수 있는 상급 귀족과는 사정이 다릅니다. 저희 집안은 사전에 준비만 해 두면 1인실을 아예 못 쓸 정도로 빈곤하지는 않지만, 사전 준비가 필수입니다.

"올해로 언니가 졸업하니까 내년부터는 저 혼자서 쓰게 되겠지만요……."

"리젤레타 님은 1인실을 쓰셔도 괜찮습니다. 영주 일족의 측근에 걸맞게 잘하실 겁니다. 그런데 안게리카 님은 시종과 연락이 소홀할 때가 많으셔서 저 혼자만으로는 정말 불안했는걸요. 안게리카 님과 리젤레타 님이 같은 방이라서 다행입니다."

프레델이 진지하게 그렇게 말하자, 나는 무심코 웃어 버리고 말았습니다. 언니의 일정은 리카르다나 코르넬리우스에게 내가 전해 듣고, 프레델에게 연락합니다. 시종은 연락 없이 움직일 수 없습니다. 내가 언니와 같은 방이 아니었다면 프레델은 측근들 사이에서 주인을 제대로 돌보지 못하는 능력 없는 시종이 되어 버립니다.

"로제마인 님께서 안게리카 님을 측근으로 인정하고 계시다니, 아직도 믿기지 않습니다."

감탄 섞인 프레델의 말에 에밀리카가 고개를 크게 끄덕이며 내게 손을 내밉니다. 그 손을 잡고, 내가 몸을 일으키면 의자를 치우고 양말을 건네줍니다. 나는 양말을 신으면서 친척들이 난리를 치던 그날을 떠올렸습니다.

"언니가 로제마인 님의 호위 견습 기사로 발탁되었을 땐 정말 난리가 났었죠."

"당연하지 않습니까? 안게리카 님은 누군가를 돌보는 타입이 아니셔서 시종이 아닌 기사를 선택하셨잖아요. 아무 문제도 일으키지 않고 영주 일족을 모시게 될 줄 누가 상상이나 했을까요."

여자 시종은 출산이나 육아 때문에 교체가 잦습니다. 플로렌치아 님의 시종도 여성인 이상, 담당 교체는 반드시 있습니다. 그때 베로니카 님과 친밀한 귀족을 측근으로 삼고 싶지 않으셨던 플로렌치아 님은 제 어머님을 시종으로 들이셨습니다. 아버님이 선대 아우브를 섬기던 시절부터 베로니카 님과 조금 사이가 멀었던 것이 크게 작용한 모양입니다.

착실한 부모님을 신용하신 칼스테드 님께서 언니를 로제마인 님의 호위 견습 기사로 삼으셨습니다. 먼저 부모님께 의사를 물으셨다면 돌려서 거절했을 겁니다. 그런데 칼스테드 님이 언니에게 물어봤더니, 언니가 '부모님께 상담하겠습니다'가 아니라 '하고 싶습니다'라고 대답한 탓에 부모님은 거절할 방법을 잃었습니다.

"안게리카 님께서 귀족원 최종 시험에 합격하지 못하시고, 보충수업에 남게 됐을 땐 전부 끝난 줄 알았어요."

귀족사회에서는 보충을 듣기만 해도 웃음거리가 되고, 영주 일족의 측근에서 잘리면 언니는 제대로 된 혼담을 기대할 수 없습니다. 무엇보다 언니는 부모님이 쌓아 올린 신용으로 로제마인 님의 호위 견습 기사로 발탁되었습니다. 그런데도 최종 시험에 떨어지는 실태를 범해서 측근에서 잘리면, 영주 부부나 기사단장 부부의 기대를 저버리는 셈입니다. 앞으로 우리 일족에 측근으로 발탁되는 사람은 없어질 테고, 취직이나 혼인에도 지장이 생길 가능성이 커지겠지요. 일족이 어떤 심정으로 비명을 질렀을지, 이해가 가시나요?

3학년이면서 보충을 듣게 되어도 전혀 초조한 기색이 없던 언니는 졸업도 간당간당한 상태였습니다. 귀족원을 졸업하지 못하면 귀족으로 인정받지 못합니다. 졸업하지 못하면 슈타프를 봉인하고 우리 집안의 하인 신분으로 떨어지고 맙니다. 그런 언니를 그대로 측근으로 대하고, 보충에 합격할 수 있게 함께 공부 방법을 고민해 주신 로제마인 님 덕분에 언니뿐만 아니라 일족 전체가 구제받은 겁니다. 정말 로제마인 님께는 몇 번을 감사해도 모자랍니다.

"로제마인 님께서 함께 귀족원에 계시니까 언니도 공부할 마음이 생겼나 봐요. 작년과는 표정이 다른걸요."

"마지막 해를 주인과 함께 지낼 수 있어서 기쁜 거겠지요."

"로제마인 님과 같은 학년이었다면 모두 마음 편히 지냈을지도 모르겠네요."

프레델과 에밀리카가 쿡쿡 웃으면서 내 치맛단을 정리했습니다. 준비가 끝나면 언니를 깨워야 합니다.

"안게리카 님, 일어나십시오. 리젤레타 님은 준비를 마치셨습니다."

"음……. 오늘은 호위도 공부도 쉬는 날이잖아요……."

언니가 이불을 껴안고 몸을 뒤척이니 하늘색 머리가 움직임을 따라 스르륵 흘러내립니다. 외모는 사랑스럽고 아름다운데, 말투가 귀족스럽지 않은 언니의 모습에 프레델이 질린다는 듯이 한숨을 내뱉습니다. 나는 침대에 다가가 말을 걸었습니다.

"언니, 호위 임무는 없어도 오전에 디터 훈련이 있잖아요. 그 전에 공부를 끝내지 않으면 훈련에 넣지 않겠다고 코르넬리우스가 신신당부했었고요. 아무리 하기 싫은 일이라도 최선을 다해 노력하지 않으면 로제마인 님께서 실망하실 거예요."

"……아아, 그랬었죠. 아침에 공부……. 수업도 없는데, 공부……."

짜증스러운 목소리를 내면서 언니가 꾸물꾸물 움직입니다. 일어나기까지 시간은 걸리지만, 언니는 한 번 움직이기 시작하면 빠릿빠릿하게 움직입니다. 이제 괜찮습니다.

"리젤레타, 난 옷을 갈아입고 공부할 테니까 리카르다에게 로제마인 님의 상황을 물어보고 오세요."

멍하니 잠이 덜 깬 파란 눈을 비비면서 일어난 언니가 제일 먼저

한 말은 '공부와 로제마인 님'입니다. 이론을 통과할 때까지 호위 임무에서 제외되어서일까요, 작년에는 다목적 홀에서 코르넬리우스가 감시할 때만 공부하던 언니가 올해는 자기 방에서 자습하게 되었습니다.

'정말, 로제마인 님이 계시고 안 계시고로 이렇게 다르다니.'

"알겠습니다. 다녀올게요."

프레델과 에밀리카에게 언니의 준비를 맡기고, 나는 방을 나왔습니다. 복도를 지나 측근이 모이는 방문을 똑똑 두드리고, 최대한 소리 나지 않게 조심스럽게 문을 열었습니다.

"안녕하세요, 리카르다. 로제마인 님은 어떠세요?"

리카르다는 찻잎을 준비하던 손을 멈추고, 로제마인 님의 방으로 이어지는 문을 쳐다보았습니다.

"조금 전에 살짝 살펴봤는데, 약을 먹고 밤새 주무셔서 오늘 아침은 몸이 편해지셨나 봅니다. 오늘 하루 침대에서 쉬시면 회복하실 겁니다."

어제 로제마인 님은 '신의 뜻'을 채집하려고 심층의 방에 들어갔다가, 돌아오는 길에 의식을 잃고 쓰러지셨습니다. 평소보다 훨씬 느린 기수를 타고 돌아왔고, 그 뒤부터 타인의 마력이 섞이지 않게 리카르다만 로제마인 님을 돌보고 있습니다. 우리는 로제마인 님께서 '신의 뜻'을 완전히 받아들이기 전까지 접근하면 안 됩니다.

"심층의 방에서 의식을 잃은 사람 얘기는 지금까지 들은 적이 없어 걱정되어서요……. 3층에 못 올라오는 코르넬리우스나 하르트무트가 어제 저녁식사 자리에서 특히나 더 걱정했답니다. 언니도 일어나자마자 하는 소리가 로제마인 님의 안부였어요."

"다른 사람에겐 아침식사 자리에서 전달해 주세요. 저는 로제마인 님께서 신의 뜻을 흡수하실 때까지 잡무를 처리하면서 여기서 지내겠습니다."

두 점 종이 울릴 때까지 언니는 방에서 공부하고, 아침을 먹습니다. 훈련 전에 끝내라며 지정한 부분까지 겨우 끝낸 언니는 속 시원한 표정으로 방을 나왔습니다. 저기 앞에서 복슬복슬한 밝은 주황색 머리를 흔들며 걷는 유디트의 뒷모습이 보입니다.

"유디트, 안녕하세요. 필린느의 상태는 어떤가요?"

"안녕하세요, 안게리카, 리젤레타. 필린느는 아무와도 접촉하지 않으려고 이불에 들어가서 나오질 않아요. 상황은 이해가 가지만, 수다 떨 상대가 없어서 쓸쓸하네요. 빨리 두 점 종이 울리길 기다렸답니다."

형제가 많은 가정에서 자라서 혼자 있는 시간을 괴로워하는 유디트의 이야기를 들으면서 함께 식당으로 가자, 하르트무트가 싱긋 웃고 있었습니다.

"리젤레타, 로제마인 님의 용태가 어떤지 알고 있는 거 있어?"

"오늘 아침은 편안하게 지내고 계신답니다. 하루 내내 침대에서 쉬시면 괜찮다고 했어요."

"그건 다행이다. 심층의 방에서 의식을 잃은 학생 얘기는 처음 들어서 정말 걱정했어. 슈타프에도 나쁜 영향이 가지 않았으면 좋겠는데……."

내가 리카르다의 말을 전하자, 하르트무트와 코르넬리우스가 동시에 안도의 한숨을 내쉬었습니다. 코르넬리우스는 로제마인 님의 친오

빠라서 저렇게 걱정하는 심정도 이해가 갑니다. 그런데 하르트무트는 귀족원에 들어온 후에 측근이 되었는데, 로제마인 님 개인을 향한 애착이 너무 강합니다.

'나는 언니나 일족을 살려 주신 은혜가 있다지만, 하르트무트는 왜 저렇게까지 로제마인 님께 지극정성인 걸까? 에렌페스트의 성녀가 얼마나 훌륭한지 모르면 에렌페스트 사람이 아니다, 라고 말해도 잘 모르겠어요.'

"로제마인은 저택 내의 도서실에 가다가 쓰러진 적도 있어. 타인의 접촉도 없이 혼자 힘으로 돌아와야 하는 심층의 방에서는 더 경계했어야 했는데, 측근인 우리의 실수야."

코르넬리우스에게 저택 안에서 갑자기 쓰러진 로제마인 님의 이야기를 듣고, 나는 측근으로서 더 주의 깊게 주인의 상태를 살펴야 함을 깨달았습니다.

"어머, 그 모습을 보아하니 리젤레타에게 로제마인 님의 용태를 들었군요?"

브륀힐데와 레오노레도 식당에 들어와서 자리에 앉았습니다. 두 사람도 측근의 방에 들러서 리카르다에게 로제마인 님의 용태를 들었다고 합니다. 측근이 모두 모이면 식사가 시작됩니다.

"오늘은 일을 쉬게 됐는데, 다들 어떻게 보낼 거야?"

코르넬리우스가 묻자, 모두 각자의 일정을 말하기 시작했습니다.

"저는 오전 중에 정보 교환 다과회가 있어요. 신입생 영주 후보생에 관한 정보가 부족하잖아요? 그래서 영주 후보생의 상급 견습 시종이 모인대요. 저는 빌프리트 님의 견습 시종인 이시도르와 참가하기로 했습니다."

"아, 나도 브륀힐데와 마찬가지로 상급 견습 문관 모임이 있어. 호위 기사는 그런 모임 없어?"

브륀힐데와 하르트무트는 다른 영지의 상급 귀족들과 정보를 교환하는 모임에 참석한다고 합니다.

"우리는 오전 중에 디터 훈련을 할 거야. 로제마인 님이 도서관에서 지내시게 되면 반드시 누군가는 호위를 맡아야 하잖아. 오늘을 놓치면 다 같이 훈련할 기회가 좀처럼 없거든. 안게리카는 어때? 훈련에 참여할 수 있겠어?"

"코르넬리우스가 시킨 범위까지는 끝냈습니다. 훈련에 참여하겠습니다."

언니의 선언에 저 말이 틀림없냐고 묻듯이 코르넬리우스가 나를 쳐다보았습니다. 아침 식사 전에 노력하는 언니를 봤던 나는 천천히 고개를 끄덕였습니다.

"그럼 훈련 참가자는 나, 안게리카, 레오노레, 트라우고트 네 사람이군."

"기다려 주세요, 코르넬리우스. 나도 디터 훈련에 참여하고 싶어요!"

유디트가 손을 번쩍 들었지만, 코르넬리우스는 팔짱을 끼더니 "으음~" 하고 난감한 표정을 지었습니다.

"넌 아직 2학년이니까 기사 코스가 아니잖아. 그리고 성적 중시라 통과한 수업도 몇 개 없잖아. 오늘은 공부에 시간을 투자해."

"우……. 그래도 수업 때문에 훈련을 못 하니까 쉬는 날 정도는 훈련하고 싶습니다. 몸이 뻣뻣해질 것 같아요."

본가가 있는 쾰른베르거에서는 기사들과 매일같이 훈련했어도 아직 2학년생인 유디트가 귀족원에서 듣는 수업은 공통 이론입니다. 기사 전문 코스를 듣는 3학년 위의 학생들에 비하면 훈련 시간이 압도적으로 적습니다.

"훈련에 참여하고 싶은 마음은 이해합니다. 하지만 영주 후보생의 측근이 된 당신의 장래를 생각하면 아슬아슬하게 합격하는 것보다 우수한 성적을 남기는 쪽이 중요해요. 지금은 자제하고 공부하세요, 유디트."

어깨에 늘어진 붉은 보라색 머리를 뒤로 넘기는 레오노레가 지적인 남색 눈동자로 가만히 유디트를 바라보았습니다.

"상급 귀족이라면 그렇게 심하지는 않지만, 중급이나 하급 귀족이 영주 일족의 측근이 되면 주위의 시샘을 피할 수 없어요. 질투나 편견을 조금이라도 누그러뜨리려면 성적이 중요합니다. 당신 몸을 지키고 싶다면 중급 귀족 중에서 유디트가 측근으로 선택된 것이 당연하다고 주변에 인정받아야 할 거예요."

레오노레는 그렇게 말한 후, 나를 쳐다보았습니다. 중급 귀족인 저도 유디트와 같은 입장이겠지요. 덧붙이자면 이론 성적이 나빠도 보니파티우스 님의 훈련을 버텨서 제자로 인정받은 언니는 저와는 또 다릅니다.

"저기, 성적이 자신의 몸을 지킨다면…… 역사와 지리를 아슬아슬하게 통과한 하급 귀족 필린느는 어떻게 되나요?"

보라색 눈동자를 불안하게 흔들며 묻는 유디트에게 레오노레는 "불쌍하게도 로제마인 님의 눈이 닿지 않는 곳에서는 상당히 고생하고 있겠죠." 라고 냉정하게 대답했다.

"처음부터 좋은 성적을 내지 못하고 불합격을 선택했다면 다른 1

학년생에게 미움을 받아서 기숙사 생활이 불편해질 테고, 도서관이 멀어진 탓에 로제마인 님께도 좋은 인상을 남기지 못했겠지요. 물론 하급 귀족인 필린느에게는 선택지가 없었겠지만, 그런 사정이 에렌페스트의 어른에게는 통하지 않는걸요. ……정말 귀찮은 상황만 벌려 주셨죠."

그렇게 중얼거린 레오노레가 빌프리트 님의 측근들이 앉은 테이블을 힐끗 쳐다보았습니다. 그 자리에 빌프리트 님의 모습은 없었습니다.

"감사하게 생각합니다, 레오노레. 내가 딸 수 있는 최고점을 딸게요."

유디트가 납득하여 공부하기로 했을 때, 브륀힐데가 "리젤레타는 어떻게 지낼 거예요?" 라며 저를 보았습니다.

"저는 유디트와 마찬가지로 조금이라도 빨리 좋은 성적으로 수업을 통과할 수 있게 공부할까 합니다. 로제마인 님이 도서관에 가실 때 교대 요원이 최대한 많이 있어야 하잖아요?"

아침 식사를 마친 다음, 나는 언니를 비롯한 견습 기사들을 보내고 다목적 홀에서 공부합니다. 로제마인 님이 성적향상 위원회라는 이름으로 코스별로 팀을 나누어 공부하는 체제를 세워 주신 덕분에 함께 공부할 사람들도 있고, 질문도 꺼내기 쉬운 분위기가 형성되었습니다. 유디트도 2학년생 동료와 함께 공부하려는지, 다른 테이블로 가는 모습이 보입니다. 파벌이라는 장벽을 무너뜨리고, 서로 협력하는 상황을 만든 로제마인 님은 정말 훌륭하십니다.

"리젤레타 님은 굉장히 공부를 열심히 하시네요. 로제마인 님께서 돌을 흡수하는 오늘이 유일한 휴일이죠?"

"카트린 님의 말씀도 맞지만, 로제마인 님의 측근으로 선택되어 놓고 부끄러운 성적을 남길 수도 없고, 도서관 출입에 목매는 주인 곁에서 시중을 들려면 이론만큼은 끝내고 싶어서요……."

카트린 님은 봄부터 샤를로테 님을 모시게 된 3학년 견습 시종인데, 늦가을까지 플로렌치아 님의 측근 출신의 집에서 견습 중이었다고 합니다.

"로제마인 님은 우리가 생각한 것보다 강압적인 분이시네요. 트라우고트 님도 곤란해 하시더라고요. 1학년생을 밀어붙이는 모습을 보고 놀랐습니다. 저도 마찬가지로 주인이 첫날 반드시 합격하라며 노려보시면 무서워서 꼼짝도 못 할 거예요."

1학년생을 합격으로 몰아세우던 로제마인 님의 박력은 어린이 방에서 책을 읽고, 모두에게 그림책을 읽어 주고, 파벌을 넘어서 협력하라고 설득하던 모습과는 전혀 딴판이었습니다. 영주 후보생의 횡포로 받아들인 학생도 적지 않겠지요.

"로제마인 님은 도서관에 다니려고 귀족원에 오셨다고 하니까요. ……그런데 저도 함께 도서관에 가는 날이 기다려져요."

비밀 얘기를 하듯이 소곤거리자, 눈을 동그랗게 뜬 카트린 님이 "……리젤레타 님은 도서관에 그렇게는 관심이 없으셨잖아요."라며 나를 뚫어지게 바라보았습니다.

"후훗, 로제마인 님과 등록하러 도서관에 간 이후로 관심이 생겼어요."

도서관의 스밀들을 머릿속에 그리며 조그맣게 웃자, 카트린 님뿐만 아니라 다른 견습 시종도 흥미진진하게 이쪽을 보기 시작했습니다.

"도서관에 큰 스밀형 마술구가 있는데, 로제마인 님께서 새로운 주인이 되셨다는 말은 했지요? 슈바르츠와 바이스라고 하는데, 전 이론을 끝내면 두 마리에게 줄 의상을 짤 거예요."

"도서관에 있는 스밀들 의상이요?"

"네. 새로운 주인이 된 로제마인 님이 두 마리에게 새로운 의상을 선물해야 한대요. 전 그걸 꼭 도와드리고 싶어요."

본가에서 기르는 스밀들은 저렇게 걷고 말하지 않지만, 도서관에서 솔랑쥬 선생님을 돕는 건 덩치도 크고, 두 발로 걸으며 말도 하는 사랑스러운 검정과 하얀 스밀들입니다.

"맞춘 옷을 입고 일하는 슈바르츠와 바이스가 어찌나 귀엽던지……."

"저도 스밀을 기르고 있는데, 도서관 스밀들도 한 번 보고 싶네요. 얼마나 큰가요?"

"머리까지는 로제마인 님이 더 크시지만, 귀를 세우면 스밀들이 더 클지도 몰라요. 주인이신 로제마인 님의 말대로 움직이고, 말도 한답니다. 말투는 어색해도 정말 귀여워서 가슴이 아플 정도예요."

내가 도서관에서 본 스밀들을 설명하자, 본가에서 스밀을 키우는 학생들이 좀이 쑤신다는 듯이 서로의 얼굴을 마주 봅니다.

"……지금 도서관에 가볼까?"

나직이 중얼거린 카트린 님께 모두의 시선이 집중되었습니다.

"아, 아니, 그게, 공부할 참고서를 찾으러, 요. 기사 코스보다 시종 코스는 참고서도 적고…… 그렇죠?"

곤란한 듯 주위를 둘러보면서 호호호, 하고 얼버무리는 카트린 님을 바라보며 그 자리에 있는 모두의 마음이 하나가 되었습니다.

"카트린 님 말씀이 맞아요. 나도 다른 참고서를 봐야겠으니까 도서관에 같이 가요."

"저도 같이 갈게요. 참고서를 찾으러."

"로제마인 님과 1학년생들은 내년을 대비해서 참고서를 만들기 시작했대요. 측근인 우리도 본받아야겠다고 항상 생각했었지요."

스밀들을 보기 위해서…… 가 아니라 시종 코스 참고서를 찾으러 도서관에 가게 되었습니다.

도서관에서는 스밀 두 마리가 머리를 좌우로 까딱거리고 돌아다니며 책장을 정리하고 있었습니다.

"어, 어머. 어쩜, 어쩜……."

"후훗. 귀엽지요? 옷을 만들어 보고 싶은 충동이 생기지요?"

"어떤 의상이 좋을까요? 역시 세트가 예쁠까요?"

"여러분, 정신 차리세요. 우리는 시종 코스 참고서를 찾으러 왔다고요."

도서관에 가자고 제안한 카트린 님이 작은 목소리로 흥분한 우리들을 진정시켰습니다.

"리젤레타 님의 말로는 도서관 업무를 돕는 마술구랬지요? 그럼 시종 코스 참고서가 어디에 있는지 물어보면 어떨까요? 더 나가갈 수 있어요."

"훌륭한 생각이에요, 카트린 님!"

다 같이 슈바르츠에게 다가가서 시종 코스 참고서가 어디에 있냐고 묻고, 책을 찾으면서 슈바르츠와 바이스의 움직임을 주시했습니다. 열람실에는 솔랑쥬 선생이 몇몇 선생들에게 슈바르츠와 바이스가 움직이게 된 경위를 설명하고 계셨습니다.

"선생님들도 슈바르츠와 바이스가 궁금하신가 봐요."

"힐쉬르 선생님이 엄청난 기세로 기숙사에 뛰어오신걸요. 저렇게 스스로 움직이며 말하는 마술구는 상당히 희귀하대요."

슈바르츠와 바이스를 보면서 우리는 느긋하게 책을 골랐습니다. 그러나 퇴실을 재촉하는 빛이 내리기 시작했을 때가 되어서야 아무도 보증금을 가져오지 않았다는 사실을 깨달았습니다. 네 점 종이 울리고, 우리는 기숙사로 돌아왔습니다. 참고서는 빌리지 못했지만, 슈바르츠와 바이스의 사랑스러움을 주고받으며 어떤 의상이 어울릴지 신나게 떠들었습니다.

"제가 점심을 먹으면서 고민했는데요……. 역시 다른 색상이 좋을 것 같아요."

점심 식사 후, 카트린 님이 슈바르츠와 바이스에게 입힐 의상 그림을 술술 그리자, 도서관에서 돌아올 때부터 고조되었던 흥분이 다목적 홀에도 퍼졌습니다.

"귀족원 도서관에서 일하는 마술구니까 검은색 바탕이 좋을까요?"

"검은 스밀은 흰색 바탕 의상을 입고 있었잖아요. 무슨 색이든 상관없지 않을까요?"

"이건 무슨 그림입니까?"

오전 중에 다목적 홀에 없었던 아이들이 흥미진진하게 그림을 들여다보았습니다. 도서관의 마술구가 얼마나 귀여웠는지를 오전 중에 도서관에 갔다 온 아이들과 함께 열변을 토했습니다.

"……그래서 우리가 새로운 의상을 생각하고 있어요. 뭔가 좋은 생각이 있나요?"

내가 묻자, 파벌이 다른 아이도 하나가 되어 고민하기 시작합니다. 어느새 견습 시종뿐만 아니라, 견습 문관 여자아이도 끼어들었습니다.

"여러분이 즐거우면 어쩔 수 없지만, 슈바르츠와 바이스의 의상을 맞출 사람은 로제마인 님이잖아요. 주인만 빼놓고 이러면 안 좋지 않을까요?"

신이 나서 왁자지껄하게 의견을 주고받던 모두가 일제히 침묵하고, 발언자인 브륀힐데를 바라봅니다. 어색한 분위기가 흐르는 가운데, 나는 브륀힐데에게 미소를 지었습니다.

"알고 있어요, 브륀힐데. 하지만 오늘은 로제마인 님이 안 계시잖아요. 어떤 의상이 어울리고, 만들어보고 싶은지 여기서 얘기하는 것 정도는 괜찮지 않나요? 로제마인 님께는 비밀로 해 주세요."

나와 모두를 둘러보며 조금 생각에 빠진 브륀힐데는 피식 웃으며 카트린의 그림을 척하고 가리켰습니다.

"에렌페스트의 영주 후보생이 새로운 주인이 된걸요. 머리 장식에 쓴 꽃 장식을 의상에도 답시다."

브륀힐데는 해산을 채근하기는커녕, 그린 의상에 새로운 제안을 했습니다. 로제마인 님이 고안하신 에렌페스트의 유행을 도입하자는 훌륭한 제안이었습니다. 순간, 함께 생각하던 모두가 배시시 웃었습니다.

"꽃 장식을 쓸 거라면 로제마인 님이 입으신 치마 형태와 똑같이 하면 어떨까요?"

"양쪽 다 똑같은 디자인이 아니라 남녀로 나누면 멋질 것 같지 않아요? 하얀 스밀은 레이스로 귀엽게, 검은 스밀은 반듯하고 멋있게 입혀 보고 싶어요."

"전 스밀들의 의상을 로제마인 님의 의상과 맞추고 싶어요."

브륀힐데가 참가하면서 대화에 더욱 불이 붙었습니다.

몇몇 의상 제안이 나오고, 거기에 수정과 첨가를 해 갑니다. 너무 푹 빠진 걸까요? 우리는 로제마인 님께서 다목적 홀에 오신 걸 전혀 몰랐습니다. 로제마인 님이 "뭐해요?" 라고 묻는 순간, 펄쩍 뛸 정도로 놀랐습니다. 얼른 지금까지 그린 종이를 뒤집어서 로제마인 님의 눈에 띄지 않게 숨겼습니다.

"내가 보면 안 되는 거예요?"

"아뇨, 그……주인이신 로제마인 님을 두고 저희끼리 재미로 한 거라, 조금 부끄러워서요. 이상한 짓은 결단코 하지 않았습니다."

"로제마인 님도 안 계실 때 주제넘게 나대서 죄송합니다."

측근인 나와 브륀힐데가 앞으로 나와서 다른 아이들이 혼나지 않게 연신 변명하자, 로제마인 님은 우리가 그린 의상 도안을 보고 싶다고 하셨습니다. 그 기대감에 들뜬 눈빛에 안 된다고 말할 수도 없었습니다. 나는 카트린 님이 최종적으로 그린 의상 그림을 보여드리며 어떤 의견이 나왔는지 설명했습니다.

"리젤레타는 옛날부터 귀여운 거라면 사족을 못 씁니다. 집에서 키우는 스밀에도 직접 만든 옷을 입히기도 합니다."

"언니!"

로제마인 님이 재미있게 들어 주셔서 목소리에 조금 힘이 들어간

건 사실이지만, 주인께 측근의 사생활을 폭로하다니 너무합니다. 로제마인 님이 뭔가 생각에 빠지셨지 않습니까! 평소에 업무보다 슈바르츠와 바이스의 의상에 빠져 있는 견습 시종은 실격이라고 생각하시는지도 모릅니다. 주인 앞에서는 항상 냉정하고 침착해야 하는 시종이 주인이 들어온지도 모른 데다가, 주인만 빼고 마술구 의상을 짜는 데만 푹 빠져 있었으니 말입니다. 핏기가 싹 가셨습니다. 실격이라며 해임되면 다시금 일족이 아비규환에 빠집니다.

'아버님, 어머님. 대단히 죄송합니다!'

마음속으로 부모님께 사죄하고 있는데, 로제마인 님께서 저를 올려다보며 고개를 갸웃거리셨습니다. 그 금색 눈동자와 등 뒤로 넘긴 머리카락 색이 본가에서 키우는 스밀을 떠올리게 했습니다. 로제마인 님을 스밀처럼 사랑스럽다고 칭찬한 분이 계신다고 들었는데, 그 마음이 충분히 이해가 갑니다.

"……난 모든 수업만 통과하면 도서관에 갈 수 있어요. 그러니까 그때까지 리젤레타도 이론을 통과하게 되면 나와 같이 치수를 재러 가겠어요??"

"그래도 되나요?"

"다 같이 가면 재밌잖아요. 또 같이 가고 싶은 사람 있어요?"

함께 의상을 짰던 모두가 치수를 재러 가고 싶다고 말하기 시작했습니다. 오전 중에 도서관에 가지 못한 아이도 신이 난 표정입니다.

"그럼 내가 수업을 끝낼 때까지 이론을 통과하세요. 재밌는 일에 푹 빠지면 공부가 소홀해지는 법이거든요."

"그러네요! 열심히 하겠습니다!"

새로운 의상 도안은 대강 나왔고, 앞으로는 로제마인 님의 의견이 중요합니다. 의상 짜기에 몰입한 흥분을 공부로 가져가는 절호의 기회였습니다.

"로제마인 님은 계속해서 이론을 통과하고 계십니다. 우리도 열심히 하지 않으면 이론을 끝내지 못해요. 1학년생인 로제마인 님과 달리 상급생은 수업이 많으니까요."

"열심히 합시다. 모두 다 같이 치수를 재러 가요."

슈바르츠와 바이스를 보러 가고 싶은 여학생들이 하나가 되어 공부를 시작했습니다. 공부에 집중하여 조용해진 다목적 홀을 둘러보며 나는 오전 중과 다른 집중력의 차이에 감탄의 한숨을 내쉬었습니다.

'로제마인 님은 정말 모두를 공부하게 만드는 능력은 최고야.'

마인의 각성

"휴, 무거워……."

아들인 카밀이 식탁 위에 등에 멘 바구니를 툭 올려놓았다. 오늘은 장이 서는 날이어서 겨울 준비에 쓸 고기를 대량으로 사 왔다. 나는 내가 장 본 물건들을 식탁 위에 올리면서 바닥에 주저앉은 카밀에게 다음 일거리를 부탁했다.

"그럼 다음은 손질할 차례야. 카밀, 소금을 가져와 주렴."

곧 돼지고기를 가공할 날이라 어서 손질을 끝내둬야 한다. 부탁받은 카밀은 "피곤한데……." 라고 입술을 삐죽거리며 툴툴댔지만, 얼른 일어나 창고로 향했다. 나는 카밀의 모습을 보며 쿡쿡 웃었다.

'이 상태라면 봄에는 허가해 줘도 되겠네.'

또래 아이 중에 겨울 준비를 도우러 숲에 가는 아이가 있어서인지, 카밀이 "나도 숲에 가고 싶어." 라며 졸라 댔다. 하지만 아직 숲에서 채집하고 돌아올 체력이나 아무리 피곤해도 형, 누나들과 폐문 전까지 돌아올 수 있는 인내력이 있을지 매우 걱정되었다. 지금은 시장이나 남편이 일하는 동문으로 심부름을 갔다 올 수 있는지 시켜 보는 단계다.

"영차."

내가 커다란 판자를 꺼내어 천을 깔고 고기를 늘어놓을 때 카밀이 소금이 든 무거운 주머니를 들고 왔다. 그 모습에 소금을 들지 못해서 울먹이며 투리를 부르던 마인이 떠올랐다. 얼굴은 닮지 않아도 머리와 눈동자 색이 비슷한 카밀을 보고 있으면 종종 마인이 생각났다.

'마인이 깨어나려면 아직 멀었나?'

우리는 루츠가 가져온 편지에 쓰인 '생명에 지장은 없다'는 말만을 믿고 지내왔다. 하지만 아무런 소식도 없이 시간만 흘렀고, 다음 소식이 도착한 건 한가을. 업무상 어딘가 멀리 나갔던 루츠가 돌아왔을 때였다.

"좀 변화가 있었나 봐요. 아직 시간은 걸릴 거라고 하지만……."

바쁜 매일 속 허덕이던 시기에 찾아온 좋은 소식에 가슴이 뛰었지만, 그로부터 벌써 한 달이 지나고, 이젠 가을이 끝나가려 한다. 마인이 독을 마시고 쓰러진 초겨울부터 머지않아 2년이 흘렀다.

'겨울이 싫구나. 눈 때문에 집에 오랫동안 갇혀 있으면 나쁜 망상만 하게 되니까. 그런데 또 겨울이 찾아오다니…….'

편지를 읽던 루츠의 목소리가 뇌리를 스쳤다. 마인이 독을 마셨다는 말을 들었을 때 그 숨넘어가던 느낌이 되살아나며 가슴이 아렸다.

"겨울이 되기 전에 깨어나 주면 좋으련만……."

"응? 엄마, 지금 뭐랬어?"

카밀이 멀뚱멀뚱 올려다보았다. 나는 싱긋 웃으며 물병을 가리켰다.

"아무것도 아니란다. 카밀은 일단 손 씻어. 소금을 바르자꾸나."

"알았어. 돼지고기 가공, 재밌겠다."

돼지고기 가공은 약간은 축제와 같다. 다양한 음식을 만들기도 해서 아이들은 다들 그날을 고대했다. 이 계절만 되면 열이 나던 마인은 '돼지고기 가공'이라고 하면 인상을 찌푸렸었다. 하지만 피곤하다며 불만을 터트리던 카밀은 눈을 반짝이며 움식였다.

둘이서 고기에 소금을 치고 천으로 돌돌 말아서 판자째로 겨울 준비방에 옮겨 넣으면 다음은 저녁 준비다. 오늘은 귄터가 오후 근무라서 폐문 후에 집에 돌아올 예정이다.

"오늘은 아빠가 좋아하는 새고기 술찜?"

"아니. 약초구이란다. 술찜은 소금에 하루 정도 절여야 하니까 내일……."

카밀과 그런 대화를 나누며 약초를 준비하는데, 누군가가 '쾅쾅' 하고 현관문을 크게 두드렸다. 무심코 둘이서 얼굴을 마주 보는데, "엄마, 카밀, 열어 봐! 투리야!" 하는 큰 목소리가 문 뒤에서 들려왔다.

"뭐? 투리?"

투리는 거의 열매의 날 저녁이나 흙의 날 아침이 되어야 집에 돌아온다. 그리고 길베르타 상회에서 배운 행동거지가 몸에 배었는지, 최근에는 집에 돌아올 때도 품위 있게 행동하려고 하는 투리가 이런 식으로 문을 쾅쾅 두드리며 소리친 적이 없다.

내가 의아해하면서 문을 열자, 투리와 함께 루츠까지 집안에 뛰어들어왔다. 숨을 헐떡이는 모습을 보아하니, 둘이서 계단을 뛰어 올라온 모양이다.

"둘 다 무슨 일이니? 오늘 일하는 날 아니니?"

"그렇기는 한데, 루츠가 오늘 집에 가자고 데리러 와서 왔어. 이유는 루츠한테 들어. ……하아, 숨차."

손으로 목 언저리를 누르는 투리에게 카밀이 서둘러 컵을 내밀었다. 투리는 그것을 단숨에 마시고, 소매로 입가를 닦았다. 평소에 보이던 품위라곤 찾아볼 수가 없었다.

"고마워, 카밀. 루츠한테도 줄래?"

"응. ……자, 루츠."

컵을 받아든 루츠도 물을 벌컥벌컥 마시고, "고마워, 카밀." 하고

마인과 닮은 머리를 마구 헝클었다. 새로운 그림책을 가져와 주는 루츠를 정말 좋아하는 카밀은 기뻐서 어쩔 줄 모르는 얼굴이다.

"그래서 무슨 일이니?"

촐랑거리는 카밀을 보면서 내가 묻자, 루츠가 활짝 웃으며 입을 열었다.

"어제 마인이 깨어났어요!"

바로 조금 전까지 바라던 말이 갑자기 튀어나오자, 나는 눈을 크게 떴다. 투리는 "역시!" 라고 웃으며 손뼉을 쳤지만, 나는 현실감이 전혀 나지 않았다. 겨울이 오기 전에 눈을 떠 줬으면 했지만, 정말 그 소식을 들을 줄은 생각지도 못했다.

'이게 꿈은 아닐까? 꿈속에서 일어난 일인가?'

그런 생각까지 들 정도였다. 왜냐면 나는 마인이 깨어나서 기뻐하는 꿈을 지금까지 몇 번이고 꿨다. 가족 모두가 모인 곳에 루츠가 소식을 들고 달려오는 행복한 꿈을. 지금은 아직 퇴근하지 않은 귄터가 없는 완전하지 않은 상황이 조금은 현실처럼 느껴졌다. 꿈인지 현실인지 모를 기분에 빠진 내 앞에서 루츠와 투리가 흥분한 미소로 재잘거렸다.

"루츠는 언제 마인을 만나러 가?"

투리가 파란 눈을 반짝이자, 루츠가 자랑스러운 얼굴로 코밑을 문질렀다.

"오늘 아침에 길한테 연락받고, 오후에 신전에 갔다 왔어."

"뭐? 그럼 넌 이미 만났어!? 깨어났다는 연락뿐인 줄 알았는데, 벌써 만났다니 치사해!"

뾰로통한 표정을 짓는 투리에게 루츠는 "치사하다고 해도 ……."

하고 불만스럽게 말하지만 여전히 웃는 얼굴이다.

"내일이나 내일모레에는 귀족가로 이동해야 하니까 서둘러 주인님과 업무 얘기를 해야 한다고 급작스럽게 호출이 와서, 우리도 놀라 뛰쳐나간 거야."

'루츠가 마인을 만났어?'

두 사람의 대화가 머릿속에 금방 들어오지 않았다. 그런데도 루츠와 투리의 대화로 갑자기 심장이 쿵쿵 소리 내어 뛰기 시작했다. 공중에 붕 뜬 현실감 없는 감각에서 갑자기 현실이 성큼 다가온 느낌이 들었다.

"마인, 건강해? 잠든 2년 동안 마인이 갑자기 자라서 다른 사람처럼 되어 있으면 어떡하냐고 전에 너와도 얘기했었잖아. 많이 컸어?"

투리의 말에 루츠가 피식 웃으며 "전혀." 라고 고개를 저었다.

"건강해지긴 했지만, 겉이나 속이나 여전했어. 이렇게 작았었나? 싶었는데, 마인은 전혀 자라지 않아서 속상했나 봐. 대성통곡했어."

'마인이 대성통곡했다고?'

지금까지 꿈속에 통곡하는 마인이 나온 적은 없었다. 어느 꿈에서나 마인은 "다들 걱정 끼쳐서 미안. 나 건강해졌어." 라고 웃으며 손을 흔들어 주었다.

"그렇구나……. 마인, 아직 자기 키를 신경 쓰고 있었구나. 크고 싶었다고 운 마인에게는 미안하지만, 나는 내가 아는 마인이 그대로라 정말 안심했어."

'이 엄마도 같은 심정이야.'

나는 투리의 말에 소리 없이 동의했다. 내가 아는 딸의 모습에서 변하지 않아 정말 안심했다.

"저기, 루츠. 머리 장식 주문, 들어올까?"

"글쎄다. 그래도 나는 식물지와 잉크와 새로운 편지지 같은 용품은 이미 준비해 놔서 언제 주문이 들어와도 문제없어."

"그렇게 다 이긴 사람처럼 웃어도 하나도 안 부러워. 나도 언제 깨어나도 괜찮도록 1년 전부터 마인을 위해 머리 장식을 몇 개나 만들어 놓았는걸."

자신 있게 대항하는 투리의 말에 루츠가 웃었다. 투리도 방긋 웃었다.

'지금까지 이런 꿈은 본 적 없어.'

꿈에서는 마인이 깨어나 가족끼리 기뻐하는 장면뿐이었다. 그 직후에 잠에서 깨어 어두운 방을 보며 늘 한숨만 지었다. 그런데 루츠도 투리도 기쁨을 함께 나누다가, 지금은 현실적으로 걱정하기 시작했다. 마인이 깨어났다는 소식이 꿈이 아님을 겨우 실감하자, 내 눈에서 눈물이 흘러나왔다.

"다행이야. 이건, 꿈이 아니구나. 정말 마인이 깨어났어……."

"엄마……."

2년은 길었다. 정말 길었다. 이젠 안 깨어나지 않을까 생각한 적도 있다. 사실은 죽어 버렸는데 귀족들이 쉬쉬하고 있다고 의심한 적도 있다. 하지만 거짓말도 아니었고, 마인은 깨어났다. 안심과 기쁨에 온몸의 힘이 빠졌다.

'다행이야, 마인. 정말 다행이야.'

카밀이 연한 갈색 눈동자를 깜빡이며 눈물을 글썽이는 우리를 이상하다는 얼굴로 올려다보았다.

"마인이 누구야?"

마치 찬물을 뒤집어쓴 것처럼 번쩍 정신이 들었다. 나는 투리와 루츠와 얼굴을 마주 보고, 얼굴을 찡그렸다. 이웃들이 깊게 파고들지 못하도록 마인 얘기를 가급적 피했다. 또 잠든 마인을 화제로 삼으면 분위기가 가라앉아서 아무 생각 없이 회피한 탓도 있지만, 카밀이 마인을 모른다는 말에 충격을 받았다.

'카밀에게 뭐라고 설명해야 좋지?'

봄이 되면 카밀은 네 살이 된다. 누구에게나 자기가 아는 얘기를 할 수 있고, 뭐든지 묻기도 하는 나이이다. 잘못하다 밖에서 마인의 얘기를 들으면 정말 곤란해진다. 나는 눈물을 닦으면서 고민에 빠졌다. 카밀에게 어떻게 알려야 할지 권터와 한 번 얘기해야 할 것 같다.

"중요한 얘기는 아빠가 돌아오면 저녁을 먹은 후에 하자. ……투리, 저녁 준비를 도와줄래? 카밀과 같이 창고에 가서 카르페와 라니에를 가져와주렴. 이왕 투리가 돌아왔으니까 저녁은 좀 푸짐하게 먹자. 루츠, 오늘 여기까지 와 줘서 고맙구나."

나는 선반에서 지갑을 꺼내고 루츠를 현관까지 배웅했다. 투리와 카밀이 창고로 가는 것을 확인하고, 루츠에게 소금화를 건넸다.

"루츠, 정말 미안한데, 권터에게 오늘은 카밀이 잠들 시간까지 마시고 와 달라고 전해 주겠니?"

술값을 건네며 부탁하자, 루츠는 매우 미안한 얼굴로 창고 쪽을 힐끗 보았다.

"미안해요, 에파 아줌마. 나……."

"아니란다. 알려 줘서 정말 고마워. 그리고 카밀에게 제대로 알려 주지 않은 건 우리니까……. 권터에게 연락해 주렴."

루츠는 고개를 끄덕이고, 발걸음을 돌려서 달려갔다.

"아직인가? 아빠 빨리 왔으면 좋겠다."

"카밀, 우리 먼저 먹자. 나 배고파. 아빠 너무 늦게 와."

"그러네. 술집에 갔을지도 모르고, 엄마도 더는 못 기다리겠구나. 우리끼리 먹자. ……투리, 요즘 일은 어떠니?"

부자연스러울 정도로 마인의 화제를 피하며 저녁 준비를 마친 나와 투리는 음식을 먹기 시작했다. 귄터가 퇴근길에 술을 마시고 오는 게 드문 일도 아니고, 카밀도 배가 고팠으리라. 아쉬운 눈빛으로 현관을 힐끗 본 후, 저녁을 먹기 시작했다.

식후에는 오랜만에 돌아온 투리와 잔다며 침대에서 방방 뛰고, 둘이서 나란히 누워서 수다를 떨던 카밀은 금방 잠들어 버렸다. 오늘은 시장까지 가서 짐을 옮기고, 돼지고기 가공 준비도 하느라 피곤했던 모양이다. 솔직히 귄터가 돌아오기 전에 잠들어서 안심했다.

일곱 점 종이 울린 후, 현관문이 조용하게 열리는 소리가 들렸다. 귄터가 돌아온 모양이다.

"어서 와요, 여보."

"……루츠한테 들었어. 마인의 일도, 카밀의 일도."

귄터가 외투를 벗어서 정리할 때 투리가 세 사람분의 차를 따라 주었다. 셋이서 컵을 손에 들고 살짝 숨을 내쉬었다.

"……난 가족으로서 사실을 알려 줘야 한다고 생각하는데…… 카밀에게 어떻게 알려야 하나."

차를 한 모금 마신 귄터가 하아, 하고 천천히 숨을 내쉬었다.

"나도 카밀이 마인을 모른다고 해서 충격받았어. 가족이니까 사실을 알려 줘야 한다고 생각해. 그런데 이웃들은 귀족에게 끌려가서 죽은 줄로 알아. 가족만 아는 비밀을 가르쳐 주면 카밀이 혼란스러워하지 않을까?"

"카밀이 혼란스러워할 것보다 나는 알려 준 사실을 아무 생각 없이 남에게 말할까 걱정이야. 멋대로 행동하면 곤란해지니까, 카밀에게 사실을 알려 주는 거 난 절대 반대야. 주위 사람들이 알고 있는 내용으로 차근차근 다시 알려 주는 편이 나아."

투리가 파란 눈동자로 귄터를 바라보았다. 물론 투리의 말도 일리는 있다. 하지만 '절대 반대'라는 말이 카밀을 밀쳐내는 것처럼 들려서 나는 시선을 손에 쥔 컵으로 떨구었다.

"투리나 루츠는 그때 세례까지 받은 나이라서 비밀을 지킬 줄 알았지 않니. 지금 당장은 어렵겠지만, 세례를 받은 후에 얘기하는 건 어떠냐? 카밀도 찬찬히 얘기하면 이해해 줄 거다. 가족의 비밀을 떠벌리는 짓은……."

투리는 입을 꾹 다물고 거세게 고개를 저으며 귄터의 타협안을 거부했다.

"안 돼, 아빠. 마인에 관한 진실이 새어나가면 얼마나 위험한지, 어떤 이유로 무엇을 금지했는지, 말로만 설명해서는 이해 못 해."

"투리?"

왠지 투리의 태도가 이상하리만치 완고해 보였다. 내가 이름을 부르자, 투리는 눈물을 가득 글썽이며 고개를 푹 숙였다. 식탁 위로 투리의 눈물이 뚝뚝 떨어졌다.

"마인이 위험하니까 신전에 오지 말라고 그렇게 말했는데도, 난 그 말의 의미를 제대로 이해하지 못했어. 마인은 내 여동생이니까 내가 위험에서 지켜야 한다고 생각했었는데…… 나 때문에 마인이 그렇게 된 거야.”

“아니야. 그건 투리 탓이 아니야. 몇 번이나 말했잖니.”

그 무렵부터 몇 번이고 말했지만, 전혀 납득하지 못한 투리는 그 일을 두고두고 후회했다. 나는 무심코 귄터와 얼굴을 마주 보았다. 투리가 소매로 눈가를 닦으면서 고개를 들었다.

“난 마인을 지키고 싶었어. 그런데 오히려 더 위험에 빠지게 했어. 내 행동 때문에 그런 일이 일어났으니까, 그 현장에 있었으니까…… 나와 루츠는 비밀이 얼마나 중요한지 알아. 하지만 카밀은 그런 경험을 못 겪었잖아. 가족이라는 이유로 진실을 말하면 정말 그 의미를 이해했는지 아닌지, 어떻게 판단해?”

투리의 말은 무거웠다. 그 말이 맞았다. 투리와 루츠는 세례를 받은 나이여서 비밀을 지킨 것이 아니다. 경험을 통해 싫어도 비밀을 지킬 수밖에 없다는 점을 이해했기 때문에 지킨 것이다.

“투리의 말이 맞아. 얼마나 중대한 사항인지 판단하지 못하는 카밀 때문에 자칫 잘못하면 우리까지 위험해져. 그럼 마인은 그걸 필사적으로 막으려고 하겠지?”

“그래, 마인은 회색 신관들이나 핫세 주민까지 지키려고 노력하는 애다. 우리에게 무슨 일이 생기면 전력을 다해 구하려고 하겠지.”

가족이라고 불러서는 안 되는 계약을 깨게 되어도, 자신에게 어떤 불이익이 생기더라도 마인은 우리를 구하려고 한다. 우리의 목숨을 구하기 위해 귀족이 되고, 그런데도 가족의 연을 이어 가려는 마인의 행동을 떠올리면 틀림없었다.

“마인이 귀족이 되어서까지 지키려던 관계를 위험에 빠뜨릴 순 없어. 카밀이 성인이 될 때까지…… 아니, 카밀이 스스로 우리의 관계를 눈치채기 전까지 보류하자."

권터의 결단에 투리가 고개를 끄덕였다.

"진실을 보류하는 건 좋지만, 투리와 루츠가 신나서 돌아온 사실은 뭐라고 카밀에게 설명하면 될까?"

"카밀이 오늘 대화를 얼마나 기억하는가에 달렸지만, 주변 인식과 어긋나지 않게 마인은 귀족에게 죽었다고 얘기하는 거야. ……루츠와 투리가 좋아하면서 돌아온 건 길베르타 상회에서 마인의 유품을 발견해서라고 하자."

그렇게 말하면서 권터가 주머니에서 꺼낸 것은 어딘가 본 적 있는 낡은 머리 장식이었다. 조금 더러워진 노란 꽃과 색바랜 빨간 꽃이 달린 손때 묻은 장식이다.

"……그립네. 마인이 귀족이 된 초반에 만들었던 머리 장식이야. 인쇄한 책 사이에 끼워 둔 마인의 편지에 그려져 있던 무늬를 보면서 내가 만들었어."

투리는 파란 눈을 글썽이며 손가락으로 머리 장식을 콕콕 찔렀다. 지금 투리가 만드는 머리 장식과는 실의 종류와 정교함, 화려함까지 전혀 다르다. 이렇게 보니 실력이 정말 늘었다 싶었다.

"루츠가 오토에게 받아 왔어. 공방에 견본으로 놔둔 건데, 이젠 실력 있는 녀석이 몇이나 있으니까 필요 없다더군. 카밀을 설득할 때 써도 된대."

"공방 견본으로 써서 헐고 흐물흐물하니까, 마인의 유품으로는 딱이네."

투리가 우는지 웃는지 모를 얼굴로 카밀이 자는 침실 쪽을 보았다.

권터도 눈물을 글썽이며 같은 방향을 바라보았다. 나도 가족에게 큰 비밀을 만든 씁쓸한 마음으로 침실을 보았다.

"……우리…… 이제 집안에서는 마인이라는 이름, 말하면 안 되겠네."

고개를 홱 돌린 투리가 큰 고통을 참는 것처럼 얼굴을 찌푸린 뒤, 천천히 고개를 끄덕였다.

후기

오랜만입니다. 카즈키 미야입니다.

이번 「책벌레의 하극상~사서가 되기 위해서라면 뭐든지 할 수 있어~제4부 귀족원의 자칭 도서위원 I」을 구매해 주셔서 감사합니다.

새로운 장이 시작되었습니다. 혼자 과거에 머문 채로 2년의 잠에서 깬 로제마인. 여러 의미로 불안하지만, 귀족원에 있는 도서관을 목표로 전력을 다해 질주합니다.

귀족원은 귀족이 되기 위한 학교입니다. 이곳에서 조금 개성 강한 교사들에게 마력 다루기와 마술구 조합을 배우고, 영주 후보생은 영주로서 영지를 다스리는 마술을 익히면서 다른 영지 학생과 함께 유르겐슈미트의 귀족으로 성장합니다.

왕족과 다른 영지의 영주 후보생은 전혀 안중에도 없고, 주변을 휘두르며 도서관으로 돌진하는 로제마인의 시점으로는 살짝 이해하기 어렵겠지만, 사실은 친구를 사귀어서 타 영지와의 유대를 만들고, 과거에 다무엘이 했듯이 장래의 반려를 찾는 장소입니다.

로제마인은 졸졸 따라다니는 측근을 귀찮아하는 평민 출신 영주 후보생에 도서관에 다닐 생각뿐입니다. 본심을 말하자면 혼자 도서관에 콕 박혀 있고 싶은 문제아입니다. 특이한 영주 후보생 때문에 곤란한 사람도 있지만, 보호자들은 아직 체력도 귀족의 상식도 부족한 로제마인이 문제만 일으키지 않기를 바랍니다. 그런 보호자들의 바람도 헛되이 다른 장에서는 새로운 소동이 일어나지만요……. (웃음)

새 장에 들어서면서 단숨에 등장인물이 늘었습니다. 귀족원에 함께 지내는 측근들입니다. 갑자기 캐릭터가 우르르 나와서 헷갈리시겠지만, 접촉이 많은 사람부터 조금씩 외워 주세요. 갑자기 늘어난 주변 인물들 때문에 혼란에 빠진 건 로제마인도 마찬가지입니다(웃음).

이번 권에서는 시중을 드는 시종을 중심으로 일러스트를 그렸습니다. 새로운 견습 시종은 귀여운 것을 끔찍이 좋아하는 안게리카의 여동생 리젤레타와 멋과 유행에 민감한 그레첼 백작 영애 브륀힐데입니다. 그리고 기숙사에 붙어 있지 않는 사감이며 페르디난드의 스승인 힐쉬르 선생. 다음 권에서는 호위 기사가 나오려나요?

이번 단편은 안게리카의 여동생 리젤레타 시점&에파 시점입니다.

리젤레타 시점에서는 로제마인이 아닌 귀족이 본 귀족원의 생활을 풀어 보았습니다. 친족에게 시종을 부탁해서 귀족원 생활의 도움을 받고, 같은 방을 쓰는 등 절약하는 방법을 찾고, 주인이 없는 곳에서 이뤄지는 측근과 친구의 신나는 대화 등, 본편에 나오지 않는 다양한 내용을 넣어 보았습니다.

에파 시점에서는 마인이 눈뜬 사실을 알게 된 평민 가족의 모습입니다. 마인이 깨어났다고 흥분하며 집에 돌아온 투리와 루츠. 소식을 듣고, 눈물을 글썽이며 기뻐하는 에파. 하지만 그런 가족의 대화를 혼자만 이해하지 못한 카밀. 가족 내에서 큰 비밀을 만들고 싶지는 않지만, 어디서부터 어디까지 카밀에게 설명하면 좋을까. 가족이 낸 결론은…….

제4부 I 에서는 귀족원으로 무대가 바뀌어서 WEB 판에서 요청이 많았던 유르겐슈미트의 지도를 그렸습니다. 제가 그린 지도니까 각 영지의 위치가 대충 여기구나 정도로 봐 주세요. 분위기만 느껴 주세요. 공식 홈페이지에서 진행한 제2회 인기 캐릭터 순위 결과도 나왔습니다. 이쪽도 결과가 놀라우니까 꼭 봐 주세요.

또 TO북스 온라인스토어에서 '팬북2'가 동시에 발매하였습니다. 첫 발매부터 1년 이상 지난 특전SS부터 녹음 리포트&후기만화, 부록 SS, Q&A, 스즈카 님의 특별 만화, 시이나 님의 4컷 만화 등, 볼거리가 가득합니다.

그리고 띠지에도 나와 있듯이 '이 라이트노벨이 대단해! 2018'에서 「책벌레의 하극상」이 단행본·소설 부문에서 1위를 차지했습니다! 독자 여러분의 뜨거운 성원 덕분입니다. 정말 감사합니다.

그리고 2017년 12월 9일~2018년 1월 8일에 인쇄박물관에서 「책벌레의 하극상」과의 첫 콜라보레이션 이벤트를 개최합니다. 이 이야기를 쓰려고 방문했던 인쇄박물관과 진행하는 이벤트라서 저도 기대됩니다. 인쇄 과정이나 역사에 흥미가 있는 분은 (이벤트 기간 중이 아니더라도) 꼭 인쇄박물관에 가 보세요. 분명 「책벌레의 하극상」이 더 재밌어질 겁니다.

이벤트에 맞춰 새 상품도 만들었습니다. 금속 책갈피, 코믹판 스즈카 님의 일러스트가 들어간 아크릴 키홀더×5종류, 양피지 편지지세트, 엽서×5종류로 푸짐합니다. (곧 온라인에서도 판매할 예정입니다)

이번 표지는 새로운 귀족원 의상인 로제마인과 도서관 마술구 슈바르츠와 바이스입니다. 귀족원의 자칭 도서위원 개막에 걸맞은 일러스트라고 생각하지 않으세요? 정말 귀엽습니다. 컬러 일러스트는 신 캐릭터가 잔뜩 등장합니다. 아직 등장하지 않은 캐릭터도 많지만, 캐릭터를 디자인으로 고생하시는 시이나 유우 님, 감사합니다.

마지막으로 독자 여러분께 최상급의 감사를 바칩니다.

제4부Ⅱ는 초봄에 나올 예정입니다. 그때 또 만납시다.

정기보고

귀족원 사감에게는 교육 외에도
영주에게 성과와 성적을 보고하는 임무가 있습니다.
You've Got Mail
…

여태껏 딱히 전달할 사항이 없어서 일반보고로 끝냈지만
올해는 특별한 일이 많았지

그래도 최대한 간결하고 알기 쉽게
이 상황을 전달하려면…

간결
이상 사태
페르디난드!!

사랑의 형태

형님 저건…
쉿! 가만히 놔둬

매번 등장하는
권말 부록
화기애애한
가족의 일상
만화: 시이나 유우
야자!
스파르타
한 방 합격을 노리자!!
얏 아 넵

언니 이번에는 제가 반드시
파앗
언니를 지켜드릴 거예요!
매일 우유

안 돼요!
두둥
나야말로 여동생을 지킬 거예요!!

귀여워라♡
심쿵♡
파아아
우우우 칼슘! 앞으로 매일 칼슘 섭취할 테야

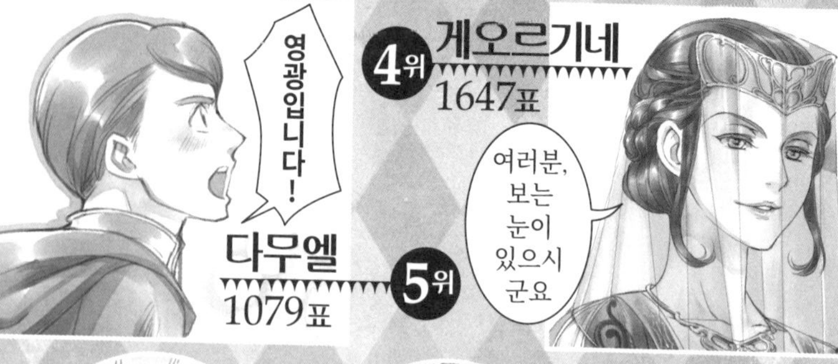

Now Printing

6위 하르트무트 971표

순위	이름	득표
11위	빌프리트	529표
12위	질베스타	528표
13위	벤노	524표
14위	코르넬리우스	439표
15위	보니파티우스	301표
16위	엘비라	258표
17위	샤를로테	224표
18위	마르크	82표
19위	길	78표
20위	브리기테	70표

카즈키 미야 선생으로부터

여러분의 뜨거운 성원으로 제2회 인기 캐릭터 순위가 정해졌습니다. 이번 결과도 놀랍네요. 저번에 다무엘 때보다 두 배로 놀랐습니다. 1위는 페르디난드를 앞지른 로제마인! 중간결과는 아슬아슬했는데, 훌륭하게 1위를 거머쥐었습니다. 역시!
그나저나 3위가 유스톡스고, 4위가 게오르기네라니, 정말 의외였습니다. 예상을 뛰어넘는 뜨거운 응원이 있었나 봅니다. 그리고 6위는 놀랍게도 하르트무트. 서적판에는 일러스트도, 활약도 없이 이름만 살짝 나왔는데, WEB판 독자분들이 기다렸다는 듯이 열렬히 응모해 주셨습니다. 제4부 이후의 활약도 기대해 주세요.
많이 응모해 주셔서 감사합니다!

시이나 유우 선생으로부터

어째서일까요?
2회째인 이번에도 의외의 인물이 3위가 되었습니다.
개인적으로는 개성적이고 특이한 캐릭터를
정말 좋아해서 아싸! 했지만요.
그리고 새 캐릭터도 하나둘 나오는 가운데,
다무엘이 고군분투하고 있네요.
사랑받고 있구나, 다무엘.

제2회 책벌레의 하극상 인기 캐릭터 투표결과 발표!

총 응모수 25,061표!

4부 돌입 기념! 여러분의 뜨거운 사랑으로 제1회 총 응모수(12,118)표의 두 배!
격전을 펼친 상위 20명을 발표하겠습니다.
카즈키 미야 선생님도 충격을 받은 투표결과를 보십시오!

※2017년 9월 8일~10월 9일까지 공식 홈페이지에서 개최되었습니다.
(http://www.tobooks.jp/booklove)

1위 마인 7086표

2위 신관장 페르디난드 5270표

3위 유스톡스 2267표

책벌레의 하극상 [4부] 귀족원의 자칭 도서위원 I

초판 1쇄 발행 2018년 12월 15일
초판 2쇄 발행 2020년 7월 31일

저자 카즈키 미야

발행인 원종우
발행처 (주)이미지프레임

주소 (13814) 경기도 과천시 뒷골1로 6, 3층
전화 02-3667-2653 **팩스** 02-3667-2655
메일 edit01@imageframe.kr **웹** vnovel.kr

ISBN 979-11-6085-805-1 02830